Marie-Anne Legault
Der Phönix

1. Auflage
© 2023 Kommode Verlag, Zürich
Alle Rechte vorbehalten.
Originaltitel: *La traque du phénix*, Québec Amérique

Übersetzung: Jennifer Dummer
Lektorat: Matthias Jügler
Korrektorat: Kristina Wengorz / torat.ch
Titelbild, Gestaltung und Satz: Anneka Beatty
Druck: Beltz Grafische Betriebe

978-3-905574-11-1

Kommode Verlag GmbH, Zürich
www.kommode-verlag.ch

Der Kommode Verlag dankt der SODEC (Société de
développement des entreprises culturelles / Québec)
für ihre finanzielle Unterstützung.

Marie-Anne Legault
Der Phönix

**Aus dem Québecfranzösischen
von Jennifer Dummer**

Kommode
Verlag

Für meine Eltern, die ihren Kindern
mitgegeben haben, neugierig zu sein.
Neugierig in seiner edelsten Form,
sodass sie vor geschlossenen Türen
nicht stehen bleiben,
sondern sie öffnen,
um zu erkunden, was dahinterliegt.

PROLOG

Es ist ein kühler und grauer Morgen, wie es für einen ersten Montag im November typisch ist. Das Montréaler Zentrum ist in Nebel gehüllt, als zwei Angestellte der Stadtreinigung gerade die Überreste des Vormonats ins Maul eines Müllwagens werfen. Ihre Gesichter ähneln denen von Basset-Hunden und werden mit jedem Müllberg länger, den die kostümierten Feiernden zwei Tage zuvor produziert haben, und mit jedem weiteren Mülleimer, der sich auf den Asphalt ergießt. Manche Säcke haben die Ratten aufgerissen. Es ist einfach ein dreckiger Tag.

Um 8:04 Uhr hält der Wagen auf der Rue Drummond auf Höhe einer Gasse, die zu einem Luxushotel führt. Dort wartet ein üppiger Haufen. Die Männer haben es eilig und legen gleich los. In dem ganzen Müll entgeht ihnen in ihrer Eile der Pullmann-Koffer – sie können nicht wissen, dass er etwas Wertvolles enthält –, der zusammen mit all dem anderen Abfall im Zerkleinerer landet. Das alles beobachtet der Eigentümer des Koffers aus sicherer Entfernung, ohne mit der Wimper zu zucken. Im Schutz eines Notausgangs sieht er mit geröteten Augen nach einer wahnhaften Nacht, wie der stählerne Vielfraß seine Identität, sein Vermögen, seinen Stein der Weisen verschlingt. Ihm bleiben nur noch ein Seidenpyjama und ein Becher Kaffee in einer zittrigen Hand.

8:12 Uhr. Als das gesättigte Schwergewicht mit den Männern, die sich hinten festhalten, abfährt, entdeckt einer im Schatten des Notausgangs den Kasper. Er meint in dessen scheuem Blick Funken eines gerade durchgebrannten Gehirns zu erkennen.

Als der Müllwagen mit dem Lebenswerk des Mannes im Seidenpyjama verschwindet, kratzt dieser sich mit der einen Hand nervös den Nacken und trinkt mit der anderen, stets zittrigen Hand, den letzten Schluck Kaffee. Auf dem leeren Becher trommelt er scheinbar belanglos herum. Doch eigentlich ist es etwas sehr Schönes. Die Finger bewegen sich im Rhythmus, vollführen ein wahres Kunststück – *mi, re, mi, re, mi, si, re, do, la* ... – mit der Fingerfertigkeit eines begnadeten Pianisten.

In ihrem Lieblingscafé auf der Rue Notre-Dame wartet Sarah Dutoit geduldig auf ihre Freundin. Sie summt das Jazzstück mit, das gerade läuft, und trommelt im Takt der Melodie mit ihren Fingern auf ihre Trinkschale, die den cremigsten Milchkaffee der Welt enthält.

Das sagt viel darüber aus, wie sanftmütig sie ist. So sanftmütig wie ein angenehmes Parfum, das aus ihrem seligen Lächeln, ihren treuherzigen Augen und ihrem Sommer-Sonnen-Kleid strömt. Es harmoniert wunderbar mit ihrem verführerischen Teint, den sie den flüchtigen Gefühlen ihrer Mutter für einen Baritonsaxofonisten aus New Orleans verdankt, der Ende der 1960er Jahre nach Montréal kam. Er blies sein Instrument in einigen Nachtclubs und spielte sich ins Herz einer Barfrau aus Saint-Henri, bevor er wieder aus der Stadt verschwand, deren Zeit als Mekka des Jazz vorbei war – leider. Der unbekannte Musiker kehrte zurück, woher er gekommen war, ohne im Geringsten zu wissen, dass er in der Metropole nicht nur sein gedämpftes Notengeflüster verstreut hat, sondern auch seine Gene. Die Barfrau hat sich nie über ihr Schicksal beschwert, ganz im Gegenteil, sie wollte ihr »Geschenk des Himmels« nach einer Königin benennen. Sie schwankte zwischen Billie, Ella, Nina und Sarah. Die Entscheidung fiel, als das Baby bei der Geburt sein einzigartiges Vibrato erklingen ließ, eine würdige Nachahmerin Sarah Vaughans. Viereinhalb Jahrzehnte später summt die Frau, die ihren Vater nicht kennt, in ihrem Lieblingscafé die Jazzmusik auf eine atemberaubende natürliche Art.

13:17 Uhr. Ihre Freundin lässt wie immer auf sich warten. Aber wen würde das angesichts des wunderbar cremigen Milchkaffees vor der Nase schon stören? Außerdem ist Sarah von Berufs wegen ein überaus geduldiger Engel. Als Sozialarbeiterin in den Refugien Montréals kämpft sie für die Wiedereingliederung obdachloser Menschen – auch wenn sie in Wirklichkeit Pazifistin ist und auf dem Fahrrad in die Schlacht zieht.

Jeden ersten Sonntag im Monat trifft sie sich mit der Neuropsychologin Régine Lagacé, die wie sie aus Saint-Henri kommt. Während die eine im Gelände unterwegs ist, steht die andere im Labor. Treffen sie sich, arten ihre Gespräche immer aus, weil sie zwangsläufig auf Themen von beruflichem Interesse kommen: Trunksucht, Drogenabhängigkeit, Schizophrenie … Sie besprechen gern besondere Fälle und mögliche Herangehensweisen. Die Cafés dienen ihnen als Treffpunkte, sind die besten in der Stadt, wahre Paradiese, in denen die Aromen von gerösteten Bohnen schon von Weitem berauschen und zu einem Kniefall vor dem Barista verleiten.

»Philippe, dein Milchkaffee zergeht wie Samt auf der Zunge!«

»Danke, Sarah! Aber der Samt bist du.«

Die Tür geht auf, Absätze klackern. Eine überaus aufgebrachte Régine kommt an.

»Scheiß Verkehr! Stau am Sonntag, unfassbar.«

Sarah lächelt Philippe an, wendet sich dann Régine zu, die sich jeden Tag kleidet, als wäre es Sonntag, sogar an einem Sonntag.

»Hallo, Régine!«

»Hallo ... Philippe, einen Bodumkaffee, herb.«

So wie sie, jähzornig und gediegen. Doktor Lagacé lehrt und forscht an der Universität von Montréal. Sie ist Expertin in Neuroimaging und zählt zu den herausragendsten Mitarbeiterinnen am Forschungszentrum für Neuropsychologie. Sie arbeitet im Bereich MRT oder, wie sie es liebevoll nennt, »im Showbiz der grauen Materie«, aber bitte in Farbe. Die monatlichen Treffen mit Sarah versorgen ihre Mühlen mit Wasser; neurologische Störungen, heißt es, sind bei obdachlosen Menschen an der Tagesordnung – der einzige Tagesordnungspunkt, auf den sie gern verzichten würden.

Doch zurück zum gemütlichen Café. Um 13:23 Uhr macht sich der Barista ans Werk, bereitet sorgfältig Régines Nektar zu, und kommentiert:

»Herber Bodumkaffee passt zur Formel 1, die gerade in der Stadt ist.«

»Und zu dem ganzen Getöse«, ergänzt Sarah.

»Deswegen das Chaos«, schlussfolgert Régine immer noch bissig.

Sie hätte die besagte Formel 1 fertiggemacht, hätte sie sich vor ihr materialisiert.

»Hoch lebe das Fahrrad«, wirft Sarah ein.

Was Régine nicht besänftigt.

»Sagt die heilige Teresa. Nicht die ganze Welt kann so perfekt sein wie du und sich unentwegt für andere auf dem Drahtesel einsetzen. Und das auch noch für Mindestlohn, wo wir gerade schon mal dabei sind!«

Diese Spitze wirft die Frage auf, warum zwei so unterschiedliche Menschen miteinander befreundet sind. Denn Sarahs Bescheidenheit und Naivität kontrastieren mit Régines prunkvollem und böswilligem Gehabe, trifft Régines Streitlust auf Sarahs Unschuld. Wie kann jenseits der beruflichen Nähe eine Persönlichkeit der Wissenschaft, die im höher gelegenen, schicken Westmount wohnt, ernsthaft eine Sozialarbeiterin mögen, die sich ein Bein ausreißt für die Obdachlosen der niedrigeren Viertel?

Um das zu verstehen, hilft ein Blick in die Vergangenheit, zurück in die späten 1980er Jahre.

Damals wohnten die Lagacés in der Rue du Couvent, eine Enklave der Reichen in dem Arbeiterviertel Saint-Henri.

Dank des ansehnlichen Gehalts des Vaters, einem PR-Berater der Imperial-Tobacco-Fabrik, konnten sie sich die Hypothek auf ein schönes Einfamilienhaus mit makellosen Backsteinen, einer Veranda mit Säulen und einem mit Blumen übersäten Hof leisten. Eine in dieser Gegend seltene bürgerliche Gemütlichkeit, die zum Ende der Straße hin verschwand. Schon ein paar Meter weiter westlich, zum Beispiel in der Rue Beaudoin, gab es immer mehr Reihenhäuser, die gering verdienende Familien bewohnten. In einer dieser winzigen Wohnungen lebte Hélène Dutoit mit ihrer Tochter. Samstagabends, während Régine in ihrem Boudoir am Klavier Chopin lernte, lauschte Sarah hinter dem Tresen einer Bar, in der ihre Mutter Bier ausschenkte, der Musik aus den knisternden Lautsprechern oder den Improvisationen der durchreisenden Musiker. Mit zehn Jahren waren beide Mädchen bereits sehr musikalisch. Sie gingen auch auf die gleiche Schule, hatten aber kaum etwas miteinander zu tun. Régines Lebensstandard ließ sie auf Sarah herabschauen. Wer aus gutem Hause kam, gab sich nicht mit illegitimen Mädchen ab, sogar dann nicht, wenn der Bastard Klassenbeste war.

Doch ...

Manchmal mischt sich das Schicksal ein und stürzt die herrschende Ordnung, macht, dass das Kartenschloss zusammenfällt. In den 1980er Jahren stiegen die Tabaksteuern, verzehnfachten sich die Anti-Nikotin-Kampagnen, verlor die Zigarettenlobby an Einfluss und brachte zu allem Überfluss auch noch Nicorette seinen Kaugummi auf den Markt. Zum ersten Mal in ihrer Geschichte verbuchte die Zigarette einen Einbruch. Die Fabrik in der Rue Saint-Antoine entließ ein paar ihrer Werbefachleute, darunter auch Normand Lagacé. Régines Vater war ein ambitionierter und stolzer Mann, der beharrlich nach standesgemäßen Anstellungen suchte. Ein langwieriges und erfolgloses Unterfangen, bei dem eine Enttäuschung auf die nächste folgte. Hoch verschuldet musste er schließlich das reizende Haus verkaufen, bald darauf auch das Auto und das Klavier, und musste zu allem Überfluss mit seiner Familie in eine der winzigen Wohnungen an der Rue Beaudoin ziehen. Er bemühte sich weiterhin um eine akzeptable Arbeit, bis er all seine Anstrengungen und seine Verzweiflung schließlich unter eine U-Bahn warf. Der letzte Akt einer Tragödie, die die Linie der Lagacés und die damals neu eröffnete Station Place-Saint-Henri befleckte.

Die kultivierte Madame Lagacé, die allerdings nur Petits Fours herzustellen vermochte, war fortan Witwe, alleinerziehend und mittellos. Wer hätte ihr sonst helfen können, wenn nicht ihre Nachbarin Hélène Dutoit, deren unerschütterlicher Charakter und die Arbeit hinterm Tresen sie darin gestärkt hatten, diversen Nöten zu begegnen? Die Barfrau ermunterte die Unglückliche, sich ihre Freiheit und ihren Mädchennamen wiederzuholen: »Verlinskaya ist so hübsch!« Sie half ihr, die Kontrolle wiederzuerlangen, und begleitete sie sofort zu einem Kurs für Sekretärinnen. Ihre Tochter Sarah, die ebenfalls vor Wohlwollen nur so strotzte, nahm Régine unbefangen unter ihre Fittiche. Noch geschockt vom familiären Niedergang erlitt das Mädchen einen weiteren Schock, als ihr ausgerechnet die Person einen Rettungsring zuwarf, die sie eigentlich verachtete. Es war eine Lektion in Sachen Menschlichkeit, die Régine alles hinterschlucken ließ: ihre Arroganz, ihre

Selbstgefälligkeit, ihre Lästerei. Es wurde Zeit, den Hang langsam wieder hinaufzusteigen.

Und Régine kletterte ihn rasend wie eine Furie hinauf. Auf dem Weg zum Olymp ging sie durch die Hölle, ohne je zurückzuschauen. An der Berufsschule von Saint-Henri, an der sie zeitgleich mit ihrer Mutter angenommen wurde, war sie Sarah auf der Liste der Besten dicht auf den Fersen und absolvierte jede Etappe mit Auszeichnung. Sie wurde so gut, dass sie nach drei Jahrzehnten, fünf Diplomen und einem Haushalt, den sie glücklich mit einem Psychiater aus Westmount teilt, ihren Hochmut wiederfand. Das Ganze krönt noch ein Sohn, der auf brillante Art Chopin spielt. Daher tut sie nun so, als gäbe es die dunklen Flecken ihrer Vergangenheit nicht. Sie raucht höchstens eine Filter- oder Slim-Zigarette pro Tag, fährt einen strahlenden Audi und dreht den tugendhaften Mächten, die sie für das Drama in ihrem Leben verantwortlich macht, eine lange Nase. Wenn sie heute nicht allzu widerwillig nach Saint-Henri fährt, dann, um dem Kaffee von Philippe zu huldigen und auch der immerwährenden Freundschaft zu der Frau, die sie stets als ihren Schutzengel sieht. Außer dem Viertel, aus dem beide kommen und das Régine zu verleugnen sucht, haben sie noch mehr gemeinsam: Beide sind aktiv, gehen begeistert ihrer Arbeit nach und sind große Fans von (stets heilsamer) Musik und anderen Künsten. Sie haben auch gemeinsame Schwächen wie eine starke Abhängigkeit von

Kaffee und die Neigung zu Schlaflosigkeit, häufig infolge von emotionalen Ausbrüchen – oder Zigarettenqualm –, die Régine allerdings verschweigt.

Sarah würde weder ihre Herkunft noch ihre Fehler verbergen. Sie ist zu sehr mit der Straße und der Gegenkultur verbunden, um sich auf nur eine Person einzulassen. Die gutgläubige Seele hat ein flatterhaftes Herz, das sich nicht festlegt, und zeigt sich auch in Sachen körperlicher Zuneigung großzügig. Nur Régine, die sie wie eine Schwester liebt, bleibt sie treu und ist ihr gegenüber immer einfühlsam, auch wenn diese phasenweise echt unausstehlich sein kann. Außerdem beeindruckt sie die unermüdliche Entschlossenheit, die Régine an den Tag legt, und vor allem ihre Raffinesse, mit der sie an der Universität forscht. Es ist eine große Freude, in ihr Labor eingeladen zu sein und ein Gehirn dank eines MRT in Echtzeit beim Grübeln zu beobachten. Eine Sinfonie aus Milliarden Neuronen, die in alle Richtungen kommunizieren und mindestens genauso viele Feuerwerke auf dem Bildschirm entfachen. Für Sarah ist es ein expressionistisches Meisterwerk in einer Schädelhöhle, ein Kandinsky in lebhaften Farben, der ihr jedes Mal die Sprache verschlägt.

Doch wieder zum Café auf der Rue Notre-Dame. 13:27 Uhr. Ausnahmsweise vertauschen sich die Rollen, die sanfte Taube schickt sich an, die Löwin zum Staunen zu bringen. Sarah trotzt der Spitze wegen Gehalt und Drahtesel und wirft eine Granate ab:

»Régine, setz dich, ich muss dir von jemandem erzählen. Aber ich warne dich vor, es wird dir die Sprache verschlagen.«

Régine nimmt Platz und macht ein ungläubiges Gesicht. Es braucht einiges, um Doktor Lagacé aus der Fassung zu bringen. Sie hat schon viel gesehen. Trotzdem schaut sie Sarah mit ihren tiefschwarzen, neugierig funkelnden Augen an.

»Ist das so?«

»Du wirst dabei dein Latein vergessen.«

Der Satz sitzt, aktiviert Régines Speicheldrüsen wie die von Pawlows Hunden. Oder ist es wegen des Geruchs der Bodumkanne, die soeben an ihren Tisch gebracht wurde? Wie dem auch sei, die Ankündigung und die frisch aufgebrühten Arabicabohnen wirken unwiderstehlich. Sarah zögert den Moment hinaus, gießt den Nektar behutsam in die Tasse ihrer Freundin. Genuss liegt auch in seiner Erwartung. Der Kaffee plätschert leise in die Tasse, verströmt dabei sein köstliches Aroma, das einem sanft in der Nase streichelt und einen ins Hochland von Abessinien versetzt. Jedes Mal, wenn Régines Lippen die feine Flüssigkeit berühren, vergisst sie ihre Sorgen, ist alles im Einklang. Ihre Lider schließen sich, und sie genießt das warme Elixier mit einer dezenten Schokonote und einem Hauch Rosenlimonade. Mit einem hellen Klirren landet die Porzellantasse wieder auf ihrem Teller. Sie seufzt zufrieden.

»Bach hatte recht, Kaffee ist lieblicher als tausend Küsse. Und jetzt erzähl mir alles!«

Sarah beugt sich vor, bringt sich für ihre Enthüllung in Position, ihr Gesicht strahlt wie die Sainte-Chapelle in Paris.

»Ich hab da einen Fall, der deine Wissenschaft auf den Kopf stellen wird.«

»Das hast du schon gesagt.«

»Ein etwas älterer Typ, vielleicht Ende 50 ...«, so beginnt Sarah die wohl unwahrscheinlichste Erzählung mit einem Obdachlosen in der Hauptrolle. Der Wildfremde war im Winter das erste Mal im Bonneau-Treff aufgetaucht. Mit struppigen Haaren und zotteligem Bart, der Teint etwas dunkler. Wie viele andere kam er wegen der Suppe und um sich aufzuwärmen. Sarah hatte ihn nicht weiter beachtet, zumindest nicht gleich, da sie anderweitig beschäftigt war. »Ich musste drei große Rückfälle händeln, erinnerst du dich? Die Armen waren mit ihrem Entzug gescheitert ...« Régine trommelt mit den Fingern sanft auf dem Tisch, so wie jedes Mal, wenn Sarah vom Thema abschweift, *das ist bei ihr chronisch.* Sarah versteht den Wink.

»Schon gut. Anfangs ist er mir kaum aufgefallen.«

Im Weiteren erwähnt sie, dass der Mann ab und zu im Treff auftaucht. »Er isst eine Kleinigkeit und geht dann wieder, und wir haben keine Ahnung, wo er schläft. Er hebt immer ein Stück Brot auf, mit dem er wohl die Tauben füttert. Er zeigt ihnen gegenüber echte Zuneigung, die er für Menschen nicht zu empfinden scheint. Es ist schwer, mit ihm zu reden. Er ist nicht stumm, er ist nur nicht in der Lage, sich vernünftig zu unterhalten. Wenn er sich an jemanden wendet, dann um nach der Uhrzeit zu fragen: ›Bitte, wie spät ist es?‹, so als hätte er ständig Angst, er käme zu spät. Aber die Antwort darauf kümmert ihn nicht, es ist ihm egal, ob es 13:37 Uhr oder 13:40 Uhr ist. Er ist sogar vor der Antwort schon wieder weg. Er redet mit sich selbst, spricht zusammenhangloses Zeug, dazwischen zitiert er ab und zu bedeutende Dichter. Vermutlich ist er schizophren, oder er leidet an einer Sprachstörung. Vielleicht ist es die Wernicke-Aphasie«, sagt Sarah, »weil er sich zwar flüssig äußert, aber das Gesagte keinen Sinn ergibt.«

»Ich weiß, was eine Wernicke-Aphasie ist.«

Régines Verärgerung darüber, dass Sarah alles in die Länge zieht, ist zu spüren. Vermutlich genießt sie die Ungeduld ihrer Zuhörerin wie sonst den Kaffee.

Die Erzählerin der Geschichte erwidert: »Wart's ab! Jedes Detail zählt.«

Sie wiederholt, dass es schwer sei, mit ihm ins Gespräch zu kommen. »Er ist ständig auf der Hut, manchmal überkommt ihn ein Juckreiz, ein Tick, und er kratzt sich wütend die Haut oder verscheucht unsichtbare Fliegen, indem er wild mit den Händen fuchtelt. Fragt man ihn, wie er heißt oder woher er kommt, antwortet er nicht. Er käut immer nur dieselben Verse wieder oder redet unsinnig vor sich her, zum Beispiel, welchen Horror er im Zweiten Weltkrieg erlitten hat, und sogar während des Ersten Weltkriegs in den Gräben von Gallipoli. Nur«, betont Sarah, »der Erste Weltkrieg ist über ein Jahrhundert her.«

»Schon klar, ich kann rechnen.«

Ohne mit der Wimper zu zucken fährt Sarah fort. Listet die zahlreichen Delirien des Halluzinierenden auf, in denen er Pérouse erwähnt, Gallipoli, London und Babylon, ohne irgendeinen Unterschied. »Er spricht über eine Giraffenjagd in der Kalahari, schweift dann plötzlich ab und erzählt vom Vietcong oder spricht von der unendlichen Tristesse der Monsunregen nach dem Fall Saigons. Was er durchgemacht hat, scheint ihn tatsächlich wie ein getriebenes Tier traumatisiert zu haben. Er erschrickt jedes Mal, wenn eine Tür knallt, oder zittert am ganzen Körper, sobald Stiefel trampeln. Hört man ihm genau zu, dann hat er an mehreren Fronten in verschiedenen Epochen gelitten.«

»Dann ist er eben ein Spinner. Bis jetzt ist alles halb so wild.«

Sarah lächelt verschmitzt.

»Stimmt. Bis letzte Woche.«

»Endlich kommst du zum Kern der Sache!«

Sarah erzählt die Ereignisse von letztem Dienstagmorgen. Sie stieg wie gewohnt in Saint-Henri auf ihr Fahrrad, fuhr auf dem Radweg entlang des Kanals bis zum Bonneau-Treff in Vieux-Montréal. Als sie am Pointe-à-Callière-Museum vorbeifuhr, erregte eine Notenflut ihre Aufmerksamkeit. Sie wurde langsamer und hörte genauer hin. Die Musik kam vom Vorplatz des Museums, von einem der öffentlichen Klaviere, die im Sommer immer wieder erklingen. Die opulente Melodie, die komplexe Notenfolge ergriffen Sarah. Das war sicher nicht das abgehackte Geklimper eines Musikanten.

»Ich ging näher ran, war hin und weg.«

»Lass mich raten, der Pianist war dieser Unbekannte.«

»Genau!«

Unter den vielen Passanten, die erstaunt stehen geblieben sind, befand sich Francis, der ehrenamtlich im Bonneau arbeitet.

»Francis kennt sich mit klassischer Musik aus, nicht so gut wie du, aber er traute seinen Ohren kaum. Er sagte, dass das das Dritte Konzert von ... von ... Rach-irgendwas sei.«

»Das Dritte Klavierkonzert von Rachmaninow?«

»Ja. Und ohne dass er auch nur einmal danebenlag!«

Kurz ist es still. Ein Sonderling, der das Dritte Klavierkonzert spielt – der Everest für jeden Pianisten –, verzauberte nicht nur das Publikum vor Ort, sondern auch hier und jetzt die musikliebhabende Neuropsychologin.

Allerdings kommt die Gelassenheit schnell wieder angaloppiert.

»Ein hochbegabter Autist, vielleicht Asperger. Einige der Fälle sind sehr beeindruckend. Hat er noch andere Stücke gespielt?«

»Ja, Francis hat sie ganz aus dem Häuschen nacheinander aufgezählt. Aber du kennst mich, ich habe sie wieder vergessen.«

Régine, die das Erzählte euphorisch gemacht hat, wirkt verärgert.

»Die Art, wie er spielte, ließ die Zuschauer die dicken Scheine aufs Klavier legen. Aber das war längst noch nicht alles!«

»Tatsächlich?«

Als Sarah an diesem Dienstag im Treff ankam, erzählte sie gleich ihren Kollegen davon. Der Bärtige wurde zum Hauptthema. Und so berichtete Brigitte von einer weiteren Meisterleistung. »Weißt du welche Brigitte?« Eine Betreuerin, die Kunst als Werkzeug der Wiedereingliederung bevorzugt. Einige Tage vor dem verblüffenden Pianosolo leitete Brigitte einen Bastelkurs für Obdachlose. Der mysteriöse Unbekannte war zufällig vor Ort, verscheuchte gerade unsichtbare Fliegen. Brigitte gab ihm Pastellfarben und sagte: »Mein Lieber, zeichne deine Kalahari für mich.« Daraufhin griff er sich die Farben und malte los. Er malte die afrikanische Wüste bei Sonnenuntergang, verkrampft wie ein von Lichtspielen und der Unstetigkeit der Farben besessener Monet. Der Künstler schichtete übereinander, ließ Pigmente einander überlagern, bereicherte die Palette um Nuancen, je weiter die Sonne über den orangefarbenen Sand schimmerte. Eine grandiose, aber flüchtige Szene, ein Bild wie aus einem Film. Brigitte hatte es vor Begeisterung die Sprache verschlagen. Dann fing die Hand des Malers an zu zittern, und dieses Zittern breitete sich in seinem Körper aus. Er bäumte sich auf und zerriss das Bild, die Kalahari, in Fetzen, wodurch Brigitte ihrer Worte und auch jeglichen Beweises beraubt wurde. So hatte sie es Sarah berichtet, und die hat es an diesem Sonntagnachmittag gegen 14 Uhr Régine erzählt. Die ist nun neugierig geworden. *Na also!*

»Das waren schon zwei Meisterleistungen. Also fing hinter den Kulissen das Getuschel an.«

Vielleicht hat der Mann noch weitere Talente. Am nächsten Tag kam er wieder zum Treff. Jérôme, einer der ehrenamtlichen Köche, wollte ihn in Arithmetik testen. Mit dem Taschenrechner in der Hand stellte er ihm Rechenaufgaben, erst grundlegende wie Plus und Minus von zusammengesetzten Zahlen mit zehn, zwölf und 15 Stellen. Seine Antwort kam sofort und stimmte bis auf die letzte Ziffer. Also setzte Jérôme einen drauf, mit Multiplikation, Division, x-te Wurzel von immer größeren Zahlen. Jedes Mal im Tausenderbereich. Schließlich tummelte sich die gesamte Küchencrew um ihn wie Mücken ums Licht, und alle hatten eine knifflige Aufgabe für ihn. Danach hatte einer die Idee, ihm einen Spitznamen zu geben, der seinen wahnsinnigen, höllischen Meisterleistungen entspricht. Der Phönix.

»Ich fühlte mich immer unwohler«, gesteht Sarah. »Wir ließen ihn Kunststücke aufführen wie ein Zirkustier oder einen dressierten Hund!«

Doch er wirkte nicht verärgert. Scheinbar war ihm dieses Spiel sogar lieber als alle anderen Formen der Kommunikation. Zumal er währenddessen auch aufgehört hatte, zu zittern und sich zu kratzen. Der Mann, der für gewöhnlich in sich gekehrt ist, war erstrahlt.

Fragt man ihn, woher er seine Fähigkeiten hat, verliert er sich in poetischem Wirrwarr. Er sagt, die mathematischen Ergebnisse sieht er wie eine farbenfrohe Landschaft oder wie ein köstliches Gericht, dessen Zutaten nicht besser aufeinander abgestimmt sein könnten.

Zum ersten Mal klebt Régine an Sarahs Lippen und unterbricht sie nicht. Sie ist so versunken, dass sie ihren Kaffee vergisst, was Bände spricht. Tief in ihren Pupillen ist zu erahnen, dass ihr Hirn gerade schwer arbeitet.

»Dein gelehrter Hund ist ein Synästhet«, wirft sie ein.

»Ein was?«

Régine erklärt: »Unter den Synästheten finden sich ein paar Genies. Durch eine gekreuzte Verkabelung der Neuronen verwechseln sie die Sinne. Synästheten sehen Zahlen als Farben, beispielsweise ist die Fünf immer blau und die Sieben rot. Oder sie erkennen dieselben Zahlen als Teile einer Einrichtung. Diese ungewöhnlichen zerebralen Verbindungen entstehen unbewusst und können genetisch bedingt sein. Eine schöne Anomalie, denn sie multipliziert die Sinnesempfindungen, was das Erinnerungsvermögen stärkt und das Rechnen erleichtert.« Trotzdem hat Régine noch nie von einem so vielseitigen Synästheten gehört, der sogar Zahlen mit Gewürzen für ein Gericht assoziiert.

Und es geht noch weiter.

»Wegen der Erwähnung des köstlichen Gerichts kam Jérôme eine weitere Idee. Am übernächsten Tag, als dieser phänomenale Typ wieder aufkreuzte, forderte der Koch den hellen Kopf erneut heraus. ›Hey, Phönix! Du kennst dich doch mit den Maßeinheiten von Zutaten aus, also hilf mir doch bei der Zubereitung eines Ragouts.‹ Keine Antwort, dafür wich er Jérôme den ganzen Morgen wie ein braver Soldat nicht von der Seite. Er verschwand nur eine knappe Stunde, um seine eigenen Gewürze zu holen.«

Régine ist ganz Ohr: »Und dann?«

»Alle sind sich einig, das Ragout war göttlich.«

»Was waren das für Gewürze?«

»Keine Ahnung. Vielleicht Kräuter aus irgendeiner Einöde.«

Hm. 14:29 Uhr, auf der Wange der Forscherin zeigt sich ein nervöser Tick. Wenn sie ihr Gesicht anspannt, dann, weil sich ein Dorn in ihre graue Masse bohrt. Etwas stimmt nicht. Für gewöhnlich stürzen sich Autisten in ein paar spezifische Interessengebiete, was in der Natur ihrer Störung liegt. Derartige Begabungen auf gleichem Niveau angehäuft zu finden, verwirrt die Neurologieexpertin.

»Er muss irgendwo Familie haben. Seid ihr dem nachgegangen?«

»Natürlich!«

Sobald eine Psychose vermutet wird, wird das Gesundheitsamt informiert. Im Winter wurden Flyer mit einem Foto des Unbekannten verteilt.

»Und?«

»Nichts. Keine medizinische oder Polizeiakte, kein Verwandter, der ihn sucht. Also haben wir nicht weitergegraben und keinen unnötigen Alarm geschlagen, da der Typ keine Gefahr darstellt, bis auf seine Zeichnungen.«

Régine geht die Sache gedanklich immer wieder durch, ihr Verstand läuft auf Hochtouren. Der Phönix kommt vielleicht aus dem Ausland. »Ist dir etwas Markantes an ihm aufgefallen?«

»Etwas Markantes?« Sarah sieht seine zerzausten Haare vor sich, seinen gebräunten Teint, seine Augen. Ja, vor allem seine Augen. In einem aufregenden Graugrün, so als wären die Farben in ihnen wild durcheinandergeraten, das Ergebnis diverser Farbmischungen. »Er könnte von überall sein«, flüstert sie, »von hier oder dem Ende der Welt.«

»Mich interessiert seine Stimme. Hast du einen Akzent herausgehört, der ihn verraten könnte?«

»Er spricht perfektes Französisch, so als käme er direkt von der Académie française. Merkwürdig ist allerdings, dass er, je länger man sich mit ihm beschäftigt, immer mehr Sprachen spricht.«

»Andere Sprachen?«

»Und auch die perfekt.«

Die Kirsche auf dem Eis.

So wandelt der Phönix wie ein Chamäleon im multikulturellen Schmelztiegel des Bonneau-Treffs. Wenn er seine Suppe mit den Anglos isst, führt er Selbstgespräche in der Sprache Shakespeares. Er sagt dann zum Beispiel: ›Excuse me, Sir, what time is it?‹, und zitiert Dickinson oder redet unsinniges Zeug vom Ersten Weltkrieg, Pérouse, Babylon oder der Kalahari, aber in einwandfreiem Englisch. Sicher kann man perfekt in zwei Sprachen sein. Nur wenn derselbe Teufelskerl unter Latinos ist, spricht er auch akzentfrei Spanisch. Die Spanisch-Muttersprachler bestätigen, dass sie keine Verzerrung heraushören, die zeigt, dass er die Sprache erst später erlernt hat. »Auch der alte Wang meint«, sagt Sarah begeistert, »er spricht Kantonesisch, als wäre er am Ufer des Chinesischen Meers geboren. Und Tuan bestätigt, er spricht Vietnamesisch, ohne es zu verhunzen, und vermittelt den Eindruck, als wäre er in den Gassen Saigons aufgewachsen.«

»Es ist unmöglich, all diese Sprachen perfekt zu beherrschen!«, ruft Régine skeptisch aus.

»Ich schwöre dir, er hat was von Babylon!«

»Es ist unmöglich«, wiederholt Régine, »physiologisch unmöglich ...«

TAGEBUCH EINES BABYLONISCHEN GELEHRTEN

Januar 1999

In der Wissenschaft ist nichts unmöglich. Unser Gehirn ist dermaßen flexibel, dass niemand sein Ausmaß kennt.

Immerhin besteht die menschliche Intelligenz aus einhundert Milliarden miteinander verbundenen Neuronen, und jedes einzelne dieser Neuronen ist ein Prozessor, der ein Signal verarbeiten und an andere Neuronen via 10 000 Kontaktpunkte weiterleiten kann. Das macht eine Billiarde synaptische Verbindungen. Damit sind die möglichen Permutationen in der Entwicklung der neuronalen Netzwerke unbegrenzt, und unser Gehirn ist stärker als jeder Computer.

Dieses dichte Netz entwickelt sich hauptsächlich in den ersten Lebensjahren. Das Babygehirn ist eine überaus leicht zu formende Masse, in jeder Sekunde kommen Tausende synaptische Verbindungen dazu. Das Kleinkind verfügt über eine rohe Intelligenz und kann etwa die Phonetik von jeder beliebigen Sprache lernen. Die Zahl der neuen synaptischen Verbindungen nimmt mit den Jahren ab, das bedeutet aber nicht, dass das Hirn nur noch verkümmert.

Am University College wird das Gehirn von Londoner Taxifahrern untersucht. Sie bahnen sich ihren Weg durch die chaotische Stadt, merken sich Tausende von Straßen und in etwa genauso viele Adressen. Eine Herkules-Aufgabe für das Gedächtnis, das Normalsterbliche über sich hinauswach-

sen lässt. Beziehungsweise die Leistung unseres Gehirns. Im Neuroimaging zeigt sich, dass die Region des Hippocampus, wo das räumliche Gedächtnis sitzt, bei den Taxifahrern vergrößert ist. Das beweist, dass unsere graue Materie sich weiterhin entwickeln und verändern kann. Das Gehirn fasst mehr als der Himmel, schrieb Dickinson.

Lassen wir uns nicht täuschen. Es wird stets einfacher sein, Dinge zu lernen, die mit den Errungenschaften unserer frühsten Kindheit in Verbindung stehen. So wird das größte Genie aller Zeiten die Person sein, die auch noch im Alter die zerebrale Flexibilität eines Kleinkinds hat.

Wie spät ist es? Ich muss ins Forschungszentrum. Goethe hatte recht. Wenn wir sehen, wie sich das Schwierige leicht ausführen lässt, meinen wir, dass das Unmögliche möglich ist.

18:41 Uhr. Während eines für das britische Klima typischen Sprühregens verlässt die junge Lin Li-Mei ihre Zweizimmerwohnung nahe der Paddington Station. Sie steigt in ein Taxi, das sie zur renommierten Royal Albert Hall bringt. Als Stipendiatin nimmt die Musikstudentin am Finale eines Klavierwettbewerbs teil, einem von denen, die Karrieren antreiben und Türen öffnen. Zu Beginn des neuen Jahrtausends wollten die Organisatoren dem Wettbewerb mehr Würze verleihen und rückten das technisch heikle Werk des Komponisten Sergei Rachmaninow ins Zentrum. Eine geeignete Herausforderung für eine Pianistin vom Schlag Lin Li-Meis, die vor Talent und Zuversicht nur so strotzt. Ihr hübsches, marmornes Gesicht zeigt keinen Hauch von Nervosität.

Die in Guangzhou geborene, am Zentralkonservatorium von Beijing und an der Londoner Royal Academy of Music ausgebildete hochbegabte Frau beherrscht einwandfrei Kantonesisch, Mandarin, Englisch und die Musiklehre. Ihr Koffer war gefüllt mit Partituren und Hoffnungen einer ganzen Verwandtschaft von Musikern, die in der Kulturrevolution mundtot gemacht wurde. Denn unter Mao schlossen die Roten Garden die Konservatorien, verbrannten die Klaviere und schickten die klassischen Interpreten zum Hacken auf die Felder. Ein schweres Trauma für die Familie Lin. Darum wurde im März 1978, als die Pflaumenbäume blühten und die Akademien endlich wieder öffneten, das Neugeborene, das durch seine Geburt den Frühling verkörperte, Li-Mei, »atemberaubende Pflaumenblume«, genannt. Sobald das außergewöhnliche musikalische Talent des Mädchens entdeckt wurde, legte die ganze Familie zusammen, sogar die Cousins und Urgroßtanten, um es aufopfernd zu pflegen, erst in Guangzhou und Beijing, dann in London. Nun sitzt sie mit 22 in einem Taxi, vollkommen in sich versunken und eifrig damit beschäftigt, die Noten auf dem Weg zum Ruhm zu visualisieren. Zumindest ist das die Hoffnung. Li-Mei ist ein Ass der Konzentration, hat ihr ganzes Leben lang kontinuierlich ihre Energie in den Klavierkasten geleitet. Sie hasst es, aus ihrer Blase geholt zu werden. Besonders von einem Taxifahrer und noch dazu wegen Small Talks über das grässliche Wetter, »a hell of a day«. Das junge Wunderkind lässt den Fahrer schwatzen.

Das Taxi biegt auf den Carriage Drive und fährt durch den Hyde Park. Li-Mei entdeckt einen Ballonverkäufer, dessen Schatten sich hinter dem Vorhang aus Nieselregen abzeichnet. »Der Kerl ist schon seit Wochen da«, sagt der Fahrer. »Verkauft seine Zeppeline bei gutem wie bei schlechtem Wetter. Bereitet sich wohl auf das 60-jährige Jubiläum der Schlacht um England vor.« Keine Reaktion der Insassin. Der Fahrer redet weiter, beschwört seine Kindheitserinnerungen herauf. »Ich war damals erst fünf Jahre alt, aber ich habe diese riesigen Elefanten nicht vergessen, die zu

Hunderten über London flogen. Sie dienten als Sperre für die Fritz-Flugzeuge. Für einen Knirps wie mich bekam der Krieg dadurch etwas seltsam Festliches. Ist schon komisch, woran man sich so erinnert!«

Die Geschichte entlockt der Studentin auf ihrem Weg zum Ruhm – zumindest ist das die Hoffnung – kein Lächeln. Der Mann lässt sich davon weder bremsen noch entmutigen, er versucht weiter, mit der hinreißenden Insassin ins Gespräch zu kommen. Er entscheidet sich für ein intellektuelleres Thema als das graue Nass oder den Krieg. »Am University College wird mein Gehirn studiert? Anscheinend ist mein räumliches Gedächtnis eines Herkules' würdig.«

Im Rückspiegel beobachtet er, wie die Nymphe reagiert – immer noch ein Eisblock. Er legt nach. »Im Ernst, Forscher scannen mein Gehirn, um zu beobachten, wie mein Hippocampus wächst. Anscheinend haben wir ein Seepferdchen im Schädel. Wussten Sie das? Und darin sitzt unsere Erinnerung. Ich füttere mein Pferdchen täglich. Während ich durch die Straßen der Hauptstadt galoppiere, wird es kräftiger. Na ja, und das beeindruckt die Wissenschaftler!«

Hat er die Insassin etwa zum Auftauen gebracht? Li-Mei hat tatsächlich eine Augenbraue hochgezogen, zwar nicht bei der Erwähnung seiner Gedächtnisleistung, aber bei der der Universitätsforschung. Dem Fahrer ist es gelungen, die Aufmerksamkeit der Frau auf sich zu ziehen, sie sogar aus ihrer Blase zu holen. Was an sich äußerst bemerkenswert ist, bemerkenswerter als das Navigieren durch das Londoner Labyrinth. Das sich anbahnende Gespräch wird allerdings im Keim erstickt, als am Ausgang des Parks das Amphitheater erscheint. Es folgt ein knappes: »Wie viel schulde ich Ihnen?« Ziemlich dürftig, wenn man genau darüber nachdenkt. Die Fahrt ist bezahlt und die Musikerin bereits wieder in ihrer Blase, steigt aus und öffnet in aller Ruhe ihren Regenschirm.

Der Fahrer bleibt noch einen Moment stehen, sieht diesem Nachtfalter mit der geheimnisvollen Aura nach, bis die zierliche Silhouette, die im goldenen Licht der Royal Albert Hall funkelt, hinter dem Vorhang aus Sprühregen verschwindet. Um 19:02 Uhr verwandelt sich die britische Hauptstadt plötzlich in ein exotisches Kanton während der Monsunzeit. Zumindest ist das das Bild, das sich in den hypertrophen Hippocampus des Londoner Taxifahrers einbrennt. Eine Postkarte für seine alten Tage.

Im Inneren des Amphitheaters folgt Li-Mei dem gebogenen Flur, steuert mit sicherem Schritt die Logen an, wo ihre Kommilitonen und Professoren hin und her eilen. Trotz ihrer unumstößlichen Gelassenheit spürt sie nun das Gewicht der familiären Geister auf ihren zarten Schultern. Ihre gewaltigen Schatten folgen ihr bis hinter die Kulissen. Um ihre aufdringliche Präsenz zu bändigen, sagt sie ihr Mantra auf: Ich bin stärker als sie. Sie können mir nicht das Wasser reichen. Und fährt entschlossen fort: Ich kann mehr als meine Ahnen. Ich kann mehr als meine Professoren. Vielleicht sogar mehr als Rachmaninow. Mit diesem Glauben betritt sie die Loge. Vor dem Spiegel richtet sie zwei Strähnen, die Kleiderfalten, ihre Konzentration.

Um 20:44 Uhr begibt sie sich zum Amphitheater. Dort wartet auf der Bühne unter dem lodernden Licht der großen Kuppel ihre Waffe auf sie, ein majestätisches Klavier. Dort erwartet sie auch der schonungslose Blick der Juroren und eines bewanderten Publikums. Als Li-Mei sich ans Klavier setzt, hält sie kurz inne. In der Royal Albert Hall ist es erdrückend still. Mit geschlossenen Augen wiederholt sie ihr Mantra: Ich bin stärker als sie, sie können mir nicht das Wasser reichen ... Ohne dass sie die Augen öffnet, gleiten ihre grazilen Finger ganz langsam zu den Tasten, so als wären sie Pflaumenblüten, die der Wind trägt. Es ertönt eine tiefe, bewusste Note gefolgt von einer Pause. Dann eine zweite Note, die sich in die Länge zieht. Wie ein schwerer Tropfen, der einen sintflutartigen Regen ankündigt, der augenblicklich losbricht. Auf der Bühne bewegen sich plötzlich die Hände, tanzen über die Tasten, erzeugen einen wilden Notenfluss, ganz nach dem Vorbild des russischen Maestros. Doch sie imitiert ihn nicht. Wird sich die Wettbewerberin Freiheiten herausnehmen? Ja. Was einige Juroren leicht verwirrt und perplex dreinschauen lässt.

Umso weiter sie im Stück vorwärtskommt, desto mehr entfernt sie sich vom legendären Rachmaninow, fügt nach Belieben eigene Motive ein, orientalische Referenzen. Warum auch nicht? Rachmaninow selbst betrachtete die Fantasie als wertvollste Verbündete eines Komponisten. Li-Mei ist darauf bedacht, die Musik in ihre eigenen Farben zu tauchen. Ihre Kühnheit verwandelt die Verwirrung der Juroren in Ratlosigkeit. Auch das Publikum durchläuft eine ganze Bandbreite an Emotionen. Anfangs war es noch verlegen, bald darauf neugierig und schließlich von der unglaublichen Kreativität der jungen Pianistin vereinnahmt. Im Saal sehen sie sich gegenseitig an, schauen zur Jury und wieder zur Virtuosin, sie haben das Gefühl, die Geburt eines Mozarts mitzuerleben. Ein Zuschauer schwört, im Kegel des Scheinwerferlichts den lodernden Atem der Noten gesehen zu haben, ähnlich wie ein Schwarm tropischer Schmetterlinge. Rachmaninow hat gesagt: »Musik ist die Liebe, ihre Schwester die Poesie, ihre Mutter die Traurigkeit.«

Traurigkeit ...

Während die Emotionen in der Royal Albert Hall ihren Höhepunkt erreichen und die große Kuppel erstrahlt, schleicht sich in den sonst so zementierten Schädel der Solistin ein seltsames Unbehagen. Zuerst ist es ein unangenehmer Geruch nach verbranntem Gummi – keine Ahnung woher –, der ihr leichte Übelkeit und einen seltsamen Geschmack im Mund beschert. Stoisch und bravourös spielt sie weiter, lässt sich vor dem hingerissenen Publikum nichts anmerken.

Es folgt Ohrensausen, erst ganz schwach, dann immer stärker. Es ist, als würde sich die Musik von ihr entfernen, ihr die Fuge entfliehen. Li-Meis Gesicht verkrampft sich, auf ihrer Stirn und an den Schläfen bilden sich Schweißtropfen, allerdings nicht, weil das Spiel so anstrengend ist. Das Ausnahmetalent spielt immer weiter, sie öffnet leicht die Augen und stellt fest, dass die bewundernde Menge nichts mitbekommen hat und dass sie sie jetzt unscharf sieht. Sie hält sich wacker, doch nun blitzt es vor ihren Augen. Und ihr Herz fängt an zu rasen, ihre Zehen und Finger kribbeln. Li-Mei ringt nach Luft, ihre Lider zucken. Alle Farbe weicht ihr aus dem Gesicht. Ein Krampf provoziert die erste falsche Note. Eine zweite. Ein Raunen zieht durch den Saal. Zum ersten Mal in ihrem Leben bekommt Li-Mei Panik. Ein Zittern macht sich breit – und auch eine erschreckende Vorahnung.

Tatsächlich hat nie zuvor ein Publikum ein solch tragisches Finale miterlebt.

Nach einer Reihe dissonanter Akkorde entfährt der Pianistin eine heisere Klage. Sie sackt an der Schwelle zum Ruhm in sich zusammen, ihr Kopf erzeugt beim Aufschlagen auf den Tasten eine entsetzliche Kakofonie. Die Zuschauer, Juroren, Professoren und Rivalen springen entsetzt schreiend auf. Als die Spasmen endlich vorbei sind, ist das Leben dem Körper entwichen, der Mund voller Schaum, sind die Augen verdreht.

Als der Big Ben 21 Uhr schlägt, hat ein heftiges Hirngewitter Lin Li-Mei aus dem Leben gerissen. Ein seltener, tödlicher epileptischer Anfall den Ärzten nach.

3:35 Uhr, Vieux-Port. Nach einem Monstergewitter ist der Himmel wieder klar. In der Gegend, die so manche Fabrik kommen und gehen sah, ruht das nasse Gerippe einer eisernen Drehbrücke, das rostiges Zeugnis einer blühenden Industrievergangenheit, das seit einem halben Jahrhundert für immer vom Ufer getrennt stillsteht und von Unkraut überwuchert ist. Die Drehbrücke vegetiert mitten im Kanal auf ihrer Insel dahin. Nur so Waghalsige wie ein gewisser Draufgänger gelangen noch dorthin, indem sie sich über die Bahnschienen der neuen Brücke schleichen. Im Schutz der Nacht oder im Sommer, wenn der Tag ganz früh anbricht, klettert er das alte Brückengerüst hoch zur Fahrerkabine. Ein baufälliger Verschlag, dessen vernagelten Eingang Nichtsnutze aufgebrochen haben.

Der Eindringling findet eine von der Zeit und Graffitis beschmutzte Kabine vor. Im Westen gibt es ein Fenster mit zerbrochenen Scheiben. Es bietet einen Blick auf den Kanal, seine Schleusen und seine von Fahrradwegen durchzogenen und von ehemaligen Manufakturen und inzwischen Luxuslofts übersäten Ufer. Weiter weg wacht die Turmuhr des Atwater-Markts. Ihr Weiß leuchtet in der Dunkelheit wie ein Geist, eine beständige Gestalt in einer sich wandelnden Landschaft. Im wahrsten Sinne des Wortes. Denn je näher der Draufgänger dem Fenster kommt, umso schlechter wird die Sicht. Die Luft lädt sich mit Partikeln auf. Das Wasser, der Boden, die Gebäude hüllen sich in einen schwarzen Mantel, so als wäre gerade Asche vom Himmel geregnet, als wäre die Zeit entgleist und die Stadt ein Jahrhundert zurückversetzt, in eine Epoche, in der Montréal als junge Wettstreiterin mit dem industriellen London seinen Glanz aus Ruß schöpfte. Schon bei einer winzigen Verlagerung seines Gewichts sieht er wieder die Stadt von heute, in ihrer gepflegten Erscheinung.

Je nach Perspektive zeigt sich der Kanal bürgerlich sauber oder schmutzig. Das Einzige, was unverändert bleibt, ist die Turmuhr als Rest einer amerikanischen Industrielandschaft, die noch makellos dasteht und von Ruhm und Verfall zeugt.

Der Draufgänger hält viel mehr von dieser optischen Täuschung, als er sich auf dem Weg hierher erhofft hat. Er erwartete nicht, an diesem Ort das Werk eines Erbauers, sondern das eines Sprayers vorzufinden. Klopf. Klopf. Ein Trugbild. Und was für eins! Allergrößte Kunst. In dieser schwer erreichbaren Bruchbude hat ein Meister der Illusion das Fenster verschlossen, um es durch die perfekte Darstellung desselben Fensters zu ersetzen, mit den zerbrochenen Scheiben und dem Blick auf den Kanal, Vergangenes und Gegenwärtiges. Es braucht die Augen eines Philatelisten, um die winzigen Details des Kunstwerks zu erkennen und darüber das gewaltige Knowhow eines Miniaturkünstlers zu ermessen. Eine

Folie über dem Dargestellten erschafft zugleich den Effekt einer Fata Morgana und die Illusion von Glas, das nachts um 3:59 Uhr einen verblüfften Blick spiegelt.

Wessen Blick eigentlich?

Den des jungen, urbanen Kundschafters und kleinkriminellen Künstlers Ángel Escobar. Der, auch wenn er ein talentierter Sprayer ist, dieses Trugbild nicht erschaffen, sondern zufällig nur entdeckt hat. Aufgestöbert während seines Lieblingszeitvertreibs, immer zum Ende der Nacht und zum Wochenstart, zu einer Tageszeit, in der die Stadt lethargisch und die Polizei weniger wachsam ist. Als ehemaliger Schüler einer Kunstschule erkennt Ángel ein Juwel. Noch nie hat er in der Welt der Spraykunst so ein mysteriöses und unaufdringliches Bild in der Ruine einer unzugänglichen Brücke entdeckt. Ein Meisterwerk, das allein ein herumtreibender Schulabbrecher wie er bewundern kann, sonst niemand.

Eigentlich springen Graffitis ins Auge, denkt Ángel, auch sein eigenes Bomb ist immer deutlich zu sehen. Wegen des Kicks, nicht aus Eitelkeit. Er hat dieses irrationale Verlangen danach, überall sein »Ángel« zu hinterlassen, vor allem weiter oben, an Stellen, die schwer zugänglich sind, etwa den Spitztürmen der Industriekolosse, die in der Nähe des Kanals noch stehen. In der Szene wird er »der Seiltanzsprayer« genannt. Höhe oder Korrosion machen ihm nichts aus, er erklimmt schwankende Leitern und knackende

40

Wände in leeren Silos, dringt in verlassene Gebäude voll toxischem Mief ein, alles egal, sobald er oben angekommen ist. Es ist stärker als er, er muss diesen Fabriken, die keine Stoffe mehr herstellen, sondern Leinwände für Sprayer, einfach eine Seele einhauchen. Es geht ihm nicht um Feinheit, oh nein, sein riesiges Bomb ist von Weitem zu sehen: erst ein himmlisches Á mit Flügeln und Heiligenschein, die restlichen Buchstaben fallen schräg nach unten ab. Das Schluss-L ist besonders griesgrämig mit seinem abgeknickten gespaltenen Schwanz, der das Ganze wie einen gestürzten Engel wirken lässt. Im ehemaligen Fabrikbezirk bewundern viele Ángels zugleich düsteren und leuchtenden Schriftzug, ein Aufschrei stiller Wut – *um in der Nacht so hoch hinaufzusteigen, muss man am Boden gewesen sein.*

Obwohl er schüchtern ist und nicht viel erwartet, ist der junge Escobar in der Szene ein Star. Er sprüht, um seine Dämonen loszuwerden, die ihn runterziehen. Es wurde in gewisser Weise zu seiner Religion. Auch, um der Religion seiner Eltern zu entkommen. Er ist das Kind eines unfruchtbaren, zutiefst religiösen Paars, das jahrzehntelang für ihn gebetet hat und das in seiner Geburt ein wahr gewordenes Wunder sieht. Sein Vater hat in seiner Heimat El Salvador im Mariona-Gefängnis die Tortur des letzten Jahrhunderts durchgemacht. Auf dem Höhepunkt der Terrorkampagne im Land der Mörder von Monsignore Romero wurden ihm wie so vielen Guerilleros die Zehen und Hoden mit dem Schweißbrenner verbrannt. Schließlich flohen die Escobars nach Montréal, wo nach Jahren vergeblicher Versuche Ángel das Licht der Welt erblickte, trotz der angesengten Eier. Ein Wunder, für das tagein, tagaus Dios, Jesús, María und allen Kalenderheiligen zu danken ist, eine Schuld, derer sich ein Junge nur schwer entledigen kann, der zu Beginn des 21. Jahrhunderts in einer Stadt geboren wurde, in der der gute Gott keine Beachtung mehr findet und Kirchen zu Eigentumswohnung werden. Hinzu kommt, dass Ángel, der weder die Todesschwadronen noch den Bürgerkrieg kennt, keinen Anlass dazu hat, die Jungfrau oder heilige Märtyrer zu ehren. Er ist weder mit Frömmigkeit noch mit Tugendhaftigkeit gesegnet und wurde, bis auf die familiäre Verpflichtung, alle katholischen Bräuche mitzumachen, nicht gefoltert. Sieht ihn seine Familie nicht als Gauner, als faulen, anspruchslosen Schüler und undankbares Monster, das weder seine Eltern noch den Herrn ehrt? Als Inkarnation ihrer enttäuschten Hoffnungen. Als gefallenen Engel. Planlos flüchtete sich der Junge in die verbotene Welt des Sprayens. Bis er in dieser Nacht noch vor Anbruch des Tages seine Bestimmung in der Kunst fand. Vor einem vorgetäuschten Fenster.

Wer, fragt er sich noch einmal, welcher geniale Illusionist steckt hinter diesem Diptychon?

Keine Signatur, nur ein kurzer Text am Rand. Scheinbar auf Arabisch, in bemerkenswerter

Schönschrift. Jeder einzelne Buchstabe ist anders dargestellt, genauso zart wie das Bild, sodass vermutlich derselbe geniale Urheber dahintersteckt. Ist es orientalische Dichtung? Und wenn man seine Position leicht verändert? Zeigt sich darunter eine weitere, blassere Schrift. Der Illusionist bleibt sich treu. Ángel tritt näher. Bei genauerem Hinsehen erkennt er, dass der darunterliegende Text in einem anderen, kaum zu entziffernden, vergänglichen Alphabet geschrieben ist. Eine Art Inschrift wie auf einer tausendjährigen Amphore, die Archäologen behutsam mit der Zahnbürste freilegen. Ángel vermutet, dass der Künstler von Geschichte besessen ist, genauso wie von Verschiebungen und Verwirrungen.

Er erkundet den Ort weiter, nimmt die anderen Graffitis auf dieser zur Goldmine gewordenen Innenwand genau unter die Lupe. Nichts Auffälliges, bis auf den unerwarteten Luftzug, das Knarren der Tür. Das plötzliche Gefühl, vom einzigen Ausgang dieses Drecklochs aus beobachtet zu werden. Der Eindruck, ein Blick sei wie der Lauf einer Pistole auf seinen Nacken gerichtet.

Der Fußboden knarzt.

Dem Jungen zieht sich der Magen zusammen. Kalter Schweiß läuft ihm, den sonst nichts ängstigt, den Rücken hinunter. Noch ein Knarzen.

Von Angst gelähmt findet der junge Escobar in seinen Guerillero-Wurzeln schließlich den Mut, sich der unbekannten Bedrohung zu stellen. Er dreht sich energisch um.

¡Mierda!

Vor ihm steht ein zerlumpter armer Teufel. Der schlecht rasierte Mann hält sich am Eingang des Verschlags fest, steht still, fixiert Ángel mit Augen, die den Jungen aus allernächster Nähe niederschmettern.

Nach einer Ewigkeit, in der er sich mehr tot als lebendig fühlt, hat er sich wieder gefangen, hält dem misstrauischen Blick des Dämons stand. Er wurde schon wieder getäuscht.

Er erkennt, dass er genauso beschaffen ist wie das Fenster auf der gegenüberliegenden Wand. Ein lebensgroßes, hyperrealistisches Porträt, das einem das Blut in den Adern gefrieren lässt. Die alte Tür wurde zum Leben erweckt, aus rostigen Stellen wurden Altkleider oder Spuren auf einem ausgemergelten Gesicht. Es ist fabelhaft und zugleich grauenhaft. Ángel tritt näher, mit jedem Schritt verwandelt sich das Bild, wird der Blick des armen Teufels zum Blick eines Gemarterten. Er gleitet mit den Fingerspitzen über das Porträt, den zerzausten Kopf, die brüchige Haut, die aschfarbenen Augen. Die geweiteten Pupillen wie zwei qualvolle Brunnen. Für solch eine Verwandlung der Augenhöhlen braucht es einen Ausnahmekünstler. Eine derartige Not lässt sich nicht erfinden. Ángel ist sich sicher, vor einem Selbstporträt zu stehen.

4:05 Uhr. Er zückt sein Handy, knipst alles aus allen Winkeln, hält jedes Detail für die Ewigkeit fest. Dann kommt er ins Grübeln. Und wenn das nur eine Kostprobe ist? Ein Vorgeschmack auf eine ganze Sammlung, in der die einzelnen Teile in ihrer Kreativität miteinander wetteifern? Im Grunde ist jemand, der sprayt, jemand, der sät.

Endlich hat er seine Berufung gefunden: diesen Künstler aus dem Schatten ins Licht holen!

Der Tag ist angebrochen. Der Graffitikünstler ist unbemerkt wieder ins familiäre Nest und in die Rolle des Faulenzers geschlüpft, als Sarah Dutoit mit dem Rad den Kanal Lachine entlangfährt. Sie passiert jeden Morgen die ehemaligen Manufakturen und die Baustellen, die die alten Spinnereien in Studios verwandeln sollen. Um 8:14 Uhr bleibt sie in der Nähe der Docks abrupt stehen. Wegen des gewaltigen, noch frischen Graffitis, das gestern noch nicht auf dem Widerlager der Eisenbahnbrücke, die über den Kanal führt, gewesen ist. Und auch wegen des Tags, der unter Tausenden zu erkennen ist: ein meisterhaftes »Ángel«. Eigentlich thront es wie die Fahne des Triumphs eines urbanen Eroberers hoch oben auf den Silos und anderen Industrieriesen. Sie sieht es zum ersten Mal so weit unten. Das »Á« ist mit den Flügeln und dem Heiligenschein himmlisch wie immer, doch der gespaltene Schwanz des »L« ist anders. Normalerweise macht er einen Knick, doch dieses Mal scheint er fliehen zu wollen, teilt sich in Abschnitte mit kleinen feuerroten Pfeilspitzen. Die scharlachfarbene Spur führt das Eisenbahngerippe hinauf und über das Wasser. Der Ariadnefaden – wenn es einer ist – reicht über die halbe Brücke und setzt sich auf dem Wrack der Drehbrücke fort. *Die Phantom-Brücke.* Schon lange ist Sarah ihretwegen ganz neugierig, ist sie doch direkt vor ihr und trotzdem unerreichbar, doch heute ist sie nicht mehr zu zügeln. Zumal ein Engel sie dahin einlädt. Bloß ist der Zugang äußerst gefährlich und darüber hinaus verboten, zwei sehr gute Gründe, einen Gang runterzuschalten. Doch soll es deswegen nicht scheitern, Sarah hat Kontakte. Sie würde jemanden vorschicken, einen unkonventionellen und unbekümmerten Kundschafter, von denen es viele in ihrem Leben und Bett gibt. So ist das bei Sarah, sie reicht immer gleich die ganze Hand und verschenkt ihr Herz in Sekundenschnelle.

Um 8:20 Uhr schwingt sie sich wieder aufs Rad. Sie tritt in die Pedale im Rhythmus der Presslufthammerschläge auf den umliegenden Baustellen, die krachend den Glanz der vornehmen Wohnsiedlung ankündigen. Beim Gesang der Oberfräsen überkommt Sarah Mitleid für all die Arbeiter der Fabriken, die von der Karte gelöscht werden, wodurch die Zahl der Bedürftigen, für die sie sich Tag für Tag ein Bein ausreißt, zunimmt. Indirekt wandern ihre Gedanken zum Phönix, dieser im Vieux-Port umherziehenden Seele. Wenn ihn schon kleinstes Geklapper zusammenzucken lässt, muss ihn der ganze Baustellenlärm zu Tode ängstigen. Hört es sich nicht wie die Explosionen im Ersten Weltkrieg an?

Eine Vermutung, mit der sie nicht falschliegt. Das Getöse hat den Phönix tatsächlich dermaßen aufgeschreckt, dass er ganz in der Nähe in Deckung gegangen ist. Genauer gesagt unter dem Radweg in einer Unterführung, die seit zwei Jahrzehnten stillgelegt und zur Hälfte aufgeschüttet ist, in der das Wasser steht und Graffitis die Wände zieren. Das perfekte Versteck für einen Soldaten, den das Artilleriefeuer überrascht hat. Ängstlich zusammengekauert ruft er all seine Götter an in Hoffnung auf eine Waffenruhe ... oh Rumi, oh Baudelaire, oh Dickinson!

TAGEBUCH EINES BABYLONISCHEN GELEHRTEN

März 1999

Genie und Wahnsinn liegen nah beieinander. Wann wird ein Geistesblitz zu einem Blitz des Wahns? Existiert eine Grenze? Gewiss schlummert in jedem Meister ein Wahnsinniger.

Genie und Wahnsinn kennen einander seit Menschengedenken, von dem Moment an, in dem die Augen eines Homo sapiens zu funkeln begannen, als er auf die Idee kam, mit Blut und verbrannten Knochen den Felswänden Leben einzuhauchen. Von dem Moment an, in dem er seinen Bogen in eine Harfe verwandelt hat und seine Pfeile in Noten. Bis alles kippte und er sein Instrument in eine Waffe zurückverwandelt und für Blut und Asche mithilfe seiner kreativen Erfindungsgabe gesorgt hat. Plötzlich wird der kreative Hauch zu einem zerstörerischen Wind.

Das ist Tatsache. Steht sogar in der Encyclopédie: *O wie liegen Genie und Wahnsinn doch nah beieinander.*

Wo Europa und Asien aufeinandertreffen, befindet sich eine einst idyllische Halbinsel, die zu einem winzigen Schlachtfeld wurde. In der Form eines abgebrochenen Säbels ist sie keine 50 Kilometer lang und kaum fünf Kilometer breit. Sie durchziehen Gräben und zerfurchen Granattrichter. Auf diesem Stück Land drängen sich Zehntausende Soldaten aus fünf verschiedenen Kontinenten. *Auf geht's!* Australier, Neuseeländer, Engländer und Neufundländer, *weiter voran*, Inder, Franzosen, Senegalesen und Nordafrikaner, *alle vorwärts*, Deutsche, Türken, Araber und Kurden. Noch war die Welt auf so engem Raum vereint. Wegen einer Meerenge. Und wegen der Kontrolle des Bosporus.

Gerade fegt ein Artilleriefeuer über die Halbinsel, zischen Projektile wie ein Schwarm Meteore in Streifen durch die Luft. Auf jeden Einschlag folgt eine Erschütterung, erzittern Boden und Infanteristen jeglicher Herkunft vor Schreck. Sie beobachten verstört aus tiefen Gräben heraus, wie das umliegende Gelände zerfetzt, und schicken den gleichen Wunsch, dasselbe Gebet in den Himmel: Möge dieser Platzregen enden, möge Gott, Allah oder Vishnu gnädig sein und dies nicht unsere letzte Stunde, Minute, Sekunde.

An vorderster Front ist ein junger einberufener Mann, der gescheiter ist als der Durchschnitt. Er zählt die Granaten, wertet ihre Flugbahnen aus, schätzt seine Überlebenschancen ab: Diese landet weiter hinten, diese weiter vorne. *Wie spät ist es? Wie viele Granaten schlagen auf dieser verschlammten Landzunge pro Stunde, Minute, Sekunde ein?* Er rechnet im Kopf ... *Mindestens fünf.* Und wenn fünf oder sechs Granaten pro Sekunde die Nacht zerreißen, im ohnehin zerfetzten Boden einschlagen, macht das 300 bis 350, die einem minütlich das Hirn zu Brei machen können. Er rechnet und rechnet, fast 20 000 Granaten pro Stunde, mindestens 100 000 allein in dieser Nacht an diesem Fleck. *Und wie viele seit Beginn der Schlacht? Addiert man alle Höllenfronten von Belgien bis Mesopotamien zusammen, wie viele Granatenregen müssen dann die Truppen ertragen? Ist es mathematisch überhaupt möglich, lebend hier herauszukommen? Wie spät ist es? Ist meine Zeit jetzt gekommen?*

In der Nacht sind Schreie zu hören. 600 Meter entfernt ist ein weiterer Abschnitt getroffen. Die Schreie erinnern schmerzhaft daran, dass das widerliche Loch von einem Unterschlupf jederzeit zum Grab werden kann. Und wenn der Tod nicht aus dem Himmel kommt, lauert er vielleicht unter dem Boden, ein feindlicher Graben unter dem eigenen, eine explodierende Mine. Der Boden kann wie ein Vulkan explodieren und einen lebendig begraben. *Die reinste Qual, besser kriegt man eine Granate mitten ins Gesicht, ist sofort tot und ringt nicht ewig in einer Baracke mit dem Tod.* Der einberufene junge Mann ist davon überzeugt, dass langsames Ersticken die schrecklichste Art zu sterben ist. An vorderster Front zählt er die Minuten und Granaten, während er Hoffnungsloses denkt. *Das also ist die moderne Zeit? Die neue Art von Krieg?* Mit Maschinengewehren, Panzern, zehnmal so starken Kanonen, »ein Krieg, der frisch und fröhlich wird«, hieß es zu Beginn des Konflikts. Es lässt sich nicht besser sagen, es ist ein Rummel, mit Spektakel und Feuerwerk, die Haubitzen sind so kraftvoll, dass schon das kleinste Schrapnell die Männer in den siebten Himmel befördert. *Und noch mehr!* Die Artilleriesalve eröffnet nur den Ball, alle wissen, was sie bei Tagesanbruch erwartet. Die Schützen feuern ihre Maschinengewehre ab, 500 Schuss pro Minute, begleitet vom Walzer der Granaten und dem Feuer der Mauserpistolen. Alles, was dem Angriff der Infanteristen einen Rhythmus gibt. Denn auf das gebrüllte Kommando müssen sie Barrikaden und Stacheldraht überwinden, durch das No Man's Land ohne Deckung auf den Feind zulaufen. *Vieh*, denkt der Soldat, *Vieh, das zum Schlachthof geführt wird.* Das ist die Krönung des Ganzen, der gute alte Vorstoß mit dem Bajonett. Eine groteske Farce. Eine am Morgen des 20. Jahrhunderts veraltete Praxis, sinnlos in einer Auseinandersetzung im Zeitalter der Industrialisierung, mit einem Arsenal von unübertroffener Zerstörungskraft. Kanonen noch und nöcher. Wie kann selbst robustes Fleisch dieser Flut aus Stahl standhalten? Wie viele Makkabäer, Krüppel und Entstellte braucht es, damit die Verantwortlichen erkennen, wie absurd eine napoleonische Schlacht in der Moderne ist? Während die Bauern an der Front darauf warten, dass bei den Strategen gesunder Menschenverstand aufkeimt, müssen sie das endlose Martyrium erdulden.

Der Kaiser hatte recht, sagt sich der gescheite Soldat, *dieser Krieg ist ein Fest.* Ein Bankett für Fliegen. Ganze Schwärme davon, die das Niemandsland einnehmen, sobald die Waffen schweigen. Nach einer Schlacht im Sommer bedecken sie alles, die Toten wie die Lebenden in den überfüllten Schlupflöchern, ihre blutverschmierten Lumpen, ihre Henkelmänner und den Brei darin. *Wie viele Fliegen sind es?* Tausende, Millionen, Milliarden. Die mit ihrer krankheitserregenden Pracht unterwegs sind, von stehenden Tümpeln mit aufgedunsenen Toten über eilig gegrabene Latrinen zu den Henkelmännern der Soldaten. Daraus ergibt sich die nicht unbeträchtliche Wahrscheinlichkeit, an Ruhr, Cholera oder Typhus zu sterben. *Ist es mathematisch möglich, das hier zu überleben?* Zeit ist gewiss genug. Selten wurde solch eine Fülle an Fliegen, Flöhen, Ratten, Keimen gesehen, Schmutz en masse. Der Schrecken greift um sich. Eine Feuerpause wird verkündet, allein, um die zwischen den Fronten verteilten Toten zu begraben, die den gallipolischen Kessel in einen unerträglichen Gestank tauchen. In der Feuerpause tauschen die Soldaten ihre Waffen gegen Schaufeln. In der neutralen Zone kommen sie zusammen, tun niedergeschlagen an Ort und Stelle und ohne jegliches Zeremoniell, was getan werden muss. In der Feuerpause beäugen sich die Feinde schweigend. Der aufgeweckte Soldat stellt fest, dass sein Gegenüber ein armer Kerl ist, genauso blass und am Boden wie er. In seinem Blick ist nichts Böses, nur Müdigkeit und Erschütterung. Die Offiziere befürchten plötzlich das Schlimmste. Dass die Truppen sich nicht den Kugeln, sondern der Empathie aussetzen. Das Risiko ist zu hoch, die Feuerpause wird beendet. Trotz der drückenden Hitze hockt der Soldat wieder bleich in seinem Loch, wartet auf den nächsten Angriff.

Erholung an der Front ist eine Utopie. Selbst nachts. Vor allem nachts. Infanteristen versuchen zwischen dem lästigen Wach- und Bodendienst, zwischen Warnrufen und Bombardierungen, Schlaf zu finden. Sie hoffen darauf, in Morpheus' Arme zu sinken, wenn auch nur für eine Stunde oder zwei. Hoffen auf einen Traum von einer Frau, einer Brise oder einer Granate, die keinen Sprengstoff, sondern viele saftige, knackende Kerne enthält. Ein Traum, in dem Kinder lachen, buntes Heidekraut wächst, Kaffee duftet. Sanfte Träume. Die rar geworden sind, den verkrampften Gesichtern und zuckenden Körper derer nach, die die Augen schließen. Die Albträume spiegeln die Realität in Gallipoli wider, wo jedes Geschützfeuer den Alterungsprozess vorantreibt, Gesichter oder Gräber mehr und mehr aushöhlt. Jeder Monat an der Front lässt die Männer um zehn Jahre altern, wobei die meisten keine 20 Jahre alt sind. 20 Jahre, das beste Alter. Daran denkt ein Soldat mit bleichem Gesicht und von Ruhr verwüstetem Gedärm während einer Kolik, die ihn schwächt und nicht mehr von der Latrine weglässt, wo er schließlich zusammenbricht. Nie waren die Rückschritte des Menschen größer, war er krummer und dreckiger und mehr in den Boden eingegraben als die Höhlenmenschen.

Es erscheint unwahrscheinlich angesichts der Umstände, doch der gescheite Soldat hatte Glück. Hat in gewisser Weise das große Los gezogen. Denn auch wenn er keinen Abschluss hat und deswegen gleich an die Front musste, haben die Offiziere schnell sein Zeichentalent bemerkt. Dazu kommt, dass er auch zu den wenigen in seinem Graben zählt, der lesen und schreiben kann, ja sogar mehrere Sprachen spricht und deswegen geschont wird. Er wird nicht über die Absperrung geschickt, das wäre reinste Verschwendung, lieber heftet man ihn als Sekretär, Dolmetscher, Topografen und Brieftaubenverantwortlichen an die Fersen der Oberleutnants. Vor allem die letzte Aufgabe hat ihn mehrfach vor dem Wahnsinn bewahrt. Es hat etwas Beruhigendes, Tauben zu versorgen, sie verkörpern die Unschuld in der Welt und sind dennoch nicht an diesem Ort, um vor sich her zu gurren. Sie haben eine wichtige Aufgabe, insbesondere wenn ein Bataillon isoliert ist. Dann transportiert eine Taube eine Botschaft, informiert den Generalstab über die

Lage der Truppe oder ausgegangene Munition, Nahrungsmittel, Kanonenfutter. Der aufgeweckte Soldat umsorgt die gefiederten Boten, als hinge sein Leben davon ab, was nicht ganz abwegig ist. Sie sind der Farbtupfer und das Schöne mitten in der Nacht. Und für die, die in der Hölle festsitzen, zählt Schönes genauso viel wie Essen und Sauerstoff. Er betrachtet den bunt schillernden Vogel und denkt an alles, was ihm lieb ist: seine junge Frau, Musik, Dichtung, *dieser Spiegel, der schön macht, was entstellt ist.* Was ist im Angesicht des Todes zu tun, wenn nicht die Verse von Shelley oder Nietzsche pflegen? *Wir haben die Kunst, um nicht an der Wahrheit zu sterben.*

Im Graben wird er der Dichter genannt. Er erzählt seinen Kameraden in der Waffenpause von Schönem, das er in seinem Leben gesehen und gelesen hat. Kennt ihr Nerval? *'S ist 'ne Melodie, für die gäb ich ganz Rossini, ganz Mozart, ganz Weber.* Kennt ihr Wilde? *Wir liegen alle in der Gosse, aber einige von uns betrachten die Sterne.*

Auf einem Gelände, auf dem es nur noch Baumstümpfe und Stacheldraht gibt, entdeckt er, was sich dem Krieg entzieht: eine Nachtigall, die in der Ferne singt, ein Grashüpfer, der durch die Luft springt, ein Löwenzahn, der in einem Granattrichter blüht.

Manchmal würde der Dichter seinen Tauben gern ein Gedicht für seine Liebste mitgeben, oder sogar existenzielle Fragen für die Generäle, die im Hintergrund beraten. Eine Skizze von diesem

Krieg, eine echte, den Schrecken in seiner ganzen Pracht. Nur würde er auf der Stelle wegen Meuterei erschossen werden, also schluckt er es runter. Soldaten diskutieren nicht und denken nicht nach, so lautet das Gebot. *Du tötest, Punkt.*

Trotzdem gehen dem Dichter zahlreiche Fragen durch den Kopf, denkt er ständig nach. Er fragt sich, ob auf dieser Halbinsel, wo so viel Blut vergossen wurde, eines Tages wieder Anemonen wachsen. Fragt sich, wie dieser Krieg überlebt werden kann. Er macht sich selbst ein Versprechen: Überlebt er trotz der Granaten, Kugeln und Fliegen dieses schändliche Gemetzel, kommt er wie durch ein Wunder lebend heraus und wieder zu seiner jungen Frau, nimmt er unerbittlich den Kampf gegen das Hässliche auf, das schwört er beim Leben seiner Tauben. Er schwört beim Leben seiner Tauben, dass er das Schöne kultivieren wird, das zarte und reine Schöne, das die erlebten Grausamkeiten unter sich zu begraben vermag.

Bis dahin zählt er die explodierenden Granaten, fünf oder sechs in der Sekunde. *Wie spät ist es? Ist meine Zeit gekommen?*

Keine fünf bis sechs Sekunden, stellt Régine fest. So lange dauert es, bis das Wunder geschieht, bis das Neuroimaging die nicht von der Hand zu weisende Kraft von Musik sichtbar macht. Zum Beweis lodert das Gehirn des Patienten auf dem Bildschirm feuerrot, so als hätte es eine heftige Explosion gegeben. Um 14:10 Uhr lebt der stark demenzkranke achtzigjährige Victor Baker mit seinem leeren Blick, der für gewöhnlich von der Welt abgeschnitten, apathisch ist, plötzlich auf. Victor Baker ist nicht mehr nur ein Schatten seiner selbst, nicht mehr nur der Schatten seines Schattens mit einem Gehirn wie ein ausgetrockneter Schwamm. Auf dem Monitor des bildgebenden Verfahrens erscheint sein Verstand lediglich als ein einzelner farbloser Fleck.

In der Regel.

Doch sobald Victor Baker eine alte Swing-platte aus den 1920er oder 1930er Jahren hört, blüht er wieder auf. Er bewegt leicht die Füße und auch die Finger. Auf dem Monitor breiten sich im Schädel Farben aus.

14:13 Uhr. Victor Baker wird aus der Röhre geholt und zurück in den Rollstuhl gesetzt, die Platte dreht sich weiter, darf nicht stehen bleiben. Dieses Leuchten in seinen Augen muss erhalten werden. 14:15 Uhr. Seine Lippen folgen dem Klang von Louis Armstrongs Trompete und seinem *Heebie Jeebies*. Der alte Mann summt mit, wippt jetzt sogar mit den Füßen im Takt. Das Leuchten in seinen Augen wird stärker, wird zu einem Freudenfeuer. Auf diese Weise bricht die Mauer für zehn Minuten, manchmal mehr, ein, öffnet sich ein schmales Zeitfenster, in dem die Doktorin mit ihrem Patienten sprechen kann. Es gelingt ihr, Fragmente aus seinem anämischen Gedächtnis herauszuholen. Mit feuchten Augen flüstert der Patient nostalgisch seinen Namen, die Namen von Freunden aus Kindheitstagen, den Namen der Straße, in der er aufgewachsen ist, während im Hintergrund elektrisierender Hot Jazz läuft, eine Musik, die ihn aus dem Abgrund zieht wie Amerika aus der Großen Depression. Victor Baker swingt, swingt zum Swing von Louis Armstrong, folgt einem unwiderstehlichen inneren Impuls. Das ist Régines Wette und das Herzstück ihrer Arbeit: aufzeigen, welch medizinische Kraft einer einfachen Notenfolge innewohnt. Régine fragt: »Victor, erkennen Sie diese Dame?«

Neben ihm sitzt die zierlich Frau Baker, die am ganzen Körper zittert und ihm die Hand drückt.

Victor Baker bewegt sich erst weiter im Rhythmus des fröhlichen *Rip-bip-ee-doo* von Louis, wird dann langsamer und dreht sich zu der Frau, die ihn bereits seit 60 Lenzen begleitet. Er hält inne. Schließlich kullern ihm Tränen über die eingefallenen Wangen, und er flüstert, so als kehre er heim aus dem Krieg oder aus dem Jenseits: »Jeanette ... Jeanette ...«

Jeanette ist jedes Mal aufs Neue berauscht, wenn ihr Mann zu ihr zurückkommt, ein so euphorischer wie flüchtiger Moment. Sie weiß, dass es nur ein kurzes Aufblitzen ist. Und dass in wenigen Minuten folgt, was nicht abzuwenden ist.

Um 14:25 Uhr versinkt Victor wieder im Nichts, wie ein Junkie, bei dem der Trip nachlässt. Das Gehirn erlischt so schnell, wie es aufgeflammt ist, trotz der Musik, die weiterläuft, trotz des Elans und der Erfindungsgabe, für die Armstrong bekannt ist.

»Shit!«, presst Doktor Lagacé verärgert hervor. Jedes Mal muss der Stimulus ein anderer sein.

»Spiel ihm Duke Ellington vor«, empfahl ihr eines Tages ihre jazzophile Freundin. Der Duke komponierte seine Musik wie ein expressionistischer Maler, seine Farben bringen jeden in Schwung. Doch auch der Swing des unvergleichlichen Duke bewirkt bei dem dementen Greis allenfalls einen Kurzschluss, nur ein flüchtiges Aufflackern. Régine bleibt stur, wechselt den Stoff, nach und nach verausgaben sich Count Basie, Art Tatum, Ella Fitzgerald. Die Virtuosen aus der Geburtsstunde des Jazz, fröhliche Stimmungsmacher aus den benachteiligsten Schichten einer Nation inmitten der Depression, kommen alle dran. Régine hat die musikalischen Empfehlungen von Sarah und Jeanette Baker ausgeschöpft. In ihrem Labor werden aus Händen Fäuste. Nicht aus denen der zierlichen Jeanette, die sich mit wenig zufrieden gibt – was in Wirklichkeit sogar ziemlich viel ist –, sondern aus denen der Wissenschaftlerin, die vor Anspannung ganz rot sind. Die ganzen Jahre der Recherche und Beharrlichkeit haben sie so weit, bis fast ans Ziel gebracht. Doch puff! Die Blase zerplatzt. Es war nur ein Strohfeuer. Sie hätte Hit an Hit reihen können, bei denen sich der junge Victor bestens amüsiert hat, doch das Ergebnis wäre immer gleich. Das Zeitfenster schließt sich, der Versuch läuft ins Leere.

15:10 Uhr. Die Bakers verlassen das Labor, kehren in ihr monotones Leben zurück. Das unangenehme Quietschen des langsam geschobenen Rollstuhls hallt durch den Gang. Régine in ihrem Labor ist deprimiert. Hat wie immer in solchen Situationen das Gefühl zu ersticken. *Frische Luft, sofort!*

Sie eilt keuchend nach draußen, hat das dringende Bedürfnis nach der doppelten Menge Beruhigungsmittel. Erst ein Zug aus dem Inhalator, um die Atemnot zu lindern, dann ein Zug an der Zigarette, um runterzukommen. Langsam wird sie ruhiger, konzentriert sich auf den Rauch, der wie in reinigenden Arabesken vor ihr aufsteigt. Gelegentlich ertappt sie sich dabei, wie sie den Qualm befragt und von ihm einen Schlüssel oder ein Omen erhofft. In der Regel zeigt er ihr nur Luft. Oder beschwört im schlimmsten Fall eine Erinnerung aus ihrer Jugend im niederen Viertel hervor.

Als Régine nach dem Tod ihres Vaters durch die dunkelste Zeit ihres Lebens ging, war Musik das großartigste Antidepressivum. Ständig floh sie in den Plattenladen an der Rue Sainte-Catherine, wo sie Stunden an der Hörstation in der Klassikabteilung verbrachte, in der sie sich bestens auskannte. So gut sogar, dass sie eine Teilzeitstelle als Verkäuferin bekam. Auf diese Weise finanzierten ihr Bach, Chopin und Liszt das Studium. Dann trat Timothy in ihr Leben, ein kräftig gebauter Psychiater mit dem Kopf eines Mustangs und ihr künftiger Mann. Er trat im großen Stil einer Wagneroper in ihr Leben, als sie noch Doktorandin war. Ihm wurde die Doktorarbeit einer attraktiven Streberin angepriesen, die in der Musik ein natürliches und kostengünstiges Mittel zur Behandlung von Demenz sah und vor nichts zurückschreckte. Doktor Timothy Anderson war bereits in sie verliebt, bevor er sie getroffen hatte. Er bewunderte, wie sie die Medizin und ihre ergiebigen Pharmakopöe unverfroren ohrfeigte. Beim ersten Date fegte der ungestüme Wirbelsturm über Régine und trug sie bis hoch nach Westmount, von wo sie nie wieder hinunterstieg. Die Dinge überschlugen sich: der Umzug, die Hochzeit, die Arbeit an der Universität. Und ein paar Jahre später die Geburt von Lucas, ihrem Piano Man.

Lucas. Immer wenn Régine an ihren Sohn denkt, verzieht sie das Gesicht. Er ist der einzige Wermutstropfen in ihrem sonst so märchenhaften Aufstieg. Ihr Sohn hat sich viel Zeit gelassen bis zu seinem ersten Lächeln, und auch mit dem Sprechen und dem Laufen. Damit, Spaß zu haben. Auch noch mit 15 Jahren ist er abwesend und krankhaft schüchtern. Wie ist es möglich, das komplette Gegenteil von sich selbst auf die Welt zu bringen? Wie kann Wasser aus Feuer entstehen? *Der Himmel kugelt sich bestimmt vor Lachen.* Allerdings klimperte das Kind schon auf dem Klavier herum, noch bevor es laufen konnte, wenigstens das hatte er von ihr. Übrigens taute er nur am Klavier auf, mochte die Tasten mehr als alles andere. Mehr als seinen Vater, mehr als seine Mutter. Régine merkt, wie er sich in ihrer Gegenwart versteift und sich vor ihr verschließt. Wie eine Auster. Bei Timothy nimmt die Anspannung noch weiter zu, und der Teenie weicht ihm aus wie einem Hexer, flüchtet in seine Musik, manchmal sogar nur in eine einzige Note. Lucas liebt den Minimalismus. Während seine Eltern Beethoven verehren, begeistert ihn Satie. Das Minimale widersetzt sich dem Grandiosen, ihr Sohn kultiviert Diskordanz, wie die kleine Brennnessel wächst. Nur mit seiner Patentante Sarah versteht er sich gut; der Rest der Welt treibt ihn in den Wahnsinn. Woher dieser andauernde Groll kommt, weiß seine Mutter nicht. Wird sie es je erfahren? Ihr bleibt das Klavier als Heimathafen.

Die Musik.

Sie ist ihr seit Langem Trostpflaster, Balsam und Brotjob, sogar noch jetzt, trotz der ganzen Diplome – oder ihnen zum Dank. Régine wusste ex professo Kunst und Wissenschaft, Musiktherapie und Neuropsychologie zu vereinen. Sie ist führend auf dem Gebiet, auch wenn ihre Forschung ins Stocken geraten ist. Was sie plötzlich wieder zu Victor Baker bringt. Sie würde gerne einen Durchbruch verbuchen, lieber ein wirksames Mittel finden als irgendwelche banalen Globuli.

Auf dem Vorplatz der Universität versucht Régine, wieder Haltung anzunehmen. Als sie ihre Zigarette austritt, kommt ihr dieser andere Fall in den Sinn, von dem Sarah berichtet hat. Der Phönix. Ein seltener Vogel mit unbekannter Herkunft. Würde sie zufällig etwas aus ihm herauskitzeln, während er ein Stück von Rachmaninow spielt? *Den Gedanken sollte ich weiterverfolgen,* denkt die Musikliebhaberin gerade, als Beethovens *Sturm-Sonate* auf ihrem Handy ertönt. Das bringt sie zum Lächeln, als nähme er plötzlich Anstoß an der Bedeutung, die Rachmaninow zukam. Sobald sie es aus der Tasche gefischt hat, sieht sie Sarahs Nummer. Was Régine erneut lächeln und die Sonate um 15:26 Uhr abwürgen lässt. Sie sagt:

»So, so! Was für ein Zufall.«

»Hallo. Régine? Wovon redest du?«

»Zwei Dumme, ein Gedanke.«

»Wolltest du mich anrufen?«

»Fast.«

Sarah versucht erst gar nicht, es zu verstehen. Régine ist unergründlich. Lieber gleich zur Sache kommen.

»Hast du Zeit für einen Kaffee?«

»Du ziehst unser monatliches Treffen vor? Das muss ja wichtig sein.«

»Es geht um den Phönix.«

Die Planeten stehen wirklich gut. Die Frage brennt ihr auf der Zunge:

»Hat der Vogel etwa ein neues Talent offenbart?«

Sarah zögert, möchte offensichtlich am Telefon nichts verraten.

Régine lenkt ein: »Gut, lass uns auf einen Kaffee treffen und das Rätsel aus der Welt schaffen. Außerdem ist es unterhaltsamer als ein Einkauf für ein Cocktail-Dinner.«

»Ein Cocktail-Dinner?«

»Morgen kommt meine Mutter mit ihrem Mistkerl zu uns.«

Der Mistkerl ist der Ehemann, den Régine sich weigert als Stiefvater anzuerkennen. Die Feindschaft beruht auf Gegenseitigkeit und geht zurück in die 1980er Jahre, noch bevor er anfing, ihrer Mutter den Hof zu machen. Damals unterrichtete das Scheusal an der Schule von Saint-Henri Literatur. Sie hegten eine sofortige Abneigung füreinander, wobei er die aufbrausende Schülerin als Besserwisserin und sie ihn als Despoten verurteilte. Das Gemisch explodieren ließ schließlich die Aufgabe zur gründlichen Analyse von *Gebrauchtes Glück*. Die jegliche Darstellung von Elend verabscheuende Régine mühte sich auf 15 dicht beschriebenen Seiten ab, nicht den Roman genau unter die Lupe zu nehmen, sondern aneinanderzureihen, warum diese Art Lektüre der mittellosen Jugend von Saint-Henri nicht aufzudrängen und die Aufgabe geschmacklos und überaus erniedrigend sei, ja sogar eine niederträchtige Quälerei, und ergänzte, dass Jugendliche nicht gewaltsam gezwungen werden sollten, ein dermaßen erbärmliches Porträt ihres eigenen Lebensumfelds zu schlucken, dass die Erzählung eine einzige lange Klage sei, ein unterdrücktes Grollen gleich *dem Surren von Fliegen, die in Leim festhingen,* und dass 16-Jährige mit Hoffnung versorgt werden sollten und nicht mit Literatur, die sie klein hält ... Eine tiefgründige Analyse also. Die der Lehrer mit einer Sechs wertete und darauf in Rot anmerkte, dass hochnäsige Mädchen sich auch nicht mit Kaviar gefüllte Austern oder süße Illusionen auftischen lassen sollten. Das Mädchen wollte ihn vor Gericht zerren, es endete aber im Büro des Rektors, dessen Sekretärin Frau Verlinskaya zufällig die Mutter der Hochnäsigen war. Wie es weiterging, ist bekannt. Alle sind »einvernehmlich« aus der Sache herausgekommen, nur Régines Wut hat sich verzehnfacht. Noch heute empfängt sie den alten Despoten nur auf Einladung. Also bittet sie ihn zu sich in ihr Domizil in Westmount, wo sie jedes Mal absichtlich ein Dutzend mit Kaviar gefüllte Austern serviert. Rache, so heißt es, serviert man am besten kalt.

»Erspar ihm wenigstens deine Sticheleien!«, rät Sarah am anderen Ende der Leitung.

»Kaviar ist doch keine Quälerei.«

»In dem Kontext schon ein wenig.«

»Nicht im Vergleich zu *Gebrauchtes Glück*.«

Sarah seufzt. Es ist Gabrielle Roy trotzdem nicht zu verübeln, dass sie 1945 ein Meisterwerk des sozialen Realismus geschrieben hat. »Irgendwann musst du darüber hinwegkommen.« Zumal Saint-Henri nicht mehr der schäbige Vorort ist, der er mal war. Das Viertel verbürgerlicht sich zusehends, wofür sich Sarah schon beinahe schämt.

Apropos Vorort, sie nennt Régine als Treffpunkt ein Café zwischen dem Kanal Lachine und dem Rangierbahnhof. *Rangierbahnhof?* Die Akademikerin ist skeptisch.

»Was für eine tolle Umgebung!«

»Genau die Art von Umgebung, die uns interessiert, eine schöne Wiese mit unzähligen Waggons.«

Nichts, was in Régines Augen zu Luftsprüngen animiert.

»Mehr verrätst du nicht?«

»Erst der Kaffee, dann die Weichenstellung.«

»Oh Mann, du machst mich ganz neugierig. Bis gleich!«

TAGEBUCH EINES BABYLONISCHEN GELEHRTEN

Juni 1999

Was ein Neuron will, ist Anregung.

Die Nervenzelle ist wie ein Tier, je mehr sie gefüttert wird, desto furchterregender wird sie. Wichtig ist dabei nicht die Quantität, sondern die Qualität des Futters, es sollte satt machen und ausgewogen sein: Gewürze, Noten, Farben, Zahlen. Neues. Neuronen verabscheuen Monotonie. Bekommen sie eine fade Pampe, dann verkümmern sie, verkümmern sie ...

Die gut genährten Neuronen rotten sich zusammen, werden zu einem Dschungel. Ein dichter und undurchdringlicher Wald, in dem jeder Ast, der wächst, sich immer weiter verzweigt. Wurzeln und Zweige treffen aufeinander und verbinden sich, sie kommunizieren von allen Seiten, von oben und unten. Je mehr synaptische Verbindungen es gibt, umso besser verteilt sich die Energie. Es ist ein riesiges Ökosystem, das weiter genährt werden möchte, mit Gewürzen, Noten, Farben und Zahlen. Ein gut durchbluteter Dschungel wird zum Chor mit tausend Stimmen, der den ungläubigen Besucher in die Knie zwingt.

Angenommen, hinter dem Wald steckt allein ein einziges Wesen. Was wirklich so ist. Im Süden von Utah gibt es einen sehr alten Wald mit über 50 000 Zitterpappeln. Die Baumart sagt auf den ersten Blick nicht viel aus. Doch dahinter verbirgt sie etwas Beachtliches. Unter der Erde sind alle Bäume über ein riesiges Netz aus Wurzeln verbunden. Tatsächlich ist jeder Baum ein Klon, der aus einem einzigartigen, gigantischen Organismus entsprungen ist, der 80 000 Jahre alt und Millionen Kilo schwer ist. Zitterpappeln, die hundert Morgen voneinander entfernt sind, haben dieselben Gene, kommunizieren und kooperieren unterirdisch miteinander, teilen sich Wasser und Nahrung. Ein bedeutendes, mächtiges Kollektiv. The Trembling Giant. So wird dieses ehrwürdige Wesen, das kolossalste überhaupt, genannt.

Genauso funktioniert unsere graue Materie. Sie ist ein tentakelartiges Netz, das ein Ganzes formt. Ein unersättlicher Dschungel.

Doch genug mit den Gleichnissen. Wie spät ist es? Das alles macht einen hungrig.

Die untergehende Sonne dörrt auf kleiner Flamme die Region an der spanischen Ostküste aus, wo Obst auf ausufernden Plantagen für ganz Europa und die restliche Welt wächst. Die Böden sind so fruchtbar, dass sie nach Honig duften. Geerntet werden Granatäpfel, Mandeln, Datteln, Feigen, Zitrusfrüchte und andere orientalische Vermächtnisse an die Iberische Halbinsel, Relikte des glorreichen al-Andalus. So mancher Mensch würde annehmen, er befände sich hier in den sagenumwobenen Hängenden Gärten.

Fernab von der Küste und den Touristenmassen liegt in den kaum besuchten Bergen im Landesinneren ein gut gehüteter gastronomischer Schatz. Der Gasthof der Solas. Zum Hof mit seinem von Mandel- und Kirschbäumen gesäumtem Gemüsegarten führen einen die Sinne, wenn man dem olfaktorischen Ariadnefaden folgt. Ein Besuch dort zum Essen während des Sommers verspricht Glücksmomente. Küchenkräuter und Gemüse aus dem Garten machen die Eintöpfe der Solas besonders köstlich. Doch ist es nicht der Eintopf, für den sich der kilometerlange Weg über gewundene Pfade lohnt. Wofür dann? Oder besser für wen?

Den Sohn des Hauses.

Mit gerade einmal 20 hat das Wunderkind seine Heimat verlassen, um in Pariser Schulen seine Patisseriekunst zu vollenden. Hugo Sola war darin bereits dermaßen talentiert, dass seine verblüfften Lehrmeister wie Zucker in der Brennerflamme schmolzen; es sagt viel aus, wenn ein junger Mann diesen Alters Frankreichs *Meilleurs Ouvriers* emotional berührt, sogar bis zu Tränen rührt. Während der Sommerferien kehrt er ins heimische Nest zurück und sorgt für Furore. Der Erzählung seines Vaters nach war Hugo mit fünf von einem Kirschbaum gefallen und wollte danach nur noch Süßes essen. Er hat eine Schwäche für Früchte, vor allem für die aus der Gegend. Egal, ob frisch oder kandiert, getrocknet oder eingelegt, flambiert oder gefroren, Hauptsache ist, er kann daraus etwas machen, das alle anderen Künste übersteigt; Hugo tendiert zum Größenwahn und sucht das Absolute. Seine Kreationen sprechen alle Sinne an, sind ein Festmahl für Auge, Ohr, Nase und Mund, und auch hinsichtlich ihrer Textur. Er strebt danach, die Gastronomie und die schönen Künste in einer perfekten Emulsion miteinander zu kombinieren, möchte verschiedene künstlerische Ausdrucksformen auf einem Teller zusammenbringen und zugleich Picasso, Gaudí und Carême sein. Gewiss fällt Hugos Apfel nicht weit vom Stamm. Als Sohn einer valencianischen Gemüsebäuerin und eines katalanischen Kochs hat er in seinem Stammbaum auch baskische und französische Wurzeln. Die lokale Kochkunst reicht weit zurück, wird von Generation zu Generation weiter verfeinert. Das jüngste Familienmitglied errichtet mir nichts, dir nichts eine ganze Kathedrale in nur einem Bissen, indem er eine im Schlaraffenland geerntete reife Frucht mithilfe von Wissenschaft, Glanz und einer Prise Wahn verarbeitet.

Um 19:23 Uhr läuft Hugo in der Gasthofküche, die zugleich sein kulinarisches Labor ist, auf und ab. Morgen erwartet er einen wichtigen Gast zum Überraschungsbesuch und hat nur 24 Stunden, um sich vorzubereiten. Er muss Eindruck schinden, vor allem den Gaumen erfreuen. Auch wenn er weder den Papst noch einen Sterne vergebenden Gourmet erwartet, nein, sein Gast ist kein Speisebeauftragter. Und doch ist er für das Schicksal des jungen Mannes von größerer Bedeutung als alle Stars der Gastronomie zusammen.

Denn ihn besucht Monsieur K.

Sein Förderer. Der Mann, der die kostspieligen Kurse in Barcelona und Paris bezahlt hat, und auch das sündhaft teure hochwertige Küchengeschirr genauso wie das Nonplusultra an Küchenmaschinen – Entsafter, Tauchsieder, Dörrapparat – sowie das nötige Arsenal der Kryotechnik – ein Lieferant für alle möglichen Geräte und seltene Gewürzkräuter. Monsieur K verfügt über einen dicken Geldbeutel und ein Gespür für besondere Talente, auch wenn er nicht damit prahlt und im Dunkeln lässt, woher er kommt. Es heißt, seine Herkunft sei genauso komplex wie die graugrünen Nuancen in seinen Augen. Monsieur K ist im Handumdrehen in New York, London oder Shanghai und kommt morgen an diesen abgeschiedenen Fleck, um die Kunst und das Können seines Schützlings zu begutachten. Daher ist der junge Sola so nervös, verständlich. Wie soll er seinen Sponsor beeindrucken, sich seiner großzügigen Unterstützung würdig erweisen? Er weiß, er muss seine persönliche Note einbringen, herausfinden, was er besser kann als alle anderen. Eine Spezialität, die er zuvor noch nicht kreiert hat, aber auf jeden Fall fruchtig. Er durchwühlt, beschnuppert und plündert den Garten, Keller und Vorratsschrank. Wie erweckt er den Eindruck einer Speise der Götter? Wie erschafft er eine Frucht aus dem Garten Eden?

Na klar! Das ist es. Er braucht ein Dessert, das so verlockend ist wie die verbotene Frucht.

Um 19:52 Uhr steht Hugos Leinwand auf festen Beinen. Er muss sie nur noch bemalen. Er entscheidet sich für eine mehrstöckige Macédoine. Eine Skulptur in Form eines Baums, wobei jeder Ast das Gewicht einer neuen, exquisiten Fruchtmischung trägt, eine köstliche Täuschung, denn im Mund entpuppen sich die Früchte als wahre Träume, als Bomben des Geschmacks und der Textur, offenbaren neue Mini-Macédoines. Eine kulinarische *Mise en abyme!*

Was zuerst? Die Uhr zeigt 20:11 Uhr an. Erst die Stars des Desserts wählen. Sich gleich in Details zu verlieren, bringt ja nichts, ein Meisterwerk baut wie in der Musik auf einem Grundton auf. Der Rest ist nur harmonisches Beiwerk. So trägt jeder Ast ritterlich nur eine Frucht, stützt ihren Thron, auf dem sie ihre Quintessenz offenbart. Als erste Königin wählt er den Granatapfel. Schließlich ist September, seine Erntezeit. Einer von den auf den umliegenden Plantagen gerade en masse gepflückten reifen Granatäpfeln voller knackiger Kerne, die im Mund zerplatzen und ihren köstlichen Saft verteilen. Ein uralter Apfel, der Fruchtbarkeit und fleischliche Sünde symbolisiert und bei den antiken Göttern beliebt war. *Der Granatapfel ist auf jeden Fall Königin Nummer eins!*

Aber wie nimmt er ihn am besten auseinander, um ihn besser neu zusammenzusetzen? Wie lässt er sich auf einen einzigen Bissen konzentrieren, destillieren, mit Blumen und Diamanten verzieren, damit er alles überstrahlt? Um 20:25 Uhr zückt Hugo Stift und Papier. Er zeichnet und kommentiert mal als Architekt, mal als Alchimist. Zuerst im Monument den Chor einrichten. Die sonnengetränkten Kerne des Granatapfels in den Mixer geben. Den so entstandenen Saft filtern, ihn zu einem rubinroten Liebestrank machen. Einfrieren. Die Granita bei 2000 Umdrehungen die Minute mahlen, zu gefrorenem Staub. Damit es knistert, Knallbrause unterheben. Das Ergebnis: ein leckeres überraschendes Sorbet von extrafeiner Konsistenz, das schmilzt, sobald es die Zunge berührt, und durch die vielen freigesetzten Bläschen prickelt – *wie ein Jahrgangschampagner.* Fertig ist der himmlische Chor. Anschließend braucht das Gewölbe Säulen und die Königin Liebhaber. Treue, zurückhaltende, ihr eng verbundene Liebhaber. Honig etwa. Ein Schmeichler par excellence. Entzieht man ihm mit Wärme das Wasser, um eine dünne formbare Schicht zu gewinnen, legt er sich als goldener Mantel um das gefrorene schmelzende Fleisch des Apfels der Äpfel. Honig für den Granatapfel, doch nicht irgendeiner, sondern Orangenblütenhonig, der mit der geriebenen Orangenschale, wegen der Bitternote. Zu guter Letzt die ummantelte Kugel verzieren, mit kristallisierten, knusprigen Fasern von Ingwer, dem zweiten Liebhaber, dessen scharfwürziger Charakter die erste nachgebaute Frucht ausbalanciert. Es ist eine Köstlichkeit mit scharlachrotem Kern in stachligem Bernsteinmantel, eine kleine strahlende Sonne auf dem Ast. *Feuer und Eis in explosiver Harmonie.*

Und auf den anderen Ästen? Hugo blättert sein vollgekritzeltes Heft durch. Den Vorgang mit neuen erobernden Komponenten wiederholen. Mit der Feige zum Beispiel, denn im September ist ihr Geschmack besonders intensiv. Die Feige pflücken und sie neu interpretieren, aber ohne sie ihrer Seele zu berauben. Sie erst über dem besten süßen Sherry dämpfen. Dann mixen und den warmen Saft abseihen. Zucker und Eischnee unterheben, noch einmal kräftig rühren, damit die Masse schäumt, in eine Form gießen und einfrieren. Wie gewünscht entsteht ein weicher kugeliger Schwamm, eine umwerfend leichte, neu interpretierte Feige, die mit einer ähnlich luftigen Crème Chantilly, so unanständig fluffig wie eine Wolke, gefüllt wird. Was noch? Das hübsche Kügelchen mit feinem Himbeergelee bepinseln und mit gehackten karamellisierten Nüssen bestreuen und für den Crunch mit mallorquinischem Fleur de Sel. Zur Krönung noch etwas Zitronenessenz aufsprühen, so als wäre Tau auf dem Obst, *pschit*. Keine Monotonie erlauben. Jede Miniatur herausputzen, sie zugleich knackig und schmelzend machen, warm und kalt, süß und salzig. Jedes Mal mit den Kontrasten spielen: hinsichtlich der Textur, der Temperatur und des Geschmacks. *Extreme miteinander versöhnen*. Königin Nummer zwei ist die Feige.

Was noch?

Auf die gleich Art die Mandarine verwandeln, die Mandel, die Quitte, die Kirsche, auf keinen Fall die Kirsche vergessen, die das Ganze krönt. Hugo verwendet ein Destillat aus einem bittersüßen Schattenmorellenschnaps, das er in einen Profiterole spritzt, der mit Ziegenmilcheis gefüllt ist. Danach besprüht er ihn noch mit Schokolade und streut gedörrte Kirschflocken darüber. 21:51 Uhr. Der Patissier jubelt in seinem Labor und zermartert sich das Hirn, wie er die Sahne aufschlagen und die Mousse mit dem Sahnesyphon aufschäumen soll. In der Tür taucht seine Mamá auf, die gerührt ihrem hochgewachsenen Sohn dabei zusieht, wie er umherwirbelt.

Vorsichtig ermahnt sie ihn: »Hugo, du musst etwas essen.«

»Keine Zeit. Bin beschäftigt.«

Seine Mutter seufzt bei dieser oft gehörten Antwort. Sie fürchtet, dass ihr schmächtiger Junge noch umfällt, weil er sich in der Küche verausgabt hat, ein auf die Spitze getriebenes Paradox. Sie weiß, dass er die ganze Nacht lang seinen Kopf und die Speisekammer durchforsten wird und darüber hinaus auch Himmel und Hölle, was ihre Sorgen nicht gerade lindert.

»Deine Marotten bringen dich noch um, mein Junge.«

Hugo lächelt, ohne noch etwas zu sagen. So ist das nun einmal. Wenn das Herz einer Mutter gerade wie Milch auf dem Herd überzuschäumen droht, widerspricht man nicht. Trotzdem denkt er daran, während seine Mutter auf dem Absatz kehrtmacht, dass er es mit den Petits Fours ruhiger angehen sollte. Der junge Zuckerbäcker ist nirgends so glücklich wie in einer Küche, wo er immer neue Kreationen entwirft: Pfirsichwatte garniert mit Mascarponehaube, Baiser von der Tannenessenz mit seinem Walderdbeerpüree, Melonenschaum auf Zitronenminz-Granita, pikantes Mango-Origami, Trüffelkugel gefüllt mit würziger Passionsfrucht. Die Verwandlung von Früchten kennt keine Grenzen. *Genauso wenig wie die Transzendenz.*

Ein Patissier versorgt erst die Seele, dann den Magen. Er ist ein Choreograf, ein Zauberkünstler und ein Tänzer, der auf einem schmalen Drahtseil balanciert, das zwischen Harmonie und Disharmonie liegt. Immer neue Zutaten, neue Texturen, neue Aromen hervorbringen. Eine Nachspeise unwiderstehlich aromatisch gestalten, sie nach einem Wald voller Koniferen nach dem Regen schmecken lassen, nach frisch gebackenem Brot, nach soeben geröstetem Kaffee. *Und noch viel mehr.* Das Ungreifbare schmeckbar machen: den azurblauen Himmel, eine Sommerbrise, einen Sonnenstrahl im Nebel. *Musik.* Wonach schmeckt wohl das *Do,* das *Sol,* der Gesang einer Nachtigall? Ein Dessert auf Augenhöhe mit einem Konzert von Vivaldi oder einem Gemälde von Miró!

Die Nacht legt sich über den Weiler, den die Berge der Valencianischen Gemeinschaft überragen. Eine nicht vollkommen dunkle Nacht, denn eine Küchenlampe brennt wie ein Leuchtturm in der Finsternis. Hugo setzt sein ehrgeiziges Vorhaben um, komponiert und gestaltet, bis der Tag anbricht. Pro forma legt er sich drei, vier Stunden hin, dann wieder die Schürze um und einen Zahn zu.

Der große Abend beginnt gegen 21 Uhr, als Mamá Sola den bereits anwesenden Gästen Tapas serviert. Ihr Sohn, ziemlich gerädert und so weiß wie seine Cremes, ist immer noch zugange. Um 23:02 Uhr erledigt er mit Pinsel, Pinzette und Zerstäuber seine letzten Handgriffe. Hier noch ein paar Safranfäden, da noch ein paar Tropfen Olivenöl und Eukalyptuswasser, etwas Lavendel. Dann schreckt ihn seine Mutter auf, wie jedes Mal, wenn sie sagt: »Zeit fürs Dessert.«

»Wie wirkt er auf dich?«, fragt er sie.

»Versteinert!«

Hugo hört Angst heraus.

»Sei unbesorgt! So ist er nun mal. Wer ist bei ihm?«

»Leute von der Universität von Barcelona.«

Forschende wie er.

Während ihres Besuchs im Küchenlabor bewundert sie das Dessert des Tages.

»Damit wirst du sie umhauen, es ist wunderschön!«

Keine Reaktion von Hugo. Die Meinung seiner Mutter zählt nicht. Ist zu parteiisch.

»Schon gut, Mamá, ich serviere.«

Um 23:05 Uhr nimmt Hugo ein Feuerzeug und entzündet die Zweige des fertigen Desserts. Ein Teller wäre zu gewöhnlich, also wird es auf einem Baum präsentiert, ein einzigartiges Gebilde, dessen Stamm und Äste aus echter Rinde sind, und zwar die des Zimtbaums aus Ceylon. Die Zimtnote der Rinde vollendet sein Werk, das alle Sinne ansprechen soll. Der junge Mann löscht die gerade angezündeten Zweigspitzen mit den Fingerkuppen, sodass nur noch ein berauschender Qualm spiralförmig aufsteigt, den Baum in eine Räucherschale verwandelt. Der Duft verbindet sich bestens mit den anderen Aromen, verströmt diskret die wohlige Wärme einer Erbsünde.

Im Speisesaal leert Monsieur K gerade sein Glas Priorat. Er späht zur Küchentür, wartet ungeduldig auf das Dessert, für das er Tausende Kilometer zurückgelegt hat. Er verzehrt sich nach dem bevorstehenden Genuss, lässt sich aber nichts anmerken, beteiligt sich weiter an der faden Unterhaltung mit seinesgleichen. Sie haben keinen blassen Schimmer von dem, was sie erwartet.

Als der Patissier um 23:09 Uhr endlich seine Komposition an den Tisch bringt, verstummen die Universitätsleute. Alle bewundern das mehrstöckige Kunstwerk mit den rauchenden Astspitzen, den Baum der Erkenntnis, um den sich eine wunderschöne Schlange aus Marzipan schlängelt. Es sieht aus, als wäre es einem Fresko Michelangelos entsprungen, ein Stück des Himmels aus der Sixtinischen Kapelle, das einem seine Sünden überreicht. Die Früchte sind so fein, dass sie sie nur mit den Augen verzehren, weil sie sich nicht trauen, sie anzufassen, dass sie aufhören zu atmen, weil sie befürchten, die aufgehängten zerbrechlichen königlichen Miniaturen könnten dadurch herunterfallen. Doch sobald die Sinfonie der Aromen ihre Nasen erreicht, erliegen sie der Versuchung, sodass es wie im Fall des Gesangs der Sirenen besser gewesen wäre, sich anzubinden. Alle bis auf den gelassenen Monsieur K werden schwach, pflücken eilig eine Frucht vom Baum, verstoßen dabei gegen die guten Sitten, um sich Tantalusqualen zu ersparen.

Im Mund setzt sich die Sinfonie fort, bricht der Leckerbissen mit einem göttlichen *Knack* auseinander und vergeht auf der Zunge. Ein proustscher Moment, der die Universitätsleute zurück in ihre Kindheit versetzt, dafür sorgt, dass sie den Schlüsselmoment, in dem ein Kind seine erste Süßspeise genießt, wie verzaubert im Hier und Jetzt wiedererleben.

23:17 Uhr. Im Speisesaal der Solas herrscht Euphorie. Es wird munter gelobt und ergründet, wie sich all die genialen Elemente auf einem Löffel vereinen lassen. Wie ist es möglich, dass ein Mensch ein so schönes Kunstwerk hervorbringt, das einem eine Träne abringt, während man davon nascht, wenn nicht sogar für Herzschmerz sorgt allein bei dem Gedanken, dass es keinen Weg zurück gibt? Jede Person am Tisch realisiert im Moment des Hinunterschluckens, wie vergänglich die Gaumenfreude ist. Senyora Fortuny, Forscherin am Institut für Biomedizin und Tischnachbarin von Monsieur K, hält sich nicht zurück. Jede Zutat entlockt ihr beim Kontakt mit dem Gaumen eine Lobeshymne, die einem Monteverdi-Madrigal ebenbürtig ist. Das Petit Choux vergeht auf der Zunge wie Schnee in der Sonne, findet ein luftiges Finale, das nur noch die Illusion einer Frucht im Mund zurücklässt. Senyora Fortuny zittert, schluchzt. Ihr gegenüber versucht Senyor Jordà, ein emeritierte Professor für Mikrobiologie, vergeblich, den Bissen, der ihn sprachlos macht, zu entschlüsseln, eine Blätterteigschnitte, deren Bestandteile perfekt aufeinander abgestimmt sind. Ergriffen säuselt er: »Das ist außergewöhnlich!«

Alles erhoffte Reaktionen. Denn wenn nach der Verköstigung auch nur eine oder einer der

Tischgenossen kein feuchtes Auge hat oder nicht lustvoll erschaudert ist, hat der Patissier sein Ziel verfehlt. Zumindest sieht es Hugo so, und auch Monsieur K. Dieser hat das Dessert noch nicht angerührt, erfreut sich lieber am dargebotenen Spektakel einer Handvoll der prominentesten Wissenschaftler in schwärmerischer Ekstase. Was das Können seines Schützlings unter Beweis stellt und ihm letztlich ein Lächeln entlockt. Zufrieden greift er nach der einzigen Frucht ganz oben, dem Alter Ego einer Kirsche, die er schließlich in seinem Mund verschwinden lässt. Für Monsieur K ist ein Patissier vor allem ein Dichter. Ein unergründlicher, fantasievoller, maßloser Dichter. Seine Kreationen müssen nach Baudelaire schmecken. *Ich habe aus allem die Essenz geholt, du hast mir Schlamm gegeben, und ich habe Gold daraus gemacht.*

Der Verantwortliche für dieses Festmahl hat sich wieder in seinem Labor verschanzt. Von dort beobachtet er hinter der Durchreiche jede Reaktion seines Mäzens. Gegen Mitternacht kreuzen sich ihre Blicke. Sie nicken einander vielsagend zu.

Sie wissen, dass Monsieur K nicht einfach so großzügig ist. Das Geben beruht auf Gegenseitigkeit. Im Austausch für seine Großzügigkeit erhält Monsieur K die Rezepte des Patissiers, weiht ihn dieser in die Geheimnisse seiner kulinarischen Kunst ein. Das ist der Deal des Mäzens, der Begabungen sammelt. Und heute Abend wird er das, was ihm zusteht, einfordern.

Hugo stört das kaum. Die Enthüllung seiner Geheimnisse macht ihm wenig aus in dieser Abmachung, die sich für ihn als überaus vorteilhaft erweist. Und auch wenn er seine Arkana mit dem Sammler teilt, fehlt diesem doch das Wichtigste.

Kreativität.

Die beiden Frauen laufen am Drahtzaun entlang, der die Bahnanlage umgibt. Sarah geht vor, folgt den Tags in Form eines Heiligenscheins, die den Weg markieren. Régine folgt ihr mit einer Slim-Zigarette zwischen den Lippen.

»Heute Zimt statt Minze?«, fragt Sarah, die den Qualm wegwedelt.

»Ich variiere. Morgen ist Kirsche dran. Ich probiere alles, bevor sie verboten werden.«

Plötzlich bleibt die Raucherin perplex stehen: »Dürfen wir hier überhaupt sein?«

»Natürlich nicht.«

»Was führst du im Schilde? Lass uns zurück zum Café.«

»Hör du lieber auf, das giftige Zeug zu rauchen, und komm. Dann wirst du es schon sehen.«

Um 17:22 Uhr zwängen sich die Abenteurerinnen durch dieselbe Öffnung im Zaun wie einen Tag zuvor Robin. Er ist der umtriebige Musiker, ein Allrounder unter all den Herumtreibern, »mit denen Sarah schon mal kopuliert hat« (Régines Worte). Der Romeo hat sich freundlicherweise für die Frau, in die er noch immer verliebt ist, als Kundschafter zur Verfügung gestellt. Also war er dem markierten Weg dieses »Ángel« gefolgt, der die Neugier aus seinem Täubchen gekitzelt hat. Um am Ende festzustellen, dass der besagte Engel in Wahrheit genauso Talente aufspürt wie er und Sarah. Sie alle sind ein und demselben geheimnisvollen Künstler auf der Spur. Beispiele seines außergewöhnlichen Talents zirkulieren bereits in den sozialen Netzwerken, ergeben inzwischen eine ganze Sammlung überwältigender, hyperrealistischer Graffitis, deren kalligrafierte Signatur mindestens genauso beachtenswert ist. Interessanterweise erstrahlen diese Perlen an den abscheulichsten und am schwersten zu erreichenden Orten. Um sie mit eigenen Augen zu bewundern, muss man sich schmutzig machen, sich seinen Weg durch die düstersten Ecken alter Industriegebiete bahnen, der Spur eines verehrenden Sprayers folgen. Dem roten Faden.

Deshalb trauen sich die beiden Frauen heute auf unwegsames Gelände, steigen auf dem Rangierbahnhof vorsichtig über die Gleise, schleichen sich ungeschickt hinter den Containern entlang und zwischen den Waggons der geparkten Güterzüge hindurch wie zwei Diebinnen. Ein Faden aus engelhaften Graffitis zeigt ihnen den Weg. Bald gelangen sie an den Rand des Geländes, der sich selbst überlassen ist, mit massenhaft schrottreifen Güterwagen und Taubenkraut.

»Es ist mitten am Tag, Sarah!«, sorgt sich die Akademikerin. »Hier gibt es bestimmt überall Security, Wachhunde und Kameras.«

»Ach, Quatsch! Als ob hier was zu bewachen wäre. Was könnten wir schon zerstören? Alles zerfällt doch schon von selbst.«

»Ganz genau, das ist kein Ort für anständige Menschen wie uns.«

Sarah redet ihr gut zu.

»Wenn wir auf einen Wärter treffen, sagen wir einfach, du bist Journalistin oder Kunstkritikerin. Findest du nicht, du siehst wie eine Kritikerin aus?«

Régine antwortet mit ihrem gewöhnlichen Gesichtsausdruck.

»Das alles für ein paar Graffitis!«

»Ich erinnere dich, dass wir hier von Meisterwerken sprechen«, erwidert Sarah mit gedämpfter Stimme, » von der Offenbarung eines Phönix.«

»Ach! Und damit wir beeindruckt sein können, müssen wir uns schmutzig machen?«

»In diesem Fall, ja. Denk an die Goldnuggets, die sich im Schlamm verbergen.«

Trotzdem fühlt sich Régine unwohl in dieser elenden Umgebung, meint zu ersticken. »Es gibt schlimmere Kulissen«, merkt Sarah an. »Robin meint, die hier ist im Vergleich zu anderen nicht ganz so übel, die einzige, die für so anständige Leute wie uns zu erreichen ist.« Régine überzeugt das nicht, sie ist hier so wenig in ihrem Element wie ein Fisch im Netz. Übrigens sorgt sie sich auch um ihre Bronchien, wartet einen Anfall erst gar nicht ab, holt ihr Asthmaspray heraus und inhaliert kräftig ... atmet aus. Anschließend zündet sie sich zur Beruhigung eine Zigarette an.

»Willst du auch mal ziehen?«

»An der Zigarette oder dem Inhalator?«

»Such es dir aus, ich gebe eine Runde aus.«

Sarah unterdrückt den Reiz, zu würgen. »Nein,

danke! Bei Bronchien aus Baumwolle raucht man besser nicht.« Régine zuckt mit den Schultern, wechselt das Thema.

»Nett von deinem Robin Hood, dich an einen so reizenden Ort zu locken. Von allen Anwärtern, die um deine hübschen Augen buhlen, ist er am romantischsten. Ein Champion!«, sagt Régine in dem leicht hämischen Tonfall, den nur sie beherrscht.

»Du bist lustig«, antwortet Sarah leicht irritiert.

»Meiner Meinung nach schlägt er damit die schönen Ständchen von Martin, deinem U-Bahn-Gitarristen. Oder die von Brandon, deinem globalisierungskritischen Dichter.«

»Jetzt hör auf!« (genervt)

Régine neckt sie weiter, es entspannt sie genauso wie die Zigarette.

»Oder die Turnübungen deiner Sonntagsgauklerin Felicia.«

»Jetzt ist's aber genug!« (wütend)

Tatsächlich beendet Régine ihre Stichelei um 17:57 Uhr. Nicht aus Mitleid, sondern wegen einer plötzlichen Erscheinung. Sarah folgt Régines Blick, der auf die löchrige, von Rost zerfressene Wand eines Kesselwagens gerichtet ist. Das Duo sagt minutenlang kein Wort, was an sich bereits außergewöhnlich ist, doch nichts im Vergleich zu dem Bild vor ihnen. Der korrodierende Rost hat sich durch die Seite des Waggons gefressen, durch eine schmale Öffnung lugt das Innere hervor. Von dort dringt durch zwei Blechstreifen ein surreales Licht, eine Art radioaktiver Dampf. Gesunder Menschenverstand würde jede Person zurückweichen lassen, doch Régine tritt näher und setzt sich ihm aus, macht sich zu Marie Curie, um die Wissenschaft voranzubringen. Fasziniert streift sie mit den Fingerkuppen über die löchrige Wand, stellt fest, dass das Blech gar nicht löchrig ist. Eine Täuschung. Genauso wie der Spalt und das durchscheinende Licht. Sie beugt sich vor, um sich die Sache noch genauer anzusehen, schaut durch den Spion …

»Eine Miniatur!«

»Zeig.«

Sarah schaut durch das Schlüsselloch. Eine Miniatur, ja, eine echte Miniatur. Die geduldige Arbeit eines unglaublich begabten Buchmalers, der aus einer Laune heraus lieber das rostige Blech eines Waggons bemalt als Pergament. Eine Kunst, die nur noch in alten Büchern zu sehen ist, die in verschlossenen Vitrinen in Museen aufbewahrt werden. Régine nutzt ihren Ellenbogen, um wieder ihren Platz einzunehmen, betrachtet aufmerksam die Details des Werks. Blinzelt. Blinzelt noch einmal, neigt perplex den Kopf zur Seite. Sie betrachtet ganz verzaubert das Bild: ein Sonnenuntergang in der Wüste. Ein zwischen Kesselwagen eingezwängtes Meer aus Sand, das das wunderbare Spektrum der warmen Farbtöne des Abends darstellt. Es trifft die künstlerische Ader Régines, die trotz ihrer eiskalten Schale vor den feurigen Rottönen eines Pollock oder eines Matisse oder den Fresken von Pompeji vergeht. *Da ist noch etwas.* In der Mitte der Wüste erscheint ab und zu, je nach Blickwinkel, der Umriss eines kolossalen Turms. Das sagenumwobene Bauwerk sieht so aus, als würde es von der Glut der Sonne oder von den Jahrhunderten verschlungen werden.

»Der Turm von Babel«, sagt Régine, die die gefährliche Neigung des Gebäudes wiedererkennt, das seinem Eigengewicht und zu viel Ehrgeiz unterlegen ist. Das Werk wirkt, als wäre es einem flämischen Renaissancebild entrissen. Nun nutzt Sarah ihren Ellenbogen, um ihr Auge an den Spion zu heften. Sie blinzelt. Blinzelt noch einmal, neigt den Kopf …

»Der Turm ist auf dem Foto nicht zu sehen.«

»Auf welchem Foto?«

»Auf dem von Robin.«

Sie holt ihr Handy heraus, zeigt Régine das Bild, das sie von ihrem Romeo am Morgen geschickt bekommen hat. »Darauf ist der Turm nicht zu sehen«, wiederholt sie, während sie auf den Bildschirm tippt, »nur die Wüste.« Eine Wüste, die ihrer Kollegin Brigitte nach seltsamerweise der Kalahari ähnelt, die der Phönix während ihres Malkurses gezeichnet und dann zerrissen hat.

»Das hättest du mir ruhig schon früher zeigen können. Dann wäre uns dieses halsbrecherische Unterfangen erspart geblieben!«

»Wie du siehst, wird es weder der Realität

noch dem Künstler gerecht. Gib doch zu, dass du zufrieden bist, hier zu sein. Wie ich dich kenne, jubelst du gerade innerlich.«

Die Ästhetin antwortet nicht, was in ihrem Fall Bände spricht.

»Robin meint, der Künstler ist ein Meister der Illusion. Und Illusionen lassen sich schlecht auf einem Foto einfangen.«

»Gibt es noch mehr von diesen Meisterwerken, die dein Robin aufgespürt hat?«

»Aufgespürt hat sie wohl eher Ángel.«

»Und wenn der Phönix und das Engelchen ein und dieselbe Person sind?«

»Unmöglich. Tatsächlich ist Ángel in der Szene nicht unbekannt, und dazu noch Felicias Neffe.«

»Felicia, die Wochenendgauklerin?«

»Du meinst Zirkusartistin.«

Wie dem auch sei, Ángel ist ein junger Sprayer, der in der Szene bekannt ist. Er ist mindestens 30 Jahre jünger als der Phönix. Dessen Kunst hat ihn offensichtlich umgehauen. Seitdem spielt er den Himmelsboten für seine Illusionen, die in dem zwielichtigen Areal um den Kanal verstreut sind. Sie alle ähneln einander, haben aber immer eine andere kalligrafische Signatur. Bestimmte Themen wie die Wüste, Regen, Felder und ein Turm wiederholen sich. »Sieh dir das Foto hier an! Es wurde auf dem Dach vom Silo Nummer 5 gemacht.« Die Miniatur wurde zwischen zahlreichen Graffitis gefunden, entdeckt wie ein Saphir oder ein seltenes Fossil. Das Foto zeigt einen Blizzard, in dem ein Schatten zu erkennen ist, dem das Schneetreiben zu schaffen macht. »Auch hier«, erklärt Sarah, »ist nicht alles zu sehen. Robin hat erzählt, dass sich die Flocken verdunkelten, dass sie sich vor seinen Augen verwandelt haben.«

»In was?«, fragt Régine gierig.

Sarah antwortet absichtlich nicht sofort, genießt es, wenn Régine an ihren Lippen hängt. Die fixiert sie mit Adlersaugen, die stets auf unglaublich eloquente Art sagen: *Lass mich nicht ewig warten.* Sie schlägt vor: »In einen Ascheregen?«

»Nein.«

»In was dann?«, fragt sie ungeduldig.

»In einen Schwarm Fliegen.«

»Fliegen?!«

»Ganz genau, Fliegen.«

Beide denken nach. Dann reihen sie eine Hypothese nach der anderen aneinander, wie sie es so gut können.

»Der Turm von Babel.«

»Eine Wüste in einer Zisterne.«

»Schneeflocken, die zum Insektenregen werden.«

»Scheinbar ist er von Gegensätzen besessen.«

»Oder von biblischen Plagen.«

»Die zehn Plagen.«

Sie halten kurz inne.

»Ich habe noch zwei Fotos«, sagt Sarah. »Zeig her!«, ruft Régine hektisch und übereifrig. Sie wurden in der Kabine der alten Drehbrücke gemacht, die Robin nach zwei Anläufen und einem deftigen Bußgeld schließlich doch noch erkunden konnte. Robin zufolge war der aufgestöberte Schatz diesen ungeplanten Zwischenfall und die übertrieben hohe Strafe wert. Das erste Foto hat er mit »Anachronismus« überschrieben, es zeigt ein Fenster mit zerbrochenen Scheiben und Blick auf Griffintown.

»Worin besteht der Anachronismus?«

»Robin sagt, die Landschaft wirkte, als wäre sie mit Ruß belegt, was den Kanal ein Jahrhundert in der Geschichte zurückbefördert hat.«

Régine erschaudert wie jedes Mal, wenn es um Regression geht. Dann muss sie an ihre Kindheit denken.

»Und das andere?«

Es trägt den Titel »Selbstporträt«. Sobald sie das Foto sieht, erblasst Régine. *Igitt!*

»Das ist er«, sagt Sarah.

»Der Phönix?«

»Ja.«

»Er sieht wie der Teufel aus«, stottert Régine. Ihr fällt nichts anderes ein.

»Und doch ähnelt es ihm kein Stück«, bemerkt Sarah, ohne es weiter erklären zu können.

Régine kann nicht anders und bringt das Porträt mit der Signatur zusammen: »Er sieht aus wie ein Dschihadist.«

»Sei nicht so vorschnell.«

»Weil dieses grässliche Gesicht nur eine optische Täuschung ist?«

»In echt sieht er anders aus. Er ist einfach nur ein armer, leicht durchgedrehter Mann.«

»Genau.«

Sarah ist außer sich. Der Phönix mag vielleicht spinnen, aber er hat weder Allah, Gott oder sonst wen erwähnt. Für wen auch immer man ihn halten mag, er würde keiner Fliege was zuleide tun.

»Stimmt nicht ganz«, kontert Régine, »er verscheucht Fliegen.«

»Doch nur aus Angst!«

Mag sein. Régine gesteht ihren Hang, voreilig zu sein. Doch es ist zweifellos ein Selbstporträt. Das heißt, das Genie hat sich gezeichnet, wie er sich sieht. Was bedeutet, dass er eine miserable Eigenwahrnehmung hat, darüber sind sie sich einig. Und das macht das Rätsel noch schwerer zu lösen. Es ist frustrierend, das Werk nicht genauer bewundern zu können! (Im übertragenen Sinn.) Trotzdem zeigt sich auch in diesem Trugbild die Tendenz, Erhabenes mit Makabrem zu vermischen, immer aus derselben Hand. Wie erschafft er dieses Spiel mit der Illusion? Durch eine Überlagerung von Bildern. Der Künstler verwendet mehrere Schichten – wie bei diesem falschen Schlüsselloch, in dem sich eine Miniatur versteckt. Régine folgt ihrem ärztlichen Reflex und tastet erneut die Wand des Waggons ab, streicht über das Plexiglas über der Miniwüste. *Und die Signatur?* Sie tritt einen Schritt zurück, um die ganze Wand zu sehen, scannt sie mit doppelter Neugier ab. *Wo ist sie?* Beide Frauen inspizieren jetzt den Waggon, ohne Erfolg. Sie bücken sich, gehen in die Hocke, auf die Knie. Rechts unten, quasi auf dem Bauch liegend, entdeckt Régine den rätselhaften Schriftzug des Künstlers.

»Wunderschön!«

Sarah eilt zu hier.

»Ja!«, ruft sie begeistert aus. Dann kneift sie die Augen zusammen. Kneift sie noch einmal zusammen ... Unter der arabisch anmutenden Kalligrafie ist eine weitere zu erkennen. »Sieh mal! Wenn du den Winkel änderst.« Je nach Position verdecken oder offenbaren die orientalischen Schriftzeichen andere, scheinbar noch ältere. Selbst in der Signatur befindet sich ein Trugbild! Sarah interpretiert es als eine verschlüsselte Nachricht, eine Art esoterische Formel, die sich zu verflüchtigen scheint. Die rationale Régine sieht darin eher eine Referenz auf antike Texte, die überschrieben wurden: »Ein Palimpsest.«

»Ein was?«

»Im Mittelalter wurden alte Manuskripte wiederverwendet, um Pergament zu sparen. Die ursprünglichen Texte wurden einfach und bedenkenlos überschrieben. Manchmal gelingt es Experten, den Originaltext zu entziffern, auch wenn er kaum zu erkennen ist. So wie hier.«

»Was du so alles weißt. Woher hast du das nur?«

»Von der Uni. Oder aus Romanen. Das Palimpsest ist eine schöne Metapher, findest du nicht?«

Sarah stimmt ihr zu, das Wort passt zu dem Bild. *Hat der Phönix seine Graffitis etwa zu Palimpsesten gemacht?*

»Dieser Mann spricht nicht nur mehrere Sprachen«, spricht Régine weiter, »er ist auch noch so etwas wie ein Archivar.«

Sarahs Bewunderung wächst, während Régine weiter analysiert. Wenn sie genau darüber nachdenkt, erinnert sie der darunterliegende Text an etwas, an etwas ganz Bestimmtes sogar. *Aber was? Ich brauche ein Foto.* Die Akademikerin verrenkt sich, um an ihr Handy zu kommen und die Kalligrafie zu verewigen. Als beide sich wieder aufrichten, klopfen sie sich den Staub ab. Dann bewundern sie das Foto ihrer Trophäe. Régine zeigt sich enttäuscht darüber, dass die verborgene Schicht nicht zu erkennen ist. *Damit war zu rechnen.* Doch immerhin ist der obere Text gut zu sehen. Und irgendwo muss es jemanden geben, der diese Inschrift auf Arabisch entziffern kann, oder? Nur ist Sarah dieser Spur schon nachgegangen, und ihre Freundin Zaynab, die die ersten Fotos gesehen hat, ist sich sicher, dass es kein Arabisch ist.

»Und doch sieht es so aus.«

»Jedenfalls ist es kein Hocharabisch. In meinem Umfeld gibt es niemanden, der es übersetzen kann.«

Régine mangelt es nie an Ideen, sie denkt sofort an das sprachbegeisterte Kollegium der Linguistik. Um 18:54 Uhr leitet sie ihren Fund entsprechend weiter, betitelt die Nachricht mit »das Phönixrätsel« und ergänzt: »*Bitte übersetzen.*« Das ist für die ein Klacks.

»Wir sollten so langsam verschwinden«, sagt Sarah beunruhigt angesichts der fortgeschrittenen Stunde. Im selben Augenblick fängt ihr Handy an zu klingeln, was die ohnehin schon nervösen Frauen aufschreckt. Blick aufs Display.

»Das ist Robin.«

»Schnell, geh ran!«

Sarah folgt der Aufforderung. Es geht sofort um das neueste Meisterwerk des Phönix. Régine tritt näher an Sarah, versucht, ein paar Worte aufzuschnappen, hört aber nur Stimmfetzen. In Sarahs Gesicht, die nur magere Ach jas, Neins und Nicht wahrs von sich gibt, die Art von Brocken, die eine überaus neugierige Person quälen und hungrig dreinschauen lassen, wechseln sich die Emotionen ab. Régine hält es nicht mehr aus und fragt: »Hat er etwas entdeckt?« Sarah nickt, beendet aus Mitgefühl für Régine, die vor Ungeduld fast stirbt, schnell das Telefonat. *Was hat Robin dieses Mal aufgetan?*

»Er schickt uns gleich, was er entdeckt hat.«

Ungeduldig warten sie auf den Empfang der Datei, die von einer Datenwolke zur nächsten geschickt wird. Wie angriffslustige Hyänen belauern sie das zarte Handy. Stürzen sich darauf, als sie um Punkt 19 Uhr eintrifft. Sarah öffnet sie mit einem Klick.

Auf dem Bildschirm erscheint eine Blumenwiese mit leuchtend roter, wunderschöner Erika, bei der sich Monet im Grab umdrehen würde. Sie wurde auf dem Dach der stillgelegten Mälzerei in

Saint-Henri aufgenommen. »Das Industriemonster, das über unserer Kindheit wachte, erinnerst du dich?«

Régine hat die verabscheuenswerte Realität ihrer Vergangenheit nicht vergessen. Eine Zeit, in der sie unerwartet ihr Herzoginnenäußeres verlor und für ewig ein mürrisches Wesen bekam. Doch nur selten gibt sie sich dem Thema hin, für das sie sich einen unverhofften Blackout wünscht. Es ist eins der wenigen, bei dem sie sich unwissend gibt.

»Nein, keine Ahnung, welches Monster du meinst. Warst du schon einmal dort?«

»Nie im Leben! Das Gebäude ist baufällig, hat kaum noch Bodenbretter. Nur Robin ist so übermütig.«

»Und Ángel«, ergänzt Régine.

»Und der Phönix«, bekräftigt Sarah.

Um sich dort hinzutrauen und die Spitze zu erklimmen, braucht es jedenfalls einen abgehärteten oder dementen Kletterer, und es sind sowohl der Künstler als auch der Entdecker für ihren Einsatz zu loben. Régine möchte das Bild durchdringen und sucht die Blumenwiese aufmerksam ab. Nichts.

»Was verbirgt die schöne Wiese Robins Meinung nach?«

Sarah antwortet nicht gleich, kreiert zum Leidwesen von Régine einen gewissen Überraschungseffekt. Sie schenkt Sarah ihren tödlichen Blick, der ein Echo in deren tonlos gesprochener Antwort findet: »Tote.«

»Tote?!«

Ein Meer an Toten. Eine Ebene voller zerstückelter Soldaten, deren Verwesungszustand selbst Robin nicht zu beschreiben wagt. Sie schweigen.

19:12 Uhr. Schweigen, immer noch.

19:14 Uhr. Die Zungen lockern sich.

»Ein Fluss aus Blut.«

»Noch eine Plage.«

»Sarah, ich will ihn treffen.«

Das wird schwierig. Der Phönix verabredet sich nicht, er streift umher. »Mit etwas Glück läuft man ihm über den Weg«, erklärt Sarah, »und erschreckt ihn besser nicht, damit er sich nicht aufregt.«

»Gut. Wenn du ihn das nächste Mal siehst, sag mir Bescheid.«

Régine möchte wieder nach Westmount. Also kehren sie um und sind dabei genauso vorsichtig wie auf dem Hinweg. Auf der Rue Centre stehen Sarahs Rad und Régines Auto. Sie vereinbaren, dass sie sich gegenseitig über jeden noch so kleinen Fortschritt auf dem Laufenden halten, und während Sarah bereits auf dem Radweg in Richtung Saint-Henri unterwegs ist, lässt Régine sich mit dem Losfahren Zeit. Sie trödelt herum, was für sie untypisch ist. Schließlich startet sie den Motor, dreht gemächlich eine Runde um den Block und hält wieder in der Rue Centre. Sie ruft zu Hause an, ihr Sohnemann nimmt ab, *wer sonst?* Es ist zu früh für ihren Mann, der mehr

Zeit in der Klinik verbringt als zu Hause. »Lucas, warte mit dem Essen nicht auf mich und bestell dir eine Pizza.«

Der Teenager zuckt mit den Schultern – dass sich seine Eltern zu Hause rar machen, stört ihn nicht. Jedenfalls zieht er die Abwesenheit seiner Erzeuger ihrer erdrückenden Anwesenheit vor. Auf diese Weise kann Régine ohne allzu große Schuldgefühle wieder die Öffnung im Drahtzaun suchen, Ángels Markierungen, die Gleise, die aufgestapelten Container.

Und um 20:13 Uhr: die Miniatur.

Denn die Betrachtung des Kunstwerks ist für Régine ein privates Vergnügen. Sie war schon immer von der Perfektion in der Kunst besessen und kann sie hier an diesem Ort berühren und liebkosen so wie die Haut eines Geliebten. Sie mag es, die empfindlichen Farbschichten, die einen Riss in der Leinwand simulieren, unter ihren Fingern zu spüren. Ungeniert nähert sie sich dem Schlüsselloch, bewundert unablässig die Miniatur, das Dämmerlicht, das Spiel mit Transparenz. Sie sieht sich selbst als Kind am Klavier, wie sie sich mit den Partituren abmühte, während sich die Perfektion hier als etwas Leichtes, beinah Natürliches zeigt. Aus der Hand eines wahren Meisters. *Woher kommt er? Warum streift er in der Gegend des Kanals umher und verwandelt in Gold, was er unterwegs findet: ein Klavier, ein Wellblech, ein Ragout? Wie lassen sich all diese Talente zeitgleich pflegen?*

20:25 Uhr. Ein Geräusch von knirschenden Schritten auf Kieselsteinen löst sie aus ihren Gedanken. Sie dreht sich um, sieht niemanden. Es ist wieder still.

Eine beängstigende Stille, je dunkler es wird. Régine wird plötzlich klar, wie unvorsichtig sie war, wie übertrieben und leichtsinnig, allein zurückzukehren! Sofort kehrt sie dem Tankwagen den Rücken, sucht den kürzesten Weg zum Ausgang, läuft ungeschützt auf einer Zufahrtsstraße, *zum Teufel mit der Vorsicht, lieber von einem Wächter als von einem Psychopathen entdeckt werden*. Sie steigt hektisch im Rhythmus ihres Herzschlags und ihrer pfeifenden Atmung über die Bahnschwellen, *wo ist die verflixte Öffnung?* Sie hat sich in dem Labyrinth der Eisenbahnwaggons verirrt, versucht, nicht die Beherrschung zu verlieren, um keine Räuber auf den Plan zu rufen. Sie ist außer Atem, drosselt ihren Gang, holt ihr Asthmaspray heraus und inhaliert tief. *Einatmen* ... *Ausatmen* ... Während sie atmet, entdeckt sie auf den Bahngleisen Abdrücke von einem Tier, einem großen, schweren Tier, das seine Spuren auf dem Bahndamm und dem Holz hinterlassen hat.

Wie immer gewinnt bei Régine die Neugier, besiegt sogar die Angst, sie bricht ihren Rückzug ab. Sie sieht sich die Abdrücke genauer an. Sie sind länglich, zeigen nur zwei Zehen. *Vielleicht ein riesiger Hirsch oder ein Elch? Mitten in der Stadt, das wäre seltsam!* Skeptisch befühlt sie den Abdruck, ihre Fingerkuppen schwärzen sich. Sie reibt Daumen und Zeigefinger aneinander und stellt fest, dass die Masse zähflüssig ist. Die Spuren wurden gemalt. *Gerade eben.*

Könnte es sein ...

Schnell richtet sie sich wieder auf, sieht sich um. Nichts. Nicht mal ein Heiligenschein-Tag in diesem Teil des Rangierbahnhofs. Sie läuft Robin und Ángel unabsichtlich den Rang ab. *Der Phönix ist hier.* Sie spürt ihn, hat ihn vielleicht sogar eben erst gehört. Und die Spuren, *die frischen Spuren,* führen sie direkt zu dem Genie.

20:37 Uhr. Das Blatt wendet sich: Jetzt jagt sie das Tier, nimmt dessen Spur auf, die weg von den Bahngleisen auf den Kies führt. Die Abdrücke finden sich zwischen den stehenden Zügen, Kränen und Anhängern. Die Löwin wittert ihre Beute, wird schneller, richtet ein Auge auf die Fährte, das andere auf die Umgebung, *schauen wir mal, wie das Gesicht des Genies aussieht.*

Dann plötzlich endet die Spur. Die Jägerin steht vor einem verschlossenen Container. Mit stechendem Blick sucht sie erneut die Umgebung ab, kein Mensch ist zu sehen, nur diese noch frischen Spuren eines großen Wiederkäuers, die vor einem Stahlkasten aufhören. Sie klopft vorsichtig an die Metalltür und bringt mit erstickter Stimme hervor: »Ist da jemand drin?« Nichts. Alles ist ruhig. *Zu ruhig.* Régine geht leichtfüßig und leise ein paar Schritte rückwärts, steuert instinktiv und immer noch lauernd die Rückseite an.

Da erscheint das Tier. Und was für eins!

Eine Giraffe.

Ihr Kopf ragt seitlich aus der Containerwand. Sie wirkt so exotisch und imponiert durch ihre Größe. Sie ist zu groß für diesen Kasten, in dem sie eingeschlossen ist. Ein Behälter, der ihr zum Verhängnis wurde und ihr den Hals abschnürt. Ihre verschreckten Augen heften sich auf die der Löwin, ihre Verzweiflung ist zu spüren, eine Verzweiflung, die die Giraffe nicht hinausschreien kann, denn Giraffen schreien nicht, und schon gar nicht eine gemalte. Wieder ist die Täuschung perfekt. Sie sieht aus wie ein Wesen aus Fleisch und Blut. Régine streckt die Hand aus, um die feuchte Schnauze zu berühren, vorsichtig, so als könnte das Tier sie beißen. Die Berührung hinterlässt rötliche Flecken auf ihren Fingern, die Farben wurden gerade erst aufgetragen.

20:52 Uhr. Régine sondiert das Terrain, sucht die zunehmende Dunkelheit nach einem Phantomkünstler ab. Nichts zu machen, er ist genauso wenig zu fassen wie seine Werke.

Sie kehrt zum Wiederkäuer zurück. *Fabelhaft!* Immer dieser Blick fürs Detail, das Feingefühl für die Linien. Reine Kunst. Dieses Mal fehlt die kalligrafische Signatur, es gibt nur einen Handabdruck, so wie Künstler ihre Werke in der Steinzeit signierten. Trotz ihres methodischen Vorgehens entdeckt sie nichts weiter, keine übereinandergelegten Bilder oder Scheiben, auch keine Miniatur, oder …

Ach du meine Güte! Da! Die Spiegelung in den Augen.

Régine taucht hinein, versinkt in ihnen wie in einer Trance.

In ihrem Rücken ragt der Schatten eines Mannes hinter einem Anhänger hervor. Er verschlingt mit seinen Augen den Nacken der beobachteten Beobachterin. Dem Mann zittern die Hände. Ihn verwirrt diese Frau, die so versunken und hingerissenen ist, dass sie erstrahlt, eine Venus bei Anbruch der Nacht. Sie ist für ihn die Pietà, das Kunstwerk im Kunstwerk. Die Entzückte, die selbst entzückt. Wie angezogen von einem starken Magneten tritt der Schatten aus seinem Versteck, nähert sich unbemerkt der Muse. Diese versucht noch immer, die Seele der Giraffe in der Tiefe ihrer Pupille einzufangen. *Diese winzige Spiegelung.*

Im Rücken der Muse bewegt sich der fiebrige Mann langsam auf sie zu. Ihre Gedanken kreisen währenddessen um die Augen der Giraffe. *Diese Miniatur ähnelt fast der Spiegelung eines Mannes.* Sie lässt sich vom Blick des Tiers verschlingen, klebt mit der Nase an ihrem Maul, spürt und hört sie quasi atmen. *Ist es ein Jäger?* Der Mann, trunken vor Lust, ist der Venus schon ganz nah, führt eine zittrige Hand an ihren Nacken.

Da ertönt ein Pfiff. Régine zuckt zusammen. *Verdammt, die Security!*

Der Mann zieht sich zurück. Die Muse bewegt sich kein Stück, ist fassungslos. Sie ist es nicht gewohnt, in flagranti erwischt zu werden. Ein dickbäuchiger Wachmann watschelt bis zum Ort des Geschehens. Keuchend sagt er:

»Sie da! Sie dürfen hier nicht sein!«

Plötzlich bleibt er erstaunt stehen.

»Aber ... wo ist denn der andere?«

»Was? Wer?«, stammelt sie. *Wen meint er bloß?*
Der Wachmann scannt die Umgebung, entdeckt aber nicht die Person, die er meint, im Halbdunkel gesehen zu haben.

»Nun ja, gerade eben waren Sie noch zu zweit!«

Régine ist schockiert. »Neben mir war jemand?« Der Mann sieht verwirrt aus, begreift, wie unschuldig – oder ahnungslos – die Frau ihm gegenüber ist, eine schöne Eurydike am Tor zur Hölle. »Sie armes Ding, da bin ich grade noch rechtzeitig gekommen!« Doch das arme Ding wirkt eher nachdenklich als alarmiert und scheucht ihren Blick auf der Suche nach einem Geist von den Waggons zu den Containern. *Er war da.* Der Wachmann greift sich ein Taschentuch und tupft damit seine Stirn ab. Seine Aufregung kann er damit nicht wirklich verbergen. Das alles kommt ihm surreal vor. »Schwer zu glauben, dass ne Dame aus'm Ei gepellt wie Sie, sich abends auf nem Rangierbahnhof herumtreibt. Ich ...« Plötzlich verstummt er, bemerkt das Tier aus der Savanne. Er richtet seine Taschenlampe darauf, auf das leuchtende Tier aus Afrika, das in einer Blechbox eingepfercht ist. Seine Verblüffung nutzt Régine zu ihrer Entlastung und wirft ein: »Ich bin Kunstkritikerin.« Das ist alles, was ihr eingefallen ist.

Sie hat Glück, kommt glimpflich davon, wird nur zögerlich ermahnt. Alles in allem ist sie auf einen guten, leicht zu beeindruckenden Wachhund gestoßen. Wahrscheinlich sieht er nicht jeden Tag mitten im Nirgendwo so viel Schönes. »Kommen Sie«, sagt er, »ich bringe Sie vorsichtshalber zum Ausgang.«

21:23 Uhr. Régine muss ihre Beute, ohne ein Foto gemacht zu haben, zurücklassen. Sie folgt dem Wachmann, indem sie rückwärtsläuft, kann ihren Blick nicht von den Augen des verängstigten Tiers lösen. *Diese Spiegelung, dieser Umriss in der Pupille ...*

Hätte sie die Miniatur doch nur genauer erkunden können, bevor sie sich abrupt davon lösen musste. Hätte sie nur tiefer eindringen, dem Tier hinter die Netzhaut schauen können, um ein paar Funken ihrer Seelen zu erhaschen, der von der Beute, die sich als machtlos erweist, und auch der des Jägers, der sie im Visier hat.

Hätte sie tiefer hineintauchen können, hätte sie erkannt, was das Tier in den Augen des Jägers sieht, hätte sie den Funken gesehen, der eine Spezies gefährlich macht, gefährlicher als alle anderen. Allmächtig. Eine Macht, die mit einem Pinselstrich ein Gerüst mit mehreren Blickwinkeln produziert – dem des Tiers, des Jagenden, des Malenden und Beobachtenden – wie in einem Spiegelkabinett und dessen endlosen Spiegelungen. Bis hin zum Ursprung des Genies, einem trockenen Boden in Afrika.

TAGEBUCH EINES BABYLONISCHEN GELEHRTEN

August 1999

Wann wurden wir zu diesem gelehrten Primaten Homo sapiens? Wann fingen wir an nachzudenken? Irgendwo gibt es den Samen, der unsere graue Materie rasant wachsen ließ, den Funken, der uns schwache Wesen nach ganz oben an die Spitze des Ökosystems katapultiert hat, der uns zu Halbgöttern gemacht hat, die über Leben und Tod jeder einzelnen Spezies entscheiden. Wo befindet sich dieser Samen?

Ich muss ihn in der Kalahari suchen. Dort wandelt ein Überlebender aus dem Paläolithikum, ein Volk, das dem ursprünglichen Homo sapiens genetisch womöglich sehr nahe kommt. Trotzdem ist er nicht primitiv. Kein Mensch auf Erden verfügt über eine so komplexe Sprache, über ein so diverses genetisches Gepäck. So als würde dieser Wüstenmensch in seiner Haut, seinen Falten, seinen Augen die Matrix der Menschheit tragen.

Vergleiche der DNA zeigen genau, dass die Diversität mit zunehmender Entfernung abnimmt. Der Kalaharimensch spricht eine melodische Sprache, die die Komplexität seiner Gene widerspiegelt, sie hat 100, 120, 140 Laute, was es sonst in keiner Sprache gibt; sie verfügen meist nur über an die 40. In einer so opulenten Sprache wie dem Französischen gibt es nur 37 Phoneme.

Gibt es einen Zusammenhang zwischen der genetischen und phonetischen Diversität? In der komplexen Sprache der San ist das Echo eines weit entfernten Geflüsters zu hören. Doch es verklingt. Die altehrwürdige Sprache, die ihre Sprecher nur noch mit einem seidenen Faden mit den weit entfernten Homo sapiens verbindet, wird nur noch von wenigen gesprochen, sie liegt im Sterben. Wie spät ist es? Kann ich in dem roten Sand der Kalahari diesen genialen Funken noch finden, das Geheimnis einer Ur-Sprache ausgraben?

Ich muss den Griot finden, der all diese Stimmen seit Menschengedenken gesammelt hat. Ohne unser Gedächtnis wären wir nichts, wären nichts ohne diesen Griot. Hätten kein gesammeltes Wissen, keinen Turm aus Stein oder der Wissenschaft, um zu berühren, was uns verborgen ist. Dank ihm ist der Homo sapiens ein Homo sapiens, wurden Kontinente erobert, die höchsten Gipfel erklommen, die Stratosphäre durchbrochen, um zum Mond zu gelangen, durch die Geschichte und die Zeit zurückgereist bis zum Ursprung des Universums. Doch eine letzte Grenze bleibt ihm noch: sein eigenes Gehirn.

Der neue Gral ist die Entschlüsselung des neuronalen Netzwerks, das den Menschen zu einem Virtuosen oder Wahnsinnigen macht. Doch kann ein Gehirn sein eigenes Rätsel lösen? Die Frage ist schwindelerregend und führt zu Verbissenheit. Können wir dabei draufgehen? Der Griot wird es uns sagen.

GALLIPOLI, AUGUST 1915

Auf einer Erdscholle, die nicht länger ist als 50 Kilometer und nicht breiter als fünf, drängen sich Zehntausende Soldaten von fünf Kontinenten, darunter eine Infanterie, die monatelang alles Mögliche erduldet: die Granaten, die Fliegen, die Ruhr, die Hitze, die Hungersnot und allem voran den Totengeruch. Das alles ertragen sie schon seit Monaten, ohne einen Zentimeter voranzukommen. Jede Offensive führt zu einer Gegenoffensive und einem Rückzug, es ist wie ein Walzer. Gelegentlich ereignen sich auf dieser Festwiese, wo die Generäle den Takt vorgeben, merkwürdige Situationen. So kommen sich die Feinde beim Landgewinn von Zentimetern praktisch ganz nah, ist der gegnerische Graben nur noch einen Steinwurf entfernt. Oder einen Granatenwurf. Aber Granaten werden nicht geworfen, denn noch bevor sie explodieren, kann der Gegner sie einem ins Gesicht zurückgeworfen haben. Das zeigt, wie nah sich die Feinde sind und wie seltsam die Lage ist. Das Allerkomischste ist, dass zum Schutz der eigenen Truppen das Artilleriefeuer eingestellt, die unerschöpflichen Geschütze mundtot gemacht wurden. Die Sniper haben übernommen und tauchen die Halbinsel in eine bedrückende Stille.

An der Front zählt der aufgeweckte junge Soldat nicht mehr die Granaten, sondern die Kugeln, die von Zeit zu Zeit durch die Luft pfeifen, und die Schreie der Männer, wenn sie getroffen sind. Ihre Klagen reihen sich zu einer leisen Tonfolge aneinander, die fortlaufend daran erinnert, dass der Tod auf einen lauert. *Wie spät ist es? Ist meine Zeit gekommen?* Dieser Krieg ist ein Nervenkrieg. Die Infanteristen tragen das Gewehr stets an der Wange, sind extrem angespannt, wechseln sich Tag und Nacht an den Schießscharten ab. Geschossen wird bei der kleinsten Bewegung des Feinds, sodass niemand mehr wagt, sich zu bewegen, nicht mal, um sein Geschäft zu erledigen. Die Soldaten erleichtern sich an Ort und Stelle, was in der sommerlichen Hitze für nur noch mehr Fliegen sorgt. Sie schlafen nicht mehr. Misstrauen dem Geflüster im feindlichen Graben. Sie fürchten einen Blitzangriff. In wenigen Sekunden hat der Feind den Stacheldraht überwunden und den eigenen Graben erreicht. Müdigkeit und Angst zermürben sie, der Wahnsinn greift um sich. Gestern sah ein Rekrut einen Soldaten in der Schießscharte so stark zittern, dass er weder zielen geschweige denn das Gewehr anlegen konnte. Ihm wurde die Mauser abgenommen und eine Schocktherapie verordnet. Er würde wieder auf die Beine kommen. Schon bald wäre er wieder an der Front, ohne zu zittern zwar, würde sich dafür aber an den Nägeln kauen angesichts der Tatsache, dass man sie nicht mit Samthandschuhen anfasste.

Ist endloses Warten schlimmer als der Tod? Wie lässt sich die Zeit unter solchen Umständen totschlagen? Derlei Fragen belasten den Dichter, der verzweifelt versucht, seinen Verstand zu beschäftigen und sein Zittern zu bändigen.

Er denkt an seine junge Frau, kleine Nachtigall, deren Stimme ganz allein in sein Herz getroffen hat. Das war letzten Herbst oder, von hier aus gesehen, vor einer Ewigkeit, als ein vernebelter Nachmittag Geräuschen eine besondere Resonanz verlieh. An diesem Herbsttag, der sich wie Frühling angefühlt hat, saß er mit einem Kaffee in der Hand unter der Weinlaube einer Schenke, als ihn die Liebe mit voller Wucht traf. Peng! Ein Hieb in Form von Gesang. Ein Singsang, der aus einem Fenster zu ihm drang wie das Parfum einer Rose. Nur eine einzige Stimme, aber was für eine! Es war um ihn geschehen, er war verliebt, schon bevor er sie gesehen hatte. Sie wurde zu seiner Muse und bald zu seiner Sonne in der Nacht. Er hätte sie auf der Stelle und trotz all der Barrieren aus Ziegeln, Nebel, Sprache, Religion und einer ganzen Welt zwischen ihnen geheiratet. Das alles war ohne Bedeutung, denn sein Blut war bereits vermischt. Schon seit Generationen wird in seiner Familie das Herz an jemand Fremdes verschenkt. Bevor er die Frau gesehen hat, hatte er nur noch Augen für sie, die dazu noch den Namen eines der schönsten Edelsteine auf der Welt trug! Der frisch Verliebte erweiterte schnellstens sein Sprachsortiment, lernte innerhalb von vier, fünf Wochen eine neue Sprache, um sich ihr anzunähern, ihre Blase zu betreten, sie in Dichtung zu hüllen und schließlich um ihre Hand anzuhalten.

Seine junge Frau. In dem schlammigen Kerker, in dem er hockt, weiß er noch nicht, dass er sie

geschwängert hat, bevor er an die Front musste. So wie alles andere ist auch der Postverkehr
lahmgelegt. Trotzdem schreibt er ihr jeden Tag.
In seiner Innentasche häufen sich seine Briefe
voller Sanftmut und auch Fragen. Blühen die Ro-
sensträucher trotz des Krieges? Ziehen die Vögel
ungeachtet des Granatenregens los?

Werden die Fragen beängstigender als das
Warten, sagt sich der Dichter eins der vielen Gedichte auf, die er kennt, in einer der vielen Sprachen, die er spricht. Sind die eigenen Wurzeln
so vielfältig, kann das Gefühl der Zugehörigkeit
schon mal einem Puzzle gleichen, insbesondere
in Zeiten des Gemetzels wie diesen. Den Dichter
schmettert die Vorstellung eines im gegenüberliegenden Graben verfaulenden Cousins nieder,
ängstigt der Gedanke, er töte und vernichte einen
Zweig seines eigenen Stammbaums. An etwas
anderes denken, schnell! An etwas Schönes. Was
sang Rumi? *Ich stamme einer Seele ab, die der Ursprung aller Seelen ist, ich komme aus einer Stadt,
die Stadt der Stadtlosen ist.* In der Ferne zischt
eine Kugel durch die Luft, dann noch eine. Der
Soldat zuckt zusammen, gibt aber keinen Laut
von sich. Der Befehl lautet, den Posten zu halten
und die Gelassenheit zu bewahren. Nur die Seele
darf noch umherwandern. *Ich bin der Tropfen, der
das Meer in sich trägt,* sagte Yunus Emre.

Leider vermögen es die heraufbeschworenen
Musen nicht, das Zittern des Soldaten zu mildern,
dessen Graben nur wenige Meter vom Feind ent-

fernt ist. Vom Feind? Wohl eher von dem anderen Pechvogel, der in einem identischen Drecksloch schmort und sich unerträglich vor einem Angriff fürchtet. Die Zeit totschlagen? *Man schlägt die Zeit nicht tot, ohne die Ewigkeit zu verletzen.* Thoreaus Worte wendet er hin und her, während sich seine Felsentauben diskret beklagen. Auch sie sind zur Bewegungslosigkeit verdammt, werden nicht mehr aus ihrem Käfig geholt. Sie fliegen zu lassen wäre wohl reinste Verschwendung, würden sie doch abgeschossen wie Hasen. Würden die Generäle ihre Weisheit doch nur auf ihre Truppen anwenden, denkt der Taubenfreund. In der Zwischenzeit geht der junge Dichter, der das Leben nicht vor Augen hat, Die Blumen des Bösen durch. *Ich habe mehr Erinnerungen, so als wär ich tausend Jahr.*

Neben ihm pfeift ein ebenso bewegter Soldat eine sanfte, beruhigende Melodie. Eine von denen, die die Sintflut überlebt und vom Wind und den Anhöhen des Ararats aufbewahrt wurden. Sie alle haben das Gefühl, diese Melodie zu kennen, die sich wie ein Leichentuch über das Röcheln des No Man's Land senkt. Alle hören zu, sogar die Unteroffiziere, sogar die Soldaten in den feindlichen Gräben. Auf beiden Seiten lassen sie sich von dem Wiegenlied aus längst vergangenen Zeiten forttragen. Den Dichter erinnert es an die Melodie aus dem Fenster. Er brennt diesen Moment in sein gigantisches Gedächtnis ein, liest jede Note wie einen weiteren Stein für seinen Tempel auf.

Die Minuten verstreichen, während er mit dem Kopf woanders ist.

Dann landet etwas neben den Füßen des pfeifenden Soldaten, etwas Rundliches, das vom Graben gegenüber kam. Sofort sind die Männer wieder im Hier und Jetzt. Einer ruft: »Eine Granate!« Der einberufene Dichter geht automatisch in seinem Taubenloch in Deckung, während ein besser vorbereiteter Infanterist sie sofort greift, um sie dahin zurückzuwerfen, woher sie gekommen ist. Mitten in der Bewegung hält er inne. Was er in der Hand hat, ist keine Granate.

Sondern eine Konservendose. Eine Konservendose mit Obst.

»Es ist Obst!«

Die Soldaten klettern aus ihrem Bau, rotten sich um den Schatz zusammen. Für sie, die seit Ewigkeiten nur faden Brei runterschlucken, ist es ein Geschenk des Himmels. Wohl eher des gegnerischen Lagers. Was beschert ihnen diese Gabe? Sie beraten sich. Hat sich der Feind etwa von der Melodie erweichen lassen? Vielleicht mögen sie Musik? In der Hitze des Sommers bleibt niemand kalt. Der pfeifende Soldat öffnet die Dose, teilt seinen Reichtum mit den anderen. Diese unwahrscheinliche Wendung beflügelt den Dichter. Er geht zurück in sein Loch, wühlt unter den verdutzten Blicken der Tauben in seinem Sack, holt eine Zigarettenpackung sowie einen Zettel und Stift heraus. Er kennt die Sprache des Feinds, muss nur die richtigen Worte finden. Er kramt in seinem zuverlässigen Gedächtnis, findet in der Vergangenheit, die ihm bereits weit entfernt zu sein scheint, ein zivilisationsverbindendes Glied, universelle Worte, die die Pause verlängern können. *'S ist 'ne Melodie, für die gäb ich* ... Hastig bringt er die Seele eines umherreisenden Romantikers zu Papier, steckt es in die Zigarettenpackung und wirft sie in den gegnerischen Graben.

Dort ertönen dumpfe Aufschreie, wird miteinander geflüstert. Die Zigaretten finden Anklang. Sind dort drüben gefragter als eingelegtes Obst. Jeder hat etwas, woran es ihm mangelt.

Bald nimmt das Schlachtfeld festliche Züge an, ein neues Geschenk landet im Graben des aufgeweckten Dichters. Dieses Mal ist es Marmelade, ein hier äußerst seltener süßer Aufstrich. Schnell wird daraus ein freundschaftliches Schlagballspiel, bei dem jeder erraten möchte, woran es dem anderen fehlt. Nur ein Offizier ist damit nicht einverstanden und ruft seine Männer wieder zur Ordnung. Die kurze Phase der Entspannung ist vorbei.

Stille kehrt wieder ein, fast, die Fliegen lassen sich nicht den Mund verbieten. Und auch nicht die heiser stöhnenden Männer im No Man's Land.

Sie alle schmoren wieder, haben Angst.

Wer knickt in dieser unerträglichen Augusthitze zuerst ein, weil ihm die Kräfte oder die Vorräte ausgehen? Der Bogen ist überspannt, die Sehne kann nur noch reißen, und die Blase der Trägheit zerplatzt.

Der einberufene Dichter hat Glück, der Feind strauchelt zuerst. Er startet bei Tagesanbruch einen Überraschungsangriff, der niemanden überrascht, da sowieso alle mit den Nerven am Ende sind. Wer die Deckung verlässt, gerät sofort in die Schusslinie des gut versteckten Bataillons, geht im Kugelgewitter zu Boden und mästet ein Gelände, das sowieso schon überfüttert ist.

Nur eine Handvoll Angreifer gelangt in den Graben des Taubenfreunds, der bis dahin von direkten Konfrontationen verschont geblieben ist. Die Gewehre sind leer. Sie kämpfen Mann gegen Mann, kreuzen in einem chaotischen Durcheinander ihre Bajonette. Auch dem Dichter bleibt das nicht erspart. Als ein gegnerischer Soldat vor ihm erscheint, fackelt er nicht lange und stößt ihm heftig das Bajonett seiner Mauser in den Unterleib, sodass sich der aufgespießte Angreifer nicht mehr rührt.

Das entsetzte Gesicht, das nur wenige Zentimeter von seinem entfernt ist, den Mann, der ein letztes Mal schluchzt, wird er nie vergessen.

Der gescheiterte Angriff kostet den Feind eine ganze Kompanie. Eine Rechnung, die nicht aufgegangen ist, wie so viele in diesem Krieg, in dem Blutbäder sorgfältig kalkuliert werden: Wie viele Soldaten müssen geopfert werden, um einen Morgen Schlamm zu erobern?

Nach der Offensive durchsuchen die Sieger die Besiegten. Sie machen Kriegsbeute, finden Gewehre, Patronen, Messer und mit etwas Glück eine Pistole oder ein noch gutes Paar Stiefel. Während die anderen die Gefallenen abtasten, ist der Dichter immer noch bei seinem einzigen Opfer. Mit bleichem Gesicht presst er krampfhaft das Kostbarste an sich, was er bei dem Toten gefunden hat. Einen Brief.

Es dauerte nicht lang, bis er sah, dass das Kuvert an eine Frau adressiert war. Der Brief war voll mit Hoffnungen und Poesie. Fing mit den Versen von Nerval an, die wie ein Lichtstrahl von einem Graben zum anderen geschickt wurden. Als er bei seinem Alter Ego diese blutbefleckte Beute fand, erkannte er schnell sein großes Unglück. *Es war schlimmer als alles!* Es quälte ihn bis ans Ende seiner Tage. Tage, die er nicht aufhörte zu zählen, grausame Ironie des Schicksals.

Mittagszeit im Treff. Eine Armee von Freiwilligen ist damit beschäftigt, Ratatouille an die Unglücksraben der Stadt zu verteilen. Sarah packt heimlich in der Küche eine Portion zum Mitnehmen ein. Dazu legt sie eine Scheibe Brot und gießt Kaffee in einen Becher. *Bloß den Kaffee nicht vergessen!* Als sie sich durch die Hintertür hinausschleicht, trifft sie auf Jérôme, der gerade eine raucht. Der Koch ist überrascht.

»Sarah?«

»Pst!«, erwidert sie mit vielsagendem Blick.

Jérôme ahnt, wohin das Rotkäppchen unterwegs ist.

»Du willst den Wolf füttern?«

»Also wirklich, Jérôme! (etwas leiser) ... nach letztem Stand ist er mehr Lamm als Wolf.«

Auch er flüstert:

»Davon musst du mich nicht überzeugen.«

Vor einer Woche tauchten plötzlich die Polizisten Bousquet und Ross in Begleitung ihrer Handlanger vom Grenzschutz auf. Seitdem sitzt der Bonneau-Trupp auf heißen Kohlen. Die Werke des Phönix haben in den sozialen Netzwerken viel von sich reden gemacht. Den Ermittlern, die das Netz nach Dschihadisten durchforsten, ist das nicht entgangen. Weitere Nachforschungen führten zu einer Serie von Graffitis mit finsteren Symbolen und einer rätselhaften Signatur, die in den Mittleren Osten verweist. Eine gründliche Analyse führte zum Ursprung des Textes: Der düstere Künstler markiert seine Anwesenheit in einem persisch-arabischen Alphabet aus längst vergangenen Zeiten – etwas, das zur gleichen Zeit natürlich auch Doktor Lagacé dank ihrer Universitätskontakte herausgefunden hat. Das allein reichte den Polizeibeamten für den Verdacht, dass Montréal plötzlich vom Reich Süleymans oder dessen Nachbildung bedroht wird. Intensivere Recherchen brachten die Ermittler auf die Spur eines unbekannten Mannes ohne Papiere, der sich in der Umgebung des Kanals aufhält und gelegentlich im Bonneau-Treff vorbeischaut. Sie haben die Flyer der Einrichtung samt Foto ausgegraben, und so geriet der Phönix von heute auf morgen ins Visier der nationalen Sicherheitsbehörde.

Das Gesicht von Jean-Pierre, der den Treff leitet, hätte man sehen müssen, als die beiden Polizeibeamten in sein Büro stürmten mit ihren verworrenen Fragen und wenig verschleierten Vorwürfen, in denen sie ihn quasi beschuldigten, das Gesindel mit Almosen zu füttern. Jean-Pierre, der den Phönix genauso wie seine Kollegen ins Herz geschlossen hat, war kreidebleich vor Wut. Er hatte dessen Ragout genossen, mitfühlend dessen harmlosen Versen gelauscht, gesehen, wie er die Tauben umsorgt, als wären sie das achte Weltwunder. Der, ein Dschihadist?

»So ein Quatsch! Der Mann ist noch harmloser als die Tauben, die er füttert.«

Wie konnte er, der ständig von Krieg, geringstem Treiben und winzigstem Summen heimgesucht wird, nur mit einem Terroristen in Verbindung gebracht werden? Was für ein Unsinn. Am Ende der Vernehmung wurden Jean-Pierre und sein Team angewiesen zu »kollaborieren«, um die Bedrohung zu neutralisieren. Der Leiter entschied sich anders und deckte den Mann, der in seinen Augen schamloser Fremdenfeindlichkeit zum Opfer fällt. Mit Sarah und Jérôme organisierte er den Widerstand.

Als Erstes mussten sie den Betroffenen finden, was bei einem Wohnungslosen keine leichte Sache ist. Dann mussten sie mit ihm sprechen, ihm die Lage erklären – eine im Falle eines Genies, das Unsinn redet, äußerst kafkaeske Aufgabe. Und schließlich mussten sie ihn möglichst vom Treff fernhalten, der inzwischen beobachtet wird und von Kollaborateuren infiltriert ist. Ihr Ziel ist, die unschuldige Kreatur vor dem Feind zu schützen, mit dem sie sich nicht messen kann. Ein schwieriges Unterfangen. Tapfer wie eine Jeanne d'Arc gegenüber der Armee der Besatzer hat Sarah die Zügel in die Hand genommen. Sie hat den guten alten Tuan eingeweiht, einer der wenigen, dem es gelingt, sich mit dem Phönix zu unterhalten. Nicht dass sie enge Freunde sind, doch zwischen ihnen hat sich eine stillschweigende Komplizenschaft entwickelt. Die beiden Landstreicher haben es sich zur Gewohnheit gemacht, zusammen am Fluss entlangzulaufen und dabei ihre Kriegserinnerungen heraufzubeschwören. Sie verstehen einander, sprechen auf Vietnamesisch, während sie auf den Saint-Laurent schauen, so als wäre es der Mekong, *erinnerst du dich, wie traurig der Monsun war nach dem Fall von Saigon?* Im Treff kennt Tuan den Phönix besser als alle anderen. Er kennt seine Gewohnheiten und einige seiner Verstecke, die sie von Zeit zu Zeit teilen. Er wurde beauftragt, den Vogel zu finden und ihn mittels einer freundlichen List über die Schwere der Lage zu informieren. Weil ein rationales Gespräch mit dem Phönix nicht möglich ist, sind Umwege nötig, müssen sie so denken wie er. »Tuan, sag ihm, im Treff sind überall Fliegen! Sag ihm, dass schwarze Wolken um die Kochtöpfe surren wie in Gallipoli und er bis auf Weiteres dem Treff lieber fernbleibt.« Ein brillanter wie absurder Einfall, der ihm gerecht wird.

Der Widerstand hatte vereinbart, dass der Ausgestoßene, damit er im Verborgenen bleiben kann, mit dem Notwendigsten versorgt wird. Bislang ist der Plan aufgegangen. Doch fehlt von dem ohnehin schon unauffälligen Phönix seit einer Woche jede Spur. Die List hat ihren Zweck erfüllt.

Was Tuan nicht sagt, ist, dass der Ausgestoßene, wenn er ihn trifft, den mitgebrachten Proviant kaum anrührt. Er nimmt nur den Kaffee und die Scheibe Brot für seine Tauben. Dadurch verdoppelt, ja verdreifacht sich sogar systematisch Tuans Mittagsration. Denn manchmal teilt der Phönix sein eigenes Picknick mit dem Vietnamesen, für den dieser Imbiss ganz nach seinem Geschmack und jedes Mal eine wahre Wonne ist.

Etwas, das die Jahre voller Entbehrungen ausgleicht. So führt eins zum anderen, isst Tuan alles auf und verschweigt es, übernimmt weiterhin begeistert die »Versorgung«.

Heute weicht Sarah von dem Plan ab. Anstelle von Tuan bringt sie dem Maquis seine Stärkung. Gegen Mittag erfuhr sie, dass sich ihr Schützling am Pointe-du-Moulin-Anleger befindet, diesem an der Kanalmündung gelegenen urbanen Busch im Schatten der alten Silos. Sie mag dieses erstaunlicherweise so grüne und kaum besuchte Areal in Vieux-Montréal, an dem sie jeden Tag auf dem Weg zur Arbeit vorbeifährt. Der perfekte Ort für ein privates Picknick in der Mittagspause.

»Bin dann mal auf Vogelerkundung«, sagt sie zu Jérôme in der Tür.

»Pass auf die Fliegen auf!«, antwortet der Koch.

Am Morgen kreisten sie über dem Treff. Sarah ist unbesorgt, wird sich dann eben noch kleiner machen.

Den Fluss entlang braucht Sarah 15 Minuten bis zu ihrem Dschungel, wie sie das Wäldchen rund um das Silo Nummer 5 liebevoll nennt. Nachts würde sie sich dort nicht hinwagen, doch am helllichten Tag wirkt es beinahe ländlich. Seit die Verfolgungsjagd begonnen hat, stellt sie sich fieberhaft ihr erstes Treffen mit dem Phönix vor. Sie ist bereit. Sie wird auf seine Hirngespinste eingehen, wird damit die Mauern zum Einstürzen und die Masken zum Fallen bringen. Sie sieht keine andere Möglichkeit, ihn aus dem Schlamassel herauszubekommen und wieder mit den Seinen zu vereinen, ihm zumindest eine Identität herzustellen. Wie Régine sagt, muss er irgendwo ja eine Familie haben. Übrigens hat sie Régine über ihren mittäglichen Ausflug informiert. Die Neuropsychologin hätte ihr jede Heimlichtuerei übel genommen, *auch wenn sie selbst ständig etwas verheimlicht.* Während Sarah die ersten Schleusen passiert, geht sie das Telefonat vom Morgen noch einmal durch, Régines Hartnäckigkeit.

»Konfrontiere ihn mit seinen eigenen Versen! Zeig ihm, dass du ihn verstehst, dass du entschlüsselt hast, was er am Kanal entlang verstreut hat!«

»Régine ...«

»Finde einen Weg, ihn in mein Labor zu bringen! Eine kleine Gehirnwäsche, und schon kennen wir seine Geheimnisse.«

»Nein.«

Sarah möchte nicht der Köder sein.

»Sieh es mal so: Du bist wie eine Hirtin, die du übrigens schon immer bist.«

»Der Phönix ist doch kein Schaf!«

»Nein, aber krank. Und er braucht offensichtlich psychologische Hilfe.«

»Willst du ihm Musik vorspielen?« (etwas beruhigter)

Nicht nur. Régine erklärt, dass sie beabsichtigt, ihm während des Scans eine VR-Brille und Kopfhörer aufzusetzen. »Wir spielen ihm Klanglandschaften aus verschiedenen Ländern vor und zeigen ihm Videoausschnitte. Wir konzentrieren uns auf die 1960er; wenn wir sein Alter richtig schätzen, sind das die Jahre seiner Kindheit. Auf diese Weise können wir eine Gefühlskarte seines Verstands entwerfen. Sehen, welcher Teil seines Gehirns in welchem Moment wie stark reagiert.« Nach über hundert Versuchen weiß die Expertin, dass Stimuli aus der Kindheit eine wahrhafte Explosion im Gehirn bewirken, so wie Dynamit. »Wenn wir den Schlüssel zu seiner Identität finden, finden wir auch seine Familie.« Das eine überzeugende Argument, das das morgendliche Telefonat beendet hat.

12:30 Uhr. Sarah wird langsamer, je weiter sie sich vom touristischen Treiben am Vieux-Port entfernt und in die friedliche Oase des verlassenen Anlegers vordringt, den sich die Vegetation und eine etwas schüchterne Fauna zurückerobert haben. So nähern sich ihr nun zwei watschelnde Stockenten, die die Frau und ihre Essensbox taxieren, als würden sie sich fragen: *Ist diesem Menschen zu trauen?* »Das ist nicht für euch«, sagt der Mensch freundlich und ruhig wie die Umgebung. Auf einem Schleusenflügel sitzt ein Kormoran, er breitet seine Flügel aus, lässt sie vom Wind trocknen. Wer ist sonst noch hier? Weiter unten in der halb gefüllten Schleusenkammer streiten sich Möwen um ein paar Chips. Und dort gibt es einen Schwarm Spatzen, Stärlinge sowie eine hin- und herschaukelnde Turteltaube, die hoch oben auf dem Geländer mit dunklen Gedanken zu spielen scheint. Nur von ihrem weißen Raben entdeckt sie keine Spur und wird ungeduldig. Wie seine Aufmerksamkeit erregen? Ihn rufen ist schwierig, hört er doch auf keinen Namen. Sogar sein lobender Spitzname lässt ihn kalt. Sarah schaut zum Silo, das den Anleger überragt, lässt ihren nachdenklichen Blick über den Koloss wandern. Sie entdeckt schnell Ángels Graffitis und denkt, dort oben verbergen sich atemberaubende Miniaturen in einem Schmuckkasten aus Beton.

12:33 Uhr. Hinter ihr raschelnde Blätter reißen sie aus den Gedanken. Sie dreht sich um, sieht nichts bis auf das Gebüsch, das den Kanal säumt.

12:34 Uhr. Ein erneutes Rascheln gefolgt von einem Knacken schreckt sie auf. »Wer ist da?«, stammelt sie mit pochendem Herzen. »Zeit für eine Stärkung.« Sie versucht, den Maquisard und auch sich selbst zu beruhigen. Die Geräusche verstummen. Sarah schleicht sich an die Sträucher heran, *nur keine hektische Bewegung.* So wie sie ihn kennt, ist er vor Angst erstarrt. »Es ist sicher, Sie können rauskommen.« Sie schreitet die Hecke ab, streift mit den Fingerspitzen über die Blätter. Die Stille durchbrechen gelegentlich Stärlinge mit ihren Rufen, *piep piep piiiiiep.* Als sie jemanden hinter der Hecke vermutet, bleibt sie stehen. *Warum kommt er nicht raus?* Sie hasst es, erschreckt zu werden. *Zeig dich endlich ...* Dann klappert es. Die Blätter und auch Sarahs Herz erzittern, als ein Dämon aus dem Gebüsch hervorspringt und ein verärgertes *Krah* ausstößt.

Der große Reiher hat nichts für Menschen übrig. Er breitet seine Flügel aus und sucht das Weite. Auch er hasst es, erschreckt zu werden.

Zum ersten Mal hat sie den Ruf eines Reihers gehört. Trotz seines imposanten Aussehens bleibt er für gewöhnlich still. Ein Einzelgänger wie der Phönix. Oder auch ihr Patensohn Lucas. Als der Stelzvogel am Horizont verschwindet, wird ihr plötzlich die Ähnlichkeit bewusst. *Ja, Lucas ist ein kleiner Phönix.* Ein brillanter, begabter, aber äußerst zurückhaltender Junge, den ein Nichts aus der Fassung bringt. Ein Teenager, den andere allgemein ängstigen, seine Eltern ganz speziell.

Das letzte Mal hat sie ihren Patensohn an dem Sonntag nach dem Abenteuer auf dem Rangierbahnhof gesehen. Sie fuhr für eine Gipfelbesprechung hoch zu Régine. Die Dame des Hauses wollte ihr Gewissen reinwaschen und erzählte Sarah von ihrer Rückkehr an den Ort des Vergehens (*So eine Heuchlerin!*) und ihrer Entdeckung einer in einen alten Container gesperrten Giraffe. Timothy war nicht zu Hause (*keine Überraschung*), Lucas aber schon, zurückgezogen in seinem Zimmer. Als seine Mutter verschwand, um Kaffee zu kochen, kam der Teenager unauffällig aus seiner Höhle gekrochen und ins Wohnzimmer, um seine Patentante mit einem Kuss zu begrüßen. Er sah sie schüchtern mit lächelnden Augen an.

In seiner bedrückenden Welt ist Sarah der einzige Mensch, der ihm nicht die Luft abschnürt. Sie hat die beruhigende Kraft von Saties Musik, kann allein durch ihre wohlwollende Anwesenheit alle seine Ängste augenblicklich verjagen. Lucas ist die Freundschaft zwischen diesem sanften Engel und seiner unerträglichen Mutter ein Rätsel. »Warum?«, fragte sie der Junge eines Tages geradeheraus. »Warum was?«, antwortete die Patentante ganz überrascht von der spontanen Frage aus dem Mund desjenigen, der so redselig war wie ein Grab. »Warum?«, wiederholte er, »verkehrst du mit so einer Person? Wie gelingt es dir, Freundschaft zu empfinden für ...« Der Satz blieb unvollendet, beugte sich der Last zu vernichtender Worte für sein sensibles Wesen ... *Eine perfektionistische Despotin?* »Wen meinst du?«, stammelte seine Vertraute, die die Antwort bereits kannte und eine Gänsehaut bekam, so als wäre sie selbst das Ziel seiner unüberwindbaren Abneigung. Dabei sind Régine und Timothy keine Folterer. Klar, sie sind fordernd und pedantisch, mehr, als in ihren Augen nötig, und auch in denen des überaus empfindlichen Lucas'. Doch sie würden nie die Hand gegen ihren Sohn erheben, das weiß Sarah, und sie weiß auch, wie sehr dieser Kalte Krieg Régine mitnimmt. Die allerdings ist zu stolz, um darüber zu reden. Dennoch erkennt Sarah auf Régines marmornem Gesicht die winzigen Risse. Sieht jedes Mal, wenn sich Lucas in seine Welt zurückzieht, wie der Lack bröckelt, Venen auf ihren Schläfen hervortreten, sich Ringe unter ihren Augen abzeichnen. Wie kann ein Junge seine eigenen Eltern dermaßen verabscheuen? Und das schon von klein an, seit er Zähne hat, die er aufeinanderpressen, und Worte, die er hinunterschlucken kann.

Lucas war gerade erst sieben Jahre alt, als er das erste Mal ausbrach, zum ersten Mal nicht auf dem Klavier. Es war an einem Samstagnachmittag. Timothy war in Paris auf einem seiner nicht zu verpassenden Kongresse, und Régine hatte ihren Sohn gerade wegen einer Kleinigkeit ausgeschimpft: eine auf die Wohnzimmerwand gemalte Katze. Niedergeschlagen schlich sich der Kleine durch die Hintertür, nahm sein Fahrrad und radelte alleine den Hang hinunter. Er fand einen Weg unter der 20 hindurch – dem breiten Highway zwischen der Aristokratie Westmounts und der Plebs Saint-Henris – und kam wie durch ein Wunder unversehrt bei Sarah an. Letztere war zutiefst erschrocken, ließ sich aber nichts anmerken. Um das weinende Kind zu trösten, nahm sie es in die Arme und servierte ihm wie immer eine rosafarbene Limonade in einer Schale. Wie immer gingen sie auch zusammen auf den Balkon, um die Straßenkatzen zu füttern. Weil die umherstreunenden Tiere von überall kommen, müssen die Fressnäpfe auf Sarahs Balkon ständig aufgefüllt werden. Lucas mag diese struppigen Katzen, Lucas mag rosafarbene Limonade aus einer Schale. Lucas mag Sarah.

»Adoptierst du mich und die Katzen?«, fragte der Ausreißer sie.

»Das habe ich doch längst, findest du nicht?«

»Ich meine ... bei dir aufnehmen, für immer.«

Eine schmeichelhafte Bitte, die die Patentante aber in Bedrängnis brachte.

»Ach, mein Häschen. Du hast Eltern, die dich ganz doll lieb haben. Und du weißt, dass ich auf Katzen allergisch bin. Ich kann sie nicht in die Wohnung lassen.«

Der Ausreißer zog eine Schnute. Um ihn abzulenken, zeigte sie ihm das Musizieren mit verschieden großen und unterschiedlich gefüllten Wassergläsern, was alle Katzen verscheuchte, den Jungen aber sehr beeindruckte. Die Aktivität begeisterte und amüsierte ihn – wie alles, was mit Musik oder Katzen zu tun hat – bis zur wirbelwindartigen Ankunft seiner vor Sorge ganz blassen Mutter. »Lucas!«, hauchte diese trotz des Sprühstoßes Asthmaspray ganz außer Atem. Ihr Kätzchen verduftete sofort und versteckte sich im Kleiderschrank, wo es eine Ewigkeit ausharrte. An diesem Tag entdeckte Sarah in Régines Gesicht besonders tiefe Risse, aus ihnen strömte eine Hilflosigkeit, wie sie sie zuvor noch nie gesehen hatte, noch nicht einmal in den ersten Tagen ihrer Freundschaft. Um die unerträgliche Situation zu entschärfen, schlug sie vor, dass Lucas bei ihr übernachtete. Die Freundin nickte einverstanden, aber ohne zu gehen. Um dieses Mal die Mutter zu beruhigen, ging Sarah mit ihr auf den Balkon, den die Katzen wieder eingenommen hatten. Dort servierte Sarah koffeinfreien Kaffee, was normalerweise Ketzerei gewesen wäre, damals wurde die Tasse aber widerstandslos angenommen. Régine ging es so schlecht, dass Sarah ihr zum ersten Mal vorschlug, eine zu rauchen. Was sie mit zittriger Hand tat. Wieder einigermaßen bei Sinnen unterhielten sie sich über dieses und jenes, hauptsächlich berufliche Themen, ein paar Krankheitsfälle. Aber in keinster Weise wurde das unantastbare Tabu zur Sprache gebracht: der Fall des kleinen Misanthropen, der im engen Kleiderschrank hockte. Darin liegt für Sarah der ungewöhnlichste Widerspruch: Timothy und Régine sind beide Cracks der grauen Materie, die zusammen auf fast ein halbes Jahrhundert Gehirnforschung kommen, haben sich aber nie mit dem Hirn ihres Sohnes befasst. Oder mit ihren eigenen. Vielleicht wollten sie es nicht sehen, vielleicht hatten sie Angst, eine Büchse der Pandora zu öffnen.

Zur Essenszeit brachte Sarah dem abgeschotteten Kind ein Napf mit Cheerios: »Hier, mein Kätzchen! Aber irgendwann musst du da rauskommen.« Er blieb in seinem Bau und knusperte hörbar jede Flocke einzeln. Régines Zufluchtsort war der Balkon, wo sie den ganzen Abend lang eine Zigarette nach der anderen verschlang. Zweimal rief sie Timothy an, um ihn auf dem Laufenden zu halten. Trotz seines Äußeren eines Hypnotiseurs sorgte sich der Psychiater in einer vorangeschrittenen Pariser Nacht um seinen Sohn und seine niedergeschlagene Frau. Um 22:37 Uhr Montréaler Zeit kroch der Junge aus dem Kleiderschrank.

Im großen Bett schmiegte er sich unbemerkt an seine Patentante, während seine Mutter im Wohnzimmer auf dem unbequemen Sofa kampierte. Kurz nach Mitternacht hörte Sarah, wie Régine in Tränen ausbrach. Nach zu vielen Rissen war der Damm gebrochen. Sie überließ Régine ihrem Kummer, fesselten sie doch die Hände des Jungen, der nicht der ihre war, der sie aber so sehr als Mutter wollte, ans Bett, während im Nachbarzimmer diejenige schluchzte, die ihn geboren hatte. Ein herzzerreißendes Bild, das ihr im Kopf bleiben wird und das sie so noch nicht gesehen hat, selbst nicht in den dunkelsten Winkeln ihrer Arbeit. Damit Lucas seine Abwehrhaltung ablegte, musste er am Morgen das von Tränen und Schlaflosigkeit gezeichnete Gesicht seiner Mutter sehen. Vollends besänftigt wurde er, als sie ihm mit emotional gedämpfter Stimme einen Ausflug vorschlug, den er nie ablehnen würde.

»Komm, Piano Man, lass uns in den Plattenladen gehen! Du kannst dir neue Noten aussuchen.«

Das Kind akzeptierte, was für beide einer Versöhnung am nächsten kam. Die schreckliche Nacht wurde danach nie wieder erwähnt. Nur ein Mal versuchte Sarah, Régine ihren Standpunkt zu vermitteln. »Du solltest aufhören, deinen Perfektionismus auf deinen Sohn zu projizieren, das erstickt ihn.« Daraufhin war die Stimmung so frostig (Régine setzte den sonntäglichen Kaffee drei Monate lang aus), dass das Thema ad acta gelegt wurde.

Lucas lief weitere Male von zu Hause weg, und mit der Zeit hörten die Eltern auf, deswegen in Panik zu geraten, was beweist, dass man sich an alles gewöhnt. Sie wussten ja, wo sie ihren Sohn fanden. Régine hegt der guten Fee gegenüber keinen Groll. Sie hat sich damit abgefunden, dass Sarah für ihren Sohn ein Rettungsanker ist, so wie damals für sie und wie für alle, die im Vieux-Port auf sich allein gestellt sind. Außerdem ist es ihr tausendmal lieber, dass er in Sicherheit bei seiner Patentante ist, als irgendwo auf der Straße. Oder unter der U-Bahn. Eine Möglichkeit, die sie von hoch oben auf dem Berg in einen Abgrund ohne Boden stürzen würde, denkt Sarah, die sich plötzlich darüber wundert, dass ein aufgescheuchter Reiher bei seinem Abflug so viele Erinnerungen in ihr hervorruft.

12:42 Uhr. Am Pointe-du-Moulin-Anleger schaut sie auf das Essen, das sie für den Phönix dabei hat. Überall Ähnlichkeiten. Lucas und der Phönix, ein und derselbe Kampf. Dass sie einander treffen, täte ihnen sicherlich gut, die beiden Freigeister könnten zusammen Brücken bauen wie sonst keiner. Sie verwirft den Gedanken gleich wieder, *denk nicht mal daran!* Régine würde nie zustimmen, dass der Phönix sich Lucas bis auf 100 Meter nähert, aus Angst, der Verirrte kontaminierte ihren ohnehin schon verletzlichen Sohn.

Chaotisches Geschrei bringt Sarah wieder zu ihrer Tagesmission. *Ach!* Ein Taubenschwarm fliegt in einem Wirrwarr aus Flügelschlägen und

Gegurre vorbei. Die Vögel steuern aufgeregt das Anlegerende an. Sarah tut es ihnen gleich, könnte sich keine besseren Fremdenführer wünschen.

12:51 Uhr. Endlich entdeckt sie ihn. Am äußersten Punkt, noch hinter dem imposanten Silo und einem aufgeschnittenen Zaun. Er steht dort, wo keine Mühlen mehr sind, nur eine 15 Meter hohe, gusseiserne, vollgekackte Skulptur. Ein prachtvolles Werk, das in dieser von Unkraut vereinnahmten Brache dennoch jämmerlich daherkommt. Der Phönix ist umgeben von Tauben, die er gerade gefüttert hat, es ist ein Festmahl. Und während sie sich den Bauch vollschlagen, betrachtet er in sich gekehrt die im Nirgendwo aufgestellte abstrakte Skulptur. Damit sie ihn nicht erschreckt, summt Sarah eine fröhliche Melodie, ihr altbewährtes Rezept für eine friedliche Annäherung. *Can't you hear a pitter-pat ...*

Der Mann regt sich nicht. Die Tauben machen kaum noch Krach, einige neigen ihre kleinen Köpfe hin und her. Die Frau kommt näher, summt unbekümmert weiter. *And that happy tune is your step ...* Sie ist schon ganz nah. Er ergreift nicht die Flucht (auch die Vögel nicht), das ist schon einmal was. Es scheint, als höre er zu. *Life can be so sweet ...*

Da endlich dreht er sich zu ihr, aber ohne sie direkt anzuschauen, er sieht Menschen selten in die Augen. Dieser wenn auch ausweichende Blick zieht Sarah in den Bann. *Diese Augen!* Sind sie blau? Sind sie grün? Graugrün vielleicht? Noch nie hat sie solche Augen gesehen. Und während sie sich in ihnen verliert, setzen sich die Lippen des Vagabunden in Bewegung. Mit zittriger Stimme vollendet er den Refrain. *On the sunny side of the street.*

Was Sarah zurück in die Gegenwart holt. *Na, das war doch ein guter Start!* Sie reicht ihm den Becher Kaffee, den er mit seiner unablässig zitternden Hand entgegennimmt.

»Hallo, Soldat, geht es Ihnen heute gut?« Sie wartet kurz ab, lässt ihn am Kaffee nippen, bevor sie weiterspricht. »Sind Sie heute frohen Mutes?«

Die Worte scheinen ihn etwas aufzurütteln, er kaut sie wieder. »Frohen Mutes ... frohen Mutes ...« Dann durchzuckt es ihn.

»Florence, bitte, wie spät ist es?«

Florence? Hier liegt eine Verwechslung vor. Sarah speichert den Namen trotzdem ab, vielleicht ein Zauberwort, um an die Vergangenheit des Mannes zu kommen. Sie führt ihr Melodienspiel, ohne sich zu wiederholen, fort. Ihre Anwesenheit soll ihn vor allem zuversichtlich stimmen.

»Es ist Zeit, die Waffenruhe zu nutzen, Soldat. Zeit, den Mohnblumen das Feld zu überlassen.«

»Den Mohnblumen ...«

Die Worte der Samariterin scheinen ihm kurzzeitig ein Gefühl von Sicherheit zu geben, doch dann durchzuckt es ihn erneut.

»Und die Fliegen? Bitte, Florence, was ist mit den Fliegen?«

»Keine Sorge, die Fliegen sind dort geblieben. Hier ist es sicher.«

13:02 Uhr. Nun betrachtet auch Sarah die Skulptur, ein Wirrwarr an ausgehöhlten Obelisken, die wie Raketen, von denen nur noch das Metallgestell geblieben ist, in alle Richtungen weisen. Ein zerbrechliches und zugleich Besorgnis erregendes Werk. Zuvor war es ihr hinter dem Gehölz und dem alten verfallenen Terminal nie aufgefallen. »Gefällt sie Ihnen?«, erkundigt sie sich. Perplex begutachtet der Mann sie gründlich. Nach einer Weile stiller Reflexion verkündet er sein Urteil.

»Sie ist schwer und leicht zugleich, leer und bedrückend. Wie in Gallipoli.«

Wie in Gallipoli. Sarah nimmt den Faden auf.

»Aber Kunst ist nie so schrecklich wie Krieg.«

Er rudert zurück, stammelt: »Oh nein, nein, nein! Kunst ist niemals so schrecklich!«

»Kunst ist eher beruhigend, oder?«

»Ja. Aber Gallipoli hat die Kunst getötet, Gallipoli hat den Dichter getötet.«

»Verstreuen Sie deshalb Ihre Kunst hier überall? Um Ihre Kriegsverletzungen zu heilen? Um den Dichter wieder zum Leben zu erwecken?«

Er antwortet nicht, versinkt weiter in seinem Wahn. Sie hört ihn sagen: »Und Pérouse! Was mit Pérouse geschehen ist! Das ist eine unsagbare Schande!«

»Was ist mit Pérouse geschehen?«, fragt Sarah von dieser plötzlichen Erregung gepackt. Er antwortet immer noch nicht, starrt weiterhin entsetzt die Skulptur an. Um ihn zu beruhigen, bringt sie seine eigenen Werke wieder ins Spiel. »Ich konnte ein paar Ihrer Kreationen bewundern. Sie sind großartig, fesselnd! Sie bringen einen ganz … durcheinander.« Sie betont das letzte Wort, das ausdrückt, welche Unruhe der Ausnahmekünstler in ihr bewirkt. Der Mann sagt kein Wort, ist dabei, sich wieder zu verschließen. Das ist für Sarah der Moment, aufs Ganze zu gehen, ihren höchsten Trumpf auszuspielen.

'S ist 'ne Melodie, für die gäb ich
Ganz Rossini, ganz Mozart, ganz Weber.

Sie hält inne, beobachtet ihn. Keine Reaktion, zumindest fast keine. Seine Augen verraten, dass er gerührt ist. Sie werden glasig. So als würden Nervals Verse eine unter den Trümmern seines Lebens verborgene Erinnerung ausgraben. Sarah setzt *Fantaisie* fort, das Eisen muss geschmiedet werden, solange es heiß ist.

'Ne alte Melodie, verhallt und düster,
Die mir allein ein Geheimnis verbirgt.

Der Soldat zuckt zusammen. Das Zittern seiner Hand überträgt sich auf den Arm und schließlich auf den Körper, treibt ihm Schweißperlen auf die Stirn. Es ist fast so, als hätte er einen Fieberanfall. Dann bricht er sein Schweigen und führt das Gedicht fort.

Nun, jedes Mal, da ich ihr lausche,
Verjüngt mein' Seel' sich um zweihundert Jahr.

Seine Stimme wirkt entfernt, so als käme sie aus

der Tiefe. Vielleicht aus einem Graben. Die letzten Zeilen sind für sie neu, das entschlüsselte Graffiti hat nur die erste Strophe offenbart. Wie dem auch sei, sie ist froh über diesen begonnenen Austausch. Jetzt heißt es, Leerläufe vermeiden, die Gelegenheit beim Schopfe packen. Sie erzählt ihm von seinen Miniaturen, den auf den dreckigsten und unzugänglichsten Wänden des Areals verstreuten Lyrikfetzen. »Sie haben viele Leute neugierig gemacht.« Ein kurzer Blick zum Phönix, der wieder in sich versunken ist. Nur die Tauben sind noch zu hören. Sarah hält am Thema fest, verfolgt es weiter. Sie sagt: »Mich fasziniert Ihr ungewöhnlicher Ansatz. Es ist ziemlich verstörend, erst ein Blumenfeld zu sehen, das sich dann in ein Totenfeld verwandelt. Und signiert ist es mit einem kalligrafierten Fragment eines Nerval-Gedichts in einer erloschenen Sprache des Osmanischen Reichs. Hat es eine politische Bedeutung?«

Die Frage wirkt auf ihn wie ein Mückenstich, seine Reaktion ist direkt und spontan. »Politisch! Nein, nein, nein. Ganz und gar nicht!« Der scharfe Ton vertreibt die Tauben, der Schwarm fliegt um 13:09 Uhr davon. Das Gelände ist vermint. Sarah ändert den Kurs. »Oder aber ... (behutsam) eine religiöse Bedeutung?« Die Zurückweisung erfolgt ähnlich schnell, der Befragte bebt. »Religion oder Politik, ist doch vollkommen egal!«

Damit bestätigt er das, was Sarah sowieso schon wusste. Der Dschihad ist ganz weit weg.

Sie kann endlich auf die Kunst des Phönix zurückkommen als das, was sie ist. Schön. Kunst in ihrer reinsten Form, eine, die umsorgt und beruhigt. Aber was? In welchem Krieg hat er wirklich gelitten, um zu dem zu werden, der er jetzt ist, gequält und zugleich brillant, Schatten und Licht? Gegen welche Plage dient dem Gestrandeten die Kunst als Panzer oder als Talisman? Die Gräben von Gallipoli sind nur eine Verschleierungstaktik, *sie verbergen eine andere Bestie.* Sarah will wissen, unter welchem schlechten Stern er geboren wurde. Und des Rätsels Schlüssel steckt in seinen Werken. Um die Geheimnisse seiner Welt zu durchdringen, muss sie seine Instrumente nutzen, und das sind Farben, Noten und geflügelte Worte. Die Dichtung nutzen, sofort, schnell sein Vertrauen zurückerobern ... mithilfe von Baudelaire!

»Sag, geheimnisvoller Mann, wen liebst du am meisten?«

Er entspannt sich allmählich. Sarah spricht weiter.

»... Vater, Mutter, Schwester oder Bruder?«

Der Phönix kann nicht mehr anders und geht darauf ein. Seine Augen fangen an zu leuchten, seine Stimme läuft warm.

»Hab nicht Vater noch Mutter, nicht Schwester noch Bruder.«

Volltreffer. Sarah macht weiter.

»Deine Heimat?«

»Weiß nicht, auf welchem Breitengrad sie liegt.«

»Das Schöne?«

»*Göttlich und unsterblich, ich würde es gern lieben.*«

Während dieses Wortwechsels beobachtet sie ihn aufmerksam. Er macht beinahe einen begeisterten Eindruck.

»*Was liebst du dann, sonderbarer Fremder?*«

»*Ich liebe die Wolken, die vorbeiziehen … da hinten … da hinten …*«

Noch immer hat er sie nicht angesehen. Aber sie entdeckt ein komplizenhaftes Lächeln. Régine hatte recht damit, ihn mit seinen Versen zu konfrontieren. Und zufällig hat Sarah alle kalligrafierten Gedichte verinnerlicht, die in der Gegend des Kanals entdeckt und dank der wertvollen Hilfe der Akademikerin entschlüsselt wurden.

Der Mann leert in einem Zug den Kaffee. Sie reicht ihm die Lunchbox, »heute gibt's Ratatouille«. Besorgt starrt er auf den Behälter. Sarah versichert ihm: »Keine Fliegen, 100 Prozent vegetarisch.« Das beruhigt ihn. Trotzdem isst er kaum, stochert nur umher. *Wie überlebt er?* Er muss sich selbst versorgen! Während sie darüber nachdenkt, ruft er aus:

»Oh, Florence, Sie sind so nett zu mir, dabei habe ich gar nichts für Sie zum Essen dabei!«

Sarah ist überrascht. Zum Essen?

»Bringen Sie denn Tuan etwas mit?«

»Ja, Vân Minh liebt mein Essen.«

Sarah ist Florence und Tuan ist Vân Minh. *Und Vân Minh liebt sein Essen.* Das bedeutet, dass der Phönix Zugang zu einer Küche hat. »Soldat, wie kommen Sie an Lebensmittel, und wo bereiten Sie sie zu?« Er verzieht das Gesicht. *Er hat Angst.* Schnell das Thema wechseln. Sie erinnert sich an die Miniatur vom Rangierbahnhof, an die Wüste am Kesselwagen. »Sie kommen aus einer trockenen Gegend?« Er antwortet, ohne den Kopf zu heben, kaut auf einem Stück Aubergine herum. »Nein, von weiter weg.« Er schluckt den Bissen herunter.

Von weiter weg? Das verstehe ich nicht. Denk nach! Sie erinnert sich an das darunterliegende Bild, an den Turm, der in der Täuschung erschienen ist.

»Kommen Sie aus Babylon?«

»Ja, Babylon. Ich bin Babylonier.«

Das ist doch etwas.

»Also kommen Sie aus dem Mittleren Osten?«

Er spießt ein Stück Zucchini auf.

»Nein. Nicht aus dem Mittleren Osten.«

Zurück auf Anfang.

»Sie sind also Babylonier.«

Er wiederholt:

»Ja. Ich bin Babylonier.«

Das ist tatsächlich weit weg. Er ergänzt:

»Ich komme von überall und von nirgendwo.«

Er ist staatenlos, schlussfolgert Sarah voller Empathie. Sie befragt ihn nicht weiter, es würde sowieso zu nichts führen. Die beiden schweigen. 13:27 Uhr. Nur die Tauben sind zu hören, die bald alle wieder zurückgekommen sind. Erst eine, dann zwei und dann der Rest. Der Phönix hat die Scheibe Brot nicht angerührt, hat sie in der Hand zerbröselt, um sie großherzig an die Vögel zu verfüttern. Wahrscheinlich ist er gerade in seinem Element, hier in dieser verwahrlosten Gegend des Vieux-Port, mit den Tauben in seinem Busch. Es ist ein zeitlich begrenztes, sogar *gebrauchtes Glück*, aber für ihn vielleicht das, was ihn am meisten erfüllt, träumt Sarah. Weil die Dinge so sind, wie sie sind, überlegt sie, wie sie den Angsthasen ins Forschungszentrum der Universität hochschaffen soll. Es ist unmöglich, also lieber erst gar nicht versuchen. Sie entscheidet, es dem Taubenfreund gleichzutun, und konzentriert sich auf die Vögel. Sie verschlingen die Brösel, als hätten sie seit einer Ewigkeit nichts gefressen, es fasziniert sie. Es tut sich eine seltsame Parallele zwischen diesen gierigen Tauben und dem Phönix auf, den es nach jedem noch so kleinen Stück Schönem giert. Weiterhin den Blick auf die Vögel gerichtet, überrascht sie sich beim lauten Denken: »Ein griechischer Dichter, ich weiß nicht mehr wer, hat mal gesagt, dass Kunst ein Leid besser heilt als die Wissenschaft.« Der Phönix hebt interessiert den Kopf. »Meine Freundin Régine ist davon überzeugt, dass Musik besser gegen Schmerzen hilft als Medikamente, und hat es zu ihrem Beruf gemacht. Sie arbeitet mit unermüdlichem Eifer daran.«

Er schaut wieder zu den Tauben.

»Sie ist eine Expertin auf ihrem Gebiet, ich bewundere sie sehr. Kunst hat doch ein phänomenales therapeutisches Potenzial, oder etwa nicht?« Er hebt nur eine Braue. Sarah insistiert nicht weiter, dreht sich zum Saint-Laurent und beobachtet das dortige Kommen und Gehen der Motorboote, Ausflugsdampfer und Möwen. Gerade ist der Amphibus zur Belustigung der Touristen ins Wasser gefahren, um seine rituelle Waschung zu vollziehen. Weiter östlich taucht in der Ferne ein Containerschiff auf. Ist schon verrückt, wie sehr Sarah diesen Fluss mag. Ob ruhig oder wild, am Morgen oder Nachmittag. Die gefräßigen Tauben haben alles restlos verschlungen, keinen einzigen Krumen übrig gelassen.

»Theokritos«, wirft der Obdachlose schlicht und einfach ein.

Sarah erschreckt sich, hatte keine Reaktion erwartet.

»Wer?«

»Theokritos. Der griechische Dichter.«

»Ach so!«

13:35 Uhr. Im Osten wird das Containerschiff immer größer, nähert sich mit einer für solche Riesen typischen Trägheit dem Seeweg. Der Phönix behält es im Blick wie ein Leuchtturmwärter und spricht dabei auf Griechisch. Am Ende seines Vortrags bittet ihn die Zuhörerin freundlich, das Gesagte zu übersetzen. Was er umgehend tut, das Dolmetschen ist seine Stärke:

>*Musen, um ein Übel im Keim zu ersticken,*
tut ihr oft mehr als Gold und Wissenschaft.«

Zu Sarahs Freude zitiert er Theokritos lächelnd. Sie merkt an, welch Glück es sei, dass die Worte eines Dichters so viele Jahrhunderte überdauert haben. »Ja«, sagt er wieder ernst, »Jahrhunderte voll Grausamkeit ... Zweitausend Jahre Widerstand von Theokritos bis Verlaine.«

»Verlaine?«

Musik über alles andre,
Dafür bevorzugt den Fauxpas.«

Musik über alles andere. Sarah erkennt den Zusammenhang. Dichter verstehen einander unabhängig von der Sprache und der Epoche.

»Sie sind ein Brunnen gefüllt mit Wissen und ohne Boden!«

»Ohne Boden ... ohne Boden. Das ist ja schrecklich, Florence!«

Der Phönix ist vor allem ein Brunnen gefüllt mit Angst. Er braucht ganz offensichtlich Hilfe. Sarah bringt noch einmal Régine ins Spiel.

»Régine könnte Ihre Kriegsleiden mithilfe von Musik heilen.«

»Musik ... *Musik über alles andere* ...«, wiederholt er.

Sie beharrt darauf, erwähnt das Labor und das Musikarchiv, die Apparate, die im Bereich des Neuroimaging zu den am höchsten entwickelten gehören. Doch ihr Plädoyer unterbricht um 13:43 Uhr die ohrenbetäubende Sirene des inzwischen ganz nahen Containerschiffs. Beim Einfahren in den Seeweg heult die Sirene zweimal auf. Sie ist dermaßen laut, dass es ihr in den

Ohren dröhnt. Als sie sich endlich zum Phönix dreht, sieht sie, in welch desaströsem Zustand er ist. Eine geworfene Granate hätte ihm genauso zugesetzt, vor Angst und Schrecken krümmt er sich. Er schwankt hin und her, stürzt, richtet sich hinkend wieder auf, überall verkrampft er sich, seinen Kopf presst er zwischen die Hände. Sein Entsetzen erinnert Sarah an Munchs expressionistisches Gemälde. Bevor sie reagieren kann, verschwindet er im Gebüsch. Sie bleibt mit geöffnetem Mund wie angewurzelt sitzen, kommt kaum wieder zu Atmen.

Was für ein heilloses Durcheinander.

Da fällt ihr ein anderes entschlüsseltes Graffiti ein, genauer gesagt der Text, der den Turm in der Wüste begleitet hat. *O wie liegen Genie und Wahnsinn doch nah beieinander*. Diderot wusste nicht, wie recht er hatte. Würde sie sein Vertrauen noch einmal erobern können?

Sarah sammelt das Geschirr und Besteck vom Boden auf. Sie ist zu aufgewühlt, um zurück zum Treff zu gehen, und beschließt, Régine anzurufen. Die hat das Handy schon in der Hand und geht sofort ran.

»Hast du ihn gesehen? Hast du mit ihm gesprochen?«

Ihr Anruf wurde bereits erwartet.

»Wie wär's zuerst mit Hallo.«

»Hallo ... Und? Hast du den Vogel gegrillt?«

Sarah findet diese Metapher nicht lustig.

»Dafür bin ich nicht in Stimmung.«

»Du nicht in Stimmung? Ojemine! Dann ist es wohl schlecht gelaufen.«

»Vielmehr hat es schlecht geendet. Wegen einer Sirene.«

Schlecht geendet wegen einer Sirene? Régine lacht los, sie liebt uneindeutige Analogien. Ihre Gesprächspartnerin schiebt nach: »Einer Schiffssirene natürlich.«

Sie schildert das Treffen mit allen Details: der Skulptur, der heilenden Kunst, den Versen von Nerval, Baudelaire, Theokritos und Verlaine. Erwähnt auch das bekundete Fehlen einer staatlichen, politischen und religiösen Zugehörigkeit, bis auf die ausgeprägte Vorliebe für die französische Dichtung des 19. Jahrhunderts vielleicht. »Und er nennt mich Florence, so als verwechsle er mich mit einer anderen Frau.« Stille am anderen Ende der Leitung. *Florence?*

»Ein französischer Name«, sagt Sarah.

»Oder englischer«, sagt Régine.

Letztlich gibt es den Namen überall, ob nun in Europa, Amerika oder wer weiß sonst noch wo. Nichts, was auf seine Wurzeln schließen lässt.

»Mehr konntest du nicht aus ihm herausbekommen?«

»Doch, schon. Sitzt du? Er kommt von weit weg.«

Régine ist neugierig: »Schieß los, ich bin ganz Ohr.«

»Er ist Babylonier.«

Wieder ist es still. Régine denkt nach.

Und kommt in etwa zu dem gleichen Schluss wie Sarah.

»Dann kommt er aus dem Irak.«

»Nein, aus Babylon. Darauf besteht er.«

Das ist in der Tat weit weg. Da bleibt ihr nur noch Ironie.

»Im Endeffekt ist das doch klar.« (ein Lachanfall) »Ich denke, wir sind keinen Schritt weiter.«

Sarah ist wirklich nicht in Stimmung. Régine lacht gelöst. Findet es unterhaltsam, wie sich die Dinge entwickeln, was sie die Unannehmlichkeiten des Tages vergessen lässt. Als sie sich um 14:08 Uhr wieder gefasst hat, hat sie einen Geistesblitz, der sie beinah aus der Bahn wirft. Sie sieht wieder die Miniatur am Kesselwagen vor sich, sieht die Wüste, den Turm und vor allem sich selbst, wie sie auf dem Bauch liegt und sich für eine Kalligrafie begeistert, die wie ein Palimpsest eine andere durchschimmern lässt. *Diese nahezu komplett überdeckte Schrift.* Sie erinnert sich, wo sie sie schon einmal gesehen hat.

»Bist du noch da?«, fragt Sarah. »Oder erstickt an deinem Lachen?«

Régine ignoriert den Seitenhieb, ist zu sehr in ihren Gedanken versunken.

»Erinnerst du dich an den Geschichtsunterricht?«, fragt sie weiterhin nachdenkend.

»Äh ...«, Sarah erinnert sich daran, dass die Ägypter Pyramiden gebaut und die Griechen philosophiert haben und dass Rom nicht an einem Tag erbaut wurde. Das ist in etwa alles, was sie aus ihrer Schulzeit behalten hat. Der Rest ist verloren gegangen, was nach drei Jahrzehnten verständlich ist.

»Kaum zu glauben, dass du dich noch an etwas davon erinnerst.«

Das Lob ist unverdient. Vor Kurzem hat Régine aus Neugier die Nase ins Geschichtsbuch ihres Sohnes gesteckt, »um zu sehen, ob Rom noch Rom ist«.

»Du glaubst doch nicht, dass sich die Antike seit damals verändert hat.«

»Was bist du heute bissig. Ich färb wohl auf dich ab.«

Stimmt, sonst spuckt Sarah nicht Gift und Galle. Die überstürzte Flucht des Phönix hat sie verstimmt, *dabei hatte doch alles so gut angefangen*. Sie entschuldigt sich für ihre schlechte Laune, »aber worauf willst du mit deinem Geschichtsbuch eigentlich hinaus?«

»Auf Mesopotamien.«

Sarah gräbt einige Überbleibsel aus dem Geschichtsunterricht aus. »Die Wiege der Zivilisation?«

»Ja«, sagt Régine, »aber vor allem die Wiege der Schrift.« Régine hat in Lucas' Buch ein Bild entdeckt, das die Entwicklung der Schrift im Alten Orient vom einfachen Piktogramm bis zur Keilschrift zeigt. Diese wurde für ein Epos benutzt, dessen Namen Régine vergessen hat, das erste Werk der Weltliteratur. »Ein Fragment war in Lucas' Buch abgebildet.« Der Vortrag hebt

Sarahs Stimmung, hellt ihre Miene wieder auf. Auch sie fängt an, die Dinge miteinander zu verknüpfen, auch sie sieht wieder, wie sie vor dem alten Kesselwagen auf dem Bauch liegt. »Warte kurz«, sagt Régine, »ich suche nach dem Epos.« Um 14:16 Uhr zieht sie Meister Google zurate, der ihre Anfrage sofort erhört.

»Das Gilgamesch-Epos.«

So heißt das Werk der Werke, dessen keilförmige Symbole dicht auf eine Tontafel graviert sind. Régine hat ein Fragment vor sich. »Ich schicke es dir.« In Millisekunden erreicht die jahrtausendalte Tontafel Sarahs Handy, die das Artefakt auf dem Display eindringlich prüft. Ihre Stirn liegt in Falten.

»Ja, es ähnelt dem, was wir unten am Waggon gesehen haben.«

»Ich würde meine Hand dafür ins Feuer legen, dass dein Phönix sich nicht nur auf die Fahne geschrieben hat, Gedichte wieder aufleben zu lassen, sondern auch vergangene Schriften.«

Wie die aus einer der ältesten Erzählungen der Welt. Mehr braucht es nicht, damit Sarah wieder gut gelaunt ist.

»Régine, du bist genial!«

»Genial ist vielmehr er. Sozusagen ein da Vinci, der nicht weiß, dass er da Vinci ist.«

»Und er ist hier in Montréal unterwegs«, begeistert sich Sarah.

»Ein Synästhet«, ergänzt Régine. »Der all seine Sinne nutzt, um das Schöne zu horten. Alles, was leuchtet oder irgendwann mal geleuchtet hat. Einer, der Herrlichkeiten zusammentreibt und sie wieder verteilt wie Brotkrumen an Tauben: an einem öffentlichen Klavier, in der Suppenküche, in den Miniaturen ... und in den Gedichten in Form längst vergangener Palimpseste.«

»Er ist ein umherziehender Ritter«, flüstert Sarah.

»Mit der Polizei an den Fersen.«

Sarah geht das so abrupt beendete Aufeinandertreffen noch einmal durch. Sie ist sich sicher, dass ein viel schlimmerer Albtraum den Phönix jagt als die Polizei. Eine unerträgliche Vergangenheit, die er unter dem Stein einer absoluten Kunst zu vergraben versucht.

»Hättest du ihn doch nur sehen können, als die Sirene losging. Er erinnerte mich an ein Gemälde von ...«

»Munch, *Der Schrei?*«

Régine hat die ärgerliche Angewohnheit die Sätze anderer zu beenden. »Ja, *Der Schrei.*« Oder eine namenlose Angst, die ihn wie ein Pferd, das die Sporen zu spüren bekommt, losrennen lässt, mit den Händen an den Schläfen und einem von Krämpfen geplagten Körper. »Ich versichere dir, er hätte mich beinah davon überzeugt, dass jeden Moment eine Granate neben uns landet.« Régine deutet das als Symptome einer posttraumatischen Belastungsstörung.

»Er spricht nur von der Schlacht von Gallipoli?«

»Und von Pérouse. Mit Pérouse ist etwas Schreckliches geschehen, aber ich weiß nicht, was.«

Pérouse?

Wo ist das? Régine schaut schnell bei Wikipedia nach. Was letztendlich nur noch mehr verwirrt. Pérouse gibt es in Italien, Frankreich, Deutschland und Australien. *Was ist mit Pérouse geschehen?* Sarah legt noch nach:

»Scheinbar hat er alle Kriege durchlebt. Im Treff erzählte er vom Ersten und vom Zweiten Weltkrieg und auch vom Fall Saigons. Nur ist er viel zu jung, um in Vietnam gewesen zu sein. Was bleibt also? Iran, Irak, Libanon, Bosnien ...«

»Vielleicht. Aber nicht nur Soldaten können an PTBS leiden.«

Mag sein. Trotzdem muss dieser Mann Unsagbares erlitten haben, um auf heulende Sirenen so zu reagieren, da sind sich die beiden einig. *Das ist glasklar.* »Wenn er noch einmal so einen Anfall hat«, ermahnt Régine sie, »nimm ihn mit dem Handy auf. Dann kann ich seinen Fall mit Timothy besprechen. Auch wenn es natürlich das Beste ist, ihn persönlich zu untersuchen.«

Das Gesagte lässt sie plötzlich zögern. *Ihn persönlich untersuchen?* Sie verabscheut jede Form von Armut und stellt sich diesen mittellosen Kerl in ihrem Labor vor. Denkt an die Lumpen, die Flöhe und die Wanzen.

»Kannst du, bevor du ihn zu mir bringst, dafür

sorgen, dass er duscht und saubere Klamotten bekommt?«

»Echt jetzt?«

Régines herablassende Art kennt keine Grenzen.

»Er ist sauber, Régine, duscht sich wie du und ich! Und auch wenn wir nicht wissen, wo, wissen wir doch, dass er es tut, weil er nach Seife riecht. Übrigens hat er wohl eine größere Abneigung gegen Flöhe als du.«

Das verschlägt Régine fast die Sprache.

»Okay. Dann bring ihn zu mir ins Labor, und wir finden heraus, welcher Krieg seiner ist.«

»Das habe ich schon versucht, ich erzählte gerade von dir, als ...«

»... ihn die Sirene ausrasten ließ?«

20:02 Uhr. Es regnet.

Eigentlich nichts Neues. Nur hält der Regen schon seit fast zwei Monaten an. Immer noch nichts Neues, würden Zyniker sagen. Nur sind es Bomben, die seit mindestens vierzig Nächten pausenlos auf London niederregnen.

Seit mindestens vierzig Nächten heulen in der Stadt bei Anbruch der Nacht unweigerlich die Sirenen. Eines der haarsträubendsten Signale für die Bewohner, denn es warnt vor den anrückenden Luftwaffenbombern. Das Sirenenkonzert dringt den Leuten bis ins Mark, drängt sie jedes Mal dazu, in Deckung zu gehen.

Wer es sich leisten konnte, hat die Stadt schon vor Langem verlassen und sich aufs Land zurückgezogen. Die, die geblieben sind, verkriechen sich, so gut sie können. Einige verfügen über einen Keller, andere über einen teils in die Erde eingegrabenen Unterstand im Garten. Nachts zwängen sie sich in den feuchten Wellblechhütten zusammen, von denen es hieß, dass sie vor allem schützen, nur nicht vor Feuchtigkeit und Schlamm. Wer keinen Keller oder Garten hat, flüchtet sich in die Gemeinschaftsunterschlüpfe, die in allen Bezirken der Metropole eingerichtet wurden: Keller von öffentlichen Gebäuden, Krypten und U-Bahn-Tunnel. Die Londoner, die es anwidert, zusammengepfercht zu sein, rühren sich beim Geheul der Sirenen nicht vom Fleck, suchen weder einen Keller noch einen Bunker auf. Sie sind so stoisch, dass sie trotz der stählernen Sintflut kühn in ihren eigenen Betten schlafen. Sie vertrauen auf ihren Glücksstern und bauen auf ihren Glauben oder ihre Risikofreudigkeit bei dem allabendlichen deutschen Roulette. Doch auch wenn sie vorgeben, gleichgültig zu sein, schlafen sie in dieser Blitz-Hölle nicht gut. Wie sollen sie nur die Augen schließen, wenn im Himmel die deutsche Luftwaffe röhrt, am Boden das Sperrfeuer erschallt und zahlreiche Bomben pfeifen und explodieren, dass die Wände beben und die Fenster splittern? Seit zwei Monaten entlädt sich Nacht für Nacht eine ganze Charge an Zerstörung über der Stadt, zieht die deutsche Fliegerstaffel eine Spur aus Feuern und Ruinen. Das ist die Taktik des Blitzkriegs, mit der die Nazis einen ganzen Kontinent eingenommen haben, bis auf Großbritannien. Das Land, wenn auch zusammengepfercht, wehrt sich nach der Kapitulation Frankreichs nunmehr allein gegen Goliath. Täglich setzen die Luftangriffe den Engländern wie unbarmherzige Wespenschwärme zu. Merkwürdigerweise setzt der Feind keinen Fuß auf das Land, zumindest noch nicht, dringt nur in den nächtlichen Himmel ein, von wo er seine Geschosse niederregnen lässt. Das ist die List des Führers, um die Moral der Engländer zu zermürben, ihr legendäres Phlegma zu brechen. Vor der letzten Invasion.

Aber London hält auch noch in der hundertsten Schreckensnacht stand. Dank einer Armee aus Tausenden von freiwilligen Männern und Frauen aus der Zivilbevölkerung. Während die meisten Städter sich nachts unter der Erde verkriechen, stürzen sie sich mitten ins Getümmel und setzen dabei ihr Leben aufs Spiel. Sie halten Wache, geben Bericht, leisten Hilfe und löschen, so gut sie können, all die vom Himmel gestürzten Feuer. Sie sind zugleich Wachhabende, Ersthelfer und die Feuerwehr und agieren wortwörtlich im Dunkeln, da im Zuge des von der Regierung angeordneten Blackouts jeder Scheinwerfer, jede Lampe und jede Neonröhre ausbleibt und die Fenster verdunkelt werden. Jeder noch so feine Lichtstrahl ruft den Teufel herbei, dient Hitlers Jägern zur Orientierung. Also versinkt die größte Stadt der Welt bei Nacht in der Dunkelheit und erschwert so den feindlichen Piloten ihre Arbeit genauso wie den zivilen Kräften, zu denen auch die junge Florence Gingell, geborene Rochat, als freiwillige Sanitäterin gehört.

Auch mit Schweizer Vorfahren ist die in London geborene Mrs Gingell eine vorbildliche britische Bürgerin. Sie fährt jeden Abend zur Paddington Station, wo sie ihrem Land dient und zusammen mit Kollegen darauf lauert, dass die Sirenen losheulen. Im Gemeinschaftssaal wird das eindringliche Geticke der Uhr zu einer tickenden Zeitbombe. Die Zeit des Wartens auf den ersten Notruf und auch ihre Nervosität vertreibt Florence sich mit dem Lösen magischer Quadrate und von Kreuzworträtseln. Sie ist schon fast süchtig danach, so unersättlich jongliert sie mit den Zahlen und Buchstaben, während ihre Kolleginnen eine Partie Whist spielen oder rauchend im *Daily Mirror* blättern. Jede schlägt die Zeit auf ihre Weise tot, hält dabei die Anspannung jedoch hoch. Denn die Sirenen heulen ganz gewiss, heute schon um 19:43 Uhr. Darauf folgen das für die deutschen Wespen charakteristische schreckliche Brummen und das Pfeifen der ersten überaus tückischen Brandbomben. Florence betet jeden Abend, dass die meisten dieser kleinen Seuchen rechtzeitig gelöscht werden, denn die scheinbar harmlosen Feuer spenden Licht für weitere, explosivere Bomben. Und wenn Wasser oder Sand zum Löschen der Brände ausgehen, kommt es automatisch überall in der Stadt zu verhängnisvollen Explosionen. Dann schlägt die Stunde für die Feuerwehr, die Ersthelfer und Sanitäterinnen vom Schlag einer Mrs Gingell. An diesem Abend wurden ihre Gebete nicht erhört. Paddington steht eine schwierige Nacht bevor.

Um 20:22 Uhr klingelt im Büro der Supervisorin das Telefon, was die Freiwilligen wie jeden Abend beim ersten Anruf zusammenfahren lässt. Das Kartenspiel wird unterbrochen, der Atem angehalten. Alle spüren die kritische Lage in den wenigen in den Hörer gesprochenen Worten, die wie alles andere auch rationiert sind. Der Tonfall der Supervisorin ist ernst, ihre Anspannung darin zu spüren, wie sie mit dem Stift nervös über das Papier kratzt. Beim Auflegen des Hörers fahren wieder alle zusammen. Unverzüglich folgt die Instruktion. Der Einsturz eines Wohnhauses in der Hyde Park Street wurde gemeldet, »ein fürchterlicher Gestank«, unter den Trümmern sind etwa zehn Bewohner begraben. Den Zettel erhalten Florence und ihre Kameradin Emily, sie führen den Konvoi an. Die beiden Freiwilligen greifen sich ihre Mäntel und Helme und eilen zur Garage, in der das ihnen zugewiesene Fahrzeug steht, ein zum Krankenwagen umfunktionierter Lieferwagen. Emily wurde als Fahrerin bestimmt und muss sich nun mit extra verhängten Scheinwerfern durch den Blackout bewegen, noch dazu über Straßen, die beschädigt sind und von Trümmern blockiert werden. Trotzdem ist Emily schnell unterwegs, sie denkt an die Menschen, die unter dem Schutt ihrer Wohnungen begraben sind und vielleicht noch leben. *Wie furchtbar!*, denkt Florence. Lieber soll die Bombe einem direkt auf dem Kopf landen, sodass man auf der Stelle tot ist, als dass man unter Tonnen von Schutt noch lange mit dem Tode ringt. Die junge Frau ist sich sicher, dass lebendig begraben zu sein und dabei langsam zu ersticken die schlimmste Art zu sterben ist. Die Art von Tod, die sie immer wieder sieht und die ihre bereits bestehende Klaustrophobie verstärkt. Das erklärt auch, warum sie in einer bombenverhagelten Nacht lieber draußen bleibt und den Unglückseligen hilft, sodass sie mit ihren 20 Jahren bereits viel vom Leben weiß. Und vom Tod. Wer hätte das bei ihr gedacht, die nicht für die Nacht, sondern fürs Licht bestimmt war.

Von Geburt an ließ ihre Intelligenz Florence glänzen. Ihre englischen Wurzeln sowie die in der französischsprachigen wie auch in der deutschsprachigen Schweiz machten sie von Beginn an dreisprachig und das Erlernen von Sprachen zu einem Kinderspiel. Auch in Mathematik ist sie talentiert, was im Grunde nur noch eine weitere Sprache ist. Sie gilt als hochbegabt. Woher sie das hat, kann sie sich selbst nicht erklären. Als sie noch Miss Rochat war, erhielt sie ein Stipendium, das ihr die Tür zur Cambridge University öffnete, ein überaus seltenes Privileg für das weibliche Geschlecht. Dennoch brach sie das Studium ab, um sich, wie es sich für ein Mädchen aus gutem Hause gehörte, einen Mann zu besorgen und kein Diplom, und wurde Mrs Rupert Gingell. Um das Ganze noch weiter durcheinanderzubringen, brach (nahezu) im selben Moment, in dem sie ihren Rupert, einen Major der Royal Navy, heiratete, der Krieg aus. Ihr Mann wurde bald einberufen, befand sich irgendwo im Atlantik und ließ Florence allein in ihrer Wohnung im West End, wo sie zwischen zwei Fronturlauben des Major Gingell die Stunden des zu Beginn zurückhaltenden Kriegs zählte. Womit ließe sich die Langeweile dieses Phoney War besser vertreiben, als mit Rechen- und Denkspielen? Akrobatisches Kopfzerbrechen als Ersatz für all die Entbehrungen. Dann drangen die Deutschen in den Londoner

Luftraum ein, (nahezu) in dem Moment, in dem ein kleiner Rupert-Embryo zur Übelkeit führte. Fortan zählte sie nicht mehr die Stunden, sondern die Bomben. Während der ersten Angriffe im September suchte sie mit den Nachbarn Schutz in dem finsteren Keller und ängstigte sich weniger vor dem Tod als vor dem geschlossenen Raum, der ihr wie ein Grab vorkam, was besonders unerträglich für sie war. So sehr, dass sie sich schnell zur Sanitäterin ausbilden ließ und daraufhin die Nächte an der frischen Luft verbrachte, auch wenn der Rauch einer brennenden Stadt diese verschmutzte.

Seitdem eilt sie zu Hilfe, verarztet, redet gut zu und zählt, ja, sie zählt wieder. Wie viele Leichen heute Nacht? Wie viele Verletzte und Obdachlose? In ihrem Kopf werden die Zahlen größer, vervielfachen und überschlagen sich mal in Schwarz, mal in Rot und zerlaufen in ihrem Gehirn wie Blut auf Baumwolle. Doch zumindest zählt sie nicht mehr die Stunden und noch weniger die Überstunden. Sie bündelt ihre Energie. Nichts ängstigt sie mehr als die wenigen freien Nächte. Ihre Chefin muss sie zur Auszeit zwingen, noch häufiger, wenn sie wüsste, dass in ihr ein Kind heranwächst. Ein gut gehütetes Geheimnis. Florence verschweigt ihre Umstände, um zu vermeiden, freigestellt zu werden, da es sie noch immer danach verlangt, draußen zu sein und ihrem Land zu dienen, so wie heute um 20:32 Uhr, als sie zu den Opfern einer weiteren nächtlichen Bombardierung unterwegs sind. Sie hat nirgendwo sonst als auf der Straße das Gefühl, nützlich zu sein, ahnt dort besser als irgendjemand sonst voraus, wo es die nächste Detonation gibt, welche Gebäude betroffen und welche Straßen unpassierbar geworden sind. Sie lotst Emily durch das mit Trümmern übersäte Straßenlabyrinth. Um 20:40 Uhr biegt der Krankenwagen in den Hyde Park ein und wird langsamer, je mehr sich die Luft verdichtet. Er dringt wie ein Geisterschiff in die Staubwolke, die das magere Licht der Scheinwerfer kaum durchdringt. Vor ihnen taucht ein Schatten auf. Es ist der Wächter des Sektors, der versucht, den Sanitäterinnen mit seiner Stablampe den Weg durch die trübe Suppe zu leuchten. Vor einem Trümmerberg kommt der Konvoi zum Stehen. Noch vor Kurzem stand dort ein Wohnhaus mit drei Stockwerken, das jetzt verschwunden ist. Emily und Florence können vorerst nur abwarten und sich bereithalten, während die Ersthelfer mit Schaufel und Spaten die Ruine freilegen. Um 21:03 Uhr bahnen sie sich mithilfe von Händen und Füßen einen Weg zum Keller. Einer von ihnen richtet sich an mögliche Überlebende, ruft ihnen ermutigende Worte zu, klopft auf ein Rohr. »Lieber Gott, mach, dass es Überlebende gibt!«, flüstert Emily. Wie die Flamme am Docht einer Kerze hält sie an dieser verrückten Hoffnung fest, während sich die deutschen Bomber entfernen, um andere Himmel zu zerreißen, und der Ersthelfer weiter auf das Rohr klopft. Florence fragt sich, *wie lange noch?* Wie lange kann ein Mensch unter einem Haufen Schutt in einem dunklen Loch, in dem mit jeder Minute der Sauerstoff knapper wird, überleben? *Bitte, Gott, wenn es Überlebende gibt, mach, dass sie schnell gefunden werden!*

Um 21:26 Uhr gibt es noch immer keine Reaktion auf die Rufe des Ersthelfers. Unbewusst lässt der Arbeitseifer nach, schwindet der Optimismus. *Lieber auf der Stelle tot sein*, wiederholt Florence, *lieber auf der Stelle tot sein!* Sie denkt an die Kerze der Hoffnung, die Emily weiterbrennen lässt, die aber kaum Hoffnung spendet. Um 22:29 Uhr sind die Hoffnungen der Sanitäterinnen geschmolzen. Sie wollen gerade wieder aufbrechen. Leichen werden nicht medizinisch versorgt.

»Wartet!«, ruft ein Ersthelfer und fordert Ruhe. Die Arbeiten werden gestoppt. »Pst!«, insistiert der Mann.

Bing, bing.

Es kommt aus dem Keller. Das Echo, wenn auch weit entfernt und schwach, klingelt in den Ohren der Ersthelfer wie ein Glockenspiel in der Kathedrale.

»Überlebende!«

Die Hoffnung lebt sofort wieder auf, der Eifer ist verdoppelt. Ersthelfer, Sanitäterinnen, Wächter, zum Teufel mit den Zuschreibungen, alle krempeln die Ärmel hoch, um den Schutt wegzuräumen, so als hinge ihr Leben davon ab. Die Hoffnung beflügelt, hilft ihnen, die Balken und Mauerstücke anzuheben. Im Chor rufen sie aufmunternde Worte: »Haltet durch!«, »Wir holen euch da raus!«, *bing, bing, bing*, das Klopfen auf die Rohre klingt genauso gut wie ein Stück auf der Orgel.

Um 23:22 Uhr wird der erste Überlebende aus den Trümmern gezogen, ein etwa zwölfjähriger, scheinbar unverletzter, aber dafür heftig zitternder Junge. In seinen Augen steht der Schreck eines Menschen, der in der Hölle war. Florence stockt kurz der Atem, sie schnappt nach Luft, so als wäre sie selbst gerade wieder aufgetaucht. Sie fasst sich schnell wieder, um den Jungen zu umsorgen, umhüllt ihn mit einer Decke und Worten der Zuversicht, während er in das mobile Ärztezelt gebracht wird. Um 23:29 Uhr folgt seine Schwester, die mit so viel Staub und Ruß bedeckt ist, dass nicht zu sehen ist, ob sie braunhaarig ist oder blond, dafür ist sie unversehrt – darauf kommt es an. Der Koloss, der sie herauszieht, ist ein Veteran aus dem Ersten Weltkrieg, der nach seiner Rückkehr aus den Gräben Maurer geworden ist. Nach zwanzig Jahren, in denen er Ziegel aufeinandergeschichtet hat, müht er sich hartnäckig wie ein Kämpfer ab, alles auseinanderzunehmen. Trotz seines harten Äußeren weint er bei jedem Überlebenden, den er herausholt, ein vollkommen berauschender Moment für ihn wie für alle anderen. Florence übernimmt die Schiffbrüchige, die sich an sie wie an eine Boje klammert und den Griff erst lockert, als sie ihren Bruder sieht. Wie durch ein Wunder wurden die Kinder nur leicht verletzt, doch wird ihnen die Katastrophe immer im Gedächtnis bleiben. Während die Suche nach Überlebenden weitergeht, verlassen die Leute aus der Nachbarschaft langsam ihre Unterstände und sind überfordert von dem großen Loch, das dort klafft, wo zuvor ein Gebäude stand. Auch sie weinen, wegen des Unglücks, das ihresgleichen zugestoßen ist, und wegen des unverhofften Glücks, das sie verschont geblieben sind.

Nach Mitternacht werden die Großmutter und die Mutter herausgezogen, die Erste ist leblos, war sofort tot, die Zweite lebt, ist aber bewusstlos und hat schwere Schnittwunden auf der Stirn. Unter den bestürzten Blicken der Kinder laden die Krankenträger die Mutter in den Wagen von Emily. Sie fährt sie ins nächste Krankenhaus, das St Mary's. Sie verlieren keine Zeit. Während ihre Kollegin fährt, ist Florence bei der Verletzten, versorgt ihre Wunden, so gut es geht, wärmt sie mit Wärmflaschen und ermahnt sie, am Leben zu bleiben. »Halten Sie durch! Ihren Kinder geht es gut, Ihren Kindern geht es gut ...«

Für Florence' Patienten ist ihre Stimme wie ein Wiegenlied. Genauso gut, wie sie die Worte kennt, beherrscht sie sie auch in mehreren Sprachen, ein wichtiger Bonus in diesen Zeiten, in denen Tausende Flüchtlinge Asyl in England gefunden haben. Nach dem rasanten Vormarsch des Dritten Reichs kamen die Emigranten vom Kontinent in den Schmelztiegel London, in die

Hauptstadt des Widerstands. Auf diese Weise trifft Florence auf eine kosmopolitische Bevölkerung auf den Straßen, in den Unterschlüpfen, den Hotels und den mobilen Kantinen, wo sie zum Mittag aushilft. Sie schläft nur wenig. Als Engel am Tag wie in der Nacht döst sie nur vormittags ein paar Stunden, wenn die Sonne über der entstellten Stadt steht. Ab Mittag nimmt Mrs Gingell den Dienst wieder auf, verteilt Tee und warmes Essen an die Menschen, die kein Dach über dem Kopf mehr haben. Diese Gutherzigkeit ist nicht ungewöhnlich, jeder bringt sich in Kriegszeiten ein. Das ist die unentbehrliche Heimatfront, wo sich die Zivilisten wie die Soldaten ein Bein ausreißen. Eigentlich sind alle in England zum Umfallen müde, schlafen nicht mehr, weil sie die ganze Zeit wach sein und der Tyrannei standhalten müssen. *We shall fight in the fields and in the streets, we shall fight in the hills; we shall never surrender.* Das sind die Worte Churchills, der nur »Blut, Arbeit, Tränen und Schweiß« zu bieten hat.

Um 00:47 Uhr ist es im Himmel wieder still. Die Sirenen heulen los, dieses Mal, um das Ende des Angriffs zu verkünden, *all clear.* Dabei ist die Nacht noch lange nicht vorbei. Derselbe Krankenwagen transportiert vier Schwerverletzte, bevor er zur Paddington Station zurückkehrt. Allein dort ist die Rede von sechzig getöteten Menschen, von über einhundert Verstümmelten und von doppelt so vielen, die obdachlos geworden sind. Fünfzehn Gebäude wurden dem Erdboden gleichgemacht, etwa zehn wurden stark beschädigt, darunter eine Kirche – zum Glück kamen die Leute, die sich in die Krypta geflüchtet hatten, mit einem Schreck davon. Im Norden der Stadt haben Bomben den Zoo umgepflügt. Trotz des großen Schadens gab es nur ein indirektes Opfer: eine Giraffe, die sich in ihrem Gehege zu Tode geängstigt hat.

Florence' letzter Patient wurde mit schweren Verbrennungen aus einem Hotel geborgen, das in Flammen aufgegangen war. Eine Brandbombe hatte sich unter das Dach verirrt, wo sie stundenlang schwelte, bevor sie das Gebäude gegen Ende der Nacht in Brand setzte. Zum Glück (wenn davon die Rede sein kann) befindet sich das St Mary's um die Ecke. Dorthin fuhren sie auf direktem Weg den einzigen Hotelbewohner, einen Ausländer, der sich in einer Etage für eine Woche einquartiert hatte und dessen Namen niemand kannte. Ein in den Worten des Bäckers von nebenan zurückhaltender Mann. »Bin froh, dass nur dieser eine Kerl gefunden wurde! Suchen Sie nicht nach den Besitzern, die hocken schön ruhig auf dem Land.« Damit kaut der Bäcker Florence das Ohr ab, die sein Gerede ertragen muss, während sie den Verletzen, der halb bei Bewusstsein ist, zum hinteren Teil des Lieferwagens führt. »Dieser Teufelskerl ist ein Intellektueller, das steht fest. Die Ersthelfer konnten ihm sein Buch nicht abnehmen. Sehen Sie selbst, er umklammert es wie eine Geliebte. Womöglich schläft er auch damit.«

Um 5:02 Uhr schlägt die Sanitäterin der Nervensäge die Tür vor der Nase zu. Dann verbindet sie das Verbrennungsopfer und überhäuft es mit tröstenden und aufmunternden Worten, ohne zu versuchen, ihm seinen geschwärzten Schatz aus den Händen zu reißen.

Im Krankenhaus wird der Unbekannte sanft auf eine Trage gebettet. Eine Krankenschwester übernimmt.

»Lassen Sie ihm bitte sein Buch«, flüstert Florence ihr zu.

»Was ist das?«

Was das ist? Sie weiß es nicht, hatte keine Zeit, sich damit zu befassen. Zumal er es sorgsam hütet, was die Krankenschwester die Augenbrauen hochziehen lässt. Offensichtlich verschwendet sie nicht gern ihre Zeit mit Lappalien. Zumal bereits auf der Liege nebenan eine Bretonin endlos den Rosenkranz betet: »Gegrüßet seist du, Maria, voll der Gnade, der Herr ist mit dir. Du bist gebenedeit unter den Frauen ...«, und etwas weiter ein untröstliches Mädchen ständig nach seiner Mutter ruft. Sie lässt sich von niemandem beruhigen, schon gar nicht von ihrer Mutter, die gerade in die Leichenhalle gebracht wird.

In dem ganzen Trubel geschieht etwas, das Florence' Leben verändert. In dem Augenblick, in dem die Waise herzzerreißend weint und die Bretonin ihr achtes Ave Maria betet, greift der groß gewachsene entstellte Mann, dessen glasiger Blick an dem engelhaften Umriss seiner jungen Sanitäterin kleben geblieben ist, sie am Arm. Es kam aus dem Nichts, sie wäre beinahe vor Schreck gestorben. Der Mann zittert am ganzen Körper, schaut sie mit flehenden Augen an. *Was will er von mir?* Florence ist wie erstarrt. Er, der mit dem Tode ringt, lässt sie nicht los. *Ja, was will er von mir?* Die Antwort hält er in der anderen Hand. Er reicht ihr sein wertvolles Buch. Sie ist gelähmt vor Angst, kann sich nicht bewegen, nicht mal den kleinen Finger. Es ist die Krankenschwester, die ihr Schicksal besiegelt, indem sie ihr befiehlt: »Mrs Gingell, nun nehmen Sie endlich das Buch, damit wir uns um ihn kümmern können!« Seine Augen richtet er weiterhin auf sie, während sein verbrannter Körper nahezu am Ende ist. Die Sanitäterin nimmt das Geschenk behutsam an sich. Ohne viel Aufhebens wird er zum anderen Ende des Raums gebracht, in einen Bereich, den die meisten tot verlassen. Die fromme Frau betet weiter ihr Ave Maria, das Mädchen ruft weiter nach seiner Mutter, und Florence schnappt mit schlottrigen Knien nach Luft.

»Alles klar?«, fragt Emily besorgt. Keine Antwort. Dafür schaut ihre Kollegin zu dem noch warmen Etwas hinunter, so warm wie frisches Brot aus dem Ofen. Erstaunlicherweise ist es so gut wie unversehrt, weist nur ein paar schwarze Flecken auf Höhe des Titels auf. Der Mann hat es wohl mit seinem Körper vor den Flammen geschützt. Dieser Gedanke wühlt sie auf, denn besonders in der Kriegszeit pflegt sie die Literatur wie andere ihren Kohl im Garten. Emily hakt sich bei ihrer verwirrten Kollegin ein. »Komm, wir können nicht länger bleiben.«

Es ist genau 6 Uhr, als Emily den Krankenwagen sicher in der Paddington Station abstellt. Es ist noch dunkel und London seltsam ruhig. Im Mondschein sieht Emily, wie sich der Staub sanft wie Schneeflocken auf die Stadt legt. Außerdem entdeckt sie über dem Hyde Park die Spiegelungen der riesigen Metallballons, die der Stadt eine unpassende Festlichkeit verleihen. Dank dieses surrealen Bilds kann sie die letzten Stunden verarbeiten und zur Ruhe kommen. Florence hingegen ist immer noch stumm, wird das Bild von dem verbrannten Gesicht nicht los. Hat das Buch, das sie gegen ihre Brust presst, noch nicht geöffnet.

Für gewöhnlich waschen sich die Sanitäterinnen noch in der Paddington Station den Dreck ab, bevor sie nach Hause gehen. Sie sind furchtbar erschöpft und ganz still, während sie sich reinigen. Die Nacht war hart, die schlimmste seit der Blitz angefangen hat. Als Florence wie eine Schlafwandlerin mit der einen Hand auf ihrem geschwollenen Bauch und der anderen auf dem Geschenk in ihrer Umhängetasche die Station verlässt, bricht gerade der Tag an. Sie verschwindet in der Masse der Londoner, die mit blinzelnden Maulwurfsaugen die Unterführungen verlassen. Sie versuchen, das Ausmaß der Zerstörung einzuschätzen. Welche Gebäude wurden dem Erdboden gleichgemacht? Sie hoffen, dass ihre Wohnungen noch stehen. Einige haben schon Gewissheit, sind bereits auf der Freitreppe und fegen die Glasscherben zusammen; ein oder zwei kaputte Glasscheiben, nichts Gravierendes. Danach geht der Durchschnittslondoner zur Tagesordnung über, koste es, was es wolle, und bricht zur Arbeit auf. Die Nicht-Durchschnittslondonerin, die sowohl ein neues Leben als auch das Erbe eines Sterbenden mit sich trägt, bekommt von den Leuten um sich herum nichts mit, genauso wenig wie von den zwölf Kreuzungen bis zu ihrer Haustür, die sie kurz nach 7 Uhr öffnet und wieder schließt.

Normalerweise würde sie sich für einen Moment hinlegen, bevor sie später zur Kantine muss. Aber diese bewegende Nacht hat sie so aufgewühlt, dass ihre Kraft nur noch bis zum Tisch reicht, an den sie sich setzt, die Ellbogen aufstützt und die Stirn in ihre unruhigen Hände legt. *Dafür bin ich nicht gemacht*, denkt die Frau, die nicht für die Nacht gemacht ist, sondern für das Licht. Ihr fällt wieder ein, was in ihrer Tasche schlummert, die über der Stuhllehne hängt. Sie holt das Buch heraus. Öffnet es. Die Seiten haben das Feuer überstanden, sind nur leicht angesengt. Sie preisen Baudelaire, Nerval, Mallarmé, Verlaine ... Ein Buch über die französische Dichtung im 19. Jahrhundert. Florence blättert vorsichtig, mit einer würdigenden Behutsamkeit, darin, stößt auf *Der Fremde* und *Der Schläfer im Tal*, entdeckt auch *Fantaisie* und *Seufzer*. Auf den ungeraden Seiten befindet sich die englische Übersetzung der Gedichte und am Ende der Anthologie eine handgeschriebene Postadresse. Ein Hotel in der Rue de Babylone in Paris. Der Empfänger des Bands? Oder der Absender?

Unwichtig, die in der Rue de Babylone wohnhafte Person – vielleicht seine Geliebte? – ist auf jeden Fall über die Tragödie vom Morgen zu informieren. *Hatte er sie deswegen ausgewählt?* Eine bessere Erklärung fällt ihr nicht ein. Sie soll die Nachricht überbringen, was sie zu Tränen rührt. Florence beschließt, das Paket auf dem Weg zur Kantine bei der Post aufzugeben. Vorher muss sie ihm aber noch eine Notiz beifügen, auf Englisch und Französisch. Sie muss die richtigen Worte finden. Plötzlich erscheint es ihr neben der Müdigkeit und dem ganzen Elend, das auf ihr lastet, wie eine schwere Bürde. Also legt sie sich kurz hin, um wieder zu Kräften zu kommen. Schlaf (wenn von Schlaf gesprochen werden kann) tut gut. Vor allem bei Florence, deren Gehirnzellen dann wieder aufgeladen sind. Das in den letzten Stunden Geschehene und Gesehene hüpft von einem Hirnareal zum anderen, prallt aufeinander, vermischt sich, kristallisiert sich heraus dank einer rätselhaften Alchimie, die das Genie so gefährlich macht. Verknüpfungen entstehen.

Kurz vor 11 Uhr lässt sie ein Geistesblitz verdutzt hochschrecken. *Die angekokelten Seiten!*

Sie eilt zum Buch auf dem Küchentisch, öffnet es vorsichtig. Prüft aufmerksam die Seiten, sucht sie wie eine Biologin die Petrischale ab, achtet auf mögliche Hinweise. *Diese Flecken auf dem Papier.* Die Flammen haben es auf ein paar bestimmte Buchstaben abgesehen, eine Diskriminierung, die jetzt ins Auge sticht, eine Anordnung, die zu methodisch ist, um nur ein Zufall zu sein. *Wurden sie etwa in unsichtbare Tinte getüncht? Also ist dieses Buch ...*

Verdammt noch mal! Eine verschlüsselte Botschaft.

Was nun? Florence überlegt hin und her. Keine Frage, das Feuer hat die Buchstaben früher als geplant eingefärbt. Trotz der Vorsicht und des Schutzes durch seinen Besitzer. *Der Besitzer.* Wer ist er? Ein Liebender, der gezwungen ist, mit seiner Geliebten im Geheimen zu kommunizieren? Oder ein Spion. Ist der Fremde mit den flehenden Augen etwa ein Verräter? Ein Kommunist? Oder, schlimmer noch, ein Nazi? Wer war er, der sie kurz vor seinem Tod zu seiner Botin, einer unbekümmerten Komplizin machen wollte? Ein kalter Schauer läuft ihr über den Rücken.

Dann fängt sie sich wieder.

Denn sie ist keine unbekümmerte Botin. Vielmehr zeigt sich ihr Talent für Wortspiele.

Sie braucht jetzt Tee, möglichst starken Tee. Normalerweise hätte sie ein gut gewürztes Gingerbread dazu gegessen, dessen Geheimrezept seit sechs Generation von Mutter zu Tochter weitergegeben wird. Aber in Zeiten, in denen Lebensmittel knapp sind, ist Zucker rationiert und kein

Rankommen an Gewürze. Florence setzt Wasser auf und holt sich Stift und Papier. Mit einer Tasse Tee vor sich blättert sie das Buch noch einmal vor vorne durch und notiert die ockerfarbenen Buchstaben der Reihe nach. Dabei kommt eine zusammenhanglose Abfolge von Hunderten von Buchstaben heraus: sdnelsteirhgaueunetn ... Florence trinkt einen großen Schluck von ihrem Muntermacher. Sie weiß, dass sich das, was auf den ersten Blick unentwirrbar scheint, in Wirklichkeit mit einem Schlüssel entziffern lässt, etwa mit einer Redewendung oder einer Formel, die allein der Empfänger kennt. Der Schlüssel gibt Auskunft über die Anzahl der Spalten und auch das Verteilungsmuster der Buchstaben, sodass Licht ins Dunkel kommt. Eine simple und bewährte Vorgehensweise bei einer Verschlüsselung. Noch ein kräftiger Schluck Tee. *Ich kann den Schlüssel finden.* Dafür braucht es nur eine gute Portion Logik und ein paar Kenntnisse in Mathematik.

Welcher Buchstabe wie häufig vorkommt, gibt Hinweise zur Ausgangssprache, eine hervorragende Basis. *Lass mal sehen.* Erstens, das zugrunde liegende Alphabet ist lateinisch, gut. Zweitens, das »E« kommt am Häufigsten vor. Nur ist das in praktisch allen Sprachen der westlichen Welt so. *Sei's drum.* Das regelmäßige Auftauchen des »H« lässt Englisch vermuten, vielleicht auch Deutsch. *Es geht voran.* In Sachen Häufigkeit folgt auf das »E« das »N«, dann das »S«, »R« ... *Grundgütiger!* Sie legt den Stift weg.

Es ist Deutsch. Da ist sie sich sicher, Statistiken lügen nicht.

Dieser Mann! Eine stumme Wut kommt in ihr auf. *Ein Spion.* Sie erschaudert vor Empörung. *Wie konnte er nur auf dem Sterbebett ihre Güte so missbrauchen!* Florence ist gekränkt, spürt, wie ihre Neuronen Funken sprühen, und konzentriert sich wieder auf ihr Heft. *Ich kann diesen verdammten Code knacken, den Schlüssel finden.* Eigentlich beruht alles auf einem Algorithmus. Das Lösen von Kreuzworträtseln bildet, wenn es um Worte mit zwei oder drei Buchstaben geht, die in verschiedenen Sprachen häufig sind. Etwa »ein« oder »der« auf Deutsch. Natürlich liegen die Buchstaben in der Verschlüsselung auseinander, doch wenn sie sie in der verschlüsselten Nachricht unterstreicht, kann sie den durchschnittlichen Abstand berechnen und somit die Länge des Schlüssels und die Größe der Tabelle feststellen – Florence ist in Arithmetik und Wahrscheinlichkeitsrechnung ein Ass. Um 11:32 Uhr definiert sie die Länge auf 23. Indem sie die Summe der Buchstaben durch diese Zahl teilt, ergibt sich eine leere Tabelle mit 23 Spalten und 45 Zeilen.

Sie leert ihre Tasse und setzt neues Wasser auf.

Jetzt muss sie nur noch herausfinden, in welchem Muster die Buchstaben anzuordnen sind. Dafür benötigt sie einen Schlüssel aus 23 Buchstaben, um damit das Wirrwarr in einer bestimmten Reihenfolge in die Tabelle einzutragen und so den verworrenen Buchstabensalat in eine lesbare

Botschaft zu verwandeln. Der Schlüssel muss für den Empfänger genauso wie für den Absender leicht zu merken sein. Florence gießt sich eine zweite Tasse Tee auf. *Vielleicht der Name eines Dichters? Oder ein Titel oder Vers aus dem Buch?* Sie blättert es gleich noch einmal durch, sucht jeden Abschnitt sorgfältig ab.

b-a-u-d-e-l-a-i-r-e – l-e-s – f-l-e-u-r-s – d-u – m-a-l

(*nein, 24 Buchstaben*)

b-a-u-d-e-l-a-i-r-e – h-y-m-n-e – à – l-a – b-e-a-u-t-é

(*immer noch ein Buchstabe zu viel*)

g-é-r-a-r-d – d-e – n-e-r-v-a-l – f-a-n-t-a-i-s-i-e

(*23, einen Versuch ist es wert*)

Florence notiert den Schlüssel über der Tabelle und fängt an, die lange, zu entschlüsselnde Buchstabenreihe einzutragen, die ersten 45 Buchstaben unter dem ersten A, die nächsten 45 unter dem zweiten A, dann unter dem dritten und so weiter, in alphabetischer Reihenfolge. Schnell zeigt sich, dass sie aufs falsche Pferd gesetzt hat. Das ursprüngliche Kauderwelsch bringt nur neues Kauderwelsch hervor, auch dann noch, als sie die Reihenfolge des Schlüssels umkehrt. Sie nimmt wieder das Buch in die Hand, notiert alle Kombinationen mit 23 Buchstaben, die ihr passend erscheinen, und überträgt sie so schnell wie eine Maschine in die Tabelle. Sie ist dermaßen in die Sache vertieft, dass sie die Zeit und ihre Schicht in der Kantine vergisst, auch vergisst sie zu essen und versorgt ihre überreizten Neuronen ausschließlich mit starkem Tee. Trotzdem erweist sich jeder der Versuche als erfolglos. Es gibt so viele Möglichkeiten, dass sogar eine Hochbegabte kein Ende sieht. *Verdammter Mist!* Es ist Sisyphusarbeit. Florence strengt sich noch mehr an, verändert den Blickwinkel. Das Buch ist eine Ablenkung.

Um 12:57 Uhr wird ihr plötzlich das Offensichtliche klar: Der Schlüssel ist deutsch.

Florence setzt noch einmal Wasser auf, verwendet dieses Mal deutsche Dichter bei ihrer Trial-and-Error-Methode. Welche sind ein unbedingtes Muss? Hölderlin? Schiller? Nein, zu sehr 18. Jahrhundert. Vielleicht Heine mit seinem *Buch der Lieder*? Oder Nietzsche und sein *Menschliches, Allzumenschliches*. Nein, denkt die junge Engländerin, es muss jemand wirklich Berühmtes sein.

Goethe.

Ja klar, ein Dichter und ein Mann der Wissenschaft. Der einzigartige Goethe, ein unvergleichlicher Phönix und der ganze Stolz Deutschlands. Florence spürt plötzlich, dass der Schlüssel mit ihm zu tun hat. *Was ist sein Meisterwerk? Faust – Der Tragödie erster Teil.* Nein. Zu kompliziert. Jeder Sohn Deutschlands muss es sich leicht merken können. Sie trinkt den Tee aus. *Und wenn es einfach nur sein Name ist?*

j-o-h-a-n-n – w-o-l-f-g-a-n-g – v-o-n – g-o-e-t-h-e

(exakt 23 Buchstaben)

Noch einmal trägt Florence das ursprüngliche Kauderwelsch in der Reihenfolge des Schlüssels in die Tabelle ein: die ersten 45 Buchstaben unter das erste A, die nächsten unter das zweite und so weiter. Während sich das Quadrat füllt, ergeben sich Wörter, die das Blut gefrieren lassen, Wörter wie »Bomben« und Zahlen, ausgeschriebene Zahlen: *einundfünfzig, sechs, neunundzwanzig ... Sind es Koordinaten? Für britische Standorte, die bombardiert werden sollen? Oh Lord!*

Als Florence sich wieder beruhigt hat, versucht sie, das Ausmaß ihrer Entschlüsselung zu begreifen. Militärische Geheimnisse wären getarnt als Verse an den Feind gelangt ohne diesen Schicksalsschlag, durch den der Spion dem Feuer aus seinem eigenen Lager zum Opfer fiel. Das bedeutet, dass die Nazis das britische Kommando infiltriert haben. *Zur Hölle!*

13:33 Uhr. Ihr erster Impuls ist, die Admiralität, zu der Rupert gehört, zu verständigen. Die Nummer könnte sie gleich wählen und würde dort erfahren, was sie tun soll. Die Dame in der Leitung hört ihr ohne ein Wort zu. Bleibt auch nach ihrem Vortrag still, sodass Florence bald meint, die Verbindung sei abgebrochen.

»Hallo?«

Die Angestellte, der es die Sprache verschlagen hat, leitet den Anruf schließlich an ihre Vorgesetzte weiter.

»Bitte warten Sie einen Moment.«

Die hört dasselbe und sagt ebenfalls lange Zeit nichts. Dann: »Das fällt in die Zuständigkeit des Geheimdiensts.«

»Des Geheimdiensts?«

»Bitte bleiben Sie, wo Sie sind. Sie werden in Kürze kontaktiert.«

Eine Scheibe Brot mit Butter ist alles, wofür Florence Zeit hat. Zehn Minuten später stehen zwei Geheimdienstagenten, ein Mann und eine Frau, vor ihrer Tür. Die Frau spricht zuerst, sagt mit fester Stimme: »Mrs Gingell, Sie begleiten uns nach Westminster. Dort werden Sie erwartet.«

Die leicht einzuschüchternde Florence erblasst. Der Mann beruhigt sie sofort.

»Seien Sie unbesorgt, Sie haben nichts falsch gemacht. (Blick auf die Uhr) Es ist 14 Uhr. Sie sind vor dem Abend wieder zu Hause. Nehmen Sie nur einen Mantel und das Buch.«

Als er die Uhrzeit nennt, fällt Florence wieder ein, dass sie in der Kantine sein müsste, wodurch sie noch mehr erblasst. Die Agentin ist Expertin in Gedankenlesen und nimmt ihr ihre Sorgen.

»Sie wurden heute von Ihrer Schicht in der Kantine und auch von Ihrer Nachtschicht freigestellt.«

»Oh!«

In diesem Augenblick erkennt Florence den Ernst der Lage. Sie fühlt sich unwohl, arbeitet doch lieber im Verborgenen. Sie greift sich ihren Mantel und das Buch und fragt schüchtern:

»Fahren wir nach Whitehall?«

»In diese Gegend, ja.«

Vor dem Gebäude steht ein schwarzer Rolls-Royce mit einem Chauffeur. Die drei steigen hinten ein, mit Florence in der Mitte. Der Wagen fährt los, holpert über die lädierte Straße in Richtung Westminster. Was an ihr vorbeizieht, regt die Fantasie an; rechts über dem Hyde Park schwebt die *Flotte fliegender Elefanten*, links haben Bomben die aneinandergereihten Luxusappartments zerstört. Der Krieg hebt die Klassenunterschiede auf. In der Nähe des St. James's Parks biegt der Rolls-Royce nicht in die Whitehall ein, sondern in den Broadway, fährt dann in eine ruhige Straße und hält vor dem St. Ermin's Hotel.

14:29 Uhr. Sie steigen aus. Die beiden Agenten laufen dicht neben der Sanitäterin her, fürchten, ihr seltener Fang könnte entwischen. In der leeren Hotelbar sitzt ein Mann im fortgeschrittenen Alter an einem der hinteren Tische. Er trägt einen Hut, der die Hälfte seines Gesichts in Schatten taucht und ihn in Kombination mit dem dunklen Anzug Furcht einflößend aussehen lässt.

Als er Florence sieht, erhebt er sich, setzt den Hut ab und befiehlt seinen Handlangern mit einem Nicken zu verschwinden. Die junge Frau beäugt ihn ängstlich. Die Kühle seines Gesichts wird von einem feinen Schnurrbart und einer kleinen runden Brille betont. Sie zieht den Gürtel ihres Mantels fester, legt das Buch wie eine heiße Kartoffel, die sie schnellstens loswerden möchte, nervös auf den Tisch, dazu ihr Heft, in dem die entschlüsselte Nachricht steht.

»Bitte setzen Sie sich«, sagt der Mann. Florence gehorcht, nimmt ihm gegenüber auf der Sitzbank Platz. »Ein Drink für Sie?« Mit einem mulmigen Gefühl im Bauch schüttelt sie den Kopf, während er sich einen Scotch bestellt. Jetzt mustert er sie ausgiebig. Nach einer gefühlt endlosen Minute richtet er seinen Blick auf das Buch. Er nimmt es in die Hand, blättert zur letzten Seite und zeigt auf die Adresse in Paris. »Dieses Hotel...« Er hält inne, zündet sich eine Zigarette an, dann wird ihm sein Whisky serviert. Florence lockert weder Lippen noch Mantel. Als sich der Kellner entfernt hat, spricht er weiter. »Dieses Hotel ist bis auf seine strategische Lage nichts Besonderes. Bis zum Boulevard Raspail und einem anderen Hotel mit ruiniertem Ruf ist es nur ein Katzensprung. Kennen Sie das Lutetia, Mrs Gingell?«

Sie zögert, zerknüllt ihr Taschentuch.

»Nein, beziehungsweise ja, dem Namen nach.« Sie war noch nie in Paris. Die Offenherzigkeit dieser jungen Frau entlockt ihm ein väterliches Lachen, dann nennt er eine ganze Reihe von Namen:

»Pablo Picasso, Josephine Baker, James Joyce, André Gide. Berühmte Leute aus Kunst und Literatur sind am Boulevard Raspail 45 eingekehrt. Eine wahre Talentschmiede! Das war vor dem Krieg. Heute wimmelt es dort nur so von Schlangen.«

»Haben es die Nazis beschlagnahmt?«

Florence ist scharfsinnig.

Er mustert sie erneut eine Weile. »Dort hat sich die Abwehr eingenistet. Der deutsche militärische Nachrichtendienst ist der eigentliche Empfänger des Buchs, Mrs Gingell. Sie haben ein beeindruckendes Gespür.«

Das erfüllt Florence nicht mit Stolz. Sie hätte es lieber gehabt, dass der Fremde mit dem entstellten Gesicht kein Spion gewesen wäre, sondern ein wahrer Liebhaber von Literatur und Dichtung.

»Die Verärgerung ist Ihnen anzumerken, Mrs Gingell.«

Der Mann in dem dunklen Anzug sieht sie erneut mit seinem nervigen Lächeln an, schaut ihr direkt in die Augen. *Er fragt mich aus.* Sie immer noch ansehend beugt er sich über den Tisch zu ihr.

»Wäre ich nicht über Sie informiert worden, würde ich jetzt an Ihrer Loyalität zweifeln.«

Florence erschaudert bei dem Gedanken, dass in weniger als einer Stunde, das heißt seit ihrem Anruf bei der Admiralität, ihr Stammbaum bereits auseinandergenommen wurde. Und was soll dieses »Mrs Gingell« die ganze Zeit? Sie hatte ja nichts verbrochen, nur ihrem Land gedient, heute mehr als je zuvor.

»Da Sie bereits alles zu wissen scheinen, wissen Sie sicher auch, dass ich mich freiwillig gemeldet habe und meinem Land ergeben bin, ohne irgendeinen Hintergedanken! Sie sollten weniger an mir und mehr an dem Buch interessiert sein – und an der Nachricht, die es enthält.«

Sie schiebt ihr Heft zu ihm. Er schiebt es zurück.

»Diese Nachricht schert mir nicht, Mrs Gingell. Ich bin wegen Ihnen hier.«

Während er das sagt, lässt er sie nicht aus den Augen. Was Florence fürchterlich verwirrt. *Wer ist dieser Mann? Arbeitet er wirklich für den Geheimdienst? Und woher kommt seine Lässigkeit?* Florence hat das Gefühl, in der Falle zu sitzen, wird panisch und fasst sich an den Unterleib. Was nicht unbemerkt bleibt. Zum ersten Mal werden die Züge des Aasgeiers weicher. Seine Stimme auch.

»Entschuldigen Sie, wenn ich Ihnen Angst gemacht habe, das war nicht meine Absicht. In meinem Job lernt man schnell, seine Emotionen zu verbergen, sonst ist man schnell wieder weg.«

Er zieht den Aschenbecher zu sich, drückt seine Zigarette aus. Dann lehnt er sich wieder über den Tisch zu ihr. »Ich kenne das Buch und die darin versteckte Botschaft.« Seine Stimme wird noch leiser. »Weil mein Team sie verfasst hat.«

Florence zuckt zusammen. Um sie zu beruhigen, hebt er abwehrend die Hand und erklärt: »Der Mann, der quasi vor Ihren Augen gestorben ist, ist tatsächlich Deutscher. Was ihn zu keinem miesen Kerl an sich macht. Im Gegenteil. Er war einer unserer besten Doppelagenten. Verstehen Sie?«

Nein, das tat sie nicht. Warum sollten sie der Abwehr höchst vertrauliche Informationen schicken? Warum sollten sie dem Feind all die strategischen Standorte zuspielen. Hatten die

Engländer nicht schon genug gelitten. Hatten sie ...

Auf einmal geht ihr ein Licht auf.

Mit einem komplizenhaften Lächeln sagt er: »Denken Sie nicht auch, dass London eine Pause braucht, Mrs Gingell?«

Jetzt wird ihr alles klar. Die Koordinaten sind Scheinziele, stillgelegte Gebäude, verlassene Scheunen. Weit entfernt von London. Der Mann im dunklen Anzug leert sein Glas Scotch in einem Zug. »Wissen Sie«, sagt er, »die Deutschen sind miserable Spione. Wir greifen sie auf, sobald sie England betreten. Und sie lassen es über sich ergehen, werden exzellente Doppelagenten. Es ist anzunehmen, dass niemand Hitler im Herzen trägt, nicht mal in seinem eigenen Garten.«

Florence sieht die flehenden Augen des Mannes wieder vor sich, der mit dem Tode ringt, und ist augenblicklich tief im Inneren davon überzeugt, dass es nichts daran ändert, ob er Deutscher, Franzose oder Engländer ist, einfacher, zweifacher oder gar dreifacher Agent, er wollte ihr unbedingt das Buch übergeben. Letztlich war er ein Mensch, der Literatur und Dichtung liebte.

»Wir können das Buch noch abschicken, oder?«

»Vergessen Sie das Buch. Darum geht es hier und heute nicht beziehungsweise nur am Rande.«

»Sondern ...«

»Um Sie.«

»Um mich?«

»Ja, um Sie. Sie haben in Windeseile einen Gordischen Knoten gelöst, einfach so bei einer morgendlichen Tasse Tee nach einer Nachtschicht. So etwas habe ich in all den Jahren im Dienst noch nicht gesehen. Sie sind ein Genie, Mrs Gingell. Ich lasse Sie nicht in London versauern, und schon gar nicht als Sanitäterin.«

»Es ist nicht nichts, Sanitäterin zu sein, wir retten Nacht für Nacht Leben!«

Der Mann steht auf und setzt sich der Diskretion wegen neben sie auf die Bank.

»Hören Sie zu! Hören Sie gut zu. In Ihrem neuen Job retten Sie Leben auf einem ganz anderen Level. Sie werden Tausende, Millionen Menschenleben retten. Wir reden davon, den Krieg zu verkürzen, Mrs Gingell, allein dadurch, dass wir unseren Verstand einsetzen, so wie Sie heute. Wir wollen das Leiden stoppen und ans Gewinnen denken. Ja, Sie haben richtig gehört, wir werden diesen Krieg gewinnen, auch wenn es heute noch undenkbar erscheint, wo wir so schwere Stunden durchleben. Wir werden ihn gewinnen mit einem ganzen Arsenal nicht an roher Gewalt, sondern an Intelligenz. Und auf diesem Gebiet sind Sie eine Bombe, glauben Sie mir, Mrs Gingell. Sie werden heute Abend Ihre Koffer packen und London verlassen.«

Sein Zureden und dieser nicht enden wollende Tag haben Florence ermattet, sie weiß nicht, was sie von diesem Mann halten soll, der in ihr Leben geplatzt ist und alles auf den Kopf stellt.

»Wo bringen Sie mich hin? Wer sind Sie? Und was ist mit meinem Mann?«

»Zur Stunde ist Ihr Mann bereits informiert und überaus froh, dass Sie aufs Land gebracht werden, wo Sie vor den Bomben sicher sind.«

Er sagt nicht, wohin genau, der Ort wird geheimgehalten. Er sagt ihr auch nicht, wer er ist. »Merken Sie sich nur, dass ich einen langen Arm habe, einen sehr langen Arm, der bis zu einer direkten Leitung zu Sir Winston Churchill reicht und Sie umgehend von all Ihren bisherigen Aufgaben entbindet, die nichts mit den Aufgaben zu tun haben, die Sie ab morgen erwarten.«

Die junge Frau knetet das Taschentuch in ihrer Hand, die andere ruht weiterhin auf ihrem Bauch. *Was hat er mit mir vor?* Natürlich hat sie eine vage Vorstellung davon, was sie erwartet. Aber inwiefern ist das im Hinblick auf den Ausgang des Krieges entscheidend? Der mächtige Mann liefert sogleich die Antwort.

»Haben Sie schon von dieser deutschen Maschine namens Engima gehört?«

Florence schüttelt verwirrt den Kopf. Natürlich nicht. Als Sanitäterin bekommt sie keine Militärgeheimnisse mit. Also beschreibt er ihr diese äußerst komplexe Chiffriermaschine, die der Feind täglich zur Verschlüsselung seiner militärischen Kommunikation nutzt. Eine mit dieser Maschine übermittelte Nachricht wird über eine Reihe von Walzen und Kabeln kodiert, die den Algorithmus für die Verschlüsselung jedes getippten Buchstabens automatisch modifizieren. Das Prinzip geht so: Sender und Empfänger verfügen über eine gleich eingestellte Maschine, haben dieselbe, täglich wechselnde Information über die Positionierung der Walzen und Permutationskabel. Es gibt zahlreiche und austauschbare Komponenten, die Einstellungsmöglichkeiten sind geradezu unendlich, liegen im Trillionenbereich. Und die Maschine, über die Hitler mit seinem Oberkommandanten kommuniziert, ist noch komplexer, hat doppelt so viele Walzen. »Die Deutschen glauben, ihre Codes sind nicht zu knacken, das sagen sie zu Recht.«

Florence wird noch unsicherer, versteht nicht viel von Maschinen. *Wie soll sie behilflich sein? Und wozu eigentlich all die Mühe, Unentschlüsselbares zu entschlüsseln?* Der Anzugträger bemerkt ihre Verwirrung.

»Sie denken, Sie sind der Aufgabe nicht gewachsen?«

»Die Aufgabe ist unmöglich! Ich kann mich nicht mit einer Maschine messen.«

»So zu denken, ist falsch. Denn hinter jeder als unfehlbar geltenden Maschine, Mrs Gingell, steckt ein fehlbarer Mensch. Und wissen Sie, was die Achillesferse dieses Menschen ist?«

»...«

»Sich für unfehlbar zu halten.«

Wieder lächelt er zaghaft. Er kann noch so oft rätselhafte Anspielungen von sich geben, denkt die junge Frau, damit täuscht er nicht darüber hinweg, dass er sich für geistreich hält.

»Niemand ist unfehlbar. Und wenn doch, wird man dadurch nur schwach. Ist man sich zu sicher, wird man unvorsichtig und nachlässig. Ein Fritz kann zum Beispiel in deutlichem Deutsch eine vermeintlich harmlose Information, etwa über das Wetter, vermitteln, auf die der Soldat neben ihm sogleich den Tagescode anwendet, denselben, den er zuvor benutzt hat, um die Uhrzeit und den Ort des Angriffs oder die Position von U-Booten im Meer zu verschlüsseln – diese Unterseeriesen, die jeden Tag eine Gefahr für das Schiff darstellen, auf dem sich Ihr Mann befindet, Mrs Gingell.«

Er führt die Liste der Nachlässigkeiten fort, die die Schwachstellen in einem vermeintlich uneinnehmbaren System erkennen lassen. An dieser Stelle kommt die englische Armee, bestehend aus den klügsten Köpfen der Mathematik, zum Einsatz, die Tausende Kilometer von der Frontlinie entfernt in einem Herrenhaus im Hinterland sitzt. »Verstehen Sie, was ich sage?«

Das tut sie. Zumal er U-Boot gesagt hat, dieses Wort, das sie jedes Mal aufs Neue erstarren lässt, ein Wort wie ein abgefeuerter Torpedo, der schonungslos eine Witwe aus ihr machen kann. Der Anzugträger hat sein Beispiel gut gewählt. Schon bei der Erwähnung dieser Haie aus Stahl werden Florence' Augen feucht. Sie denkt an Rupert und das ungeborene Kind.

»Ich möchte Sie in meine Truppe aufnehmen«, redet er weiter. »Sie sind nicht nur talentiert, was Zahlen und Statistiken angeht, was für das Aufspüren der Schwachstellen essenziell ist, Sie sind auch ein Ass in Linguistik und sprechen perfekt Deutsch. Dienen Sie Ihrem Land gebührend, Mrs Gingell, das heißt mit Ihrer Stärke. Im Gegenzug behandle ich Sie wie die Beste in meiner Truppe, Sie werden so lange, wie der Krieg dauert, anständig bezahlt, untergebracht und verpflegt. Wir besorgen Ihnen auch eine Kinderfrau, die Ihr Baby wiegt, während Sie Berge versetzen, denn man müsste schon blind sein, um nicht zu sehen, dass Ihnen ›Großes‹ bevorsteht. Und wenn wir diesen Krieg gewonnen haben, werde ich persönlich dafür sorgen, dass Sie Ihr Studium an der Cambridge University wieder aufnehmen, das Sie leider abgebrochen haben. Eines Tages werden Sie eine prominente Koryphäe sein, das sage ich Ihnen voraus, auch wenn Sie zu dieser Stunde (Blick auf die Uhr), genau um 15 Uhr, noch ein geheimer Schatz sind. Und jetzt packen Sie Ihre Koffer und kommen mit mir.«

Der Wahrsager zündet sich eine Zigarette an, erwartet keine Antwort. Sie ist ohnehin nicht von Belang.

TAGEBUCH EINES BABYLONISCHEN GELEHRTEN

Oktober 2000

Ein virtuoser Mensch ist in erster Linie ein Mathematiker. Ob Maler, Musiker oder Dichter, sie sind erst dann genial, wenn sie die Kunst des perfekten Maßes beherrschen. Selbst der große Goethe hat zwischen Kunst und Wissenschaft keinen Unterschied gemacht.

Farben, Noten, Buchstaben oder Aromen werden bedeutend, je nachdem, wie gut sie dosiert sind, eine unendlich kleinteilige Formel der Proportionen. Damit ein Werk ein Meisterwerk wird, gilt es, das ideale Gleichgewicht der Komponenten zu finden.

Die höchste und unerlässlichste Qualität eines Kochs liegt in seiner Genauigkeit, schrieb Brillat-Savarin in seiner Physiologie des Geschmacks. *Da Vinci war zugleich Maler, Ingenieur und Erfinder und damit das perfekte Beispiel eines universalen Genies. Cervantes und Shakespeare jonglierten beide kunstvoll mit Verben, kannten besser als alle anderen das Gewicht von jedem Wort. Bach, und nach ihm Mozart und Beethoven, war ein Meister des Takts und der Harmonie.*

Sie alle waren Mathematiker. Wie sonst hätte ein Tauber die 9. Sinfonie komponieren können?

Auch mit der aufkommenden Moderne, als Picasso und Schönberg bestrebt waren, alles zu dekonstruieren, und Breton die Kunst töten wollte, benutzten sie Schönheit und Präzision.

Was mich dazu bringt, dass in der Wissen-
schaft genauso wie in der Kunst alles einen Sinn
hat.
  Sogar der Unsinn.

3:47 Uhr. Eine Nacht, die dem Sprayer Ángel Escobar eine schöne Ernte bescherte und in der weitere Werke auf ihn warteten von dem Genie, dem er auf der Spur ist.

Ein erstes Juwel kurz nach 1 Uhr auf dem Damm Pointe-du-Moulin, das verborgen war in einer von allen vergessenen Skulptur. Im Wirrwarr der Obelisken zeigte sich ein weiteres leichtes, hin und her wiegendes ... melodisches Kunstwerk. Eine Orgel, die an der gusseisernen Skulptur aufgehängt war. Das Instrument hat den Sprayer überrascht, sowohl optisch als auch akustisch, und seinen Verstand verblüfft. Der urbane Eroberer hätte es nicht bemerkt, wären da nicht die Töne gewesen, die der Wind in den Pfeifen erzeugt hat. Ein entferntes, vom Wind getragenes Gesäusel, dessen Klang, je nachdem, aus welcher Richtung der Wind kam und wo der Zuhörer stand, variierte. Um 1:34 Uhr erzeugt ein Luftstrom ein langes Crescendo, eine schwingende, glasklare Stimme. Dieses göttliche Kunstwerk, das Musik mit Bildhauerei und genauen Berechnungen kombiniert, ist für Ángel ein weiterer Beweis für die unerschöpfliche Genialität des Phönix. Wissenschaft in der Kunst.

Und Kunst in der Kunst in der Kunst ...

Die künstlerischen Fähigkeiten des Phönix fügen sich ineinander wie Matroschkas, er ist ein Architekt des Unmöglichen. Und erst die winzige orientalische Signatur auf einer der Pfeifen. Grandios! Das Handy hat alles festgehalten: die Noten, die Orgel, die Kalligrafie.

Und jetzt, um 3:51 Uhr, das zweite Selbstporträt. Ángel streift über das ausgemergelte Gesicht. Da ist er wieder, auf einem ausrangierten Güterwagen. Er sieht genauso aus wie auf dem ersten Bild, trägt dieselben Lumpen, ist genauso abgemagert, doch dieses Mal zerspringt seine Schädeldecke in Schrapnelle. Unglaublich gewaltsam. *Der Mann muss Grauenvolles erlebt haben.* Die Frage ist, welcher Art. Fürchtet er sich so sehr vor sich selbst, dass er sich in seinem Selbstporträt vernichtet? Noch nie hat Angél ein so brutales und so ergreifendes Harakiri gesehen. Er nimmt das Werk in sein Archiv auf, genauso wie jedes andere dieses Genies.

Nichts hält ihn davon ab. Nächtelang verfolgt er seine Spur. Nächtelang sucht er mit dem Elan eines Goldwäschers die Ruinen in den niederen Vierteln ab, er würde ihn noch Monate suchen, sogar Jahre, wenn nötig. In den dunklen Ecken des Vieux-Port und rund um den Kanal hat er schon Dutzende seiner Kunstwerke aus dem Dreck gezogen, er ist wie ein Archäologe, der Fresken aus der Kanalisation Roms holt. Nur IHN, den Meister höchstpersönlich, findet er nicht. Der junge Escobar hofft, auf ihn zu treffen, wenn er seinen Spuren folgt, meint, daraus nach intensiver Analyse Rückschlüsse auf sein unermessliches Können ziehen zu können. Seine Werke haben immer zwei Gesichter. Das eine zeigt sich erst nach ausführlicher Betrachtung, offenbart dann Bilder und Schriften, die so archaisch sind, dass sie seit Jahrhunderten tot geglaubt sind. *So wie er.* Stets ein Schatten seiner selbst und allgegenwärtig. Indem Ángel seine Werke sammelt, kann er das Areal eingrenzen. Seine Suche führt ihn in alte überschwemmte Tunnel, in trockengelegte, ehemals öffentliche Bäder, in verfallene Silos, Förderanlagen, alte Manufakturen, aber vor allem immer wieder auf das Gelände des Rangierbahnhofs, das auch »die verbotene Stadt« genannt wird. Hier gibt es viele Spuren von ihm: auf den Gleisen, unter den verrosteten Waggons, auf den abgeblätterten Wänden der Container. Doch der Künstler bleibt unsichtbar. *Er muss ein eigenes Versteck haben.* Ángel denkt an die Giraffe, die wie gelähmt im stählernen Schraubstock eingeklemmt ist. Wenn das Tier ein Ausdruck seiner selbst ist, muss hier irgendwo sein Unterschlupf sein, vielleicht in einem Container, zugleich Versteck und Bunker, der ihn vor anderen schützt. *Oder andere vor ihm.*

4:30 Uhr. Jeden Moment bricht der Tag an. Ángel muss seine Jagd wieder einmal erfolglos beenden. Er verflucht den Tag, der seine Suche unterbricht und ihn sein Kreuz wieder schultern lässt. Die Nacht ist für ihn ein Segen, wohingegen der Tag einem Albtraum gleicht und die Sonne ihm unablässig die Flügel verbrennt. Aber daran soll es nicht scheitern, wenn nicht diese Nacht, dann eben morgen. Ángel ist ein geduldiger

Mensch. Auf dem Rückweg entdeckt er in dem Wall aus Containern einen Spalt, der ihm zuvor nicht aufgefallen war. *Häh?!*

Zum Teufel mit der Zeit und dem Kreuz, der Herumtreiber quetscht sich durch den Spalt hindurch. *Oh!* Dahinter entfaltet sich eine neue Welt, ein verlassener Bahnhofsfriedhof. Überall stehen deformierte Waggons. Im diffusen Licht der Morgendämmerung ist es, als wären sie von Bomben getroffen worden. Ein idealer Ort für Außenseiter jeder Art, damit kennt er sich aus, er hätte sich kein schöneres Atelier erträumen können. Und dennoch keine Spur vom Phönix oder sonst irgendeinem Sprayer. Ángel steht auf unberührtem und unerforschtem Grund. Überwältigt von all den Möglichkeiten geht er mit offen stehendem Mund vorwärts und stolpert über ein Stück Zaun. Der rasselnde Draht löst ihn aus seiner Versunkenheit, er fängt sich wieder, hält alle Sinne bereit.

Ganz in der Nähe hat das Rasseln den Herrn des Orts geweckt. Seit über 100 Jahren hat er einen leichten Schlaf.

Ángel rührt sich sekundenlang kein Stück, lauert auf ein noch so leises Echo. Er hört nur sich selbst atmen, sonst ist alles auf dem Friedhof still. Beruhigt erkundet er den Ort weiter.

Der Misanthrop stört sich an der Anwesenheit des Fremden. Er schleicht sich aus seinem Versteck, geht hinter einem alten Balken in Deckung. Er überwacht den Eindringling, jeden seiner Schritte und jede noch so kleine Bewegung.

Ángel denkt noch einmal: *Ein komplett unberührter Fleck! Dieser Ort wurde noch nicht betreten, überall warten Flächen darauf, bemalt zu werden!* Er zückt seine Dose, sucht den perfekten Spot, vertraut dabei auf seinen Instinkt. Er kann nicht anders, muss wie ein Hund oder wie ein Eroberer sein Territorium markieren – *diese Terra nova gehört mir.*

Nur ist er nicht der Erste, der diesen Ort betritt. Und er ist auch nicht willkommen. Im Schatten eines Krans beobachtet ihn jemand, der nicht gerne gestört wird, und schon gar nicht von einem Bengel, der so schnell seine Dose zückt.

4:47 Uhr. Ángel hat sich für ein Wrack entschieden, geht darauf zu und legt los, strengt sich bei jeder Rundung an. Dabei empfindet er Stolz, spürt seine Flügel und die Luft zum Atmen, die ihm tagsüber fehlt. So arbeitet er sich von Wrack zu Wrack und lebt immer mehr auf.

Der Herr des Orts beißt die Zähne zusammen, während sein Heiligtum vor seinen Augen geschändet wird. Er ist nervös, kratzt sich manisch den Nacken und verscheucht einen Geisterschwarm Fliegen. Er erkennt den Schriftzug des Bengels, der ihn seit Wochen verfolgt.

5:01 Uhr. Während Ángel sich an dem Ort verewigt, entdeckt er eine künstliche Anhöhe, auf der eine Zisterne thront, die an ein kleines Wasserschloss erinnert. Er tritt näher, findet um den Erdhügel einen Graben, der vor Kurzem erst ausgehoben wurde. Ángel umrundet ihn schleichend.

Vielleicht ist er doch nicht der Erste. An der Hinterseite ist es steiler, dort befindet sich auch eine Mauer aus Sandsäcken. Außerdem gibt es zwei Solarpanele.

Sein Bunker.

Dadrin hat er sich eingerichtet, davon ist Ángel überzeugt. »Ist da jemand?« Keine Antwort.

Vermutlich ist der Eingang ein Trompe-l'œil. Der Sprayer läuft über einen wackeligen Steg, dann an der Außenwand aus Säcken entlang auf der Suche nach einer Öffnung, die er entdeckt, als die Jute unter dem Druck seiner Finger nachgibt. Die Säcke werden Vorhänge, die er auseinanderschiebt. Eine Tür. *Die Täuschung ist brillant wie immer.* Er tritt hinein.

In der Nähe bebt der Meister. Seine Hände zittern.

Im blauen Licht seines Handys erkennt der Junge, dass das Versteck ein zur Hälfte eingegrabener Container ist, der mit Sandsäcken befestigt ist. Er inspiziert den Ort, entdeckt eine Küchenecke. Dort gibt es einen Kocher und genug Vorräte, um einen Nuklearangriff zu überleben. Das Nötigste, um Wochen, vielleicht sogar Monate durchzuhalten: Wassergallonen, Konservendosen, Kaffeepakete, Hunderte von Kerzen. Und Seife. Stapelweise Seife, *er hat ganz offensichtlich Angst, nicht genug davon zu haben,* genauso viel Seife wie Essen. Unter dem Außentank befindet sich eine Duschecke. Und unter einer ausgeklügelten Apparatur aus Lichtröhren ein Garten mit essbarem Grünzeug. Es besteht kein Zweifel, dass das das Refugium eines Überlebensspezialisten ist, der jeden Moment einen Bombenangriff erwartet, ja sogar das Ende der Welt. Im hinteren Bereich des Unterschlupfs sieht Ángel ein Feldbett zwischen einer Bibliothek und einer Werkbank voller Malutensilien: Farbtuben, Tinte, Schablonen. *Sein Atelier.* An der Decke hängt eine Glühbirne mit einer Kette. Als er daran zieht, wird der Bunker in grelles Licht getaucht. In der Nähe des Betts steht auf dem Boden ein Kasten mit einem Kabel. Im Dunkeln hat er ihn zwischen all dem Gerümpel nicht gesehen. Er geht zu dem Kasten, hebt den Deckel hoch.

Ein alter Plattenspieler.

Draußen, wo die Sonne am Horizont erscheint, hat der Herr des Orts seine Mauser geladen. Er verlässt seinen Posten und geht langsam auf seine Höhle zu.

Im Inneren ist Ángel ganz in seine Entdeckung versunken. Auf dem Teller liegt eine Platte. Der Schriftzug auf dem Etikett ist der auf den bewundernswerten Graffitis entlang des Kanals zum Verwechseln ähnlich. Hinter dem Kasten liegen Kopfhörer. Er setzt sie auf, setzt den Teller in Gang und legt sachte wie ein Kuss auf die Stirn die Nadel auf.

Was folgt, ist Magie.

Eine Frau singt in einer unbekannten Sprache. *Diese Stimme, allein ihre Stimme! Wie strahlend sie ist, wie überwältigend! Die Stimme eines En-*

gels oder einer Sirene, einfach magisch. Als käme sie aus längst vergangen Zeiten oder einem Epos. Der Gesang durchdringt den jungen Escobar, ergreift ihn, befördert ihn ans Ende der Welt, in ein dunkles Jahrhundert. Diese Stimme, die in einem fort erklingt, ohne je Luft zu holen, hat etwas von Folter. *Der Gesang der Entwurzelten.*

Ángel weint. Spürt sein eigenes Martyrium. Wie kann eine einzige, bis ins Unendliche gezogene Note dermaßen vollkommen sein? Als trüge sie die schmerzliche Geschichte eines Lebens, eines Volks, der ganzen Welt in sich. Er erinnert sich an das himmlische Werk am Pointe-du-Moulin, versteht den Zusammenhang. Alle Werke dieses Ausnahmekünstlers sind mit dieser Platte verbunden, mit dieser einzigartigen Stimme. *Seiner Muse.* Verzaubert von dem Gesang, der ihm die Seele und die Sinne vernebelt, überhört Ángel hinter sich die leisen Schritte des Mannes, der seine Höhle zurückerobert. Wenige Meter hinter ihm bleibt er stehen, richtet seinen wirren Blick und das Gewehr mit Bajonett auf den Eindringling.

Im Bann der sich drehenden Platte bekommt dieser immer noch nichts mit. Er hat keinen Schimmer, dass er einen heiligen Altar entehrt hat, das Einzige, was in dieser Höhle die Energie der Sonne verdient, weit mehr als die Glühbirne, weit mehr als die Lichtröhren, nur eine Stimme, die für sich allein all die Wärme und das ganze Licht der Welt verdient.

Dann kommt der schicksalhafte Moment, in dem die Nadel das Ende erreicht und der Gesang aufhört, genauso wie der Zauber. Der Junge kehrt aus seiner Trance zurück. Erst da spürt er etwas in seinem Rücken, einen Luftzug, ein leises Knarren. Hatte er es nicht schon einmal gehört, in der Kabine der alten Drehbrücke? Dieses Mal hört er ihn atmen. *Kein schnelles Umdrehen, nichts überstürzen.*

»Ich weiß, dass du da bist«, sagt Ángel.

Nur keuchendes Atmen.

Sekunden vergehen, Minuten. Inzwischen ist es Tag. Ángels Muskeln sind angespannt, er hat sich noch immer nicht bewegt. Der andere hinter ihm atmet schneller, bald spürt Ángel zwischen seinen Schulterblättern die bebende Spitze einer Klinge. Das Bajonett auf seiner Wirbelsäule wirkt wie ein Stromschlag oder ein Herzschrittmacher. *Er zittert genauso wie ich, hat Angst. Vielleicht sogar mehr Angst als ich.*

»Ich suche nach dir, weil ich dich bewundere, ganz allein deswegen. ¡Solo eso!« Aus Nervosität vermischt er Verkehrs- und Muttersprache.

Keine Reaktion.

Der Eindringling redet weiter, beteuert seine Unschuld.

»Ich bin ein Fan, artista callejero como tú. Ohne Kunst bin ich nichts, ohne Kunst bin ich tot! Deine Werke … Nie habe ich so was Schönes gesehen, es adictivo!«

Ist es wegen der Offenherzigkeit des Bengels?

Wegen der Erwähnung des Tods? *Der Sucht*? Die Anspannung lässt nach. Ángel spürt, wie sich die Klinge von seiner Wirbelsäule löst. Das ist der Moment, seinem Mentor gegenüberzutreten. Er dreht sich langsam um.

Er steht vor ihm, aus Fleisch und Blut.

Er sieht aus wie auf dem Selbstporträt, hat denselben niedergeschmetterten Blick. Die Mauser zittert immer noch, ist aber auf niemanden mehr gerichtet. Er wirkt wie ein Soldat, der vor geraumer Zeit einem Graben entstiegen ist. Während Ángel den Menschen betrachtet, den er so lange gesucht hat, beäugt ihn der Phönix ebenfalls. Und auch der nimmt etwas bei dem Jungen wahr. Sieht seine vor Emotion angefeuchtete Wange, sieht seine Augen, in denen sich sein eigenes Leben spiegelt und offenbart, was seit vielen Jahren an ihm nagt. Die unersättliche Suche.

»Bitte bring's mir bei«, sagt der Junge.

Der Phönix antwortet nicht. Ángel versucht es noch einmal: »Bitte. ¡Por favor!«

Dieses Mal kommt die Antwort gleich.

»Was? ¿Qué?«

Wie sein Gesprächspartner vermischt auch er Französisch und Spanisch. Ángel wiederholt:

»Por favor ... Lehre mich die Perfektion deiner Kunst.«

Das Zittern des Phönix überträgt sich von seinen Händen auf den Körper und seine Stimme.

»¡No, jamás! Du hast ja keine Ahnung! Bist noch jung, erst ein chico, eres solo un chico.«

Die Worte stolpern ungeschickt, als liefen sie über glühende Kohlen zwischen den Sprachen umher.

»Du hast keine Ahnung. ¡No entiendes! ¿La perfección? Nichts ist schlimmer! Nada peor ... Eine tickende Bombe! Verschwinde, rápido, bring dich in Sicherheit! Weit weg von mir!«

Der Junge bleibt wie festgeklebt stehen. Der Soldat richtet seine zittrige Waffe auf ihn, starrt ihn böse an.

»Verschwinde, hab ich gesagt! Fordere nicht el diablo heraus!«

Er schreit los – so entsetzlich wie ein Tier, das verbrennt. Das Entsetzen überträgt sich auf Ángel, die kleine Ratte macht sich aus dem Staub, verlässt das Schiff, bevor es untergeht. Er hört ihn noch schreien, als er den Friedhof verlassen hat, hört ihn auch noch schreien, als er über den Stacheldraht springt. Dann geht der Schrei in ein langes Wimmern über, das von den Wänden des Unterschlupfs und dem ersten vorbeifahrenden Zug aus Mont-Saint-Hilaire um 6:16 Uhr geschluckt wird.

Als Ángel durch sein Fenster steigt, ist aus dem Geschrei ein stechendes Ohrensausen geworden. Der Schrei wird ihn noch lange quälen, sich in seinem Kopf drehen wie die von Sonnenenergie angetriebene Platte mit dem betörenden Gesang, und er wird ihn für immer mit dem eindringlichen Bild des Phönix assoziieren, eine perfekte Imitation des Gemäldes von Munch.

Kaum zu glauben, dass die Stadt einmal das Zentrum der Welt war, ein Drehkreuz für den Handel mit den begehrtesten Waren von überall. Kaum zu glauben, dass die Kuppeln damals golden glänzten, dass ihrem Sultan drei Kontinente zu Füßen lagen und sie so großherzig war, dass sie allen Menschen und Kunstformen offenstand.

Heute ist Süleymans Stern verblasst, hat sein Reich den Glanz und seine prachtvolle Aura den Zauber verloren. Der Sultan wurde zum Gespött Europas, zu einer Marionette. Schon vor dem Krieg stand das Osmanische Reich kurz vor seinem Untergang, befand sich seine Hauptstadt in den Händen von Ausländern, die die Fäden zogen, anfangs noch unter dem Deckmantel der Diplomatie, dann ohne jede Rücksicht. Gerade streiten sich die Sieger des Ersten Weltkriegs wie eine Meute über ihren toten Pascha, um das, was von der gefallenen Stadt übrig ist. Alliierte Soldaten ziehen durch deren Straßen und die verwinkelten Gassen. Sie sind überall, Engländer, Franzosen, Italiener und weitere, Söldner und Abgesandte verschiedenster Reiche, die ihre Bauern im Geheimen in Stellung bringen. In den Ruinen des Reichs wirbeln alle, die sich dort herumtreiben, den grauen Staub des herrschenden Unmuts auf. Die Ausländer gehen in der ohnehin bunt zusammengewürfelten Bevölkerung unter.

Byzanz-Konstantinopel-Istanbul, erst griechisch, dann römisch und später osmanisch, auch mal asiatisch und europäisch. Eine Weltstadt, die Christen, Juden und Muslime empfängt. Eine seltene Tugend, ein seit Jahrhunderten bunt gewebter Stoff, was sich auch in der Atmosphäre der Stadt widerspiegelt. Es riecht nach Tabak, Kaffee und Meersalz, nach brennender Kohle und stinkendem Fisch, nach Abwasserkanälen so alt wie Herodes. Nirgends sonst ist eine so kosmopolitische Gesellschaft am Schnittpunkt von Orient und Okzident, Nord und Süd, Tradition und Moderne zu finden. Gegensätze, die die Mündung des Goldenen Horns voneinander trennt und die Galata-Brücke verbindet, die wie eine Ikone auf einer Postkarte von den Basaren aus zu sehen ist.

Die Brücke. Das Element, das das antiquierte Stamboul und das europäischen Pera verbindet. Der aufgeweckte einberufene Soldat betritt um 19 Uhr die Brücke, gerade als der Muezzin das Gebet ausruft. Er ist Soldat auf ewig und wie jeden Abend auf dem Weg, seinen Schmerz in den Nachtlokalen von Galata zu ertränken. In den zehn Minuten, die er vom Süd- zum Nordufer braucht, begegnet er der Welt, passiert Träger von Schirmen, Turbanen, Fezen, Käppis und britischen Filzhüten. Zwischen den Muslimen, die zur Moschee eilen, stößt er auf eine Gruppe griechischer Matrosen, die berauscht vom Wein und der Wiederauferstehung der Magna Graecia singen, trifft er auf Wasser-, Tee- oder Kaffeeträger, die mit Glöckchen läuten und unermüdlich rufen, trifft er auch auf türkische, arabische und jüdische Händler, bemerkt er einen Karren voller Armenier, die so düster dreinblicken wie Überlebende eines Schiffsbruchs, und dahinter einen brandneuen Citroën irgendeines reichen Levantiners, der in der Sprache Voltaires »Écartez-vous! Écartes-vous!« schreit – noch so einer aus dem Westen, den es wie so viele auf orientalischen Boden verschlagen hat, die die osmanische Kapitulationen zu ihren Gunsten zu nutzen wussten. Kurz bevor er das Nordufer erreicht, fährt an ihm die Tram, die die Anhöhen Peras bedient, vorbei. Ihr monotones Quietschen übertönt für einen Moment die hupenden Dampfer auf dem Bosporus und die schreienden Möwen. Hinter den Scheiben der Tram erkennt er die hübschen Schlapphüte der Urlauberinnen, die mit dem Orient-Express angereist sind. Sie haben Pierre Lotis Bücher verschlungen und den *Guide bleu* in der Hand, suchen vor Ort nach der Romantik und dem orientalischen Traum. Oder nach dessen Geist. Eine der Touristinnen presst ihr Gesicht gegen das Fenster, ihre Blicke kreuzen sich. Sie erinnert ihn an seine Frau, seine Nachtigall. Seine Miene verfinstert sich.

Es war die Krönung, pure Ironie des Schicksals. Er hat Kugeln, Granaten und Schrapnelle überlebt, hat in Tausenden Kämpfen sibirische Kälte, gallipolische Hitze, mesopotamische Mittellosigkeit, Flöhe und mit Keimen übersäte Fliegen überlebt, er hat alle seine Kumpel sterben sehen und ist selbst wie durch ein Wunder davongekommen, doch dann verstarb seine Frau, seine Muse, sein Edelstein, die so weit weg von den Gräben war. Die Grippe hatte sie dahingerafft so wie 50 Millionen andere auf allen Kontinenten. Nach der großen Pest war sie in vier unvorstellbar finsteren Jahren entstanden und forderte unmittelbar fünfmal so viele Opfer wie die Soldaten, die gerade noch im Kampf hergegeben wurden. Es ist die letzte Schicht der Vernichtung auf dem gewaltigen Bildnis der Barbarei. In der Stadt riecht es fortan auch nach Verwesung, gehören Unterversorgung, eine rasante Inflation, Korruption und Gerüchte über einen Bürgerkrieg dazu. Es heißt, ein Unglück kommt selten allein. In diesem Herbst haben die zahlreichen aufeinanderfolgenden Katastrophen die Atmosphäre in diesem Mikrokosmos von Konstantinopel vergiftet. Die Menschen beäugen einander misstrauisch auf den Straßen, verdächtigten sich gegenseitig, spekulieren auf das Unglück des anderen, auf den Niedergang des Reichs, das schon längst keins mehr ist. Jeder Mensch wird verdächtigt, zu den anderen zu gehören.

Mit dem Ende der Brücke erreicht er Galata. Dorthin gehen Männer, die leiden und sich ein wenig Licht erhoffen. Zwischen einer Moschee und einer Synagoge befinden sich diverse Schenken, Opiumhöhlen, Freudenhäuser, Nachtlokale und auch Banken und Kirchen – wer Trost sucht, wird hier fündig. Galata, das Ventil. Dort trifft man auf Priester und Prostituierte, nimmt man genüsslich Pfeife, Zigarette, Rosenwasser oder Opium in den Mund. Dort wird hemmungslos getanzt, getrunken, geliebt oder geprügelt. In der Luft liegen Klänge aller Art: von bebenden Harfen, Lauten oder Zithern, von lateinischen Kirchenliedern, slawischen oder hebräischen Gesängen, von anzüglichen Refrains. Gäbe es Babel wirklich, befände es sich heute hier, im Schatten des alten Genueserturms unweit des Hafens, den Menschen, Vermögen und Kunst passieren. Der einberufene Dichter geht jeden Abend nach Galata, um den Eid zu erfüllen, den er in dem finsteren Graben auf das Leben seiner Tauben geschworen hat. Um das Schöne zu suchen. Nur das Schöne vermag seinen Schmerz zu lindern. Manchmal findet er es in Galata, manchmal findet er es in Babylon. Wenn er eine Nacht mal leer ausgeht, ist er in anderen umso erfolgreicher. Er entdeckt Juwelen überall, manchmal sogar in einer der Bruchbuden, er muss nur in den richtigen Gassen mit gespitzten Ohren unterwegs sein. Diese Nacht wird eine gute sein, das spürt er. Diese Nacht wird es Byzanz sein.

Wie immer trinkt er als Erstes am Kai einen Kaffee. Er mag die kleinen Schiffercafés, in denen es keine Tische, nur Schemel gibt, von denen die Meerenge und die vielen vertäuten Kähne zu sehen sind. Aber nicht die vielen Cafés und auch nicht die anlegenden Dampfer beherrschen den Ort, sondern die unzähligen Möwen und Tauben. Jeden Abend erobern sie den Hafen, und jeden Abend weidet er sich daran wie in einem religiösen Zeremoniell. Inmitten von seinen Vögeln sieht er, wie die Sonne den Bosporus und die Kuppeln von Stamboul entflammt. Ein wohltuendes Ereignis, das ergänzt wird um die Kaffeearomen und die gegen die Boote schlagenden Wellen. Unter den ankommenden Reisenden und den Schuhputzern befindet sich an diesem Abend ein Roma-Musiker. Er spielt auf seiner Geige eine zeitlose Melodie, der der Dichter aufmerksam lauscht, während die Dämmerung einsetzt und dem Ganzen etwas Impressionistisches verleiht. Am Horizont ziehen still und leise Störche vorbei. *Wie viele?* Wie viele Stürme ertragen sie, wenn unsichtbare Kräfte sie zweimal im Jahr antreiben? Sie sind eine Inspiration für Resilienz. Der Dichter errichtet auf dem Kai seinen Tempel, schlürft dabei zwei oder drei Tassen starken Kaffee mit genau der richtigen Bitternote, um den Schlaf und die Dunkelheit zu vertreiben.

Als auf der Kaiuhr 11 Uhr abends steht, bricht er auf und biegt in eine der unzüchtigen Straßen, die zum Turm hochführen. Die Bordelle liegen direkt an der Straße, verfügen nicht einmal über eine Tür, und das einzige Tanzlokal ist ein Moulin Rouge, das versucht, aus der Asche aufzuerstehen. Auf der rußgeschwärzten Straße schlafen abgemagerte Hunde, über die der Dichter steigt. Es gibt immer noch so viele davon, trotz der ganzen Versuche, sie auszurotten; einmal wurden sie zu Tausenden auf eine verlassene Insel gebracht, wo sie sich gegenseitig zerfleischt haben, um zu überleben. Die, die überlebt haben, haben sich wieder vermehrt, ihre Rudel beherrschen immer noch das Zentrum der Stadt so wie einst in der antiken Siedlung. Die umherstreunenden Hunde sind Byzanz' unsterbliche Seele. Auch sie sind eine Inspiration für Resilienz.

Weiter weg ertönt ein lautes Miauen, gefolgt von einem Konzert aus Hundegebell. Es weckt ein Kind im dritten Stock eines Konaks, dessen altes Holz ein kleiner Funken lichterloh brennen lassen würde. Brände sind in Konstantinopel so häufig wie spektakulär, sodass Touristen sie aus der Ferne genießen, sie sind »um nichts auf der Welt zu verpassen, heißt es im *Guide bleu*. Im dritten Stock weint das Kind immer noch. Der Dichter bleibt unter dem Erker stehen, schaut zu den Lamellenfenstern hoch. Sein Herz zieht sich zusammen. Zu Hause wartet sein Sohn auf ihn. Er muss inzwischen vier oder fünf Jahre alt sein, er weiß es nicht genau, nicht mehr. Sein Anblick, und sei es nur auf einem Foto, schmerzt ihn. Weil er die Augen seiner Mutter hat, dieses einzigartige, melancholische Graugrün. Seine Verwandten ziehen ihn auf. Er kann es nicht, niemals. Er setzt seine Suche fort. An ihm läuft ein Soldat mit einer *Weißen* Russin im Arm vorbei. Davon gibt es viele. Wie viele eigentlich? Wie viele dieser aristokratischen und bürgerlichen *Weißen* sind vor der Roten Armee über das Schwarze Meer geflohen? Überstürzt warfen sie sich in den Melting Pot der Stadt. Um zu überleben, verkaufen die Frauen ihren Schmuck. Dieser hier ist er wie vielen anderen ausgegangen.

Der Dichter steuert seinen Lieblingshafen an. Ein unansehnliches Nachtlokal, doch für ihn eine Schatzinsel. Die Treppenstufen knacken wie alte Knochen. Das Stockwerk ist nur dem Namen nach ein Nachtlokal, die Wände sind vom Tabak vergilbt, der Holzboden scheint zu schwanken. Fast wie auf einem Schiff. Hier sind die Menschen genauso verschlissen wie die Balken. Erneut zeigt sich das Menschenmosaik von der Brücke, ohne die Frauen, die an solchen Orten durch Abwesenheit glänzen. Sie zeigen sich erst später auf der kleinen Bühne hinten in der Ecke. Aber auch nicht immer.

Es ist nach Mitternacht. Das Lokal ist voll und verraucht, die Luft vernebelt. Der Dichter setzt sich an einen Tisch, bestellt einen ersten Raki. Sein Blick wandert über die lärmende Menschenmenge, erkennt sofort die Stammgäste und die Neulinge, meist Matrosen auf der Durchreise. Die alliierten Soldaten sitzen an den Tischen in der Nähe der Bar, jedes Land hat seinen eigenen. Es heißt »Alliierte«, nur sind sie es nicht mehr. Sie mustern einander feindselig wie Spione, von denen die unterschiedlichsten in Galata unterwegs sind. Sie kommen sogar aus der Neuen Welt.

So zwängen sie sich von fünf Kontinenten in einen Raum, der so groß ist wie ein Verschlag im Schützengraben, zwar genauso deprimierend, aber weniger deprimierend als die Gedanken, die einem dort kamen. Es ist kaum verwunderlich, dass all diese Männer unabhängig von ihrer Herkunft Trost in Galata suchen. Einige finden ihn in der Musik, andere im Raki oder Opium oder bei den Schönheiten der Nacht. Auf der Bühne steht ein einfaches Klavier. Darauf ist von Klassik bis Ragtime alles zu spielen, je nach Abend und Vortragendem. In einer Nacht hörte der Dichter zum ersten Mal die aufgeheizte Musik aus dem Westen, von der es heißt, sie fließe im Blut des Schwarzen Amerikas wie das Wasser im Mississippi. Er war vollkommen berauscht und fühlte sich, als würde er einen neuen Kontinent entdecken.

Um 00:30 Uhr nimmt ein Mann am Klavier Platz. Die, die wegen der Musik gekommen sind, applaudieren ihm. Sie setzen sich immer in die Nähe der Bühne. Sonst ist der Lärm zu groß. Der Pianist stellt sich kurz auf Französisch vor – woher sie auch kommen, sie können immer ein paar Brocken der universellen Sprache. »Ich bin Russe«, sagt er halb stolz, halb von Leid erfüllt. In seinem Land herrscht Revolution, und wer über den Luxus eines Klaviers verfügt, flieht überstürzt. Er fängt an zu spielen.

Er spielt gut.

Die Töne traben daher, galoppieren bald wie eine Herde Pferde in der eurasischen Steppe. Dieser Russe ist eindeutig ein Meister, denkt der Dichter. *Hat er in seinem Land für den Zaren gespielt? Wie viele Virtuosen sind nach Konstantino-*

pel geflohen? Am Ende des Stücks wird nahe der Bühne Bravo gerufen. Das Stimmengewirr an der Bar ist nie verstummt. Der Russe grüßt freundlich sein Publikum und zieht sich zurück.

Es folgen weniger gute Vorführungen: ein Taschenspieler, ein französischer Cancan, ein Spaßmacher. Bei den angetrunkenen Wehrpflichtigen ernten sie Lacher und Zugabe-Rufe. Gegen 2 Uhr betreten zwei junge Sängerinnen die Bühne, Schwestern, die sich offensichtlich unwohl fühlen. Hinter ihnen tauchen zwei ältere, aber nicht weniger verlegene Flötisten auf. Ihr Bruder und der Vater. Die beiden Mädchen stehen starr, als wären sie noch Anfängerinnen. Die Männer gießen zusätzlich Öl ins Feuer, indem sie obszön pfeifen. Die Leute lachen sich schief, geben Grobheiten von sich, klopfen sich auf die Schenkel. Der Dichter findet es unerträglich. In den Augen des Vaters erkennt er Scham. Scham, dazu gezwungen zu sein, mit seinen Kindern an diesem Ort zu sein. Der Mann senkt den Blick, stellt sich nicht mal vor, und beginnt eine Melodie aus dem alten Kaukasus. Sie ist so alt wie seine Flöte, deren Holz die Sintflut miterlebt haben könnte. Der Sohn begleitet den Vater, zusammen geben sie ein eindringliches Flötenduo ab. Der eine spielt eine eingängige Musik, über die sich wie ein bewegter Traum die Melodie des anderen legt. Es ist ergreifend. Nein, durchdringend. Die Melodie dringt bis in die Eingeweide, je weiter sie geht. Was die Flöten erzählen, lässt den hartgesottensten Soldaten die Haare zu Berge stehen! Sie pusten einen kalten Wind durch den Saal.

Dann folgt der Gnadenstoß: der Gesang der Mädchen. *Diese Stimmen!*

Sie verkörpern die absolute Tragödie, die Angst eines jeden Menschen. Der Gesang dehnt sich aus, versucht, sich aus dem Abgrund zu ziehen, steigt hinauf, immer höher ...

Im Lokal vertauschen sich auf seltsame Art und Weise die Positionen. Die Scham des Vaters verlagert sich aufs Parkett, wo nun die Leute nach unten blicken, die Stühle werden unbequem. Einige spielen mit ihrem Glas herum, andere mit ihrer Pfeife oder ihrem Schnurrbart, mit einem Manschettenknopf.

Der Gesang der Mädchen erreicht himmlische Höhen, erstrahlt im Glanz eines Sterns in einer mondlosen Nacht. Für das Publikum ist sein Funkeln schwer zu ertragen. Es beschwört unerträgliche Erinnerungen herauf, in denen sie sich, verschwommen wie in einem Spiegel, selbst erkennen. Die Soldaten haben aufgehört zu lachen und auch zu pfeifen, ihre Gesichter sind fahl. Wer Schützengräben und Flöhe kennt, kratzt sich automatisch den Nacken, während der Gesang tiefer sitzende Erinnerungen ausgräbt. Erst werden die Schluchzer noch unterdrückt. Weiter hinten bricht es schließlich aus einem Offizier heraus, ihn verraten ein krampfhafter Schluckauf und die zuckenden Schultern.

Auch der Dichter ist ergriffen, ringt nach Luft.

Eine Stimme wie aus dem Jenseits, eine überwältigende Stimme! Erst zittern seine Hände, dann der ganzer Körper, er fühlt sich zurückversetzt an diesen nebligen Nachmittag, wo der Herbst wie Frühling war. Dann versinkt er im Schwall seiner Erinnerung, ertrinkt in ihr. Wäre das Schöne eine Note, nur eine einzelne Note, wäre es genau diese.

Als der Saal einem Schlachtfeld gleicht und der Gesang der Mädchen das Firmament erreicht, breitet sich plötzlich Brandgeruch aus. Zuerst bemerken ihn die Sängerinnen, die ihre Gesichter verziehen und deren Stimmen ins Stolpern kommen. Dann bricht wirres Gekreische aus. Die Leute schreien entsetzlich, daran, dass es brennt, besteht kein Zweifel mehr. Vielleicht der alte Holzboden, auf den irgendjemand seine Zigarette, sein Streichholz, seine heiße Asche fallen ließ. Oder der Vorhang, der zu nah am Scheinwerfer hängt. Oder das Kino nebenan, wo die Filmrolle Feuer fing. Es gibt zu viele Möglichkeiten, die Ursache lässt sich nicht feststellen, nur die Tatsache, dass bald überall Rauch ist, was die Vorführung vorzeitig beendet. Die meisten stürzen zum einzigen Ausgang, dem engen Treppenaufgang, in dem sie zwangsläufig stecken bleiben. Die Soldaten hingegen vermeiden instinktiv diesen Engpass und entscheiden sich fürs Fenster. Sie springen aus dem zweiten Stock, so als handele es sich um eine militärische Übung; in vier Kriegsjahren haben sie Schlimmeres erlebt.

Nur der Dichter rührt sich nicht, steht weiter im Nebel, wo Naci, Dickinson und Baudelaire ineinander übergehen. *Ich entfachte tausend Feuer mit nur einem Funken.* Ist es möglich, durch Entzücken zu sterben? Ja. *Schönheit packt mich bis in den Tod.*

Es dauert lange, bis er aus seinem Nebel tritt. Nicht etwa, um den Flammen zu entfliehen, sondern, um diese Stimme wiederzufinden, die ihm entglitten ist. Der Sauerstoff ist knapp, er steht auf, läuft unbeholfen umher, macht es wie die anderen Soldaten und springt aus dem Fenster. Er landet in der Gasse, arbeitet sich hinkend durch das Gedränge und ruft dabei mit weit aufgerissenen Augen: »Wo sind sie?« Ihm brennt der Verstand. »Wo sind sie?«, fragt er in einem fort. In dieser Neumondnacht findet er sie nicht. Sie sind vor allen anderen in der Dunkelheit verschwunden, daran gewöhnt, abzutauchen.

Dem Dichter bleibt nur die Erinnerung, die er bis ans Ende seiner Tage mit krankhafter Sorgfalt wie einen Diamanten poliert. Sie hält ihn im Leben, lässt ihn stets nach ihr suchen, auch wenn er nur eine blasse Kopie von ihr findet.

> *Wo der Mensch, von dem die Hoffnung*
> *niemals ablässt,*
> *Um Rast zu finden, immer wie ein Verrückter*
> *rennt!*

TAGEBUCH EINES BABYLONISCHEN GELEHRTEN

November 2000

Ich bin davon überzeugt, dass Kunst den Menschen alles überstehen lässt. Auch wenn sein Leben nur noch an einem Stacheldraht hängt.

Seit Anbeginn der Zeit hilft sie dem Menschen aus den schlimmsten Gräueln. Als der Schwarze Tod wütete und die Menschen reihenweise starben, gab es Maler, die Leid und Schwefelgelb ernteten, um Fresken zu malen, gab es Bildhauer, die Stein so fein meißelten, dass Spitze daraus wurde. Und es wurden Kathedralen gebaut.

Und als Afrika ausgerottet wurde, um Amerika zu bepflanzen, was taten die Versklavten, als sie auf den Baumwollfeldern Blut schwitzten, um das Unerträgliche leichter zu ertragen? Sie sangen.

Kunst wurde in den Schützengräben des Ersten Weltkriegs gefunden. Wurde in den Vernichtungslagern gefunden.

Ich habe diese hundertjährige Musikerin gefunden, die mir sagte, sie verdanke ihr Leben einem Cello. Eine zierliche Dame mit lächelnden Augen und einem Gesicht so sanft wie ein Wiegenlied. Eine Überlebende des Holocaust. Sie entkam der Gaskammer, weil sie das große Glück hatte, den Bogen zu beherrschen, und Schubert unvergleichlich bravourös spielte. Sie sagte, wie gut es war, dass sie mit ihrer sensiblen Seite ihre Peiniger zu berühren vermochte.

Es heißt, die Genialität keimt im Schmerz. Es heißt, Sterne entstehen im Nebel. Braucht das Schöne Finsternis?

Und wenn das Schöne den Menschen alles überstehen lässt, kann es dann auch wahnsinnig und zwanghaft sein, bis es einem komplett den Verstand raubt?

Sarah wird ihn mithilfe von Musik ein weiteres Mal knacken. Ja, nach den Gedichten ist es die Musik.

Sie weiß von seiner Vorliebe für wohlklingende Noten, die er in der Stadt wie die Samen einer Immortelle verteilt. Erst gestern bestaunte sie mit Robin am Pointe-du-Moulin die Orgel in einer gusseisernen Skulptur, dieselbe, die eine stille Komplizenschaft herbeiführen sollte – das war, bevor eine Sirene all ihre Bemühungen zunichte gemacht hat. Heute wird sie ihn mit Musik ein weiteres Mal knacken. Denn nach einigen Tagen ohne irgendeine Nachricht von ihm begegnet sie ihm um 16 Uhr zufällig auf ihrem Heimweg. Der Phönix füttert gerade am Kanal im Schatten eines Autobahnträgers Vögel. Ihn plötzlich vor sich zu sehen, übermannt Sarah. Sie bleibt einfach auf dem Radweg stehen, kann weder weiterfahren noch auf ihn zugehen, sie will ihn nicht verjagen. Das Geklingel der anderen Radfahrer lässt den Phönix schließlich aufhorchen. Er dreht sich um, erkennt sie wieder und winkt ihr zu: »Florence! Florence!« Zu ihrer Überraschung ergreift er nicht die Flucht, sie hatte schon befürchtet, sich ihm nie wieder nähern zu können. Sie streift sich durchs Haar, steigt vom Rad und geht langsam auf ihn zu, möchte nichts überstürzen. Er wirkt nicht verängstigt, nur die Enten und Möwen fliehen vor dem quietschenden Drahtesel.

»Hallo, Soldat!«

Er lächelt sachte, sein Blick fesselt sie erneut. *Diese Augen!* Wie das Wasser einer Lagune, in das sie reinspringen möchte. »Sie ... Sie sind heute scheinbar gut drauf«, stammelt sie verwirrt. Und er mag ihre zarte Stimme, als wäre sie einem Kokon entschlüpft. Die Stimme eines Schutzengels.

»Wo waren Sie Freitagabend, Florence?«, fragt er sie geradeheraus. »Ich habe Sie gesucht.«

»Freitag?« (sich wieder fangend)

»Ja, Freitag, Florence. Es wurde wieder bombardiert, ich hatte Angst! Sie waren nicht da. Ich habe Sie gesucht.«

Bombardiert? Sie versteht nicht.

Er spricht weiter: »Das ganze Geschieße macht mich verrückt, macht mich verrückt.« Allein davon zu reden, raubt ihm den Atem. »Und, Florence! Am nächsten Tag ging es zur gleichen Zeit von Neuem los! Und wieder waren Sie nicht da.«

Samstag. Ach, das Feuerwerk!

Am Freitag das vom 1. Juli und tags darauf das erste vom Festival. Der Arme sollte sich lieber verschanzen, denkt Sarah, die *Internationale* hat gerade erst begonnen. Er muss den »Bombenangriff« einen Monat lang zweimal die Woche ertragen.

»Kein Grund zur Sorge, das ist nur Feuerwerk!«

»Feiern wir den Waffenstillstand?«

Sein Gesicht ist hoffnungsvoll und ungläubig zugleich.

»Wenn man so will, ja.«

Wie kann sie einen in diesem Maß geplagten Mann beruhigen? Da fällt ihr wieder ein: ihn mit

214

Musik noch ein Mal knacken. So wie eine Krankenschwester an der Front verabreicht sie ihm ein Beruhigungsmittel.

»Mögen Sie Jazz? Weltmusik?«

»Weltmusik ...«

Für den Bruchteil einer Sekunde ist er abwesend, hat sie ihn an das Mesopotamien verloren, aus dem er kommt. Sarah dreht auf. »Ich gehe mit Ihnen zum Jazzfestival!« Eine der Bühnen ist etwas abseits, und an einem Mittwoch dürfte nicht allzu viel los sein. »Ich habe da schon einiges an guter Musik entdeckt.« Sie erzählt von Soul, lateinamerikanischer und Roma-Musik, von *Afro-Cuban Jazz*, Swing, Cool, Funk und *World music*, unterscheidet die vielen verschiedenen Stile des Jazz. »Jazz ist eigentlich eine Art Babylon.« Sie achtet darauf, wie er reagiert, hat ihn tatsächlich am Haken. Seine Augen leuchten beinah wie die von Goldgräbern, die auf eine Goldader getroffen sind. »Ja, bitte, Florence, nehmen Sie mich mit!«

Sarah schließt ihr Rad an dem nächstbesten Bügel an, dann laufen sie weiter. Um eine Sache müssen sie sich noch kümmern. Das Stadtzentrum wird während des Festivals streng überwacht. Und der Phönix wird gesucht (muss daran erinnert werden). Sie bringt ihn in Gefahr, wenn sie ihn aus der Ecke des stillgelegten Silos, wo er geschützt ist, unter der Autobahn Bonaventure hindurchführt. Sie muss etwas finden, wie sie unerkannt mit ihm umherlaufen kann.

In Vieux-Montréal gehen sie in einen der unzähligen Touristenläden, die kanadische Souvenirs aus Asien verkaufen. Sie entscheidet sich für einen Hut à la Leonard Cohen und für eine Sonnenbrille, wodurch er zusammen mit seinen Shorts und dem knittrigen kurzärmeligen Hemd wie ein Musik liebender Tourist aussieht. Was er irgendwie ja auch ist. In der nächsten halben Stunde geht Sarah überaus langweiligen Aufgaben nach, etwa unauffälligem Spazieren mit einem Staatsfeind oder Absichern nach hinten, während sie sich zusammenhanglos mit ihm unterhält. Sie stellt ihm die albernsten Fragen. In welcher Sprache wird in Babylon gesungen? Welche Musik wird in Babylon gespielt? Darauf antwortet er, was für ihn offensichtlich erscheint: »In allen Sprachen! Jede Art von Musik!«

Gibt es eine Verbindung zwischen Babylon und der Kalahari? Oder zwischen Babylon und den Schützengräben in Gallipoli? Das letzte Wort lässt ihn erzittern, er fasst sich mit den Händen an den Kopf.

»Alles geht ineinander über.« Er dreht sich zu ihr. »Alles überlagert sich! Es genügt die kleinste Sache, ein einziger Funken.«

Ein Schmetterling schlägt in Brasilien mit den Flügeln und löst einen Sturm in Texas aus.

Sarah mag diese Theorie, sagt mit gedämpfter Stimme: »Ich verstehe.«

Mit etwas Geduld würde sie die Komplexität dieses überaus verwirrten Geists vielleicht verstehen können. Eines hat sie bereits begriffen: Es fällt ihm schwer, einen Gedanken auszudrücken, ohne dass sein Geist dabei umherschwirrt oder es einen Kurzschluss gibt. Sie muss sich vorsichtig in kompletter Dunkelheit vortasten. Eine Sanitäterin im Blackout.

»Ich bin froh, dass wir einander besser kennenlernen, Soldat!« Plötzlich wird ihr klar, wie absurd dieser Spitzname ist, den sie ständig ungeniert benutzt und der ihr nun ein schlechtes Gewissen bereitet. Ihn »Soldat« zu nennen, ist unangebracht. Eigentlich ist er ein zartes Geschöpf. Und dass andere ihn »Phönix« nennen, ist nicht besser. Es ist zu unpersönlich, rückt ihn in den Fokus, wohingegen er doch zurückhaltend und unergründlich ist. Ganz und gar nicht eingebildet. In Gedanken vertieft bleibt sie stehen. Er ebenfalls.

»Wie möchten Sie genannt werden?«

Er sieht sie schweigend an. Sie läuft wieder los, er ebenfalls.

»Sie brauchen einen Künstlernamen.« Sie überlegt. »Django!«

Er kam ihr plötzlich in den Sinn, ein Name, der ihn in seinem Fall ehrt.

»Gefällt er Ihnen?«

Der umbenannte Soldat ist nicht verärgert, er lächelt. Ab sofort nennt sie ihn Django. Der Name passt wie angegossen.

»Er war ein Jazz-Manouche-Musiker, ein staatenlosen Künstler. Auch er hat den Krieg erlebt.«

»...«

»Ein umherziehender Musiker wie Sie.«

Sarah bleibt wieder stehen, *und mein Vater*. Sie unterdrückt einen Seufzer, *noch so ein Unbekannter*. Django sieht sie von der Seite an, lächelt immer noch. Sie lächelt zurück.

Um Punkt 17 Uhr sind sie auf dem Festival, stehen vor der Club-Jazz-Bühne, die beliebt ist, weil sie nicht zu groß ist. Großzügig spendiert Sarah eine Runde Bier und Hotdogs, nicht ahnend, dass der arme Kerl eigentlich in Geld schwimmt. Als Erstes tritt eine brasilianische Jazz-, Swing- und Sambaband auf, die das Publikum mit Gitarren und hemmungslosen Blasinstrumenten elektrisiert. Der musikalische Mix begeistert Sarah, die in die Hände klatscht, und gefällt auch Django, der mit dem Fuß wippt. Seine Aufmerksamkeit gilt ganz und gar der Bühne. Sarah nutzt das und tippt schnell eine Nachricht für Régine in ihr Handy: »Bin vorm Club Jazz mit Phönix.« Nachdem die SMS gesendet ist, konzentriert sie sich wieder auf die Musik und kriegt in der nächsten halben Stunde nicht mit, dass ihr Telefon klingelt.

Unter tosendem Applaus verlässt die brasilianische Band gegen 18 Uhr die Bühne. Django trampelt noch immer mit den Füßen, auch nachdem der Beifall längst abgeklungen ist. Er dreht sich zu Sarah und fängt zu reden an in einer Sprache, die sich wie Latein anhört. Wahrscheinlich ist es die Sprache, in der gerade noch auf der Bühne gesungen wurde. Portugiesisch. Das bedeutet, dass die

Musik in seinem Gehirn einen Schalter umgelegt hat, genau so, wie sie es auch schon im Treff beobachtet hat, wenn er von Französisch zu Englisch wechselte und von Arabisch zu Kantonesisch, je nachdem, wer gerade miteinander sprach. *Er ist so unglaublich begabt*, denkt Sarah.

Da kreuzt plötzlich Régine auf. Sie tut so, als würde sie ihre Freundin »ganz zufällig« hier treffen, und grinst dabei hämisch. Sarah reagiert wie immer mit einer Umarmung, während der sie ihr zuflüstert: »Sehr scharfsinnig, meine Liebe.« Und ergänzt: »Starr ihn nicht so an, sonst verjagst du ihn noch.«

Noch vor einer Stunde war Régine auf dem Bois Summit unterwegs, um frische Luft zu schnappen. Von den drei Anhöhen der Stadt ist sie die unbekannteste und am schwersten zugängliche. Régine zieht sich dorthin zurück, um nach einem herben Rückschlag oder einem Streit Dampf abzulassen. So wie heute nach dem Anruf vom Collège, wo Lucas unterrichtet wird (Régine würde es »perfektionieren über den Sommer« nennen). »Ihr Sohn ist heute Nachmittag nicht im Unterricht«, ließ die Direktorin sie wissen. Der Mutter gefror das Blut in den Adern. Sie verließ das Labor, eilte nach Hause und fand dort den Teenager in seinem Zimmer, wo er gerade in *Hundert Jahre Einsamkeit* vertieft war.

Sie stritten heftig. Weil er alles hinschmeißen wollte, die Sommerkurse, die Schule, das Klavier. Und sie ihm ihre in Stein gemeißelten Argumente

an den Kopf warf ... Wie kann er alles hinschmeißen wollen, wo er doch so heraussticht? Mit dem
Lesen von Wälzern, auch wenn es das Monumen-
talwerk von García Márquez ist, verdient er sich
keine Sporen dazu! »Hättest du doch nur etwas
mehr Ehrgeiz!« Wie gewöhnlich endete der Streit
damit, dass Türen geknallt wurden, Lucas sich
in Schweigen hüllte und seine Mutter auf den
Berg stieg, während sie nacheinander an der Zigarette und am Asthmaspray zog. In der frischen
Luft und der Ruhe findet sie wieder zu sich. Die
Aussichtsplattform bietet ihr einen unverbauten
Blick auf das Stadtzentrum, den Fluss, Westmount und Saint-Henri, auf die Etappen, die sie
in den letzten vier Jahrzehnten gemeistert hat.
Normalerweise genügt das, um sie zu beruhigen. Doch heute funktioniert es nicht. Als sie auf
Saint-Henri schaut, muss sie sogar schluchzen.
Die Doktorin Lagacé vergießt nicht oft Tränen.
Ihr Mutterherz leidet jedes Mal eine Viertel-
stunde lang. So wie damals am Ufer des Kanals
im dunklen Rauch des Arbeiterviertels. Weil
die Gleichgültigkeit ihres Sohnes ihr das Gefühl
verleiht, wieder vom Pech verfolgt zu sein. Was
zeigt, dass Geld ein unzureichendes Reinigungs-
mittel ist. Gerade als sie ihre Verbitterung in ein
Taschentuch schnaubt, erhält sie die SMS ihrer
Freundin: »Bin vorm Club Jazz mit Phönix.«

Der Phönix.

Sofort hebt sich ihre Laune. Régine versucht
vergeblich, Sarah zu erreichen, die sich taub stellt

und offenbar nicht darum schert, für welche Aufregung sie gesorgt hat. Völlig am Ende mit den Nerven hastet sie den Berg hinunter und springt in ihren Audi, um schnellstmöglich das Stadtzentrum zu erreichen. Und jetzt steht dieser seltene Vogel vor ihr. *In Fleisch und Blut.*

Sarah stellt die beiden vor: »Django, das ist meine Freundin Régine.«

Régine zieht die Augenbraue hoch. »Django?«

Sarah verzieht keine Miene, Django kratzt sich den Nacken, Régines Ankunft hat ihn scheinbar verstimmt. Er grüßt sie, ohne sie anzusehen, hätte sie ohnehin nicht wiedererkannt. Außerhalb seiner Zufluchtsstätte hat die Pietà keinen Heiligenschein mehr.

»Auch Régine liebt Musik«, sagt Sarah, um den Fehlstart wiedergutzumachen. »Sie arbeitet sogar mit Musik.« Damit hat sie ins Schwarze getroffen. Django hebt neugierig seine Sonnenbrille hoch.

»Sie sind Musikerin?«, fragt er sie auf Französisch.

Sein Rasputinblick lässt Régine im Gegensatz zu Sarah sofort misstrauisch werden. Sie heftet ihre Argusaugen auf ihn, erwähnt ihr Fachgebiet, das menschliche Gehirn, das sie bis in die winzigsten Ecken erforscht, um es zu entschlüsseln und zu heilen: »Musik ist mein Werkzeug.« Sie macht eine Pause, um zu sehen, wie das Gesagte auf ihn wirkt. Er regt sich nicht, hält ihrem Blick stand, wie er es nur selten tut.

Sarah fühlt sich dabei unwohl. *Warum ist sie nur so rabiat?* Sie weiß nicht, dass Régine schlecht drauf ist und deshalb so vorprescht. Gleichmütig redet die Akademikerin weiter, erzählt bis ins Detail von all den Apparaten, mit denen sie Gehirne in Aktion beobachten kann, und dass sie die Musik wegen ihrer belebenden Wirkung ins Zentrum ihrer Untersuchung gestellt hat. »Mein Forschungslabor.«

Sarah ist ganz nervös, *jetzt fühlt er sich bestimmt bloßgestellt und sieht zu, dass er Land gewinnt!*

Doch zu ihrem Erstaunen zuckt Django nicht mal mit der Wimper. Er hält Régines Blick weiter aus in diesem Spiel des gegenseitigen Beobachtens. Wer kann dem anderen tiefer in die Seele schauen. Und sie auseinandernehmen. Nach einer unendlich langen Minute, die Sarah peinlich ist, setzt der Mann seine Sonnenbrille wieder auf und gibt, auf seine Eingangsfrage zurückkommend, unmissverständlich zu verstehen: »Sie sind Musikerin.« Nur ist es keine Frage mehr, sondern eine Feststellung. Während seiner psychischen Bohrung ist er auf Erz gestoßen.

»Nein, das bin ich nicht. Ich habe kein Klavier mehr berührt, seit ich zehn war.«

»Und warum nicht?«, fragt er ohne Umschweife. »Warum nicht?«

Und Sarah: »Stimmt, Régine. Warum hast du damit aufgehört?«

Wie soll sie das erklären? Wie soll sie erklären,

dass damals, als vor 35 Jahren der Gerichtsvollzieher ihr Klavier beschlagnahmt hat, er genauso gut ihre Arme hätte abschneiden können. Wie soll sie erklären, dass in ihrer beschwerlichen Jugend das Unerträglichste war, das Klavier zu verlieren, dass sie dieser Verlust schwer mitgenommen hat, noch mehr als die Beerdigung ihres Vaters. Und wie soll sie erklären, dass sie Jahre später, als sie ihr geliebtes Klavier zurückgekauft hat, entsetzt feststellen musste, dass sie aus der Übung war und kein Arpeggio mehr spielen konnte, ohne dass ihre Finger zitterten. Dann das Klavier lieber gar nicht mehr anfassen. Heute überlässt sie es ganz ihrem Sohn. Ein zu bedauernder Schutzmechanismus, das weiß sie aus all den öden Werken der Psychoanalyse, mit denen sie sich herumschlagen musste – deswegen hasst sie diesen bescheuerten Frauenfeind Freud nur noch mehr. Aber es ist stärker als sie, sie projiziert sich auf ihn. Sie stirbt eher, als dass sie das zugibt, und sagt nur: »Wenn mein Spiel nicht perfekt ist, spiele ich eben gar nicht.« Und das macht Sarah wütend. Weil sich Régine nur mit Meisterwerken zufrieden gibt, *und das verlangt dieser Sturkopf auch von anderen.* Natürlich behält Sarah den Gedanken für sich, weiß, wie sehr er Régine verletzen würde. Bei dem Wort »perfekt« fängt Django an, sich heftig am Kopf zu kratzen, er tobt los: »Schon wieder Perfektion! Citius, altius, fortius!« Die beiden Frauen erschrecken sich.

Régine erklärt sogleich Sarah: »Das ist das Motto der Olympischen Spiele. Schneller, höher, stärker.« Und auch Django richtet seine Schimpftirade nun an sie.

»Schönes sollte nicht perfekt sein! Sollte das unglücklicherweise doch so sein, verliert es jeglichen Charme. Perfektion ist wie Porzellan, Florence.«

»Weil sie zerbrechlich ist?«

»Weil sich bei genauerer Betrachtung zeigt, dass sie rissig ist.«

Dann wechselt er das Thema. »Florence, bitte, wie spät ist es? Ist es Zeit für Musik?« Auf der Bühne sind die Tontechniker noch mit dem Soundcheck zugange.

»Gleich, Django. Der nächste Auftritt geht gleich los.«

Zum Missfallen von Régine, sie ist nicht wegen der Konzerte hier, sondern wegen ihrer Forschung. Die verbleibende Zeit nutzt sie für ihr Lieblingsthema.

»Sarah hat erzählt, Sie spielen fehlerfrei Rachmaninow. Haben Sie etwas übrig für Komponisten aus Russland?«

Sie betont das letzte Wort.

Das scheint Django zu entgehen.

»Aus Russland, ja, ich mag die aus Russland …«

Régine notiert das, als würde seine musikalische Vorliebe zu seiner Identität führen. Nur spricht er noch weiter.

»… und auch die aus Deutschland und Österreich. Die aus Italien sind auch nicht zu vergessen! Genauso wenig wie die aus Amerika, China und Japan. Ach! Beinah hätte ich Frankreich vergessen, oh, là, là! (seine Augen werden feucht) Debussy, Satie. So viele Meister! Es gibt sie überall.«

Sarah muss glucksen. Régines Enttäuschung ist wegen dieser zusammenhanglosen Aufzählung nicht allzu groß, sie ist vielmehr wegen des Letztgenannten überrascht. »Satie?« Beim Namen des Komponisten, den ihr Sohn vergöttert, kommt der grauenhafte Nachmittag wieder hoch, die Wunde ist noch frisch. Der Phönix nimmt in ihrem Blick den vorbeiziehenden schwarzen Schmetterling wahr, der ihm selbst so vertraut ist.

Er sagt: »Manchmal zeigt sich der Glanz nicht in dem, was perfekt ist, sondern in dem, was einfach ist.«

Régine fehlt die Kraft, um zu widersprechen. »Mein Sohn liebt Satie abgöttisch«, sagt sie ganz leise. Sarah hört die Traurigkeit in ihrer Stimme. *Etwas ist zwischen Lucas und ihr vorgefallen.*

Régine wechselt das Thema.

»Django, Sie kommen also aus Babylon?«

»Stimmt, Babylon.« (er besinnt sich anders) »Aber es ist nur ein Bild, eine Leinwand.«

Hm, eine Leinwand. Régine sieht wieder die Fata Morgana in der Wüste auf dem Tankwagen vor sich.

»Meinen Sie Brueghels Babel? Sie kommen aus einem flämischen Gemälde?«

Er empört sich: »Nicht doch! Nein! Dieses Babel ist zu absurd.«

Die Frauen sehen einander perplex an. Sie gehen gern darauf ein, und sei es nur, um einen Schnipsel von seiner Identität zu erhaschen. Doch der Illusionist verurteilt, was er selbst geschaffen hat! Lässt nicht locker.

»Brueghels Gemälde enthält zu viel Unheil. Ich bevorzuge Ziem oder Decamps. Ja, ich komme lieber aus einem Decamps. Darin ist mehr Sanftheit und Licht.«

Damit besteht keinerlei Zweifel mehr, dass sich die Sympathie des Phönix am besten mit Kunst gewinnen lässt. Er ist ein Künstler des höchsten Grads, denkt Régine, dem des Wahnsinns.

Um 19 Uhr beenden die Leute um sie herum ihre Gespräche, um einer neuen Gruppe auf der Bühne zu applaudieren. Der Blick ins Programm lässt Sarah freudig aufjauchzen. Die südafrikanische Band würdigt die Kämpfer der Apartheid. Damit hat sie sie sofort erobert. Djangos Augen wandern bei der Erwähnung Afrikas sofort zur Bühne, schon der erste Trommelschlag zieht ihn in den Bann. Zur Trommel gesellen sich nacheinander die Blasinstrumente, das Klavier, die Gitarren und schließlich der Gesang, es ist eine schillernde bunte Vielstimmigkeit. Während Sarah anfängt zu tanzen, steht Régine reglos da, zeigt die Neugierde von Feingeistern. Der Phönix hingegen ist in eine andere Zeit, an einen anderen Ort versetzt, seine Augen lodern.

Die Zeit vergeht wie im Flug. Sarah schwebt tanzend über den Boden und Django in seiner eigenen Galaxie. Régine sieht nicht mehr zur Bühne, sondern zum Phönix, beobachtet ihn und analysiert jede noch so kleine Geste und seine Ticks, so als wäre er einer ihrer Probanden.

Um 19:50 Uhr hat die Band so langsam den letzten Ton aus ihren Wirbeln geblasen. Doch bevor sie von der Bühne geht, möchte sie noch der einmaligen und fulminanten Mama Africa ihre Ehre erweisen. Sie spielt die erste Strophe von *Qongqothwane* an.

Sarah hüpft vor Freude: »Das ist der *Click Song!*«

So nennen diejenigen das Lied, die den Titel mit den kurzen Klicklauten, wie sie in überaus komplexen afrikanischen Sprachen typisch sind, nicht aussprechen können. Régines heftet ihren Blick noch immer auf ihren Probanden, der seinerseits gierig die Bühne fixiert, zwei Raubtiere auf der Lauer.

»Was war das noch mal für ein Lied?«, fragt Régine.

»Der *Click Song* von Miriam Makeba.«

»Und in welcher Sprache singt Madame Makeba?«

Sarah gibt zu, dass sie das nicht weiß, zumal es in der Spitze von Südafrika ein ganzes Mosaik aus verschiedenen Völkern gibt. Régine erträgt es nicht, wenn sie etwas nicht weiß und recherchiert es gleich mit ihrem Handy. Während das

Lied im tosenden Beifall der Menge verklingt, findet sie die Antwort: »Zu deiner Information, es ist isiXhosa«, und fügt noch leise hinzu: »Sag es ihm nicht gleich, lass ihn erst etwas sagen.«

Kurz nach 20 Uhr hat sich das Publikum bereits in alle Winde verstreut, vor der Bühne ist es ruhig geworden. Régine summt die Melodie des Songs, gibt sich dabei ganz lässig, lässt sogar dissonante Schnalzer einfließen. Sarah muss sich auf die Zunge beißen, um nicht laut loszulachen, *als würde sie versuchen, ein Fohlen abzurichten*. Ihr seltsames Vorgehen hat unerwarteten Erfolg. Django, der immer noch auf die Bühne starrt, antwortet mit ähnlichen, viel geschmeidigeren Schnalzern. Régine zeichnet es heimlich mit dem Handy auf. Auch wenn sie nichts versteht, hört sie doch ein paar Eigenarten heraus.

»Hör zu«, flüstert sie Sarah zu.

Die antwortet mit großen Augen: »Würde ich ja, ich versteh aber die Sprache der Xhosa nicht.«

Régine beugt sich wieder zu ihr: »Es ist nicht das, was wir gerade gehört haben. Es ist komplexer, hat noch mehr Klicklaute.«

Sarah hört zu, nickt zustimmend. »Verstehe, vielmehr höre ich es. Vielleicht eine seltene Sprache.« Sie denkt an die Kalahari, von der Django immer wieder spricht. Régine dagegen ist verwirrt. Dass er Französisch und Portugiesisch, ja sogar Mandarin beherrscht, gut. Die Sprachen sind alle weit verbreitet, Millionen Menschen sprechen sie. Aber dass er so gekonnt eine Sprache aus dem tiefsten Afrika beherrscht, grenzt an Zauberei!

»Wir müssen einen Weg finden, wie wir ihn in mein Labor kriegen.«

Sie war eine Spur zu laut. Die Worte erhitzen Django, der sich an den Kopf fasst. »Nein, niemals! Ich bin keine Laborratte!«

Sarah muss diesen groben Schnitzer unbedingt wiedergutmachen und sein Vertrauen zurückgewinnen. »Natürlich nicht, Django, wir zwingen Sie zu nichts!«, sagt sie und schaut Régine mit großen Augen an. Die misstraut ihm noch immer, was auf Gegenseitigkeit beruht.

Sie sagt: »Na gut! Ich fahre jetzt nach Hause, Lucas wartet auf mich.«

Wer's glaubt, denkt Sarah.

Tatsächlich hat es Régine eiliger, die aufgezeichnete Audiodatei zu analysieren. Das Aufeinandertreffen mit ihrem Sohn kann noch warten. *Wie spät ist es wohl gerade in Südafrika?* Bestimmt schon Nacht. Auf jeden Fall zu spät oder zu früh, um den Fachbereich für Linguistik an der Universität des Kaps anzurufen. Trotzdem ist es besser zu verschwinden, während Sarah versucht, den aufgedrehten Django zu beruhigen, der pausenlos wiederholt: »Ich bin keine Laborratte, nein, ich bin keine Laborratte!«

Zum Abschied umarmt sie Sarah kurz und flüstert ihr dabei ins Ohr: »Er riecht wirklich nach Seife, aber ich sage dir, hinter seiner Genialität verbirgt sich etwas Schmutziges.«

Dann geht sie. Sarah fehlt die Zeit, um sich darüber aufzuregen, Régine ist genauso schnell wieder weg, wie sie gekommen ist.

Dass die Forscherin fort ist, wirkt sich sofort positiv aus, Django beruhigt sich.

»Florence, warum verkehren Sie mit so einer Person? Sie sind so nett, ein wahrer Engel.«

Der Engel lächelt traurig.

»Das hat Lucas mich auch gefragt. Er lehnt sich ständig gegen seine Mutter auf.«

»Der Lucas, der Satie mag?«

»Ja, es ist verrückt, wie sehr ihr zwei euch ähnelt. Er ist ein talentierter, sehr zurückhaltender Pianist. Sie würden ihn bestimmt mögen.«

»Lucas«, wiederholt er.

Für Sarah steht fest, dass sich die beiden kennenlernen müssen. Régine darf davon natürlich nichts mitbekommen. Wäre bestimmt dagegen (Seufzen), *zu bockig*. Zu Django sagt sie: »Sie ist kein böser Mensch und eigentlich sogar sehr sensibel. Ja, sie hat einen dicken Schädel, doch wenn man es genau betrachtet, dient er einem guten Zweck. Ihre Hartnäckigkeit hat nur ein Ziel, in der Musik ein Mittel gegen die schlimmsten Krankheiten finden.«

Er verzieht immer noch das Gesicht. »Ich bin keine Laborratte.«

Okay, denkt Sarah, *lassen wir das*. Sie begleitet ihn wieder zum Kanal, wo sie auch ihr Rad abgestellt hat. Sie lassen sich Zeit, bleiben in Griffintown an einem der öffentlichen Klaviere stehen.

»Django, sehen Sie! Bitte spielen Sie ein Lied für mich! Spielen Sie Satie!«

Dieser Aufforderung kommt er gerne nach. Er setzt sich ans Klavier, schließt die Augen und legt seine langen Finger auf die Tasten.

Die ersten Töne sind dezent, folgen ruhig aufeinander. Ein paar flauschige Flocken Schnee. *Diese Hände!*, denkt Sarah gerührt. *Diese grazilen Finger!* Von Zeit zu Zeit presst er die Lippen zusammen, runzelt die Stirn, ist absorbiert von jeder einzelnen Note. Er scheint mit mehr Hingabe zu spielen als bei Rach 3, Sarah erzittert. Er spielt so sanft, so herzerwärmend, so … *himmlisch.*

Er ist ein Übermensch.

Sarah schmilzt dahin, ihr Herz gerät aus dem Takt, fängt an zu flattern. *Einatmen … Ausatmen …*

Genau so reagierte ihre Mutter Ende der 1970er Jahre, als sie dem hübschen Saxofonisten lauschte. Diese von ihrer Mutter vermachte Achillesferse ängstigt sie.

Sie versucht sich gerade zu zügeln, als sie feststellt, dass der Pianist ihr etwas zugeflüstert hat. Sie beugt sich zu ihm.

»Bitte was?«

»Manchmal zeigt sich der Glanz nicht in dem, was perfekt ist, sondern in dem, was einfach ist.«

»Aha …«

Und doch ist es himmlisch, ganz und gar himmlisch, denkt Sarah mit geröteten Wangen.

Nachdem er das Lied zu Ende gespielt hat, öffnet er die Augen.

»Es ist eine seiner *Gymnopédies*.«

»Aha ...«

»Gymnopaedia ist griechisch und bedeutet ›nackt tanzen‹.«

Sarah errötet noch mehr. *Schnell das Thema wechseln, sonst drehe ich noch durch*, sie schaut auf die Uhr. »Schon neun Uhr dreißig. Ich muss bald nach Hause.«

Sie gehen weiter in Richtung Süden. Sarah versucht, so gut es geht, die Stille zu füllen.

»Das letzte Konzert war gut.«

»Gut? Oh, Florence, gut wird dem nicht gerecht! Vielen, vielen Dank, Sie sind so gut zu mir!«

Sarah wird wieder ganz heiß, sie stammelt: »Es war mir ein Vergnügen.« Dann beschließt sie aus heiterem Himmel, mit den beruflichen Vorgaben zu brechen.

»Django, ich glaube, wir können uns duzen.« Sein Gesicht strahlt.

»Wir können uns gerne duzen!« antwortet er fröhlich und erfreut über seine neue Freundin.

Trotzdem nimmt seine Fröhlichkeit ab, je näher sie an den Ort gelangen, an dem sie sich getroffen haben. In der milden Abendluft nimmt Sarah eine Bedrohung wahr. Ihr ist, als höre sie einen Teekessel leise pfeifen oder ein dumpfes Brummen, das einem Alarm vorausgeht. Django scheint es genauso zu gehen, sie spürt, wie seine Anspannung steigt. Er redet nicht mehr. Hat immer mehr Ticks, die er nicht steuern kann, er kratzt sich am Bart, reibt sich die Schläfen und läuft auch anders. Er hinkt.

»Django, alles okay?«, fragt sie ihn besorgt. Er antwortet nicht, verscheucht unsichtbare Fliegen. Es ist beunruhigend. Dann stammelt er: »Florence, eine Kugel naht.« Seine Stimme ist so schwach, wie sein Gesicht bleich ist. Doch die Luft ist still, zu hören ist nur der Lärm der Stadt und das entfernte Wusch-Wusch eines Helikopters. *Ist es der Heli, der ihm Angst macht?*

Die Antwort erfolgt um Punkt 22 Uhr, als die ersten Raketen in den Himmel schießen. Für gewöhnlich ist es etwas Schönes, doch nicht heute. *Shit, das Feuerwerk!* Als sie explodieren, wirft sich Django auf den Boden. Dabei zerbricht seine Brille und rollt der neue Hut in den Kanal. »Oh nein!«, wiederholt Sarah, während er von Krämpfen geplagt kriechend über den Boden nach einem Unterschlupf sucht. Sie eilt ihm sofort zu Hilfe. »Beruhige dich, Django, es ist nur ein Feuerwerk! Erinnerst du dich, ein Feuerwerk!« Er hört sie nicht, möchte nur noch ein Loch finden, in dem er in Deckung gehen kann. Aufopferungsvoll fährt Sarah die großen Geschütze auf, wirft sich ebenfalls auf den Boden, um ihn zu beruhigen und ihn mit ihrem Körper zu schützen. »Beruhige dich, ich bin ja da!« Er starrt sie mit großen Augen an, atmet keuchend wie ein Soldat, der glaubt, lebendig begraben zu sein. Er stößt sie, seinen Schutzengel, weg. Django zittert am ganzen Körper, steht auf, kann weder seine Bewegungen steuern noch klar denken. Sarah bleibt niedergeschmettert liegen, ist machtlos gegenüber seinem Anfall von Wahnsinn.

Ihr bleibt nur eins. Sie greift ihr Handy und filmt ihn für Régine und ihren Mann, einen Experten auf dem Gebiet der Psychosen. Vielleicht kann Timothy erkennen, woran er leidet, und mit etwas Glück ein wirksames Mittel verschreiben. Während sie noch filmt, rennt der wahnsinnig Gewordene davon, vornübergebeugt, so als drücke ihn eine schwere Last zu Boden. Dann verschwindet er in einem Schlund unter der Autobahn Bonaventure, genau in dem Moment, als ein Helikopter mit einem Höllenlärm durch den flackernden Himmel fliegt.

SAIGON, SÜDVIETNAM, APRIL 1975

I'm dreaming of a white Christmas
Just like the ones I used to know
Where the treetops glisten
and children listen
To hear sleigh bells in the snow

Selten klang ein Weihnachtsklassiker so pathe-
tisch wie in dem Moment, als die Panzer der Nord-
vietnamesen auf Saigon zurollen.

Als der junge Koch Lê Vân Minh diese surrealen Zeilen am Morgen des 29. April im Radio hört,
fällt ihm das Hackbeil aus der Hand, das wie die
Schneide einer Guillotine auf den Küchenboden
der amerikanischen Botschaft stürzt.

*»The temperature in Saigon is 105 fahrenheit
and rising.«*

Der Koch stellt das Radio ab. Es war eindeutig, er wurde vorgewarnt. Sobald der Weihnachtsklassiker läuft, wird evakuiert. Er hatte die
Anweisung nicht ernst genommen, glaubte wie
alle nicht an die Kapitulation. Doch das Wusch-
Wusch der amerikanischen Helikopter da draußen ist real, dröhnt wie das Getrommel einer
Apokalypse. Für Vân Minh ist es tatsächlich der
Weltuntergang. Er hebt das Beil auf, wischt es mit
seinem Geschirrtuch sauber und legt es zurück
auf die Arbeitsplatte. *Wie spät ist es?* 10:57 Uhr.
Der Koch schaut aus dem Fenster der Botschaft,
deren Hof inzwischen ein Ort der Zuflucht ist. Zu

Tausenden strömen Asylsuchende herbei. Vân Minh sieht, wie die Marines hinter dem Kanzleigebäude die Autos vom Parkplatz fahren und auch Bäume fällen, sogar die große Tamarinde. Es zerreißt ihm das Herz. Er ist vermutlich der Einzige, der das Schicksal des hundert Jahre alten Baums beweint, da gerade die Stadt zusammenbricht und der Flughafen unter dauerhaftem Beschuss steht. Deshalb brauchen die fliegenden Ungetüme der US Air Force eine alternative Landezone. Das Dach der Botschaft reicht nicht, um die vielen verzweifelten Menschen zu evakuieren, die den einzigen Ort der Zuflucht überfluten. Also weg mit der Tamarinde.

Um 11 Uhr erscheint General Foster in der Tür der Küche. Er ist extra wegen seinem *cook* gekommen. Die Katastrophe liest sich als Panik in seinen Augen. »Lê Vân Minh, nimm deine Sachen und ab mit dir aufs Dach, sofort! Der Abwasch muss warten!«

Der Koch hat Glück. Er hat sich die Gunst hoher Offiziere und auch von Diplomaten verdient. Nur wenige Einheimische können sich mit Beziehungen zu ranghohen Vertretern der amerikanischen Armee rühmen, was ihnen gerade heute zu einem direkten Passierschein für die USA verhilft. Während die Panzer des Vietcong Saigon immer näher kommen, hat er einen Platz im Helikopter auf dem Dach. Eine unverhoffte Gelegenheit. Oder verdiente Ehre. Denn trotz seiner jungen Jahre hat sich der Koch mit manch einem

Cordon bleu selbst übertroffen, sein Wissen in der Kunst des Abschmeckens ist unübertroffen. Sein Ruf reicht weit über das Botschaftsgelände hinaus, sodass sich die ganze westliche Elite während ihres Besuchs in Saigon an seinen Gerichten ergötzte. Damit zählt er heute zur Gruppe der »Unentbehrlichen« und zu den Südvietnamesen, die vorrangig evakuiert werden. Vân Minh weiß, dass er Glück hat. Als er aus der familiären Kaschemme geholt wurde, um für die Herren der Botschaft zu kochen, kletterte er schnell die Kochleiter hinauf, was ihn von dem Guerillakrieg, der im Dschungel tobte, und auch von dem Schlamm, der mit Fallen, Minen, Schlangen und Granaten gespickt war, also allem, was einem um die Ohren fliegen kann, fernhielt. Dafür wird er General Foster immer dankbar sein.

Doch an diesem Morgen ist er nicht bereit, ihm aufs Dach zu folgen. Um 11:02 Uhr steht er immer noch reglos vor dem General, ist unter den gegebenen Umständen die Ruhe in Person.

»Komm, Lê Vân Minh!«, wiederholt sein Vorgesetzter, dessen Unverständnis immer größer wird. Der junge Koch sucht nach den richtigen Worten in einer Sprache, die er kaum beherrscht.

»Unmöglich, mein General. Nicht jetzt. Ich erst nach Hause gehen.« Was seinem Gegenüber die Sprache verschlägt. *Erst nach Hause?*

»Lê Vân Minh!«, versucht er, seinen Schützling zur Vernunft zu bringen. »Es gibt nichts, was dich hier hält. Und jetzt komm!«

Falsch, denkt der Koch. Ohne sie kann er nicht gehen.

Der General versucht, ihn durch Schreckensszenarien zu überzeugen: »Bleibst du, und die Vietcongs finden dich, jagen sie dir eine Kugel in den Kopf, das weißt du, dann war's das mit dir und deinen himmlischen Suppen.« Der junge Mann regt sich immer noch nicht. Er versucht es anders. »In Amerika wärst du frei, hättest ein eigenes Restaurant, könntest es weit bringen. Und jetzt komm!«

»Sorry, mein General.«

Vân Minh bewegt sich kein Stück. *Es ist zu wichtig.* In der Ferne sind die Schüsse der Granatwerfer zu hören, der Feind rückt näher, hat die Stadtgrenze vermutlich schon erreicht. Die Nerven des Generals liegen blank, er verschwindet, aber nicht ohne einen letzten Versuch zu wagen. »Sei vor Tagesanbruch wieder hier, ansonsten ist kein Helikopter mehr da.«

Um 11:12 Uhr ist der General auf dem Dach und Vân Minh auf dem Weg nach unten. Er nimmt die Treppe, die in den Hof der Botschaft führt, der voll mit Menschen ist, die nur tröpfchenweise evakuiert werden können. Die Marines mussten die Tore schließen, weil es zu voll wurde, doch die Zivilisten strömen weiter in Scharen herbei, klettern über die Mauern. Viele werden von den GIs abgewiesen, sie erfüllen nicht in die Evakuierungskriterien – haben keinen Passierschein. Der Koch bahnt sich seinen Weg durch die Massen bis zum Eingangstor. Seine Bitte, rausgelassen zu werden, überrascht die Wachposten. *Raus?* Sie sind damit beschäftigt, die vielen unglücklichen Menschen, die versuchen, auf das amerikanische Gelände zu gelangen, zurückzudrängen, *und dieser Witzbold will raus?* Im Hof warten 2500 Personen darauf, mit dem Helikopter ausgeflogen zu werden, vor dem Tor drängen sich an die 10 000 weitere, die hereinwollen. »Wenn er rauswill, soll er raus«, sagt ein Wachposten mit einem Schulterzucken. Sie helfen dem Verrückten über die Mauer.

Draußen ist das Gedränge groß und reicht bis in die benachbarten Straßen. Vân Minh kommt gegen die Menschenwelle, die anbrandet wie eine Monsunflut, kaum an. *Wenn ich hier nicht rauskomme, gehe ich unter.* Er meidet besser die Boulevards der Franzosen und taucht ein in das Labyrinth aus alten schlauchartigen Straßen, das er bestens kennt. Eine gute Entscheidung. Der Tumult nimmt ab, die Schreie werden von den engen Gassen geschluckt, die wirken, als lägen sie unter der Erde, so wenig ist zwischen all den Vordächern vom Himmel zu sehen. Er befindet sich im Auge des Taifuns, denkt Vân Minh. Er kann wieder klar denken. Es ist auch etwas frischer geworden, wenn sich das so sagen lässt, im schwülen und feuchten April mit Temperaturen von mehr als 40 Grad. »Um dieses verdammte Klima in diesem verdammten Land zu ertragen, muss man hier geboren sein!«, beklagte sich General Foster ständig, bald ist es damit vorbei.

Vân Minh hingegen macht die Hitze nichts aus. Er kennt es nicht anders. Auch das Geflecht der Straßen bringt ihn nicht aus dem Konzept, er windet sich wie ein Wels in den Kanälen der Stadt durch sie hindurch. Nur die Ruhe überrascht ihn. Wer hier kommt und geht, geht seinen Aufgaben nach, blendet das nervöse Ballett der Helis, das Gezische des Krieges und das entfernte Brummen der Vietcong-Panzer aus. Haben diese Saigoner die Ankündigung der Apokalypse verpasst? Haben sie nichts von der weißen Weihnacht in den Tropen gehört? Nein. Und selbst wenn, hätte sich für sie nichts geändert. Sie kennen den Krieg, hatten ihn schon immer vor der Tür. Sie haben bereits die Franzosen, Japaner und Amerikaner vorbeigehen sehen, jetzt sind es eben die Kommunisten. Seit einem guten Jahrhundert geben sich die Angreifer die Klinke in die Hand. Der letzte kommt wenigstens nicht aus Übersee. Vân Minh schaut sich um. Nein, diese Leute haben nichts zu befürchten, weder heute noch morgen, haben sich nie mit dem Teufel verbündet. Ihre Gassen werden intakt bleiben, wenn das Paris des Ostens fällt und die kolonialen Fassaden niedergerissen werden. Hier ist alles unverändert, und das wird auch so bleiben, nur ohne die unnütze Anwesenheit der GIs und anderer Kolonialisten. In den umliegenden Kaschemmen wird weiterhin Suppe verkauft, plaudern Betel kauend die Händler, lachen die Kinder, die mit zu großen Fahrrädern unterwegs sind. In einer der Bruchbuden sieht er eine Familie beim Essen. Nein, sie haben nichts zu befürchten. Vân Minh würde gern mit ihnen tauschen. Er gehört zu denen, die sich auf den Teufel eingelassen haben, hat ihn sogar verpflegt. Er muss um sein Leben fürchten.

Als er die friedlichen Gassen der Stadt hinter sich lässt, um ans Ufer zu gelangen, herrscht sofort wieder eine Stimmung von Rette-sich-werkann, Angst und sich stauende Rikschas haben die Hauptstadt lahmgelegt. Eine rote Staubwolke hängt in der Luft, die von Blindschüssen und Granatensalven durchzogen wird.

Um 14:22 Uhr explodiert eine davon in Vân Minhs Nähe, er spürt die Druckwelle am Körper, wird zu Boden geworfen. Er erschaudert. Auch später noch und sogar am Ende seines Lebens.

Dabei hätte er mit dem General unmittelbar und ungehindert aufbrechen können, zu einem friedlichen Leben im amerikanischen Little Saigon. Aber er hat den schweren Weg gewählt. Entschlossen steht er wieder auf. *Sie von zu Hause holen.* Erst dann kann er seine Haut retten und fliehen. So wie die südamerikanischen Soldaten, die gerade ihre Waffen und ihre Uniform in den Fluss werfen, sich die Hosen herunterziehen, als brenne ihnen der Hintern. Doch die Vietcongs lassen sich nichts vormachen. *Sie werden sie finden – sie werden auch mich finden, wenn ich mich nicht beeile.* Es ist keine Zeit mehr zu verlieren. Auf dem Saigon-Fluss drängen sich bereits Hunderte in Beibooten und versuchen, erst das Delta, dann das offene Meer zu erreichen, bevor die Panzer ankommen. Mit etwas Glück treffen sie auf ein Schiff der US Navy, bevor der Tag und die Republik untergehen, und ersparen sich so schwierige Monate oder sogar Jahre. »Es gibt nichts, was dich hier hält«, hat der General gesagt. Doch er hat seine Mädchen, *Rau dên, Mông toi, Tan Ô, Lá chanh, Rau muông,* würde sie niemals zurücklassen.

Es ist bereits 15 Uhr, als er inmitten der knatternden Gewehre die regelmäßigen Ruderschläge seines Fährmanns vernimmt. Der Sampan gleitet in aller Seelenruhe durchs Wasser, wirbelt es kaum durch sein Kielwasser auf, erzeugt nur ein sanftes Plätschern. Der Fährmann raucht genauso gelassen im Mundwinkel seine Zigarette, so als könnten der Krieg und seine Artillerie ihm und seinem Boot, denn die beiden bilden eine Einheit, nichts anhaben. Seine Parteilosigkeit scheint ihn vor allem zu schützen, er kann in aller Ruhe kommen und gehen, sein Sampan muss nichts weiter tun. Er setzt die Menschen über, unabhängig davon, ob sie aus dem Norden oder dem Süden kommen, aus dem Osten oder Westen – es heißt, tagsüber transportiert er Amerikaner, nachts Vietcongs. Für einen Charon wie ihn ist Krieg gut. Vân Minh springt ins abfahrende Boot, das der Fährmann mitten in der Katastrophe mit aller Gelassenheit manövriert. Der Stammkunde muss sein Ziel nicht nennen. Doch etwas ist dieses Mal anders. Es ist das letzte Mal. Unter den gegebenen Umständen riecht der Fluss anders, nach einer Mischung aus Moor und Kanonenpulver. Es duftet nach Nostalgie, die bereits am Werk ist. Je mehr sich der Sampan vom Chaos in der Stadt entfernt, diskret am Ufer entlangfährt, umso mehr wird der Passagier zum Schwamm, der sich vollsaugt mit den Gerüchen des Tropenwalds, dem Geplapper der Papageien, der vorbeiziehenden Landschaft mit ihren Stelzenhäusern, die sich wie Perlen einer Kette aneinanderreihen. Er schnürt sich ein Bündel mit Erinnerungen.

Nach zwei Stunden legt der Sampan am anderen Ende der kolonialen Stadt und ihren lärmenden Boulevards in einer ruhigen Bucht an. An diesem Ufer weiß keiner, welche Farbe der Dollar hat. Vân Minh steigt aus dem Boot und wendet sich an den Fährmann: »Wenn ich dich entsprechend entlohne, wartest du dann hier und fährst mich anschließend bis zum Meer?« Der Fährmann nickt. Er kennt seinen Passagier, weiß, dass ihn ein großzügiges Trinkgeld erwartet. Vân Minh eilt los, *die Zeit vergeht zu schnell*. Er wird es nicht vor Sonnenuntergang zurück in die Botschaft schaffen. Dann eben nicht. Mit einer Flucht durch den Himmel rechnet er eh nicht mehr.

Kurz vor 18 Uhr betritt er sein üppiges Stück Tropenwald, wo er zugleich wohnt und sein Gemüse anbaut. Die Pflanzen wachsen sowohl waagerecht als auch senkrecht, es ist ein wahrer Hängegarten, in dem allerlei Essbares übereinander und nebeneinander gedeiht. Vân Minh schließt die Augen, atmet tief ein. Es duftet nach Gewürzen und reifen Früchten, nach Mangos, Minze, Guaven und Zimtbasilikum, Aromen, die bei jedem Bissen mehr berauschen und einen sofort nach Babylon befördern. *Atme!* Noch einmal die Nostalgie nähren, die Erinnerungen aufsaugen. An diesem Ort ging er seiner Leidenschaft nach. Er hat sie schon immer gepflegt und mit jeder Saison durch das atemberaubende Potenzial der Hybridisierung verfeinert, bis zur perfekten Mischung, die aus jedem Gericht ein Eheversprechen macht. Wie soll er diesen Garten Eden am anderen Ende der Welt nachbilden? Er muss sie mitnehmen. »Rau dên, Mông toi, Tan Ô, Lá chanh, Rau muông«, wiederholt er wie ein Mantra, während er durch seine Oase schreitet, eine aromatische Kräuterpflanze nach der anderen streift. Was kann er retten? Welche Sorte Spinat, Aubergine oder Chrysantheme mitnehmen? »Verraten Sie mir das Geheimnis Ihrer Soße!«, forderte eines Tages der General. Das Geheimnis liegt nicht in der Soße, sondern hier. Der beste Koch aller Köche ist in erster Linie ein bescheidener Gärtner, der sich vor den genialen Pflanzen verbeugt.

In der Abenddämmerung betritt der junge Koch seine Höhle im Herzen der Plantage, eine winzige Hütte in all dem Grün. Es gibt nur einen Raum. Er braucht nicht viel, sein Reichtum befindet sich nicht im Inneren, sondern drumherum. Er bleibt vor dem Altar stehen, zündet ein

Räucherstäbchen an und legt tagesreife Früchte
ab. Die Zeit drängt, doch auch noch dann ehrt er
seine Ahnen.

18:37 Uhr. Aus einem Versteck holt Vân Minh
eine Kassette, die das Wertvollste enthält, was er
besitzt. Doch was genau ist es, das diesen Umweg,
den er auf sich genommen hat, verdient? Weder
Saphire noch Rubine und auch kein Geld. Es sind
Beutelchen. Sein gesamter Samenvorrat, seine
Mädchen. Mit Geld nicht zu bezahlen.

Inzwischen ist es Nacht. Mit seinem Kapital
in den Händen kann nun auch Vân Minh aufs offene Meer hinausfahren, das General Foster genauso wie das gesamte diplomatische Personal
inzwischen längst erreicht hat. Nur der Botschafter ist noch vor Ort. Die Wendung der Gescheh-
nisse hat ihn niedergeschmettert, er hält stur
seinen Posten, weigert sich wegzugehen, bevor
alle evakuiert sind. Eine naive Seele, die ganz
Washington rasend macht. Er steht am Fenster, schluckt seine utopischen Pläne hinunter,
während er die Menge beobachtet, die trotz der
ständig landenden und abfliegenden Helikopter
kaum abnimmt. *Verdammt! Der Hof wird einfach
nicht leerer*, die reinste Danaidenarbeit. Es sind
noch immer Tausende Südvietnamesen im Hof,
die ihren Passierschein fest umklammern, als
der Befehl des Präsidenten den Botschafter dazu
zwingt, in einen Helikopter zu steigen und mit
den letzten GIs, deren Aufgabe es ist, die Demokratie zu schützen, nach Hause zu fliegen. Wäh-

rend im Morgengrauen des 30. Aprils die Panzer aus dem Norden über die Straßen Saigons rollen, fliegen die Hoffnungen der jungen Republik Vietnams davon. Genauso wie die Schwalben, die noch lange keinen Sommer machen.

Für die, die geblieben sind, ist der Weg lang. Vân Minh braucht exakt ein Jahr, um von dem einen Strand bis zu dem anderen unter der kalifornischen Sonne zu kommen.

Die warme Morgensonne dringt durch Sarahs lichtdurchlässige Vorhänge in ihr Schlafzimmer, taucht ihre gemütliche Insel, auf der sie nackt schläft, in helles Licht. Also gibt es mitten in der Hitzewelle in Montréal doch tropische Bilder wie etwa in einem der schönen Gemälde von Gauguin. Eine Exotik, die um 7:14 Uhr durch ein klingelndes Handy gestört wird, das das Zimmer zurück in seine Realität versetzt.

Sarah greift das Handy vom Nachttisch, setzt sich überrumpelt auf. Wer ruft so früh an? Sie erinnert sich an die gefilmte Psychose vom Vortag und denkt an Régine. Doch auf dem Display steht nicht deren Nummer, sondern die der Zirkusartistin Felicia. *Ui!* Wenn Felicia so früh anruft, muss etwas passiert sein. Sie geht ran.

»Felicia? Was verschafft mir ...«

Ihre Freundin würgt sie ab.

»Ángel wurde verhaftet!«

Sie weiß sofort, von wem die Rede ist. »Dein Neffe? Warum? Wegen der Graffitis?«

»Wenn es doch nur das wäre!« Felicias Stimme, die sonst so sicher ist wie die Tänzerin auf ihrem Seil, schwankt. »Polizisten der GRC halten ihn fest. Sie nehmen ihn gerade auf der Polizeiwache in Westmount in die Mangel. Sie verdächtigen ihn des Terrorismus, meine Schwester ist komplett durch den Wind!«

Sarah vermutet eher wegen seiner Verbindung zu Django. Ein logischer Gedanke. Da Ángels Graf-

fitis systematisch zu den Werken der Person führen, die sie suchen, gehen die Ermittler von einer
Komplizenschaft aus. Und den Hauptverdächti-
gen kriegen sie nicht in die Hände, also schnappen sie sich den Jungen. Er ist in ihren Augen das
Suchhündchen, das sie zum Nest ihres *Terroristen*
bringt. Sarah ist wegen ihres Schützlings besorgt.
»Felicia, wir sehen uns in einer halben Stunde in
Westmount auf der Wache.« Sie erinnert sie daran,
dass ihr Neffe Rechte hat, darunter das Recht zu
schweigen.

Nach dem Auflegen verzichtet Jeanne d'Arc-
Sarah aufs Duschen und den Kaffee, schlüpft in
Windeseile in ihre Klamotten und ist schon mit
dem Rad auf dem Weg nach Westmount. Es ist
noch nicht 8 Uhr, als sie mit struppigen Haaren,
dunklen Augenringen und einem Hemd, das
ihr auf einer Seite aus der Caprihose hängt, die
Polizeiwache betritt. Felicia ist im Warteraum,
sitzt neben ihrer Schwester, die vor lauter Weinen kaum Luft bekommt. Der Vater des Jungen
läuft erregt auf und ab. Die Escobars stehen
noch unter Schock, weil das unangekündigte
Auftauchen der Polizisten eine nicht allzu weit
entfernte Erinnerung an die Zeit der Gewalt-
herrschaft von Major Bob heraufbeschworen hat.
Sarah begrüßt Felicia kurz, »warte hier auf mich«,
und geht direkt zur Anmeldung, wo sie verlangt,
den Ermittler Bousquet zu sprechen. »Er kennt
mich, ich arbeite im Bonneau-Treff. Wenn er
was über seinen ›Terroristen‹ erfahren will, soll

er zu mir kommen, der Junge hat damit nichts zu tun.«

Um 7:57 Uhr ist sie bereits in seinem Büro. Dass sie plötzlich vor ihm steht, überrascht ihn weniger, als dass es ihn amüsiert.

»Sarah! Was gibt's Neues? Spielen Sie immer noch die barmherzige Samariterin?«

Diese doppeldeutige Vertrautheit erträgt Sarah nicht.

»Und Sie? Immer noch dabei Immigranten und deren Kinder aufzugabeln? Wo ist Ángel?«

»Er wird befragt.«

»Gibt es einen Haftbefehl?«

Der Polizist tätschelt seinen Gürtel, mag es nicht, befragt zu werden. Plötzlich wird er ernst, rechtfertigt sein Vorgehen.

»Wir haben Grund zu der Annahme, dass der Junge einer Terrorzelle angehört, die mit Graffitis zum Dschihad aufruft.«

»Zum Dschihad! Ist das Ihr Ernst?«

»Anstiftung zum Mord, ja.«

Es bricht aus der sonst so sanften Sarah heraus, wie es nur selten passiert, zu ihrer eigenen Überraschung. Sie möchte diese hinkende, ja sogar aus der Luft gerissene Herleitung ihres Gegenübers schnellstmöglich entkräften.

»Ein Graffiti, das Engelsflügel hat, stiftet noch lange nicht zum Mord an, und noch weniger zum Dschihad! Das ist eben Ángels Tag, mehr nicht, so ist das bei den Sprayern. Daran ist nichts Bedrohliches.«

Der Polizist verteidigt sich.

»Seine Bombs führen immer zu den düsteren Bildern unseres Verdächtigen, deren fragwürde Signatur auf Arabisch ist.«

»Und? Haben Sie die Sprache denn genauestens analysiert? Sie haben bestimmt auch die Pigmente datiert, um sicherzugehen, dass die sogenannten Komplizen zur selben Zeit am Werk waren!«

Ihr Gegenüber sagt kein Wort, tätschelt erneut seinen Gürtel. Was Sarah, die durch den Koffeinmangel besonders empfindlich ist, noch aggressiver macht.

»Vielleicht«, sagt sie, »sind sie sich sogar noch nie begegnet. Ein Künstler darf ja wohl noch die Arbeit eines Kollegen bewundern, die Pracht der Werke entlastet den Bewunderer. Und nur, weil etwas in einer orientalischen Sprache verfasst ist, ist das noch lange kein Aufruf zum Dschihad!«

Darauf erwidert der Polizist überzogen:

»Es ist unsere Pflicht, auf all die Beschwerden wegen dieser Graffitis zu reagieren. Und wir haben guten Grund zu glauben ...«

»Ach wirklich? Beschwerden wegen Graffitis an unzugänglichen Orten?«

Die Anspannung des Mannes nimmt zu, auf seiner rechten Schläfe tritt eine Vene hervor. Sarah bringt so langsam sein Blut zum Kochen. Er räuspert sich, dann poltert er los.

»Das reicht! Die Graffitis des Verdächtigen

überfluten die sozialen Netzwerke, und mein Befehl lautet, ihn dazu zu befragen. Es ist nicht wichtig, woher er kommt oder warum er hier ist. Wir müssen nur sicherstellen, dass seine Papiere, wenn er denn welche hat«, hebt er hervor, »in Ordnung sind. Ich mache hier nur meinen Job. Es ist meine Pflicht, die Bevölkerung vor jeder terroristischen Bedrohung zu schützen.«

»Und wo ist da die Verbindung zu dem ordentlichen kanadischen Bürger Ángel?«

Der Gesetzeshüter trommelt mit dem Stift auf seinen Tisch.

»Wir glauben, dass der Junge weiß, wo er sich befindet. Aufgrund seiner Nervosität während der Befragung.«

Sarah antwortet nicht, hebt nur die Augenbrauen, um zu zeigen, wie schwach das Argument ist, *in solch einer Situation wäre wohl jeder nervös*. Der Polizist schweigt kurz. Dann sagt er:

»Wir wollten ihn sowieso gerade gehen lassen. Aber, Sarah, du kennst unseren Mann und könntest uns ...«

»Ich verbiete Ihnen, mich zu duzen!«, fällt sie ihm mit tötendem Blick ins Wort.

Sie steht auf, atmet einmal tief durch, um das Gespräch etwas ruhiger zu beenden.

»Sie können sich auf mich verlassen, Herr Bousquet.«

»Danke, Frau Dutoit.« (*Puh!*)

»Ich rufe Sie an, wenn ich Ihren Verdächtigen dabei erwische, wie er gerade eine Bombe baut oder einem Passanten mit einem Damaszener Schwert die Kehle durchschneidet.«

8:38 Uhr. Sarah, Felicia und die Escobars verlassen die Polizeiwache zusammen mit Ángel. In der Rue Sainte-Catherine betreten sie ein Café, um herunterzukommen – die Eltern haben das nötig, waren in 30 Jahren in Montréal noch nie so nervös gewesen. Ángels fromme Mutter hört gar nicht mehr auf, Sarah zu danken, so als wäre diese die Heilige Jungfrau. Sie hätte niemals gedacht, für eine »Freundin« ihrer Schwester eines Tages so viel Dank zu empfinden. Felicia sieht Sarah, die gerade genüsslich ihren Kaffee schlürft (*endlich*), mit einer anderen Art von Hingabe an. Genauso wie Robin, Brandon und andere in sie Verliebte, die sie freundlich abgewiesen hat.

Ángel ist noch immer von dem Verhör angeschlagen.

»Sie waren doch nicht brutal, oder?«, fragt Sarah ihn besorgt.

Der Junge verneint. Trotzdem fühlt er sich k. o., weil er ihnen unterlegen war und sich so sehr anstrengen musste, den Unwissenden zu spielen, all den Fangfragen auszuweichen, ohne sich wegzuducken. In seinem Gesicht liest Sarah, dass er etwas weiß, was er nicht preisgegeben hat. *Er ist ein Che Guevara wie ich.* Seinem Vater raucht immer noch der Kopf, er sagt immer wieder »¡Basta! ¡Basta de pintadas!«, möchte nichts mehr von Graffitis hören, »¡jamás!« Das macht nur Ärger. Und ergänzt: »Mit Schmierereien hat noch keiner Karriere gemacht. Mit Kunst verdient man kein Geld oder ernährt seine Familie!«

Es lässt sich nicht genau sagen, ob er Dampf ablässt wegen Ángel oder seiner Schwägerin, die keinen Cent verdient und auf seinen Sohn einen schlechten Einfluss hat. Seine Standpauke beendet er immer mit derselben Leier: »Such dir einen richtigen Job. Werde Informatiker, Mechaniker oder Autoverkäufer, alles, nur nicht Künstler!« Ángel schweigt. Genauso wie Felicia, es ist nicht der richtige Moment. Sie hätte aber schon große Lust, ihrem verfeindeten Schwager, den sie »den Brutalo« nennt, Konter zu geben. Die Freundinnen tauschen vielsagende Blicke, Sarah liest Felicias Gedanken. *Kunst führt nicht zu Geld, aber o wie sehr sie einen nährt, die Seele viel mehr als den Bauch.*

Kurz nach 9 Uhr brechen die Escobars auf, die beiden anderen bleiben noch. Sarah bricht zuerst das Eis.

»Entspann deinen Kiefer, Feli, siehst du denn nicht? Ángel hat es alles in allem doch ganz gut überstanden.«

»Gut überstanden? Ich weiß ja nicht. Jetzt muss er mit dem Brutalo klarkommen.«

»Mach mal halblang! So drückt er eben seine Sorgen aus.«

Felicia weist diese Nachsicht zurück, tobt.

»Du verstehst das nicht! Kannst es nicht verstehen! Du hast den Bürgerkrieg nicht erlebt, die Verfolgungen, die ständige Angst. Das setzt sich fest, lässt sich nicht vergessen. Auch mein

Schwager erinnert sich daran! Er wurde dort gefoltert. Also erklär mir, warum ein Mann, der wegen seiner Ideen so sehr gelitten hat, dieselbe Tyrannei in seinem Haus gegenüber seiner Frau und seinem Sohn an den Tag legt?«

Sie ist aufgebracht. In einem Anflug von Mitgefühl und um sie zu beruhigen, greift Sarah Felicias Hände, eine Geste, die jedoch etwas anderes bewirkt. Felicia spürt die Berührung in ihrem ganzen Körper, einen Schauder von den Fingerspitzen bis in den Unterleib. Zumindest ist das Steuer herumgerissen.

»Danke, Sarah ...«, flüstert sie, sonst nichts mehr.

Es ist 9:20 Uhr, als Ella Fitzgeralds *Schu bi du pu pu* in ihrer Tasche läuft, was diesem kurzen Moment der Nähe ein Ende setzt.

»Das ist bestimmt Régine, da muss ich ran, entschuldige.«

Felicia verzieht das Gesicht, zieht ihre Hände unter Sarahs weg. Ihr steht ins Gesicht geschrieben, was sie von Régine hält, die sie genauso wenig mag wie ihren Schwagerdiktator.

»Hallo, Régine? Du errätst nie, wo ich gerade war. Eigentlich bin ich ganz in deiner Nähe.«

Während sie erzählt, was an diesem Morgen alles passiert ist, steht Felicia seufzend auf. Das ist ein Ärgernis zu viel. Sie möchte nur noch raus aus Westmount. Sarah bedeutet ihr zu warten, doch der veränderte Ton irritiert die Artistin, sie verdrückt sich. An der Tür des Cafés dreht sie sich noch einmal um, führt eine Hand an die Lippen und sendet Sarah zum Zeichen des Abschieds einen zweideutigen Kuss, was der Adressatin die Sprache verschlägt.

Régine wird am anderen Ende der Leitung ungeduldig.

»Hallo?«

»Felicia ist gerade los.«

»Aha.«

Betretenes Schweigen.

Dann siegt wieder die Neugier, der ereignisreiche Morgen hat nicht ausgelöscht, was am Vortag war.

»Hast du angeschaut, was ich dir gestern geschickt hab?«

»Selbstverständlich!«

Selbstverständlich hat sich Régine die am Vortag aufgenommenen psychotischen Symptome aufmerksam angeschaut. Während sie auf eine Antwort von der Universität des Kaps wartete, hat sie sofort mit Timothy den letzten Nervenzusammenbruch des Phönix, alias Django, analysiert. Das Paar hat auf der Suche nach ähnlichen Fällen die Archive von Psychiatrien durchforstet. Damit haben sie quasi die ganze Nacht verbracht, bis sie zu den ersten gefilmten klinischen Studien gelangt sind, die während des Ersten Weltkriegs entstanden sind. Sie zeigen Soldaten, die infolge eines Schützengrabenschocks eingewiesen wurden. So sind Régine und ihr Mann schließlich zu einem überraschenden Schluss gekommen.

»Es ist eindeutig, die Symptome, die dein Django gezeigt hat, stimmen mit denen überein, die bei Soldaten beobachtet wurden, die unter Obusite litten.«

»Obusite?«

»Das lässt sich nur schwer am Telefon erklären. Komm vorbei, da du sowieso gerade in der Nähe bist. Ich zeig dir die Archivaufnahmen.«

Unmöglich, die Sozialarbeiterin wird im Treff erwartet. Sie ist ungeduscht und hat, seit sie geweckt wurde, nur einen Kaffee zu sich genommen.

»Hör zu«, beharrt Régine, »du erkennst die Symptome am besten wieder. Du hast ihn gesehen, als er die Nerven verloren hat, sogar mehr als einmal.«

Sie überredet ihre Freundin vorbeizukommen, »dein Chef wird's verstehen, er ist doch genauso gutmütig wie du«. Außerdem bietet sie Sarah ihre Dusche und ein *full English breakfast* von Timothy höchstpersönlich an.

»Timothy?«

»Das war seine Idee, was zeigt, wie sehr er dich sehen will.«

Sarah hört, wie der Mann aus dem Hintergrund ruft: »Ich mache dir einen Obstsalat.«

Damit ist es geschehen. Er hat sie am Haken. Nicht jeden Tag bereitet einem Doktor Anderson, der für gewöhnlich seinen Hochmut pflegt, etwas zu essen zu. Als sie hört, wie er »Obstsalat« in diesem knarrigen Französisch frankophiler Anglos ausspricht, ist sie hin und weg. Er hätte genauso gut »kleine Marmeladenpöttchen« sagen können und hätte auch damit sofort ihre eiserne Fassade durchbrochen. Hat er damals nicht genau so Régine verzaubert, als er die Sprache Shakespeares gegen die von Molière eingetauscht hat, um ihr Herz zu erobern? Die Archivaufnahmen müssen erschütternd sein, denkt Sarah. Darüber hinaus hat das Paar heute Urlaub genommen, eine extravagante Seltenheit für diese zwei Arbeitstiere. Damit wird sie bereits eingeholt.

Sarah steigt auf ihr Rad, um die Mount Pleasant Avenue zum Domizil der Lagacé-Andersons hinaufzufahren, der makellose viktorianische Stil entspricht seinen Besitzern. Gegen 10:30 Uhr sitzt Sarah geduscht und satt mit einem Kaffee auf dem gemütlichen Sofa im Untergeschoss. Vor ihr steht ein riesiger Fernseher, den Timothy mit seinem Laptop verbunden hat. Der Psychiater zeigt Auszüge aus farblosen und abgehackten Stummfilmen. Die Qualität ist schlecht, der Film, der scheinbar aus der Zeit der *Actualités Pathé* stammt, wirkt abgenutzt. In der Dokumentation wechselt ständig die Szenerie, mal ist es ein Militärkrankenhaus, mal eine Heilanstalt. Die gezeigten Männer hingegen sind immer gleich, Kriegstraumatisierte flankiert von Männern in Weiß. Obwohl die Bilder stumm und veraltet sind, steht außer Zweifel, wie verheerend die ständige Bombardierung für die Nerven der Soldaten war. Timothy mimt mit seiner tiefen Stimme, die ihn zu einem kraftvollen Redner macht, den Erzähler.

»Um Obusite zu verstehen, Sarah, muss man sich in die Haut eines Soldaten des Ersten Weltkriegs versetzen. Doch vorab muss ich noch eine grundlegende Erkenntnis aus der Psychologie erklären. Sagen wir, du spürst eine enorme Gefahr auf dich zukommen, eine so große Bedrohung, die alles übersteigt. Zum Beispiel einen Tsunami oder einen Granatenregen. Der erste Reflex ist immer Flucht, Schutz suchen. Wenn du nicht fliehst, stirbst du, so einfach ist das. Tiere haben das verstanden, was uns und auch dich mit einschließt. Droht eine Gefahr, lautet die Devise fliehen oder kämpfen. Das Besondere im Ersten Weltkrieg war, dass es ein Grabenkrieg war. Ein Schützengraben, Sarah, ist wie ein Käfig. Wenn es Granaten regnet, kann der Soldat nicht fliehen, er kann auch nicht kämpfen. Weil Kampf und Flucht unmöglich sind, kann er den Regen nur aussitzen, hat ungeachtet seiner Kraft und Tapferkeit den Tod, der zufällig zuschlägt, ständig im Nacken.«

10:41 Uhr. Auf dem Bildschirm sackt ein eingelieferter Soldat zu Boden, sobald die Pfleger ihn nicht mehr stützen. Danach lässt er sich nicht mehr gerade aufrichten. Sein Körper bleibt krumm, genauso steif wie eine verbogene Stange.

Nächste Einstellung, neuer Patient. Er liegt mit angezogenen Beinen da, paralysiert, die Augen weit aufgerissen.

»Eine explodierende Mine hat ihn zu Boden geworfen und lebendig begraben. Als er gefunden wurde, war er taub und stumm, lethargisch. Niemand ist unversehrt aus dem Kaninchenbau der Gräben herausgekommen, der Erste Weltkrieg war für die Soldaten ein wahres Blutbad. Wer Glück hatte, starb sofort. Die mit weniger Glück kehrten verkrüppelt, entstellt oder geisteskrank zurück, manchmal ohne je an einem Kampf beteiligt gewesen zu sein. Stell dir jede geworfene Granate als ein Erdbeben vor, und wie zehn, hundert, tausend Tonnen Granaten in einem Höllenlärm auf dich herunterfallen. Am ersten Tag in Verdun waren es eine Million Granaten. Und es dauerte Monate, Jahre an. Das zerstört das Nervensystem. Und das, Sarah, ist Obusite.«

10:46 Uhr. Auf dem Bildschirm beobachtet ein Arzt einen Invaliden, der sich gerade wie ein Wurm in der Sonne windet. Timothy setzt in seiner tiefen Baritonstimme den Vortrag fort.

»Natürlich war der posttraumatische Stress nicht neu. Es gab schon vorher Fälle davon, und auch noch danach wurden sie immer wieder dokumentiert. Aber nie war er von solchem Ausmaß wie zwischen '14 und '18, wo Obusite epidemisch war. Obusite gab es überall, in allen Armeen und allen Rängen, mit unterschiedlichen Symptomen, einige waren ganz neu. Es ist mir etwas peinlich, es zu sagen, Sarah, doch dank diesem Krieg erlebte die Psychiatrie einen Aufschwung. Die Epidemie musste dringend eingedämmt werden. Die Regierungen setzten alles daran, Tausende von betroffenen Soldaten wieder auf die Beine zu stel-

len, um sie schnellstmöglich an die Front zurück-
zuschicken. Verstehst du?«

10:49 Uhr. Auf dem Bildschirm taumelt ein
Patient mit krummem Rücken und schrecklich
verkrampften Gliedmaßen hin und her. Nächste Einstellung. Ein Soldat zittert pausenlos am
ganzen Körper. Sarah wird zusehends blasser,
verzieht immer mehr das Gesicht, da sie die
Symptome wiedererkennt, sie bei Django bereits
mehr als einmal gesehen hat.

»Die Großmächte wollten von dieser ›Hys-
terie‹ nichts hören, die vor 1914 als ›Krankheit
der Weiber‹ galt – bitte verzeiht diesen Ausdruck,
meine Damen, so wurde es damals genannt.
Durch den Ersten Weltkrieg kamen zahlreiche
Fälle dazu, und das bei Männern jeglicher Statur,
sodass die Militärärzte eine Ansteckungsgefahr
befürchteten. Der Befall musste mit drakoni-
schen Maßnahmen eingedämmt werden, was
zweierlei nach sich zog: Heilung und Disziplinie-
rung. Viele Ärzte, darunter auch der berühmte
Doktor Freud, vermuteten unter den Kranken
zahlreiche Simulanten. Sie waren von diesen
›Feiglingen‹ – verzeiht noch einmal – ganz besessen, mehr als von denen, die wirklich betroffen
waren. Sie versuchten, sie mit allen Mitteln zu
entlarven. Sie sagten, sie werden sie mit Elektro-
schocks lockern, wieder zu Männern machen. So
kam es, dass die meisten Soldaten, die tatsächlich
litten, lieber wieder an die Front gingen, als diese
wiederholte Torpedierung zu ertragen, und auch

eher wegen Befehlsverweigerung vor das Kriegsgericht traten und sich erschießen ließen. Wenn schon sterben, dann mit Würde und einer Granate im Gesicht.«

Timothys tiefe Stimme wird ernster.

»Natürlich zeigen die damaligen Filme nie die Elektrotherapie, denn es war Folter, nicht mehr und nicht weniger. Und somit schlechte Werbung. Die Archivaufnahmen zeigen nur die Menschen vorher und nachher, quasi zum Beweis des angeblichen Erfolgs der Behandlung – etwas zu forciert, muss man sagen. Nach dem Krieg landeten viele dieser noch jungen Soldaten für den Rest ihres Lebens in der Psychiatrie, wo sie von Albträumen geplagt und einer permanenten Angst gelähmt wurden, in die Gesellschaft waren sie nicht mehr zu integrieren.«

10:54 Uhr. Sarah fixiert verstört den Bildschirm. Unweit davon beobachtet Régine sie. Sie erkennt an der erschütterten Miene ihrer Freundin, dass es ihr gar nicht gut geht, befürchtet sogar, dass sie sich in Django verliebt hat. Ein Asthmaanfall kündigt sich an, sie tätschelt den Oberschenkel ihres Mannes: »Tim, bitte stopp das Video.«

Er kommt ihrer Bitte nach, unterbricht seinen erschreckenden Vortrag. Sarah schaut leichenblass zu Régine hinüber. Und fährt zum zweiten Mal in weniger als drei Stunden aus der Haut.

»Warum zeigt ihr mir 100 Jahre alte Bilder?! Um mich zu schockieren, tja, das ist euch gelungen! Ich würde gern wissen, warum. Régine, du weißt, wie sehr es mir zusetzt, Grausames zu sehen, also wozu das Ganze?«

Doktor Lagacé hat die emotionale Wirkung dessen, worauf sie während ihrer Forschungen gestoßen waren, unterschätzt, was nicht ungewöhnlich ist. Sie versucht, sich zu erklären.

»Es ist das, was am besten zu der gestrigen Aufnahme gepasst hat. Wir haben die ganze Nacht lang gesucht und wollten, dass du bestätigst ...«

»Was bestätige? Dass Django den Ersten Weltkrieg überlebt hat? Wow, was für ein wissenschaftliche Gründlichkeit! Dann wäre er wie alt? Wartet ... mindestens 120! Aber du hast ihn gesehen, Régine, er ist gerade mal halb so alt.«

Timothy hat die Kaltfront nicht kommen sehen, weiß nicht, wohin mit sich. Er möchte sich nicht einmischen, die Angelegenheit ist zu heikel. Er kommt nur selten aus dem Konzept und verschwindet lieber. Seine Frau ist eher betrübt als verwirrt. Sie kann noch so ätzend sein, doch nie würde sie Sarah, oder ihren Sohn, verletzen wollen. Nur sind es genau die, mit denen sie oft und auf so meisterhafte Weise aneinandergerät.

»Ich will nur, dass du aufpasst, an wen du dein Herz verschenkst«, sagt sie vorsichtig. »Denn irgendwas an ihm ist verdächtig.« Sie besinnt sich, versucht, es besser auszudrücken. »Unnatürlich, so als entspringe seine Intelligenz nicht seinem Genie, sondern dem Ingenieurwesen. So als wäre sein Gehirn eine Sammlung von Kassetten oder von fehlerhaften Informatikprogrammen.«

»Jetzt machst du einen Cyborg aus ihm! Was überraschend ist, da du doch immer so unerbittlich auf Logik pochst. Wenn Django ein Informatikprogramm wäre, wäre er gewiss nicht so unglaublich sensibel. Das erscheint mir klar!«

Régine hält inne. Nicht, weil es ihr an Argumenten fehlt, sondern, um ihre Freundin, ihre Schwester, ihren Schutzengel, zu schonen. Sarah merkt es schließlich an ihrem reuevollen Blick, bemerkt ihre große Verzweiflung und wird deswegen verlegen. Minutenlang schweigen beide, betrachten nur den Boden. Dann findet der Engel langsam wieder zu seiner Arglosigkeit zurück und beschließt, den Streit ruhen zu lassen. Hat sie nicht an einem einzigen Vormittag ihren Bedarf an Konfrontationen für das ganze Jahr gedeckt?

Bevor sie geht, nimmt sie Régine liebevoll in den Arm und sagt warnend:

»Lass ihn in Ruhe, ja? Er hat schon die Polizei am Hals.«

TAGEBUCH EINES BABYLONISCHEN GELEHRTEN

Februar 2001

Nein, das Gehirn ist keine Maschine. Die neuronalen Netze und die Datensysteme sind zwei komplett verschiedene Dinge. Die Informatik ist nur eine einfache Aneinanderreihung von 1 und 0. Das menschliche Gehirn ist unglaublich komplex, ein Wunder der Evolution.

Die Wissenschaftler, die glauben, eine Maschine könne die Intelligenz unserer Spezies dekodieren, sind auf dem Holzweg. Sie hat nichts mit binären Codes zu tun, sondern ganz im Gegenteil mit Emotionen und Erregbarkeit. Nichts, was eine Maschine ausmacht.

Genie ist Kunst. Und unser Gehirn ein wunderbarer Teig, der nach Lust und Laune geformt werden kann. Wie Rodin seinen Denker *modelliert. Eine Maschine ist nicht in der Lage, ein Werk zu erschaffen, das diesen Namen verdient, also mit ihm zu berühren. Weil ihr das Essenzielle fehlt: Sensibilität.*

Der Schlüssel des Genies liegt nicht in den Prozessoren. Nein. Um ihn zu finden, muss man Risiken eingehen. Man muss abtauchen, wie ein Perlentaucher in die tiefsten Tiefen hinabtauchen.

12:23 Uhr. In der Klasse von Lehrer Schulte folgen die zwanzig uniformierten Jungen seiner
Vorgabe und verhalten sich ruhig, der Lehrer
spaßt nicht mit Aufsässigen.

»Konzentrieren Sie sich, sehen Sie nach
vorn!«, und die Schüler konzentrieren sich und
sehen nach vorn. Das ist besser so für sie, Lehrer
Schulte hat hohe Ansprüche. Es ist das, was von
ihm gefordert wird. Die Familien seiner Schüler
gehören zu den reichsten der Stadt, sind die trei-
bende Kraft hinter der boomenden Wirtschaft
Westdeutschlands. Seine Schüler sind die Söhne
von Industriellen oder Spekulanten, kommende
Ingenieure und Unternehmer, Erben von Finanz-
imperien.

»Konzentrieren Sie sich, sehen Sie nach
vorn!«, nichts Geringeres wird von diesen sieben-
bis achtjährigen Buben erwartet. Also richten sie
ihre Aufmerksamkeit auf den Lehrer. Alle.

Bis auf einen.

Er sitzt hinten, seine Aufmerksamkeit gilt
nicht dem Lehrer, sondern der Alster, ihrem grünen Ufer, einem Schmetterlingspaar, das vor der
makellos sauberen Fensterscheibe flattert. Er ist
ein Träumer, seine Gedanken wandern stets von
einer Sache zur nächsten, fliegen umher so wie
diese beiden Falter mit den samtenen Flügeln. Er
ist der Sohn von Einwanderern.

In dieser scheinbar perfekten Klasse mit den
zwanzig glatt gebügelten kleinen Hemden ist er

das schwarze Schaf. Er ist der Einzige, der nicht nach vorn schaut, der Einzige, der sich nicht zukünftig in der Welt des Handels, der Finanzen oder der Ingenieurwissenschaft sieht. Für ihn ist der Lehrer nicht das letzte Weltwunder, nein. Eher die zwei azurfarbenen Schmetterlinge, deren Flügel wie Gemälde von van Gogh sind. Diese Schönheit fesselt ihn immer wieder aufs Neue, *wie sie reproduzieren?* In seinem Engelskopf skizziert er die Sequenz. Verewigt jeden Flügelschlag auf dem flexiblen Film seines Kortex wie ein kleiner da Vinci, nimmt alles auf, prägt es sich tief ein. Er möchte den Schmetterling in seinem Wesen erfassen, seinen Glanz, seinen intelligenten Flug. Und wenn er der Schmetterling wäre? Wie würde er den Menschen durch das Glas sehen? Wie würde er die Spiegelung seiner Flügel im Fenster wahrnehmen? Und wie die Welt sehen? Das schwarze Schaf bevorzugt in der Ingenieurskunst die Wesen und nicht die Dinge. Sein Papi hat ihm immer wieder ein Leitmotiv eingeschärft: »Mein Sohn, erinnere dich, Genialität liegt in der Kunst, die das Lebendige braucht, nicht das Materielle.« Die zwei azurfarbenen Schmetterlinge flattern vor dem Fenster, und der Schüler registriert davon jedes noch so winzige Detail, wird alles in sein Heft übertragen, nachdem die Glocke geläutet hat. *Wie spät ist es?* 12:27 auf der Uhr. Er muss sich noch etwas gedulden, schon weist ihn der Lehrer erneut zurecht: »Konzentrieren Sie sich! Sehen Sie nach vorn, Sie kleiner Frechdachs!« Und der Frechdachs fügt sich resigniert, tut so, als würde er nach vorne schauen.

Er weiß, dass er um 13 Uhr die Hölle endlich verlassen und seine Pastellfarben herausholen kann. Wie bunte Lampions, kostbare Talismane, hat er sie immer dabei. Nach der Schule, an der Alster, wird er sie herausholen, Schmetterlinge, Möwen, Schwäne und all diese Wesen malen, jedes einzelne ein Meisterwerk. Am Nachmittag erreicht er seinen See, den angestauten Fluss, der zeigt, wie seit Jahrhunderten von der Wirtschaft natürliche Wasserläufe künstlich eingedämmt werden, doch ein kaum achtjähriges Kind weiß davon nichts. Er interessiert sich für die Ingenieurskunst der Wesen und nicht der Dinge. Jeder Moment, den er am Ufer verbringt, ist unvergesslich. Und wenn er ein Schwan wäre? Wenn er in diesem magischen Moment, in dem er beschließt loszufliegen, selbst der Schwan wäre? Wie würde er die Spiegelung auf dem Wasser wahrnehmen? Und wie die Welt sehen? Ein Schwarm Schwalben zeichnet ein vergängliches Flechtwerk in den Himmel, das der Junge Bild für Bild in seinem fotografischen Gedächtnis festhält. Wieder entdeckt er zwei azurfarbene Schmetterlinge. Er liegt bäuchlings unter einem Kirschbaum, holt seine Pastellfarben und sein Heft heraus und entwickelt seinen Film mit grober Linienführung. Er ist so ins Malen vertieft, dass er sein Brot vergisst, über das Ameisen herfallen. Es vergehen Sekunden und

Minuten. Dann schreckt er hoch, *wie spät ist es?* Zeit, nach Hause zu gehen, »ora di tornare a casa«. Seine Mamma mag es nicht, wenn er trödelt.

Er packt seine wertvollen Skizzen mit Blumen, Insekten und Vögeln zusammen, die sich in seiner Schultasche stapeln. Dann läuft er langsam, aber sicher weiter am See entlang und an den ihm gegenüberliegenden Villen. Sie gehören den Magnaten, die für das westdeutsche Wirtschaftswunder gesorgt haben, so wie der Vater des Tagträumers. Die prunkvollen Anwesen auf dem Weg des Jungen sind so erhaben wie die Schwäne der Alster. Sie blieben während der Bombardierung 1943 verschont und kontrastieren mit den Wohnblöcken, die wie Champignons aus den Trümmern schossen. Der vernichtende Angriff der Alliierten hat Hamburg in ein Trümmerfeld verwandelt, die Stadt dermaßen verwüstet, dass sie lange Zeit als »deutsches Hiroshima« bezeichnet wurde. Zehntausende zivile Opfer und eine Million Menschen, die obdachlos wurden, »doch es war verdient«, heißt es in den Büchern, aus denen sogar Lehrer Schulte liest. Für die Luftangriffe auf London musste bezahlt werden, genauso wie für Auschwitz und Neuengamme und so viele andere, für sechzig Millionen ins Grab Geschickte und sechs Jahre Hölle. Ja, dafür musste nach dieser gnadenlosen Logik bezahlt werden, die seit Anbeginn der Menschheit gilt: Das Volk bezahlt für den Wahnsinn seiner Führer. Die Deutschen haben davon einen bitteren Nachgeschmack behalten, weswegen ganz Hamburg nach vorne schaut, »konzentrieren Sie sich«, nie zurück, wo sie ein starkes kollektives Unbehagen erwartet, auch noch zwei Jahrzehnte nach dem Wiederaufbau. Am Alsterufer spaziert nur das kleine schwarze Schaf, aber nie zu lange. Er wurde gut trainiert.

In der Ferne erscheint der Familienpalast. Der Junge lächelt. Nicht wegen des Anblicks seines Hauses, das er mit gerade mal vier in Elfenbein gemeißelten Etagen kaum gemütlich findet, sondern weil er seine Schwester entdeckt, die aus der Mädchenschule schon zurück ist und im Vorbau auf ihn wartet. Die zwei sind miteinander verbunden wie die Finger einer Hand oder wie die beiden Schmetterlinge vor dem Fenster. Um Punkt 14 Uhr rennen die Kinder durch die Tür, sodass sich ihr Lachen im Haus ausbreitet, ein Zimmer nach dem anderen flutet. »Careful!«, mahnt die Cousine aus England, die die Küche zu ihrer Festung gemacht hat. Sie hat gerade ein Gingerbread gebacken, eine würzige Köstlichkeit, deren Geheimnis inzwischen seit sieben Generationen von Mutter zu Tochter weitergegeben wird. Der Geruch des fertigen Gebäcks stachelt die Geschwister an, die in die zweite Etage stürzen. In den Zimmern dort dominiert nicht mehr der Gewürzduft, sondern das Klavierspiel der Tante aus Paris, die wegen Brahms und Mendelssohn ihre Wohnstätte nach Hamburg verlegt hat. Aus ihrem Boudoir wirft sie ein: »Ne courez pas les enfants!«, spielt dabei ihre Sonate ohne falschen Ton weiter. Die Teufelchen laufen eine Etage höher zu ihrem Zimmer, wo sie die Standpauke ihrer Mutter erwartet, die sie aus dem Lesezimmer auffordert, ohne zu rennen, »senza correre!«, die Hausaufgaben zu machen. In diesem Haus wechselt die Sprache von Minute zu Minute, von Zimmer zu Zimmer oder nach der Stimmung, auch wenn meistens Deutsch oder Englisch gesprochen wird, wenn es um Geschäftliches geht, Französisch geboten ist, wenn in der alles in allem gut bestückten Familienbibliothek diskutiert wird. Hinsichtlich des Italienischen ist zu sagen, dass es vorzugsweise in der Intimität des Schlafzimmers geflüstert wird. Eigentlich kann in jeder Sprache über alles gesprochen werden, nur nicht über Krieg. Das Thema ist tabu. Keiner nimmt in diesen vier Wänden das Wort in den Mund, außer versehentlich ein gedankenloser Besucher. In dem Fall herrscht augenblicklich eine bedrückende Stille im Haus, bei der eine fallende Stecknadel zu hören wäre. Nicht aber zur gegenwärtigen Stunde, in der die zwei Strolche gerade die Dielen beben lassen.

Der Aufruhr der Zwillinge überrascht niemanden in diesem Haus, er ist in gewisser Weise sogar angeboren. Sie kamen 1962 zur Welt, als die Stadt zwei Wellen erfassten. Die eine war katastrophal, überschwemmte Hamburg, nachdem die Elbe über die Ufer getreten war. Die andere war festlich, verhalf gewissen jungen Männern aus Liverpool zu Ruhm, die in Hamburgs Rotlichtmilieu ihre ersten Schritte taten. Also waren die Zwillinge in den beginnenden Swinging Sixties nur eine weitere anrollende Welle, die gebrochen ist. Ein unerwartetes, aber dennoch erfreuliches Ereignis, das in der Familie liebevoll »nouvelle vague« genannt wurde, in Anspielung auf die Bewegung, die zur selben Zeit in der geachteten Heimat der Aufklärung entstanden war.

Das Fangspiel der Kinder führt sie schließlich in die vierte Etage. Das Mädchen ist dran, jagt ihrem Bruder hinterher in einem Konzert von Schreien, die einem tropischen Dschungel würdig wären. Von Zeit zu Zeit ertönt aus dem hintersten Zimmer ein »Rennt nicht!« oder der Form halber ein »On ne court pas!«. Wenn der Junge verfolgt wird, weiß er, wo er Schutz finden kann. In einem bewährten Versteck, in das ihm seine Schwester niemals, nie und nimmer folgt. Er klettert die ersten Stufen der Treppe zum Boden hinauf, stoppt auf halber Strecke. Dreht sich um. Das Mädchen ist unten stehen geblieben, wird keinen Schritt weiter machen. Er hat sie abgehängt. Außer der Schule gibt es sonst keinen weiteren Ort, der die beiden auf so brutale Art und Weise voneinander trennt. Sie fürchtet sich vor dem, was auf dem Dachboden ist, vor dem, der daraus seine Oase gemacht hat. Herausfordernd sieht der Junge in die graugrünen Augen seiner Zwillingsschwester. Einen Moment lang presst sie die Zähne aufeinander, ballt die Fäuste. Dann findet sie sich mit der Niederlage ab, kann ihrem Dämon nicht gegenübertreten, der in Wirklichkeit der Dämon all derer ist, die im weitläufigen Haus die erste Etage bewohnen: Onkel, Tanten und Cousins versammelt. Nur der übermütige Junge zähmt erfolgreich die Bestie, die das Dachgeschoss in seine Höhle verwandelt hat. Kein anderer aus dieser Familie würde es wagen, den Styx, den die Luke zum Boden markiert, zu überqueren. Mit seiner umgehängten Schultasche erklimmt der Schlawiner die letzten Stufen, die ihn von der Höhle trennen, öffnet vorsichtig die Bodenluke.

Jedes Mal hat er das Gefühl, er beträte Ali Babas Höhle. Ein Heiligtum voller Reichtümer aus *Tausendundeiner Nacht*, das nur Eingeweihten Zugang gewährt. Der Junge ist eingeweiht. Der Einzige, der den Geist des Dachbodens, der so gut wie nie schläft, besänftigt. Der sitzt an seinem Zeichentisch. Sitzt immer (na ja fast immer) an seinem Zeichentisch gegenüber der Gaube, wegen der Sicht auf die Alster und des Lichts, das er für seine Arbeit braucht. Der Junge sieht von dort, wo er steht, nur seinen krummen Rücken und seinen kahlen Kopf. Und um ihn herum seine Schätze, ein sagenhaftes Durcheinander von Kohle- oder Tuschezeichnungen, Truhen voller Alben, von der Last der Schallplatten, Sammelbände, Hefte und Bücher gebogene Regalbretter. In der Küchennische steht ein Topf auf dem Herd, Kaffee, den er siedend mag und Tag wie Nacht trinkt. Auf dem Plattenteller dreht heute Satie seine Runden. Satie dreht sich oft auf dem Teller, spult ruhig seine Noten ab. Der alte Mann mag diese Musik besonders. Wegen ihrer Ruhe.

Als die Luke knirscht, richtet er sich langsam auf, sieht seinem Besucher ins Gesicht. Der Junge hat keine Angst vor ihm. Hatte er noch nie. Und das trotz seines Gesichts einer wandelnden Leiche, seines zitternden, durch fünfzig Jahre Pein und Schlaflosigkeit verwüsteten Körpers. Es heißt, er sieht so aus, seit er seine Frau verloren hat oder seit er aus dem Graben gestiegen ist, beides ist eine Ewigkeit her. Ein halbes Jahrhundert lang mit nur einem geschlossenen Auge schlafen, mit Albträumen oder Halluzinationen, ein halbes Jahrhundert lang Bauchschmerzen und versuchen, das Zittern zu bändigen, nach Trost in Musik suchen, in Büchern, in Bildern und vor allem in diesem Enkel, den er wie seinen Augapfel liebt. Er sieht in ihm die Seele eines Träumers, ein Verständnis für die Sinne, eine natürliche Neigung, verzückt zu werden. Somit kann er allein seine ewige Suche, seine über Jahrzehnte angesammelten Schätze verwahren. Vermutlich sucht er in dem Jungen auch Erlösung. Zum einen, weil er damals einem Dichter sein Bajonett in den Bauch gerammt hat, ein Brudermord, den er weiterhin Tag für Tag mit stechenden Schmerzen im Darm büßt. Zum anderen, weil er (ebenfalls damals) sein eigenes Kind, dem schon die Mutter fehlte, im Stich gelassen hat. Eine unbeschreibliche Feigheit, die aus dem Sohn das komplette Gegenteil des Künstlers gemacht hat, einen Finanzhai und Multimillionär, mag schon sein, aber ohne Herz und jegliche Offenheit für Verzückung. Den Sohn beschäftigt seine Besessenheit von Geld, und er vernachlässigt darüber seine eigenen zwei Sprösslinge, denen er kaum begegnet. In den nobelsten Salons erzählt man sich, es sei ein Familienfluch. Ist man um die Zwillinge besorgt. Zum Glück haben sie ihre Mutter! »Davon haben sie sogar zehn«, spotten manche und zählen Omas, Tanten und Cousinen unterschiedlichster Herkunft dazu.

Der Junge geht auf Zehenspitzen voran, er rennt nicht, rennt nie auf dem Boden. Sein Großvater erträgt keine abrupten Bewegungen, sie erinnern ihn an den Krieg, an das Übersteigen der Stacheldrahtzäune, an die Überraschungsangriffe. Die Zwillingsschwester hat das am eigenen Leib erfahren, war nur einmal auf dem Boden zu schnell unterwegs und löste damit einen schlimmen psychotischen Anfall aus. Danach ging sie nie wieder hinauf.

»Komm näher, mein Kleiner«, sagt der alte Mann.

Er geht auf ihn zu, als die Comtoise gerade drei Uhr schlägt, ein Möbel, das er genauso in Ehren hält wie die anderen seiner Sammlung. Weil er wahrhaftig von der Zeit besessen ist. Wobei er nie eine Uhr am Handgelenk trägt, er hasst Armbänder. Bestimmt wegen des verfluchten Kriegs, in dem die Toten anhand von Armbändern identifiziert wurden.

Der Junge setzt sich auf den für ihn reservierten Hocker. Er beobachtet seinen Großvater bei seinem kalligrafischen Ritual, das er mit erstaunlich sicherer Hand in einer Sprache ausführt, die nur er in diesem Haus beherrscht. Die Schrift entstammt seiner fernen Kindheit, wurde damals seit Generationen mit dem Pinsel aufgezeichnet. Sie galt als zu überbordend, wurde vor Jahrzehnten auf Befehl des Staates hin abgeschafft. Fortan wurde sie nicht mehr weitergegeben, blieb dieses kalligrafische Erbe dem Sohn verwehrt. Die Schrift starb aus, geriet in Vergessenheit, er pflegt sie wie besessen weiter. Jedes vergessene Zeichen ist ein Meisterwerk, das wieder auszugraben ist, eine Laterne, die wieder anzuzünden ist.

»Eine Sprache wurde begraben, mein Junge, einfach so, ohne Bestattung!«

Wie ein Soldat, der zwischen den Linien fällt.

»Hör mir gut zu, Kleiner, Schrift ist Kunst, ihre Form genauso wie ihr Inhalt. Kunst darf man nicht sterben lassen. Merk dir, dass wir ohne Kunst nur Tiere sind.« Der Kleine nickt still mit dem Kopf.

»Dir werde ich es zeigen, doch du musst geduldig sein«, wiederholt er unermüdlich. Denn Kunst braucht Zeit. Das Schöne ist selten praktisch. Und was praktisch ist, ist selten schön. Der Junge stimmt allem zu. Er ist geduldig.

In der Nähe der Gaube an der Wand entdeckt er eine prächtige Kohlezeichnung, die ihm das Blut gefrieren lässt. Der letzte Albtraum des alten

Mannes. Wenn er ihn zu Papier bringt, bekommt er sein Zittern in den Griff, lindert damit seinen Schmerz. Kunst als Ventil. Jedes Mal, wenn der Alte eindöst, ist er in der Hölle. Jedes Mal kehrt er aus ihr mit einem Werk zurück. Heute hat er wieder einen Toten gezeichnet. Einen kopflosen Körper, an dem sich Fliegen zu schaffen machen, die so real erscheinen, dass beinah das Summen zu hören ist. Das Bild, das der Finsternis entsprungen ist, fasziniert und entsetzt den Jungen zugleich. Es ist eine weitere Kohlezeichnung, die die Serie des Künstlers ergänzt, die er seine »Seerosen« nennt und die den Jungen genauso anzieht wie ein Horrorkabinett. *Mein Opi hat das überlebt!* Seine Bewunderung ist grenzenlos. *Er ist unbesiegbar, er ist unsterblich.* Der alte Mann bemerkt, dass das Engelchen seinen Albtraum betrachtet.

»Er hieß Levent, er war mein Kumpel in den Gräben.« Beim letzten Wort bebt seine Stimme. »Der Krieg hat ihn verrückt gemacht.«

Der Enkel antwortet nicht. Dafür zieht er in diesem Augenblick die Ausbeute des Tages aus seiner Tasche: den Luftwalzer zweier Schmetterlinge mit azurblauen Flügeln.

»Zeig her!«, bettelt der Großvater sofort. Er schnappt sich das knittrige Pastellbild, mustert es in all seinen Facetten wie ein Diamantenhändler. »Wunderschön! Wunderschön!« Das Lob des Großvaters geht ihm runter wie Öl, er trinkt es gierig, wird davon trunken vor Glück.

»Mir nach, Kleiner! Zeit für eine Vorführung!«

Der alte Mann steht auf. Mit krummer Wirbelsäule hinkt er beim Gehen, der Enkel folgt ihm nach. Als er am Herd vorbeiläuft, hält er an. Zeit für einen Kaffee, den er gelassen an Ort und Stelle genießt. Der Junge wartet. Er ist geduldig. Anschließend steuern die beiden den hinteren Teil des Dachbodens an. Dort thront ein Gerät, das der Junge »magische Kiste« getauft hat, das in Wahrheit eine gebastelte Laterne mit zwei Linsen ist. An diesem Gerät wird sein Opi zu Merlin, dem Zauberer.

»Mein Junge, guck, guck dir an, was aus deiner letzten Ausbeute geworden ist. Guck! Guck, wie das Schöne das Hässliche auf die Schippe nimmt, wie Kunst das Grauen zum Narren hält.«

Ein Licht geht an, die Kurbel beginnt sich zu drehen. Die Laterne projiziert ihre Alchimie auf ein weißes Tuch. Dort erscheint zuerst ein Albtraum aus seiner Seerosen-Sammlung. Eine so realistische Zeichnung, die einen auf der Stelle lähmt, ein Schlachtfeld, das Kohlestriche mit Leichen übersät haben, einige von ihnen sind so stark verwest, das weder ihr Gesicht, geschweige denn der Mensch noch zu erkennen ist. Das Einzige, was noch lebt, ist das zappelnde Ungeziefer.

»Das war im No Man's Land nach den Kämpfen im Juni.«

Die Stimme des alten Manns erzittert bei dem Hinweis auf die schmerzliche Erinnerungen.

No Man's Land.

»Das ist der Titel des Bilds, Junge. Meine Kameraden, die einen Fuß dort hingesetzt haben, sind nie zurückgekehrt.« Seine Stimme versagt. »Tot, ohne das Recht auf die letzte Ehre, kein Grabstein, nicht mal ein Stück Holz, geschweige denn ein Stein.«

Der Junge gibt keine Antwort, gibt nie eine Antwort. Hat keine Antworten. Er saugt alles auf. Weiß, dass bald die Magie beginnt. Und tatsächlich. Eine zweite Kurbel beginnt sich zu drehen. Von der linken Seite des Gartens erscheint ein Schmetterling auf dem Bild. Es folgt ein zweiter, ein dritter und weitere, eine ganze Armee von Faltern. Distelfalter, Segelfalter, Perlmuttfalter, Augenfalter, Tagpfauenaugen, Schwalbenschwänze strömen ins Bild. Der Junge jubelt, es sind seine Figuren, seine zierlichen Soldaten, die Armee, die er Tag für Tag gewissenhaft mit Pastellstrichen aufgestellt hat. Zoom auf ein paar gelbe Schwalbenschwänze, die ineinander verschmelzen, seitliche Kamerafahrt auf die Distelfalter und Pfauenaugen, jeder Flügelschlag bringt in das weitläufige Krematorium frischen Wind. Zoom wieder raus, es ist der Höhepunkt der Vorführung. Das No Man's Land verwandelt sich in eine Wiese voller Blumen aus der Hand des Zauberlehrlings, für jeden im Krieg gefallenen Kameraden ein würdiges Grab. Es ist jetzt das außergewöhnliche Bild eines keine acht Jahre alten Dreikäsehochs; ein Lichtbringer im Land der Albträume, ein kleiner Guerillero im Dienste eines Eremiten, der sich auf dem Dachboden verkriecht wie in einem Bunker.

Der Großvater gilt als Menschenfeind. Ist dermaßen in seinem Schmerz gefangen, dass er zu einer Legende geworden ist. In Hamburg geht das Gerücht um, er verlasse sein Versteck nur in der Nacht bei Nebel, wenn die Stadt schläft. Einige glauben, sie hätten ihn am See oder Kanal umherstreifen sehen oder sogar weiter südlich auf der Reeperbahn, aber keiner ist sich ganz sicher. Er wurde zum Gespenst von der Alster oder zum Schatten der Elbe, je nach Stadtteil, durch den er zieht, oder Wasserlauf, dem er folgt, ein umherziehender Ritter auf der Suche nach einer Stimme, einem seit einem halben Jahrhundert unauffindbaren Gesang. Den Tag sieht er quasi nie, nur durch die schmalen Dachluken oder in den Pastellbildern seines Enkels, die Balsam für seine Wunden sind. Er gilt als verrückt. Es mag überraschen, dass ein Halluzinierender seines Schlags so viel Bewunderung in einem kaum achtjährigen Jungen hervorruft. Doch der verehrt ihn abgöttisch. Weil er in ihm hinter all den unheilbaren Verletzungen den Überlebenden sieht, *den Unsterblichen*. Einen der begabtesten Künstler überhaupt und auch einen der außergewöhnlichsten Alchimisten, der aus Schlamm Gold macht. *Ich wäre gern genauso genial wie er.*

Der Film endet mit gurrenden Tauben. Der Junge und der Greis erschrecken, denn die Vögel gehören nicht zur Vorführung, zumindest nicht heute. Dann lächeln beide, als sie feststellen, dass das Gegurre ... vom Dach kommt. *Wie spät ist es?*

Die Comtoise schickt sich an, vier Uhr zu schlagen, Zeit, die Truppen zu versorgen.

»Unsere Freunde haben Hunger«, sagt der Großvater. Der Enkel stürzt zum Fenster. »Vergiss nicht das Brot!«

Natürlich vergisst er nicht das Brot, vergisst es nie. Er reißt die Tasche, die stets mit trockenen Brotkanten gefüllt ist, vom Sims, öffnet das Fenster, schlüpft geschickt wie eine Eidechse hindurch und befindet sich auf dem Dach, wo er von einem Schwarm Tauben wie der Messias erwartet wird. Das Erscheinen ihres Versorgers verstärkt das Gedränge, es werden immer mehr Tauben, die mit den Flügeln schlagen und ungeduldig gurren. Auch sie rufen in dem Jungen Bewunderung hervor. Auch sie waren im Krieg. Sind Teil der Sammlung des alten Mannes, sind vielleicht sogar das Herzstück.

16:22 Uhr. Sarah erreicht ihre Wohnung, ihrem Reifen ist die Luft ausgegangen – genauso wie ihrer Laune. Bis zu sich nach Hause hat sie fast eine Stunde gebraucht, für einen Weg, für den sie auf dem Rad, wenn sie es nicht wie eine Gebrechliche schieben muss, 20 Minuten braucht. Jemand hat ihr, während sie im Treff war, den Reifen aufgeschlitzt, ein Schnitt, der offensichtlich kein Unfall war. Für diese sinnlose Tat hat sie kein Verständnis, hätte einen Diebstahl bevorzugt. Not hätte den Dieb amnestiert, wenigstens im Herzen einer Humanistin. »Scheiße!«, flucht sie und verfrachtet den Invaliden in den Abstellraum.

Oben auf dem Balkon erwartet sie bereits die gewohnte Katzenschar. Miaut so laut, als hätten die Tiere seit Weihnachten nichts gefressen.

»Aber, aber, ihr Vielfraße! Ich hab euch doch heute Morgen gefüttert.«

Was soll's, zur Freude der hungrigen Meute schüttet sie Trockenfutter in die Näpfe. Sarah streichelt eine Katze nach der anderen, trotz ihrer Allergie und der wegen ihres Leichtsinns inzwischen geröteten Augen.

»Zum Glück seid ihr für mich da.«

Hoch lebe die Tierheilkunde, denkt sie und versucht, einen Niesanfall zu unterdrücken.

Von unten wird sie dabei aus dem Schatten der Garage beobachtet. Die Szene erinnert ihn an einen Renoir, *Frau mit Katze,* rührt ihn. Erinnert ihn an seine eigenen abenteuerlichen Ausflüge aufs Dach, um die Tauben zu füttern, was ihn noch rührseliger macht.

Doch er fühlt sich auch beschämt.

Um diesen festlichen Moment mitzuerleben, musste er etwas Furchtbares tun, das sein Gewissen belastet, *verzeih mir, Florence*. Er wollte sie wiedersehen, musste einen Weg finden, wie er ihr unauffällig und in seinem Tempo folgen konnte. Zu wissen, wo sein Schutzengel jetzt wohnt, hat ihn beruhigt, ihn seine Untat beinahe vergessen lassen. In seiner Versunkenheit stört ihn plötzlich ein Kater, der ihm durch die Beine huscht, um von dem Festmahl da oben nichts zu verpassen. Dabei streift er eine alte Radkappe, die wie mit einem Beckenschlag zu Boden geht und alle Katzen und auch Sarah aufschreckt. Sie richtet sich auf. Der Mann versucht, in Deckung zu gehen. Zu spät. Er wurde gesehen.

»Django? Bist du das?«

Er ist es. Macht ein Gesicht wie ein Kind, das auf frischer Tat ertappt wurde.

»Bist du mir etwa gefolgt?«, fragt sie, ohne eine Antwort zu bekommen. Diese Beschattung stört sie nicht im Geringsten, im Gegenteil. Mit ihrem wohlwollenden, fast komplizenhaften Blick gewährt sie ihrem Beschatter Absolution. Dieser überraschende Besuch lässt ihr sogar das Herz klopfen, macht sie ganz nervös, rötet ihr die Wangen.

»Komm hoch«, stammelt sie, »ich mach dir einen Kaffee.«

16:43 Uhr. In ihrer Küche duftet es nach Arabicabohnen, die sie stets mit größter Sorgfalt behandelt. Bei Gypsy-Jazz fließt der Kaffee in die Tassen, der genauso munter macht wie die Musik. Der Mann trinkt in kleinen Schlucken, hat noch kein Wort gesagt. Die durch Nachsichtigkeit der Hausherrin verzehnfachten Schuldgefühle haben ihm die Zunge verknotet. Sarah begegnet der Stille und ihrer gesteigerten Lust (*Also diese Augen!*), indem sie unerschöpflich redet, sie erzählt von ihrem schweren Tag und von dem Platten. Ihr Gegenüber rutscht unbehaglich auf seinem Stuhl hin und her.

Um 16:48 Uhr taucht vor der Balkontür eine dürre Silhouette auf.

»Lucas?!«, ruft Sarah, ihre Libido ist auf einen Schlag erloschen. Wegen des Unbekannten, der in der Küche seiner Patentante auf seinem Platz sitzt, bleibt der Junge stumm und wie angewurzelt stehen. Sarah lächelt. Diesen unverhofften Zufall kann sie im Grunde genommen nur mit Begeisterung begrüßen.

»Bleib nicht da stehen, Piano Man, komm rein!«

Zögerlich gesellt sich der Junge zu ihnen an den Tisch.

»Das ist Django. Ich habe dir von ihm erzählt, erinnerst du dich?«

Natürlich erinnert er sich. *Das ruhelose Genie.*

»Auch er verdreht allen den Kopf, wenn er Klavier spielt«, ergänzt Sarah.

Und er mag Satie, das hat Lucas nicht vergessen.

Aus dem Misstrauen des Jungen wird Neugier, seine und auch Djangos Schwachstelle wurde getroffen. Die beiden grüßen sich mit einem unauffälligen Kopfnicken.

»Lucas, möchtest du Limonade?«

»Nur Wasser, bitte.«

»Ein Glas Wasser für den jungen Maestro, kommt sofort!«

In einem Weinglas, was ihn immer erfreut.

Die nächsten Minuten sind zäh, Sarah versucht, das Schweigen der beiden anderen mit einem Redeschwall zu brechen. »Und die Klavierstunden, Lucas? Scheinbar übertrifft der Schüler schon den Lehrer. Bist du mit *Hundert Jahre Einsamkeit* durch? Dass du dieses Werk in deinem Alter nur so zum Spaß liest, ist beeindruckend!«

Sie überhäuft ihre Gäste mit Worten, achtet darauf, unangenehme Themen wie das Sommer-Collège zu vermeiden. Bis sich die Gemüter schließlich beruhigen. Ihr Besuch bleibt weiterhin still, ist den begeistert leuchtenden Augen nach inzwischen jedoch lockerer. Lucas beschließt sogar, den Monolog seiner Patentante zu unterbrechen, indem er einen Finger in sein Glas taucht und mit ihm dann über den Rand streicht. Er erzeugt einen klaren, gedehnten Ton. Er lächelt. »Du hast mir ein *Mi* serviert.«

Sofort hellt sich die Stimmung in der Küche auf. Django fragt seinerseits nach einem Glas Wasser.

»Ich hätte gern ein *Sol*.« *Ein Sol?* Perplex entleert Sarah ihren Schrank auf den Tisch, er ist voll mit unterschiedlich großen Schalen und Gläsern. Dazu stellt sie einen Wasserkrug.

»Hier! Stimmt eure Instrumente selbst.«

Der Junge wählt natürlich die kleinsten Gefäße und füllt nur wenig Wasser hinein, die großen Gläser überlässt er dem Veteranen. Gemeinsam passen sie den Klang jeder einzelnen Note bis auf den Millimeter genau an. Dann vollzieht sich die Magie.

Mi sol fa mi ...

Sie geben ein Konzert, das Sarah nie zu erhoffen gewagt hätte, nicht mal im Traum. Die Finger lassen die Gläser singen, die *Gnossiennes* entfalten ihren Zauber. Django spielt die Bässe, *re re ...*, Lucas die Sopranstimme, *la la ...*, die Küche löst sich auf, verwandelt sich in einen himmlischen Garten. Jeder Ton nimmt sich Zeit, durchsticht Sarahs schmalen Panzer.

17:11 Uhr, noch immer streichen die Finger über die Gläser, die weiter singen. Wie lässt sich so ein anmutiger Angriff überstehen? Sarah bebt am ganzen Körper, so wie die Gläser, die in diesem Kristallchor von den Fingerspitzen berührt werden. In der Balkontür erscheint die Nachbarin von unten, bald darauf kommen ihr Ehemann und der Student von oben dazu. Die Verschmelzung des Greifbaren bringt sie zum Träumen, bewirkt Schwindel: Wände, Türen, Balkone existieren nicht mehr, nur noch die Konstellation der funkelnden Noten. *Mi sol fa mi …* Sarah starrt auf die benetzten feingliedrigen Finger des Mannes, mit denen er die Gläser liebkost, es wird zu einer Qual.

Dann folgt der grausame Moment, in dem die letzte Note das Schwarze Loch heraufbeschwört. Das Publikum ist noch minutenlang sprachlos, geplättet von dem Wunderwerk aus einem Set von Geschirr. Die Nachbarin in der Balkontür fängt an zu klatschen, gefolgt von ihrem Mann und auch dem Studenten. Sarah hingegen hat sich noch nicht wieder erholt, kann weder ihre Hände bewegen noch ein Bravo von sich geben. *Das Wort wird dem nicht gerecht.* Der Jubel der Balkonzuschauer lässt die Blase, die sich um die Virtuosen gebildet hat, platzen. Lucas fährt geniert hoch.

»Ich muss weg«.

»Was?«, japst die emotionale Patentante.

Dass der Junge bei Sarah aufgetaucht ist, war kein Zufall. Er fängt heute seinen Cellounterricht an, der Lehrer wohnt am Park nebenan.

»Cello?« Sarah ist skeptisch. »Und das Klavier?«

Der Patensohn hebt seine zarten Schultern. Der Klavierlehrer kann ihm nichts mehr beibringen.

»Ich brauch was anderes, ich bin durstig«, sagt er vor einem Tisch voller Gläser mit Wasser. Der Patentante bleibt als Antwort nur ein »Wenn das so ist!«.

»Und wenn ich vom Cello genug habe, fange

ich mit Oboe an«, ergänzt er dreist und wird deswegen rot.

Mütterlicher Stolz erfüllt Sarahs Gesicht, etwas, das Lucas in den Augen seiner Eltern nie gesehen hat. Django hingegen wirkt ernst, betrachtet das mickrige Kerlchen eindringlich. Sieht sich selbst als Kind.

Verwirrt macht es der Junge wie die Nachbarn und macht sich davon, verschwindet so plötzlich, wie er aufgetaucht ist. Am Tisch zurück bleiben ein verträumter Django und eine Frau mit pochendem Herzen, die jetzt allein mit diesem geheimnisvollen, schönen Mann ist. Sie steht von Kopf bis Fuß unter dem Einfluss eines Liebestranks. Sie steht geschwächt auf, schließt die Tür, dreht den Schlüssel zweimal um; so gut es geht, versucht sie, die Brandherde, die sich wie nach einem Luftangriff in ihrem Körper vermehren, in den Griff zu kriegen. Das Feuer ist bereits in ihrer Brust, in ihren Eingeweiden, in ihrem Schritt. Das sind zu viele Feuer, sie muss sich am Türrahmen abstützen. *Einatmen! Ausatmen!* Sie dreht sich um, geht zu Django, greift seine Hand, führt ihn eilig durch den Flur bis in ihr Zimmer. Überrumpelt lässt er sich von ihr mitreißen wie von einem Wind, den er nicht hat kommen sehen.

Im Schlafzimmer angekommen, wird er aufs Bett gestoßen, sein Hemd von dem heißen Schirokko fortgeweht. Sarah ist vor Erregung wie berauscht, überdeckt ihn mit glühenden Küssen, küsst seine genialen Schläfen, seine kristallenen

Augen, sein musikalisches Ohr, gleitet hinunter zum Hals, verweilt dort kurz, geht dann weiter hinunter, zu seinem Soldatenherzen, zu seinem übermenschlichen Geschlecht. Sie knöpft ihm gerade die Hose auf, als sie den Kopf hebt. Erst da bemerkt sie seinen panischen Blick. Der Phönix ist gelähmt wie ein Jungvogel vor einem Raubtier oder wie ein verängstigtes Kind, das seiner Mutter zusieht, wie sie den Kopf verliert.

Lucas' Gesicht legt sich über das von Django. *Ich bin ein Monster!* Sarah bricht zusammen.

Im Fall des Überfallenen ist es nicht die Mutterfigur, die er entgleisen sieht, sondern seinen Engel, die Ersthelferin, was die Entgleisung nicht weniger inzestuös macht.

»Entschuldige«, bringt die vor Scham erbleichte Angreiferin murmelnd hervor. Die gelockerte Umklammerung nutzt er, um sich zu befreien. Er wiederholt unablässig: »Pérouse! Was ist Pérouse geschehen?«, dann verlässt er auf wackeligen Beinen das Zimmer, geht hinaus, ohne sein Hemd aufzuheben. Die gescheiterte Frau bleibt auf dem Bett zurück, ist gestrandet auf ihrer verlassenen Insel. *Das kann nicht sein, das bin nicht ich*, sie erkennt sich nicht wieder. Sie wurde abgewiesen, kostete zum ersten Mal ihre eigene Medizin, in Sachen Liebe wurde ihr sonst noch nie etwas verwehrt. Sie braucht eine gute halbe Stunde, um ihre tauben Glieder wieder zu bewegen.

Jedoch löscht das Missgeschick das Feuer nicht. Es ist umso intensiver, wird sie in der

Nacht durch ihre angeheizte Fantasie quälen. Sie ist verzweifelt, muss ihr Herz jemandem ausschütten. Sie sucht ihr Handy, um sich der einzigen Person anzuvertrauen, die ihr nach dem Tod ihrer Mutter noch geblieben ist: ihre Schwester, ihr Fels in der Brandung. Um 18:01 Uhr spielt das Handy der Doktorin Lagacé die Sonate und zeigt Sarahs Nummer an. Ist das der Instinkt, der tiefen Freundschaften nachgesagt wird? Das Allegro vom *Sturm* erscheint ihr tobender als sonst. Régine geht schnell ran, ahnt die Verzweiflung ihrer Freundin. Deren Stimme ist gebrochen.

»Régine, ich habe gerade ...« Sie bricht ab, muss schluchzen. »Ich habe gerade Django vergewaltigt!«

Die Doktorin kippt fast nach hinten.

»Was hast du?«

Die Verzweifelte kann es nicht wiederholen, braucht erst ihr Asthmaspray. Am anderen Ende der Leitung herrscht Fassungslosigkeit. Sarah, der Engel und die Sanftmut in Person, eine Schänderin? *Wenn Schweine pfeifen!* Oder ... *wenn sie fliegen können!* (Das kommt aus England, sagt Timothy.) Oder auch: *wenn Krebse auf den Bergen pfeifen!* (Das hat sie von ihrer russischen Oma.) Die Redewendungen überschlagen sich in ihrem Kopf, obwohl keine davon ausdrückt, wie unmöglich das ist.

»Du nimmst mich auf den Arm!«

Keine Antwort, nur weiteres Schluchzen. Am Pfeifen ihres Atems erkennt Régine, dass Sarah nicht zu Scherzen aufgelegt ist und keinen Menschen (Schwein oder Krebs) auf die Schippe nimmt. »Hast du versucht, ihn zu küssen?« Immer noch keine Antwort. Wäre sie zu Hause oder auf der Arbeit, wäre sie sofort nach Saint-Henri aufgebrochen, um das Wrack wieder aufzurichten. Nur ist sie weder zu Hause noch auf der Arbeit. Sie ist am Flughafen, nur noch wenige Meter vom Gate und dem Flugzeug getrennt, das sie 12 000 Kilometer von Montréal wegbringt. Der Abflug steht kurz bevor, wird gerade über die Lautsprecher des Terminals angesagt. Was Sarah, die zwar aufgewühlt, aber nicht taub ist, sofort hört.

»Régine, wo bist du?« (ein Schniefen)

Régine stockt, stammelt, so als wäre auch sie entgleist, wie Sarah, die sich vehement der Vergewaltigung beschuldigt.

»Ich ... ich bin am Flughafen. Ich mache ein paar Tage Urlaub, fliege in den Süden.«

Das verschlägt Sarah die Sprache. *Eine zwanghafte Berufstätige, die plötzlich freinimmt, um in den Süden zu fliegen? Mitten im Juli?* Régine hört sie denken, erklärt sich sofort.

»In Kalifornien findet ein Kolloquium statt, da versammeln sich die besten Neuropsychologen. Ich schaue mal vorbei, möchte in erster Linie aber entspannen, zum Strand gehen. Ich werde mich doch auch mal ausruhen dürfen.«

»Auch mal?!«

Zweifelnd trocknet Sarah ihre Tränen. Sie kennt Régine gut genug, um zu wissen, dass sie

Strandurlaub genauso hasst wie Kolloquien, das eine wie das andere verschwendet nur ihre wertvolle Zeit. Ihre Worte sind dermaßen in Unaufrichtigkeit getränkt, dass sie niemanden überzeugen, nicht mal den naivsten aller Dummköpfe.

Zu Régines Verteidigung ist zu sagen, dass sie nur zum Teil lügt.

Wenn die Vorstellung von der unermüdlichen Gelehrten, die es sich unter Palmen bequem macht, tatsächlich abwegig ist, ist es dagegen nicht von der Hand zu weisen, dass sie überstürzt Urlaub genommen hat und gleich in den Süden fliegt. Zwar nicht nach Kalifornien, die Palmen von Santa Monica oder Malibu sind nicht das, wonach sie sucht, sie möchte in den wahren Süden am Ende der Welt. Dort erwartet sie echter Sand an einem exotischen Ort, dessen Name allein schon fasziniert: Kalahari. Wie soll sie Sarah, der sie gestern noch versprechen musste, ihren Schützling nie wieder zu »rösten«, gestehen, dass sie durch Linguistikforscher von der Universität des Kaps auf eine vielversprechende Spur gestoßen ist, mit der sie die Hochstapelei des Phönix entlarven wird? Denn für Régine ist offensichtlich, dass sich ihre liebe Schwester in ein zwielichtiges Kerlchen, in eine gefährliche Mogelpackung, verguckt hat. Doch wie soll sie ihr das sagen? Wie soll sie ihr sagen, dass sie die Sache nicht ruhen lassen wird? Ganz im Gegenteil. Régine versteift sich, ja klammert sich sogar an die Vorstellung, ein verwirrtes Gehirn zu entschlüsseln. Dafür schwitzt sie auch unter drückender Hitze an einem Ort irgendwo auf dem 25. Breitengrad, in einem vagen Gebiet zwischen Namibia, Botswana und Südafrika. Einem Lost Place, wo vor etwas mehr als einem Jahrzehnt der letzte Sprecher einer seltenen Khoisan-Sprache verstorben ist. Zumindest hatte man noch bis gestern an ihren Untergang geglaubt. Zum großen Erstaunen der Akademiker spricht sie ein Vagabund, der nichts von einem San hat, in Montréal perfekt.

Dieser spektakuläre Vorstoß in ihren Nachforschungen sollte trotz allem nicht ausposaunt werden, vor allem nicht vor Sarah, weil diese es als Hexenjagd werten würde, als Dolchstoß in den Rücken ihres Schatzes – und damit auch in ihren.

»Wo geht's denn genau hin?«, erkundigt sich Sarah, die noch unsicher ist, ob sie sich Sorgen machen oder lieber in Acht nehmen soll. Es versteht sich von selbst, dass sie diese improvisierte Reise alarmiert. Vor allem, da Régines Antworten nicht gleich, sondern nur verzögert kommen.

»In die Nähe von San Francisco, nach Stanford.«

Sarah ist skeptisch, Régine verschweigt etwas. Etwas ist daran mächtig faul.

»Lucas war vorhin hier. Er hat gar nichts von deinem plötzlichen Durst nach Margaritas erzählt. Was sagst du nun?«

Keine gute Idee, Régine auf diese Weise herauszufordern, die auf die Frage nicht eingeht (Lucas macht nie viel Aufhebens um das Kommen und Gehen seiner Eltern), dafür aber auf die schreckliche überaus beunruhigende Vorstellung, dass ihr Sohn zur selben Zeit bei Sarah war wie der Betrüger.

»Lucas und der Phönix waren gleichzeitig bei dir?«

Sturz ins Grab. Sarah muss sich da herauswinden, lügt nun ebenfalls.

»Nein. Lucas ist beim Cellounterricht. Er war schon weg, als Django gekommen ist, um ...«

»Um sich vergewaltigen zu lassen?«

18:07 Uhr. Diese verbale Auseinandersetzung und noch mehr aufgetischte Lügen, die ihrer Freundschaft unwürdig sind, möchte Sarah nicht weiter erdulden, lieber das Gespräch beenden. Sie hat in gewisser Weise sowieso erreicht, was sie wollte. Sie wurde aufgemuntert.

»Wohin du auch fliegst (*denn ich glaube dir kein einziges Wort von dem Kolloquium in Kalifornien*), halt mich auf dem Laufenden! Und pass auf dich auf!«

Auch Régine belässt es dabei, verteilt lieber Ratschläge.

»Hör auf, einem Mann hinterherzuturteln, der offensichtlich kein Heiliger ist (*wohl eher ein Scharlatan*), und behalte meinen Piano Man im Auge, ja?«

Selbstverständlich passt sie auf Lucas auf. So wie immer, egal, ob seine Eltern zu Hause oder am

Ende der Welt sind. Régine erreicht dieses Ende der Welt drei Tage später mit ihrem Koffer und einem Namen auf einem Zettel: *Papa !Xóõ*.

Eine irrationale, launenhafte Reise für eine Wissenschaftlerin wie Régine, könnte man sagen. Nur ist es in diesem Fall keine Frage der Laune, sondern der Hartnäckigkeit, dieser Hauch, der Forschende immer weiterdrängt, sie die unwahrscheinlichsten Odysseen unternehmen lässt.

»Mademoiselle Dorian, gehen Sie nicht zu weit weg!«, warnt die von der Reisenden aus Moskau rekrutierte Fremdenführerin. Doch das Fräulein ignoriert den Hinweis, tastet sich vorsichtig auf einem abschüssigen Pfad vor, entfernt sich von der Touristenattraktion der Gegend: ein soeben aus den Ruinen auferstandener griechisch-römischer Tempel. Er überragt die tiefen Schluchten von Garni, in die der Pfad hinabführt. Damit es klar ist, die junge Touristin hat den weiten Weg zurückgelegt, um Garni zu sehen. Nicht den Tempel, sondern die Schluchten.

Sie hat viel für diese Reise auf sich genommen, hat Tonnen von Papier, so schwer wie ein eiserner Vorhang, bewältigt, um ein Visum zu kriegen für einen Staat, den alle verlassen wollen. Doch sie musste es tun. »Geh nicht dorthin«, sagten ihr Eltern und Lehrer, »es ist ein abgeriegeltes Land«, und: »Es ist ein kaltes Land«, schließlich: »Es ist ein Land im Krieg.« Aber der Krieg findet in Afghanistan statt. Die Studentin ist in Garni unter der erbarmungslosen Sonne in einer ruhigen Umgebung unterwegs, auf einem Gelände, das weder abgeriegelt noch kalt ist. Es ist mehr als eine Reise, es ist eine Pilgerfahrt. Vielleicht sogar eine Odyssee, von der sie seit ihrer Kindheit träumt, seitdem ihr immer wieder gesagt wurde: »Dein höchstes Gut ist deine Stimme.«

Dein höchstes Gut ist deine Stimme.

Dieselbe Stimme wie die ihrer Mutter und

davor ihrer Großmutter und Urgroßmutter. In dieser Familie wird kein Schmuck vererbt, Gesang ist die einzige Mitgift. Von Mutter zu Tochter vererbt sich die Stimme, und was für eine! So schön, dass sie sprachlos macht. Eine ganze Linie von strahlenden Sirenen, die überall ihre Noten verstreuen, in Kirchen genauso wie in Salons, in Nachtlokalen und vor dem Fenster, durch Gassen und Nebel, über Felder und Berge bis in die finstersten Schluchten.

Dein höchstes Gut ist deine Stimme.

Aber woher kommt *diese überlieferte uralte Stimme?* Darüber hat sie ihre Dissertation verfasst. Hat sich die Beantwortung dieser Frage zur Berufung gemacht. Mit Anfang zwanzig geht sie ihrer Ahninnenschaft auf den Grund, gräbt, gräbt immer tiefer. Wie tief muss sie graben, um auf die Quelle dieser schwindelerregenden Kirchenlieder zu stoßen? Wer war die Erste, die Greifbares zum Schmelzen brachte, einfache Sterbliche in die Knie zwang und wahrscheinlich auch ein oder zwei Bischöfe, ein oder zwei Prinzen, einen General und seine Truppen?

Durch ihr Graben fand sie im Keller einer Bibliothek ein verstaubtes Buch. Darin entdeckte sie einen Namen: *Sahagadoukht.* Vor über 1000 Jahren eine Kirchensängerin, die komponierte und unterrichtete und auf der antiken Seidenstraße eine guten Ruf besaß. Dem alten Buch nach übte Sahagadoukht ihre Kunst am liebsten in einer Grotte aus, genauer gesagt in den Schluchten von Garni. Die Menschen kamen von weit her, um dieser Frau, ihrer Ahnin, zuzuhören. Den kirchlichen Gesang lehrte sie im Verborgenen unter einem Baldachin.

Seit dieser Entdeckung verfolgt das Fräulein Dorian den Gesang der Matriarchin, träumt jede Nacht davon, versucht, sich ein Bild zu machen. Sahagadoukht. Sie stellt sie sich unter ihrem Baldachin vor, klein, zart, das Gesicht stets bedeckt. Und trotzdem diese gigantische Stimme! Sahagadoukht. Der Ursprung einer ganzen Nachkommenschaft außergewöhnlicher Sängerinnen. Darunter die der Dorians.

Mythos oder Realität? *Was macht das schon.* Dieser ausgegrabene, in einem staubigen Buch entdeckte Schatz wirft einen goldenen Schein auf ihre Wurzeln.

»Mademoiselle Dorian!«, wiederholt die Frau, die offiziell ihre Dolmetscherin ist, inoffiziell ihre Aufpasserin. Die Fremdenführerin ist dem Fräulein zu Diensten, hauptsächlich aber dem Obersten Sowjet.

»Mademoiselle, Sie entfernen sich von dem *vorgegebenen Weg.*«

Ihre Stimme ist hart. Trotzdem ist ihr wie bei allen Reiseagenten von Intourist eine Spur Traurigkeit zu entnehmen.

»Der Pfad geht steil hinab, Mademoiselle, bitte!«

»Ich bin nicht hierhergekommen wegen einem Gebäude, sondern wegen der Schlucht«, insistiert die Studentin.

»Warum legen Sie so viel Wert auf die Schlucht?«

Die Reisende legt sich eine vernünftige, äußerst harmlose Antwort für diese sowjetische Reiseagentin zurecht. Letztlich wirft sie das Handtuch und vertraut auf die Wahrheit. Was hat sie zu verlieren?

»Ich verfolge die Spur einer entfernten Vorfahrin, die in dieser Felsenschlucht in einer Grotte gesungen hat.«

Stille.

Die Fremdenführerin ist sichtbar verunsichert, das Vorhaben des Fräuleins weicht vom vorgegebenen Weg ab.

»Ihr Name?«, fragt sie schließlich, immer noch mit etwas Traurigkeit in der Stimme. Sofern es nicht ein kaum wahrzunehmender Hauch von Empathie ist, ein Gefühl von Affinität.

»Sie wurde Sahagadoukht genannt«, antwortet das Fräulein Dorian.

Es verschlägt der Aufpasserin die Sprache, sie erliegt dem Unglaubwürdigen. Allein die Vorstellung, dass dieses Mädchen Tausende von Kilometern aus Amerika zurückgelegt hat, um jenseits des Schwarzen Meers die kleinste und schmutzigste der sowjetischen Republiken zu besuchen, ist abwegig. Jetzt erwähnt sie auch noch eine heimische, verkannte Legende, eine Figur, von der nur im vertrauten Kreis der Familie gesprochen wird.

Grabesstille.

Dann:

»Der Pfad ist steil, achten Sie auf Fehltritte.«
Mehr sagt sie nicht.

Die Besucherin wertet das als stilles Einverständnis und begibt sich in den Steilhang, läuft den Abhang ohne Probleme oder Fehltritt hinab. Unten angekommen schlittert sie dafür in tiefste Verblüffung.

Denn was sie dort erwartet, übersteigt ihren Verstand, das Spektakel ist großartiger als jeder aus Ruinen auferstandene Tempel. Um das Fräulein herum ranken die Felsen wie basaltische Orgeln nach oben, unzählige Säulen auf dem Weg zum Himmel verwandeln diesen Tiefseegraben in eine Open-Air-Kathedrale.

Die Schönheit ist umso erschlagender, da sie nicht zu erwarten war. An dieser Stelle befindet sich die einzige Kirche, die im Herzen des sowjetischen Atheismus noch ein wenig Würde bewahrt hat. Es fehlt nur ein Chor, denkt die junge Frau, um die Sinfonie der Steine zu begleiten. Und gerade als sie das denkt ...

Ein Luftzug.

Ein Luftzug aus weiter Ferne, aus einer Zeit mit tausendjährigen Kirchenliedern und Geschichten voller Leid. *Gesang.* Woher kommt er? Existiert er wirklich oder nur in ihrem Kopf? Das Fräulein könnte es nicht sagen, fühlt sich, als wäre sie in einem Tagtraum. *Diese Stimme.* Sie ist ihrer ähnlich. Oder der ihrer Mutter und ihrer Großmutter ... Dieser Gesang ist so tief wie diese Schlucht. Hat vielleicht die Sintflut überstanden, wurde bewahrt vom Wind und den Höhen des Ararats. *Woher kommt dieser Gesang?* Die Forscherin sucht die Umgebung ab, begutachtet die Vertiefungen der Felsen. Er könnte aus einer Grotte kommen. Genauso wie aus einem Fenster, es gibt so viele in die Jahre gekommene Nonnen- und Mönchsklöster, die sich an Felsen klammern wie an die Hoffnung auf bessere Tage. Er könnte auch von der Hochebene kommen, könnte der Gesang einer Hirtin oder Bäuerin sein. Oder der ihrer Fremdenführerin, dieser Aufpasserin mit dem marmornen Gesicht und den grauen Augen, die kurz geleuchtet haben. Sie dreht sich zu dem Pfad, der sie hergeführt hat, schaut an den Orgeln entlang bis nach oben, wo ein zarter Umriss auf sie wartet.

Ja, es könnte ihr Gesang sein.

Da erkennt sie, wie grob sie ihre Besessenheit werden ließ, die Reflexion einer anmaßenden Eitelkeit. Ist es möglich, von einer Sache, die man begehrt, in dem Maß besessen zu sein, dass man darüber hinaus alles andere vergisst? *Und wenn das Erkunden wichtiger ist, als das, was zu erkunden ist?*

Das Fräulein Dorian macht sich sofort ein Versprechen. Sie ist Forscherin und bleibt es auch. In Gedenken an all ihre Vorfahren und an alle, die der Neugierde beraubt wurden. Jetzt realisiert sie es, die Umwege sind unendlich willkommener als das Ziel. Diese Grotte wird sie immer weiter suchen.

Möge sie sie nie finden.

TAGEBUCH EINES BABYLONISCHEN GELEHRTEN

März 2007

Besessen sein. Davon, zu haben, davon, zu sein, davon, zu erlangen. Darin kennt sich unsere Spezies bestens aus.

Macht es einen zu einem Unmenschen, wenn man sich die Kunst aneignen will, nicht nach dem Schönen, sondern nach dem Perfekten sucht?

Leni Riefenstahl. Eine außergewöhnliche und brillante Filmemacherin im Dritten Reich, vielleicht sogar die brillanteste, die die Welt je gekannt hat. Eine Perfektionistin. Die sich im Namen der Ästhetik des Reinen auf den falschen Engel eingelassen hat. Arme Leni. Dass ist es, was von ihr bleibt, genauso wie bei Faust. Genauso wie bei mir.

Warum geben wir uns nicht damit zufrieden, Mensch zu sein? Was in der Tierkunde überaus beachtlich ist. Wir könnten uns mit dem Leben begnügen, uns begeistern, indem wir nichts tun, oder nichts anderes als Liebe wie die Bonobos. Ins Staunen geraten angesichts der einfachsten Dinge. Doch wir sind verrückt nach dem Großen, sind besessen davon, zu suchen und zu erobern, davon, das Unüberwindliche zu überwinden und riesige Türme zu bauen.

Wen wollen wir übertrumpfen? Gott? Das wäre zu einfach. Uns selbst? Oder die Zeit? Die Zeit, die wahre Meisterin, die absolute und despotische Herrscherin. Nur sie kennt keinen Makel, geht stets voran und komplettiert alles, sagte Whitman.

Ich kenne ein Volk, das nichts besitzt und mitten im Nichts lebt. Das einzige, das losgelöst ist von der Zeit. Ein Volk, das sich, weil es nichts hat, für alles begeistert und für das Kunst keine Trophäe ist, sondern lebenserhaltend so wie Wasser. Es bedeutet alles für Menschen in der Wüste.

Ein meisterhaftes Volk.

Als die Sonne auf den Sand trifft, steigt Régine aus dem Jeep, der sie vom Kap 1000 Kilometer durch Einöde mitten ins Nirgendwo gefahren hat. Beim Kontakt ihrer Füße mit dem orangefarbenen Boden um 18:01 Uhr ist der Schock groß. Nicht dass sie die Hitze stört, die mitten im Winter weniger stickig ist. Die Ästhetin unterliegt vielmehr einer atemberaubenden Verzückung, *nichts als Leere!* Das Gefühl, in ein Bild geraten zu sein, vielleicht genau in das, das der Phönix in Pastell gemalt und dann sofort wieder zerrissen hat. Möglicherweise ist die Montréalerin auf dieselbe Weise bestürzt, wie es der ungestüme Künstler gewesen ist, in einer Landschaft, in der das Licht uneingeschränkt herrscht. Denn es gibt nichts, das Schatten spenden kann, nur Luftmoleküle und Milliarden Bergkristalle. Es gibt nur wenige Orte auf der Welt, an denen sich die Sonne so amüsieren kann. Régine ist dermaßen hingerissen, dass sie das versprochene Trinkgeld für den Fahrer vergisst. Er räuspert sich, um die Frau aus ihrer Träumerei zu holen. Endlich bedankt sie sich bei ihm, legt ihm ein Bündel Scheine in die Hand.

»Wo ist das Dorf?«

Er zeigt auf die untergehende Sonne.

Die Forscherin blinzelt, führt eine Hand an die Stirn. Sie muss ihre Augen schützen, um vor dem grellen Gestirn den hauchdünnen Umriss eines Weilers zu erkennen. *Da ist es.* An diesem verlassenen Fleck Erde wird sie das Geheimnis

lüften. Wenn man es sich recht überlegt, ein überaus idyllisches, ja meisterhaftes Dekor, um Licht
in die Sache mit dem Phönix zu bringen. Aus dem
Dämmerlicht vor ihr löst sich der Schatten eines
Menschen heraus. Er hat das Surren des Motors
gehört und ist auf dem Weg, um sie zu empfangen.
Der Schatten kommt immer näher, wird deutli-
cher. Eine dürre Gestalt, die trotz der Umgebung
einen stolzen Eindruck macht. Er hebt die Hand
zur Begrüßung. Als er sie erreicht, ist der Jeep
längst weg, nur noch eine dichte Staubwolke von
ihm zu sehen. Der Ankömmling erleichtert sie
von ihrem Koffer, stellt sich vor.

»Ich bin Papa !Xóõ, seien Sie herzlich willkommen, Madame Lagacé.«

Offensichtlich wurde er über ihren Besuch informiert. Sie fragt sich, wie, hat seit drei Stunden
kein Handysignal. An der Universität vom Kap
wurde ihr dieser Mann als die Seele des Velds
präsentiert. Zudem ist er – gleichzeitig – einer
der herausragendsten Linguisten des Landes,
auch wenn er den Universitäten inzwischen
fernbleibt. Er bevorzugt das Gelände. Trotzdem
ist er immer noch der unangefochtene Experte
für die Khoisan-Sprachen, ist selbst zur Hälfte
San. Ein *Coloured.* »Wenn Ihnen jemand über den
Unbekannten vom Vieux-Port Auskunft erteilen
kann, dann Papa !Xóõ«, wurde ihr am Kap gesagt.
Sie erhielt auch seine Koordinaten am Ende der
Welt. Régine rechnete damit, auf einen Mann mit
dunklerem Teint zu treffen. Nur ist seine Haut

weiß wie Elfenbein. Er scheint ihre Gedanken zu lesen, der dumpfe Ausdruck der Reisenden amüsiert ihn. Sie ist nicht die Erste, die beim Treffen mit ihm so ein Gesicht macht.

Auf dem Weg zum Weiler erzählt er ihr sein ganzes Leben.

»Der Schein trügt, ich bin sehr wohl ein *Coloured*. Andere würden *Baster* sagen, mir ist das gleich. *Couloured* oder *Baster*, das kommt aufs Gleiche raus. Beide Wörter nutzten lange Zeit die Kolonialisten abwertend, weil sie die Idee einer gemischten Verbindung beziehungsweise einer Entartung ausdrücken. Sie sehen selbst, ich bin mehr weiß als schwarz. Das bedeutet, dass ich in der Genlotterie das richtige Los gezogen habe ... rhetorisch, versteht sich. So konnte ich auf die besten Schulen gehen. Mein Afrikaandername hatte ebenfalls Gewicht.«

»Apropos«, unterbricht ihn Régine, »ich weiß gar nicht, wie Ihr richtiger Name ist.«

»Wie mein richtiger Name ist! Ihr *Weißen* bringt mich immer zum Lachen. Wollt es immer ganz genau wissen. In eurer kartesianischen Welt ist kein Platz für Nuancen. Es gibt nur Schwarz oder Weiß, aber in der Regel eher Weiß.«

Als ob er selbst nicht weiß *wäre*, denkt Régine.

Er schaut zur untergehenden Sonne.

»Haben Sie die Sonne gesehen? All ihre Nuancen? Das ist nicht kartesianisch.«

»Entschuldigen Sie, ich wollte Sie nicht verärgern.«

»Ich verstehe schon, schließlich sind Sie Wissenschaftlerin.«

So als wäre er selbst keiner, kommentiert Régine in Gedanken.

Dennoch antwortet er auf ihre Frage, er lehnt seinen offiziellen Namen ab, also den, der auf seiner Geburtsurkunde steht: Ѳôõ Badenhorst. Die Dissonanz der beiden Namen verblüfft Régine, die unbewusst die Stirn in Falten legt. Den Vornamen, der mit einem dieser unaussprechlichen Klicklaute beginnt, könnte sie nicht wiederholen. Der San lächelt, erklärt, dass sein Vater Afrikaander war und aus einer Familie stammte, die in der Verwaltungshierarchie seines Landes ganz oben stand. Nichtsdestotrotz, oder vielleicht gerade deswegen, kehrte sein Vater der Familie den Rücken, um Ethnologe zu werden. Er wollte die indigenen Sprachen Südafrikas bewahren, indem er sie aufzeichnete. Einige waren sehr selten und alt, vom Aussterben bedroht, besonders die unerforschten Zweige der !Xóõ-Sprache.

Régine lauscht ihm andächtig, ist fasziniert davon, wie er !Xóõ ausspricht. Er ist wohl ein Griot. Ein *weißer* Griot – *wider Willen*.

»Mein Vater hatte das große Glück, in einem Land geboren zu sein, das als Mekka der Anthropologie gilt. Und das Unglück, im Reich der Rassentrennung zu leben. Sein ganzes Leben hat er gegen die Apartheid gekämpft. Er war sogar so kühn, sein Herz an eine Frau der San zu verlieren, ein Volk, das auch heute noch in der südafrikanischen Gesellschaft auf der untersten Stufe vor sich hin vegetiert. Ich bin die Frucht des Unmöglichen. Mein Vorname bedeutet auf !Xóõ ›Traum‹. In meiner Jugend war ich mehr als nur ein Kind, ich war ein Symbol, die Standarte der Dissidenz. Ich bin stolz auf diese mir zugeschriebene Rolle. Ich hätte gerne gesehen, dass mein Vater den Sturz des Regimes, das er ›die Barberei‹ nannte, miterlebt hätte. Er starb 1989 zu früh und zu jung. Er hat nicht gesehen, wie der alte Mandela freikam.«

Er hat ihn knapp verpasst! Régine ist erschüttert.

»Und Ihre Mutter?«

»Gestorben vor meinem Vater, ich war noch ein Kind. Ein weißer Onkel hat mir eines Tages gesagt, dass ihr Tod etwas Gutes hätte und ich dadurch keine Probleme mehr mit den Behörden. Ich hasste ihn für seine Rücksichtslosigkeit, in der er ein Meister war. Trotzdem, auch wenn es bitter ist, muss ich zugeben, dass er recht hatte. Zumindest damals. Aus Sicht der Regierung bedeutete der Tod meiner Mutter das Ende dessen, was mich zum *nègre* machte.«

Die Québecerin erschaudert, das Wort bringt ihre Ohren zum Klingen. Sie wechselt schnell das Thema.

»Es heißt, Sie sind der beste Linguist des Landes. Sie sind dem Weg Ihres Vaters gefolgt.«

»Und seiner Besessenheit, ja. Dieselbe Obsession – wie bei dem, den Sie den Phönix nennen. Deswegen sind wir zu Freunden geworden. Unser beider Mission war es, zu bewahren. Zumal auch er sich als *Coloured*, von gemischtem Blut, betrachtete.«

Dass er spontan ihr Thema anspricht, kommt der Ermittelnden sehr entgegen. Die Fragen überschlagen sich.

»Kennen Sie ihn gut? Wer ist er? Woher kommt er? Was hat er hier in Afrika gemacht?«

»Woher er kommt? Die Frage ist so komplex wie sein Stammbaum! Was den Grund für Aydins Aufenthalt hier in Afrika betrifft, es ist derselbe wie bei mir und meinem Vater.«

»Aydin?«

»Für enge Freunde. Ansonsten nannten ihn damals alle Monsieur K.«

Régines Gesicht hellt sich mit jedem Puzzleteil, das der Mann ihr reicht, weiter auf, sticht ihre unstillbare Neugier zunehmend ins Auge. Den Griot erstaunt das Interesse, das die Kanadierin an ihm hat.

»Ich kenne seinen vollständigen Namen nicht. Seinen ›richtigen Namen‹, wie Sie es nennen.«

Falls sie enttäuscht ist, lässt sie es sich nicht anmerken. Sie hat einen Vornamen und einen Buchstaben, Aydin K, *das ist doch schon mal was.* Im Übrigen ist der Gastgeber liebenswürdig, sie würde nicht auf Details pochen (nicht dieses Mal).

»Kommen Sie«, sagt er und lädt sie zum Essen ein. »Ich möchte gern erfahren, was aus meinem Freund geworden ist.«

Dazu kann sie ihm einiges sagen.

Auf der Armbanduhr der Montréalerin ist es 18:25 Uhr, als sie das Dornengatter der Ansiedlung passieren. Und »Ansiedlung« ist fast ein zu großes Wort. Régine versteht in dem Moment, was Papa !Xóõ mit *unterster Gesellschaftsstufe* gemeint hat. Am Rand stehen elende Behausungen aus Plane und im Zentrum Blechhütten. Das Abendessen wird auf dem Feuer an der Schwelle zur Tür bereitet.

»Vor einigen Jahrzehnten«, erzählt Papa, »waren die Leute Jäger und Sammler. Sie zogen den Jahreszeiten folgend durchs Land. Aber na ja. Sie wurden aus dem Veld herausgeführt, mussten Wildgebieten weichen. Die Giraffen und Elefanten mussten geschützt, die San aber vor allem ›zivilisiert‹ werden. In Wirklichkeit wurde der Diamantenabbau mit touristischen Attraktionen verknüpft, die Reservate wurden zu wahren Geldquellen und einem Eldorado für Erzsucher und Safarifans. Heute nehmen die Regierungen haufenweise Gebühren ein. Und die Nomaden, die das Plateau bewohnt haben, wurden ›zu ihrem Wohl‹ in die Wüste nahe der Parks und Landesgrenzen umgesiedelt. Etwa an diesen Ort. Ein Dorf von vielen, das verpflanzt wurde. Sicher, sie sind ausgestattet mit Generatoren, Ambulanzen und Schulen, aber die Kinder werden nicht in Bantu oder Khoisan unterrichtet. Sie sind nun sesshaft, werden Viehzüchter, Bauern, Bergmänner oder Sonntagsjäger, die mit Pfeil und Bogen die Touristen unterhalten. Die Mehrheit der San erinnert sich schon nicht mehr, was war, kennt auch nicht mehr die schöne und seltene Sprache ihrer Ahnen. Sie kämpfen für das wenige, wofür sich der Kampf noch lohnt. Zum Beispiel für das Recht, das Land ihrer Vorfahren zu bewohnen und sich darauf frei zu bewegen. Sehen Sie sich die Behausungen um uns gut an, das Material, aus dem sie bestehen. Die massiven Häuser, ob aus Blech oder Backstein, haben Pessimisten erbaut. Die einfachen Hütten und Unterschlüpfe aus getrocknetem Stroh oder Plane bewohnen Optimisten.«

Régine schaut sich um. Hat den Eindruck, als wäre sie in einem dieser Lager, die regelmäßig in den Nachrichten zu sehen sind. Wäre das Ende der Welt eine Sackgasse, dann wäre sie hier. Abgemagerte Hunde streunen zwischen den Hütten umher, schnüffeln an leeren Bier- und Spirituosenflaschen. Ein Stups mit der Schnauze rollt ihr eine bis vor die Füße. Zulu-Rum. Papa hat es nicht mitbekommen oder stört sich nicht mehr daran. Er erzählt weiter.

»Verstehen Sie mich nicht falsch, ich habe nichts gegen Elefanten und Giraffen. Die Giraffe steht im Zentrum unserer Kultur, wir besingen sie, malen sie als Königin auf die Felsen der Kalahari. Alle Wesen sind schützenswert. Wissen Sie, ich mühe mich jeden Tag damit ab, darauf aufmerksam zu machen, dass ein Volk stirbt, während die Leute damit beschäftigt sind, die Megafauna zu fotografieren. Die Sprache der San ist bereits erloschen.«

Sieht er sich selbst als San? Für Régine ist das nicht klar. Manchmal spricht er von »wir«, manchmal von »ihnen«. Noch verlegener ist sie, weil sie sicher eine der ersten Touristen gewesen wäre, die einen fünfstelligen Betrag gezahlt hätte, um Zebras und Löwen zu fotografieren. Sie schaut sich noch einmal um, versucht zu begreifen, wo sie genau ist.

»Sind wir noch in Südafrika?« Papa zuckt mit den Schultern.

»Das hängt davon ab, mit wem Sie reden. Die Regierung Botswanas würde sagen, der Weiler ist in Südafrika. Die südafrikanische Regierung würde hingegen darauf schwören, er liegt in Botswana. In Wahrheit taucht dieser Fleck auf keiner Karte auf. Er befindet sich genau auf der Grenze, die sich wie der rote Wüstensand bewegt. Seine Bewohner existieren nicht mehr, sind unsichtbar geworden, bis auf die Anthropologen der Universität vom Kap vielleicht.«

Die Sonne ist verschwunden. Auf dem Hauptplatz wurde gerade ein großes Feuer entfacht. Régine hat nicht gemerkt, wie die Zeit verflogen ist. Sie sieht kurz auf die Uhr, 18:57 Uhr. Diese subtile Geste entgeht dem Afrikaander nicht. Er lacht.

»Sie achten sogar hier darauf, wie spät es ist? Im Grunde ähneln Sie ihm. Aydin. Beide sind Sie von der Zeit besessen, und beide sind Sie leidenschaftliche Akademiker.«

Régine fällt aus allen Wolken. *Meint er etwa diesen verwirrten Obdachlosen?*

»Ein Gelehrter?!«, stammelt sie. »An welcher Universität?«

»Welcher Universität? Puh! Heidelberg, Oxford, Harvard, Stanford, dem MIT ... Die Liste ist lang und prominent. Die renommierten Einrichtungen, in die er auf seinem anarchischen Werdegang irgendwann mal einen Fuß gesetzt hat, lassen sich nur schwer aus dem Gedächtnis aufzählen. Das Erstaunlichste ist, dass er keiner dieser Universitäten fest angehört hat. Zumindest nicht in der Zeit, in der wir uns kannten.«

Die Doktorin ist immer noch sprachlos. Kaum zu glauben, dass man sie gerade in Stanford wähnt. Kaum zu glauben, dass sie, wenn sie sich vor ein paar Jahren auf einem dieser langweiligen Kolloquien gezeigt hätte, vielleicht dem Phönix mit Schlips und Kragen begegnet wäre, ihn dann in Montréal wiedererkannt hätte und nicht bis in den entlegensten Winkel Afrikas hätte reisen müssen, um herauszubekommen, wer er ist. Tja, aber sie hasst Kolloquien und ist gerade mitten in der Wüste dabei, einen Namen und einen Werdegang in Erfahrung zu bringen.

Papas Frau begrüßt sie am Eingang der Strohhütte. Die Forscherin legt ihre Ermittlung kurz zur Seite und grüßt sie zurück. *Sie ist hübsch*, denkt Régine. Lebhafte Augen und ein Gesicht, das die Sonne genauso wie ihr ständiges Lächeln formten. Sie greift spontan Régines Hände. Die Handgelenke von Papas Frau zieren bunte Glaskügelchen, die im bläulichen Schein einer Solarlampe schimmern, die über der Tür hängt. Régines Blick wandert von den Armbändern zu der Lampe.

»Eine Erfindung von Aydin«, erklärt Papa auf die Lampe zeigend. »In meinem ganzen Leben habe ich keinen brillanteren Ingenieur getroffen.«

»Ingenieur?«

»Ingenieur, Biophysiker, Informatiker ... Kommen Sie rein, Sie haben bestimmt Hunger.«

Die Behausung besteht aus einem einzigen Raum, der zugleich zum Schlafen und Essen dient, die Küche befindet sich draußen. Die drei setzen sich an einen gedeckten Tisch, auf dem ein Eintopf thront.

»Sie kochen auf einem Holzofen?«

»Auf einem Solargrill. Noch eine Erfindung von unserem Freund.«

Also wirklich! Régine holt ein Heft und einen Stift aus ihrer Tasche, legt beides unauffällig auf ihren Schoß. Als ihr der Eintopf serviert wird, hat sie bereits die aufgezählten Universitäten notiert und auch den mysteriösen Beinamen »Monsieur K«. *Wie wird »Aydin« geschrieben?*

Während des alles in allem leckeren Essens berichtet Papa, wie er sich mit dem Phönix angefreundet hat. Zum ersten Mal hörte er um die Jahrtausendwende von ihm. Aydin war damals als Gastforscher an der Stanford University. Er war im Fachbereich für Bioengineering und interessierte sich für Linguistik. Er arbeitete an einer Maschine, die die außergewöhnliche Klang- und

Dialektvielfalt der Khoisan-Sprachen aufzeichnen, sie kompilieren und analysieren sollte. Seine Begeisterung galt insbesondere dem !Xóõ im Süden. Das Gerücht vom bevorstehenden Verschwinden dieser komplexen Sprache war bis nach Kalifornien gedrungen, er wollte mit seiner Maschine zu ihr reisen. An der Universität vom Kap erfuhr er, dass es vor Ort keinen Strom gab. Das war ihm egal, sein Apparat funktionierte mit Sonnenenergie.

»Und wie Sie sicher festgestellt haben, Madame Lagacé, mangelt es in der Kalahari nicht an Sonne.«

Régine nimmt alles vom Eintopf und der Geschichte in sich auf. Die Worte des Griot benebeln ihren Verstand, sie vergisst sogar die Zeit.

»Damals war ich ebenfalls gerade dabei, die Camps der San nacheinander zu besuchen, um die Sprachen, die im Sterben lagen, mit dem Gerät meines Vaters aufzuzeichnen. Einige wurden nur noch von einer Handvoll alter Menschen gesprochen, manchmal war es nur noch ein einziger – wie beim !Xóõ im Süden. Die einzige Person, die diese Sprache noch konnte, war ein alter Mann, der im ausgetrockneten Bett des Molopo lebte. Ohne es zu wissen, durchforsteten Aydin und ich zur selben Zeit den Wind und den Sand der Kalahari nach derselben seltenen Perle. Wir sind dann natürlich irgendwann alle drei aufeinandergetroffen.«

Régine kratzt sich mechanisch am Kinn. Es fällt ihr schwer, diesen Mann der Wissenschaft, zu dem Papa eine freundschaftliche Verbindung hat, mit dem verhaltensgestörten und durch und durch verwirrten, wenn auch talentierten Vagabunden vom Vieux-Port zusammenzubringen.

»In Montréal ist es schwierig, ja sogar unmöglich, sich vernünftig mit ihm zu unterhalten. Er scheint die Orientierung verloren zu haben. Wir haben seine sprachliche Begabung bemerkt, aber in erster Linie hat er uns mit seinen künstlerischen Fähigkeiten begeistert. Im Grunde tut er sich in nahezu allen Bereichen hervor, egal, ob in der Bildkunst, der Musik oder sogar in der Kochkunst.«

Seine Brillanz ist für den Afrikaander keine Überraschung. Er versetzt der Sache einen Dämpfer.

»Ich hatte den Eindruck, dass Aydin sich vor allem für das Genie hinter der Kunst interessiert. Die Kunst war für ihn nur eine Fassade, nur der Ausdruck einer stärkeren Kraft. Er war von der Mechanik des Genies ganz besessen. Die Sparte war irrelevant: Musik, Malerei, Mathematik, Gastronomie. Die Sprache ebenso. Die San waren für ihn die unangefochtenen Virtuosen der Sprache. Er erstaunte viele Leute damit, dass er sich weniger für die Sprachen von Goethe oder Voltaire interessierte, als vielmehr für die Sprache eines armseligen Volks vom Zipfel Afrikas.«

»Dieses ... (sie tastet sich vor) *Xoo im Süden*. Was macht es so besonders, abgesehen von den Klicklauten?«

»Die erwähnten Klicklaute sind nur eine Facette einer grandiosen Sprache.«

Er macht eine Pause, wirkt sehr bewegt. Dann hält er ein glühendes Plädoyer. »Es war eine grandiose Sprache! Stellen Sie sich vor, dass das Gros der in der Welt gesprochenen Sprachen mit weniger als 40 Lauten auskommt, Vokale und Konsonanten zusammengenommen. Darin eingeschlossen sind Englisch, Französisch, Spanisch, Mandarin und alle anderen gebräuchlichen Sprachen. Jetzt stellen Sie sich vor, dass allein das !Xóõ im Süden über mehr als 30 Vokale und 16 Konsonanten verfügt. Für jedes Wort, das der alte Mann sprach, standen ihm über 200 Phoneme zu Verfügung. Das sind mehr als in allen anderen Sprachen, die bekannt sind, tot oder noch lebend, und auch mehr als eine Harfe Saiten hat oder ein Klavier Tasten. Nur ein paar Worte, schon waren Aydin und ich hin und weg!«

Er ist sehr gerührt, hält kurz inne.

»Es war eine Sprache und zugleich Musik«, flüstert er in einem Ton, der nostalgisch von einem verlorenen Paradies kündet. »Eine Sprache von strahlendem Glanz wie der Sand der Kalahari, wenn die Sonne untergeht.« Er schüttelt den Kopf, fängt sich wieder, verjagt die Melancholie, die dieser doppelte Untergang in ihm heraufbeschwört. »Ach! Vergangenes wieder hochzuholen, führt zu nichts.«

Er steht auf, räumt den Tisch ab, während seine Frau hinausgeht, um den Teekessel aufzustellen.

»Kaffee, schwarzer Tee oder Rooibos?«, fragt Papa. »Was Sie mögen. Und seien Sie unbesorgt, ich habe richtigen Kaffee. Aydin hat mich bestens instruiert!«

Ein einziges Mal hat er es gewagt, Monsieur K Instantkaffee zu servieren.

Régine gesteht nicht, dass auch sie eine Feinschmeckerin ist. Ihrem kaffeesüchtigen Körper fehlt das gerade so sehr, dass sie alles akzeptiert hätte, sogar ein fades Pulver. Also ja, sie nimmt einen Kaffee, »bitte ohne Milch und Zucker«.

Das Getränk wird nach alter Art zubereitet, das heißt ohne Filter aufgekocht, zur Freude des Gasts. Sie mag ihren Kaffee stark. Der, der vor ihr abgestellt wird, verströmt Aromen vom Großen Grabenbruch, die sie durchdringen, eine Spur zitronig. Die Nasenlöcher zittern. Was lässt sich nach zwei Tagen Abstinenz sonst noch zum ersten Schluck sagen, der der Montréalerin, die ein lautes Amen zurückhält, einer Kommunion gleichkommt. Nur Papa kann sie von ihrer Wolke holen, mit einem Satz, der so pointiert ist wie der Kaffee, den sie hinunterstürzt.

»Kommen wir zum Thema, dem Phönix.«

Der Gastgeber fasst die Ereignisse der letzten Tage zusammen. Als ihm gestern der Lebensmittellieferant eine Nachricht von der Universität vom Kap übergeben hat, in der es hieß, dass ein namenloser, weißer Obdachloser in Québec problemlos das !Xóõ des Südens spricht, war das die Überraschung seines Lebens.

»Es hat mich überwältigt! Ich habe aber schnell begriffen, um wen es sich da handelt.«

Die verwirrenden Fakten ließen beim Afrikaander die Glocke zweimal klingeln, riefen widersprüchliche Gefühle hervor. Auch wenn ihn die scheinbare Wiederbelebung der Sprache freute, war er doch vor allem wegen des Niedergangs seines Freundes beunruhigt. Derselbe Lieferant kündigte auch den Besuch von Régine an.

»Was bleibt noch zu sagen, außer dass es Aydin gelungen sein muss, das !Xóõ des Südens vollständig aufzuzeichnen, er es sich angeeignet hat und sogar intuitiv sprechen kann. Bis es ihn aus der Bahn geworfen hat.« Ratlos hebt der Griot den Kopf, sieht zu seiner Gesprächspartnerin, die gerade ihre Tasse geleert hat. »Das ist meine Einschätzung, ich hätte gern Ihre, Madame Lagacé. Weil Sie die Fakten angebracht haben, weil Sie ihn vor Kurzem erst gesehen haben. Und weil Sie bis hierhin gereist sind.«

Nun erzählt Régine. Sie berichtet ihm von Sarahs Arbeit, von dem Unbekannten, der eines Tages im Treff aufgekreuzt ist – mit einer ganzen Reihe von unglaublichen wie entgegengesetzten Talenten und auch mehreren Ticks und einer Psychose, ausgelöst von Erinnerungen an Kriege, die er unmöglich erlebt haben kann. Sie rekapituliert den Abend auf dem Festival, als sie dem Phönix begegnet ist, wo Ethno-Jazz gespielt wurde und sie den Khoisan-Monolog aufgenommen hat. Am selben Abend entstand auch die Aufnahme eines psychotischen Anfalls während des Feuerwerks.

»Die führte uns zu einem Syndrom, das es heute nicht mehr gibt, aber im Ersten Weltkrieg verbreitet war: Obusite.«

Dieser Teil ihres Berichts überrascht Papa und seine Frau. Sie wurden nie Zeuge eines solchen Anfalls, haben nie einen dieser Ticks bemerkt, die ihn heute quälen. Dann hört Régine das erste Mal die Herrin des Hauses reden. Sie tut sich schwer in der Sprache, die nicht die ihre ist, ist aber bestimmt.

»Aydin ist bei Verstand! Ein Gelehrter. Ein Wissenschaftler. Wie Sie.«

Am anderen Tischende hat sich die Miene von Papa verfinstert. Er schweigt einen Moment lang, schaut auf die Wand vor sich, sucht nach einem Sinn in dem Erzählten. Dann fällt ihm etwas ein, er teilt es gleich, ohne den Blick von diesem unsichtbaren Punkt an der Wand zu lösen.

»Aydin hat mir anvertraut, dass sein Opa im Ersten Weltkrieg schwer gelitten hat. Die Schützengräben, die Granaten, der allgegenwärtige Tod. Das hat ihm den Körper und die Seele zermürbt. Noch acht Jahrzehnte später hatte er mit Albträumen, Erschütterungen, einer Phobie gegen Fliegen und Lärm zu tun. Seit 1915 hatte der Veteran stets ein Bein im Graben. Als ich Aydin 1999 kennengelernt habe, lebte sein Großvater noch. Er war über 100 Jahre alt. Das Leben ließ nicht von ihm ab, war wie ein endloser Fluch. Wie lange er noch gelebt hat? Das weiß ich nicht. Aydin war nur ein paar Monate in Afrika. Als der alte !Xóõ-Mann starb, hatte ich seine Spur bereits verloren, war der Wissenschaftler zu anderen Himmeln aufgebrochen.«

Endlich löst er seinen Blick von der Wand und sieht Régine an. Auch sie sieht ihm intensiv und lange ohne ein Wort in die Augen, sie folgen im Blick des anderen den Überlegungen, sehen beide in dem Hundertjährigen einen Schlüssel für das Rätsel.

»Das Aufnahmegerät«, murmelt Régine, »können Sie es beschreiben?«

»Aydins Apparat? Leider nein. Aus Respekt dem alten Mann gegenüber sind wir nur einzeln in seine Hütte getreten, vor allem, wenn wir ihn aufnehmen wollten. Die Ausstattung meines Kollegen, die er in einem Koffer transportiert hat, habe ich nie gesehen. Dann ist der Ingenieur abgezogen, ich blieb noch bis zum Tod des alten Mannes, wachte nach einem Anfall über ihn, ohne Apparat oder sonst etwas, erwies ihm nur die letzte Ehre. Innerhalb weniger Stunden war der letzte Sprecher einer einmaligen, außergewöhnlichen Sprache entschlafen.«

»Er hatte einen Infarkt?«

»Gut möglich. Es war seine Tochter, die gesehen hat, wie er zusammengebrochen ist. Danach hat sie immer wieder gesagt: ›Der Blitz! Mein Vater wurde vom Blitz getroffen!‹ Nur war der Himmel von gnadenlosem Blau, wie immer in der

Kalahari. Also vermuteten wir einen Herzinfarkt oder einen Hirnschlag.«

Régine gerät wieder ins Grübeln. Sie spürt, dass sie auf etwas gestoßen ist, muss aber noch tiefer graben.

»Aydins Opa, dieser Hundertjährige ... war er in irgendetwas besonders talentiert? So sehr, dass sein Enkel es vielleicht bewahren wollte?«

Der Blick des Griots hellt sich auf, er versteht, worauf die Forscherin hinauswill.

»Aydin sagte, dass er trotz seines fortgeschrittenen Alters immer noch ein außergewöhnlicher Maler und Kalligraf war. Er fand Trost in der Kunst.«

Der Reisenden wird ganz heiß. Nach Wochen des Treibens im trüben Gewässer sieht sie endlich Land. Ohne verstehen zu können, was der Phönix da genau zusammengebastelt hat, ist sie sich sicher, dass es eine geniale, ja sogar revolutionäre Sache ist. *Hat er den Apparat noch? Könnte er ihn irgendwo am Vieux-Port versteckt haben?* Die Doktorin kann nicht mehr ruhig sitzen (auch der Kaffee hilft dabei nicht), sie steht auf, dreht wie eine Löwin im Käfig ihre Runden. In der Regel ist sie bestens über das universitäre Milieu informiert, vor allem was die Neurowissenschaften angeht, wie kann es da sein, dass sie von diesem Mann und seinem Gerät noch nie gehört hat? Und wie kann ein auch noch so anspruchsvoller Apparat die winzigen neuronalen Verbindungen aufzeichnen, die mit Virtuosität assoziiert werden?

Es muss eine Art Transfer gegeben haben.

»Woher kommt er? Hat er noch Familie?«

»Ich habe es doch schon gesagt, Aydin kommt von überall her. Er ist durch die Welt gereist, um an den besten Universitäten zu studieren. Seine Verwandtschaft ist über Europa und den Nahen Osten verteilt.«

Plötzlich stoppt er. Ein Flash. »Er hat eine Schwester in der Schweiz.« Ja, jetzt erinnert er sich wieder. Damals war sie Professorin in Genf.

Régine kritzelt besessen in ihrem Notizheft herum. Diese Reise an den Zipfel von Afrika war nicht umsonst, sie hat alles, was sie braucht, um ihre Ermittlungen weiter nördlich an der Universität von Genf fortzusetzen.

Sie fragt: »Erinnern Sie sich zufällig, in welchem Fachbereich oder Studienfach?«

Papa legt seine Stirn in Falten, taucht wieder in seine Erinnerung ein. »Irgendwas mit Medizin. (Er denkt weiter nach.) Oder experimentelle Therapeutik.«

»Wie ich!«, ruft Régine erstaunt aus.

Papa blickt weiter in die Vergangenheit, ergänzt, dass die Geschwister um die Jahrtausendwende einen Streit hatten. Er hat Aydin zutiefst betrübt, da sie sich früher sehr nahe standen.

»Hat er Ihnen den Grund für das Zerwürfnis genannt?«

»Er wollte über das Thema nicht sprechen. Nur ein Mal hat er traurig seine Schwester erwähnt, sagte, dass ihr Verhältnis unterkühlt ist.«

Unterkühlt wegen des Apparats. Davon ist Régine überzeugt.

20:51 Uhr. Ein Taxi fährt in einer frostigen Nacht an der Nordflanke des Mont Royal entlang, passiert den weitläufigen Friedhof am Chemin de la Tour. Der Schnee liegt schwer auf den Gräbern, hüllt sie noch mehr in Schweigen. Der Passagier blickt aus dem Fenster auf die Stadt, die er das erste Mal besucht. Der pragmatische Mann reist äußerst ungern, und wenn, dann nur, um sich die Universitäten anzuschauen.

Heute allerdings fährt das Taxi an der Universität von Montréal, an den noch hell leuchtenden Laboren und dem Fachbereich für Neurowissenschaften vorbei. Kommt auch vor dem beachtlichen Hauptgebäude nicht zum Halten. Der Forscher sucht an diesem Tag kein Labor und keine geniale Seele. Nein. Er sucht eine Seele, Punkt. Das Taxi entfernt sich vom Campus, biegt in die Côte-Sainte-Catherine.

Sie haben sich wie im 21. Jahrhundert üblich online kennengelernt. Ihre jeweiligen Forschungen prallten im Netz aufeinander wie bei einem neuronalen Kontakt. Ihre Leitungen mussten sich nur berühren, und schon multiplizierten sich die Verbindungen. Sie verkündete, sie hätten gemeinsame genealogische Wurzeln in Nahost. Schrieb ihm auch, sie befasse sich wie er mit dem Fortbestehen einer alten Kunst, die ihrer Ururgroßmutter, einer Kunst, die vor Jahrhunderten im Tal des Toten Meers aufkam und bis in die Höhen des Ararats reichte, sich auf den

Mittelmeerraum ausweitete und wie der sanfte Südwind schließlich mit dem Passatwind über den Atlantik nach Europa getragen wurde. *Eine sehr alte Kunst.* Damit war seine Neugier geweckt. Sie entdeckten viele Gemeinsamkeiten. Beide wollen, aus tiefstem Herzen, nicht vergessen, beide teilten die Leidenschaft des Bewahrens und auch denselben Forschungseifer. Im Laufe ihrer getippten Gespräche wurde aus der Neugier Faszination und schließlich ein verwirrendes Verlangen. Bevor er diese entfernte Cousine überhaupt gesehen hat, hatte er nur noch Augen für sie, allein ihr Namen war ein Juwel, der Schönste, den es gibt. Er wollte sie unbedingt treffen, egal, wo. Es stellte sich heraus, dass sie in Montréal lebt.

Heute sind sie verabredet, ein besonderer Tag, wie sie präzisierte, für das, was sie mit ihm teilen möchte. 20:59 Uhr, der Fahrer biegt in die Stuart Avenue. Trotz der Januarkälte ist es im Wagen warm, die Hände des Passagiers sind feucht. Der sonst so gefasste Mann der Wissenschaft hat möglicherweise Herzklopfen.

Etwa einen Kilometer nördlich vom Turm hält das Auto vor einer orientalisch-orthodoxen Kirche. Ein ungewöhnliches Ziel für einen kartesianischen Atheisten, der nie eine Kirche, geschweige denn eine Moschee oder eine Synagoge betreten hat. Heute ist es so weit, kraft des einzigen Kults, dem er sich hingeben will. *Um sie zu sehen und zu hören.* Um der sanften Frau, da ist er sich sicher, die Hand zu geben. 21:05 Uhr, er bezahlt zügig die Fahrt.

Draußen beißt ihm der kühle Nordwind ins Gesicht, während er nervös die Kirche ansteuert, zwei Stufen der Außentreppe auf einmal nimmt. Was kümmert ihn der tosende Wind, *ihn kümmert nur, sie zu sehen und zu hören.*

Als er eintritt, erfasst ihn ein anderer, dieses Mal sanfterer Wind. Eine orientalische Brise.

Es ist ein warmer Windzug, der tausend Jahre alte Kirchenlieder mit sich trägt und ihn auf der Stelle erstarren lässt. Er kommt über die Vorhalle nicht hinaus, *bloß nicht stören.* An diesem Dreikönigstag ist die Kirche brechend voll, er hält sich lieber weiter hinten, hat das Gefühl, ein Eindringling zu sein. Was er unbestritten ist, ein Gottloser in der Kirche. Auf dem roten Teppich des Altarraums singt ein Chor. Die Hymne erhebt sich über den Hauptaltar, breitet sich wie Weihrauch im Schiff aus, schwebt über dem Meer der Gläubigen, über den Menschen und den Dingen. Die Zeit steht still. Auf einmal könnte der Chor 100, 1000 oder 10 000 Jahre alt sein und die Kirche eine Grotte. *Diese Stimmen!* Sie haben die Tiefe finsterer Zeiten, was sie nur noch strahlender macht. Haben sie je aufgehört zu singen?

Sie werden leiser, wie um die Frage zu beantworten. Machen Platz für eine andere Stimme, die der Solistin. *Die Solistin* ... Mezzosopran. *Das ist sie, es kann nur sie sein!* Ihre Stimme steigt empor, vibriert, leuchtet. Sie ist eine wogende

Flamme, die mitten im Winter die Kirche wärmt, das Gewölbe der Kathedrale erhebt. *Der Atem eines Engels*, denkt der Mann im Vorraum, wie von einem Blitz getroffen. Seine Augen werden feucht. Im Dunst erkennt er ihr Gesicht nicht, doch er weiß, *sie ist es!* Ihr Gesang genügt, um sein Herz zu entzünden.

Es ist um ihn und seine eiserne Skepsis geschehen, sein Atem geht schnell. Er würde sie an Ort und Stelle heiraten, auch wenn sie alles trennt. Um 21:23 Uhr erliegt er der gleichen Epiphanie, wie 100 Jahre zuvor sein Opa, an jenem Tag, als ihn unter der Weinlaube einer Schenke der Nebel einhüllte und dem Gesang aus einem Fenster einen sanften Klang verlieh. Schon liebt er sie, seine Muse. *Diese Stimme* ... diese aus dem Jenseits wiedergekehrte Stimme.

Hat er sie nicht schon einmal gehört?

Diese Melodie, die ihn so lange schon verfolgt. Nach einem Jahrhundert der Suche hat er sie endlich in einem sibirischen Winter unbeschadet und kristallklar gefunden. Der Gelehrte, der vorher noch nie gezittert hat, fängt an zu zittern. Das Lied geht ihm unter die Haut, dringt ihm bis in die Seele, vernebelt ihm die Sinne, vereinnahmt seinen Körper. Es hat ihn in sich aufgenommen, er ist ganz und gar in diese entfernte Melodie versunken. Tränen rinnen ihm über die Wangen, zum ersten Mal, er hat vorher noch nie geweint. Er möchte sich an dem Gesang berauschen, darin ertrinken wie in den Fluten des Paktolos'.

Tausend Feuer entfachen mit nur einem Funken.
Wenn Schönheit eine Note wäre, nur eine einzige
Note, dann diese.

Wie sich der kleinen Nachtigall nähern? Er
möchte sie nicht erschrecken. Was hat er ihr zu
bieten? Er hat nichts, ist nichts, nur ein gemästetes Hirn. Sein eigener Schein ist der hell leuchtenden Sonne unterlegen. Wie sich ihr nähern?
Die Scham raubt ihm den Atem.

21:27 Uhr. In der Mitte des Altarraums öffnet
die Nachtigall ihre Augen leicht. Bemerkt im Vorraum den Schemen eines Mannes. *Er ist es.* Sie
sieht sein Gesicht nicht, aber sie weiß, dass er es
ist, *dessen Genie alles andere überragt.* Der große
Forscher ist gekommen, wegen ihr. Sie schließt
die Augen, ihr Herz galoppiert. Dann erklimmt
ihre Stimme pianissimo die Stufen des Erhabenen. Damit sich das Wunder nach 100 Jahren
wiederholt.

TAGEBUCH EINES BABYLONISCHEN GELEHRTEN

Januar 2014

Was geschieht mit mir? Ich erkenne mich nicht wieder. Wo ist meine Wissenschaft? Ich verliere den Kopf. Nur eins schwirrt dort herum, es macht mich verrückt.

Sie wiedersehen.

Ihr Gesicht, ihr Lächeln. Ihre Augen, wie zwei Türkise in einer Winternacht, strahlen so intensiv, dass sie die Seele durchdringen und verzaubern. Ich denke nicht mehr, ziehe auch keine Schlüsse mehr. Sie ist die Sonne. Sie ist die Milchstraße. Nein, das ganze Universum und der Big Bang!

Und ich bin nur ein Schwarzes Loch, das alles in sich saugt. Ihr Gesicht, ihr Parfum, ihre Stimme. Ihre Stimme! Sie hören, sie immer wieder hören, ihrer nie müde werden. Nach Montréal zurückkehren.

Mein Herz pocht, ich zittere, schlafe nicht mehr, habe auf nichts bzw. nichts anderes mehr Lust. Was geschieht mit mir? Dabei weiß ich es. Nein, es ist nicht das Herz. Das arme Organ trägt keine Schuld.

Die Verwüstung findet oben statt, eine riesige Glut in meinem Schädel. Ein Geknister entfacht von einfachen Hormonen: Testosteron, Adrenalin, Kortikoide, Oxytocin ... Sie beherrschen mich, ich habe nur noch das Riechhirn unter Kontrolle. Bin ein Tier wie alle anderen, geleitet vom Instinkt. Ich denke nicht mehr, ziehe auch keine Schlüsse mehr. Wo ist meine Wissenschaft? Nichts ist mehr da, nur noch Hormone. Und sie, ihre Stimme, das Lied der Lieder.

Aus dem Weg räumen, was uns voneinander trennt: das Meer, die verschiedenen Kulte, die überlieferten Kriege, die Mauern, die Kleidung, den menschlichen Stoff. Mich in ihr ergießen.

Jeden Winkel ihres Körpers berühren, jede ihrer Zellen, ihr in Haut, Hals, Brust, Geschlecht und jede Gehirnwindung fließen, 1600 Mal am Tag, die Leiter ihrer DNA erklimmen!

Sie ist alles.

Und ich nur ein armseliges Blutkörperchen.

Mit geschwollenen Augen und abgenagten Fingernägeln tigert Sarah durch den Treff. Sie hat schon Jean-Pierre und zwischen zwei Stößen Asthmaspray auch Jérôme genervt. Der Leiter des Treffs und der Koch haben versucht, sie zu beruhigen, wollten, dass sie sich wenigstens hinsetzt, aber vergeblich: Der Phönix hat seit drei Tagen kein einziges Lebenszeichen von sich gegeben, er wurde weder im Treff noch irgendwo am Kanal oder in einem der anderen Refugien Montréals gesehen. Sogar der alte Tuan, Missionsbeauftragter und Schlüsselsoldat des Widerstands, der den Phönix sonst immer mit Lebensmitteln versorgt hat, hat ihn nicht mehr gesehen. Und auch wenn alle besorgt sind, hat Sarah einen besonderen Grund, besorgter zu sein. Ihr letztes Aufeinandertreffen mit Django verlief nicht gerade angenehm, aber das würde sie vor Jérôme oder Jean-Pierre nicht zur Sprache bringen. Die Kollegen haben sie noch nie so gesehen, es macht sie ganz verlegen, insbesondere den Leiter, der vermutet, dass sie ihr Herz an den armen Kerl verloren hat.

»Beruhig dich, es ist Sommer, Django wird weder an Unterkühlung noch an Hunger sterben. Er erkundet bestimmt nur ein neues Gebiet.«

Das beruhigt sie nicht. Jean-Pierre bleibt dran.

»Wart's ab! Er wird wiederkommen, schon allein wegen dir.«

Als Antwort ein nervöser Schluchzer.

Die Arme. Um ihre Sorgen zu verscheuchen, braucht es ein oder zwei unerwartete Wendungen. Die erste erfolgt in Form von Doktor Timothy Anderson. Unerwartet taucht er im Bonneau-Treff auf, hat sich das erste Mal über den Boulevard Saint-Laurent in den bedürftigen Osten der Stadt vorgewagt. Und noch dazu in eine Essensküche für Obdachlose. Der Psychiater wirkt bedrückt, verzweifelt, etwas, das Sarah noch nie bei dem sprichwörtlichen Eisklotz gesehen hat.

Er stammelt: »Sarah, ich versuche, dich seit einer Dreiviertelstunde zu erreichen!«

Mein Handy.

So aufgewühlt, wie sie ist, muss sie es in ihrer Tasche unter dem Schreibtisch oder im Schrank gelassen haben.

»Régine ist etwas zugestoßen!«, ruft sie besorgt aus, damit ist das Maß voll.

»Sie ist verschwunden ...«

Am Morgen erhielt Timothy einen Anruf vom Organisator des Kolloquiums in Kalifornien, an dem Régine teilnehmen sollte. Sie hatte in letzter Minute auf ihrer Anmeldung bestanden, ist aber auf keiner der Konferenzen erschienen und gibt auch kein Lebenszeichen von sich, ihr Handy ist ebenfalls tot.

Sarah macht sie Sorgen: »Sie wird wohl kaum in einem Funkloch sein, schon gar nicht in der Nähe von San Francisco!«

»Das ist es ja, sie ist nicht in Stanford.«

Um sicher zu sein, hat Timothy ihr Gerät geortet. Die letzten ausgehenden Signale kamen aus Afrika, irgendwo zwischen dem Kap und Botswana, in der Kalahari.

»Sarah, was ist los mit Régine? Ich erkenne sie nicht wieder.«

Der Ehemann ist am Boden.

Sarah durchschaut hingegen sofort, was Régine im Schilde führt. *Diese Schlange!* Dann beruhigt sie den untröstlichen Gatten.

»Régine hat nicht die Orientierung verloren. Sie ist einfach nur stur, der dickste Dickkopf, den ich kenne!«

Timothy klammert sich an ihre Worte wie ein Frommer an die heiligen Perlen des Rosenkranzes. Im Grunde tut er nur so unerschütterlich. Es ist, weil er seine Régine wahnsinnig liebt, was ihn in den Augen mancher schwach wirken lässt. In den Fluren der McGill University wird geflüstert, dass der Doktor, um seiner Frau zu Hilfe zu eilen, von einer Klippe springen würde. Die Liebe setzt seine sonst so gnadenlose Logik außer Kraft; diesbezüglich ist er ein Rätsel. Sarah beneidet das Paar um diese unaufhörlich brennende Flamme, die sich entzündete, als sie sich vor 20 Jahren das erste Mal trafen oder, um es in den liebevollen Worte des Schwiegervaters der Dulzinea zu sagen: »When the man got the froggie out of her swamp.« Trotz der Arbeit, die die eine wie den anderen in Beschlag nimmt, trotz längerer Abwesenheiten und der scheinbaren Kälte, dieser vielleicht aber auch zum Dank, sind die Nächte, die sie zusammen verbringen, umso heißer, um nicht zu sagen: symbiotisch. Was diese heimliche Safari in den Augen des Mannes unbegreiflich macht.

Als ein Versuch der Erklärung erzählt Sarah detailliert von dem Abend mit Django, davon, dass er erstaunlicherweise eine Sprache spricht, die nur in bestimmten Winkeln im Süden Afrikas vorkommt.

»Ich denke, Régine geht dem vor Ort nach. Sie ist an die Quelle gereist.«

Wenn in der Wüste von Quelle gesprochen werden kann.

Der immer noch angeschlagene Timothy versucht, sich wieder zu fangen. Sarahs Vermutung erscheint ihm plausibel. Auch ihm ist der eiserne Starrsinn seiner Liebsten bestens vertraut.

»Warum hat sie uns nichts gesagt?«

Sarah errötet. *Weil ich ihr die Augen ausgekratzt hätte, um sie am Weggehen zu hindern.* Sie gibt sich ahnungslos, zuckt nur mit den Schultern.

»So wie ich sie kenne, möchte sie uns nicht beunruhigen und lügt uns deswegen lieber an.«

Im Treff stapeln sich die Vermisstenanzeigen weiter, und es herrscht noch immer Chaos. Genau da kreuzen die Fliegen Bousquet und Ross auf. Die zweite unerwartete Wendung. Zum Leidwesen aller. Weil es sich die Polizisten zur Gewohnheit gemacht haben. Sie kommen zweimal in der Woche vorbei, überhäufen die Beihilfeempfänger jedes Mal mit Fragen. Doch heute wirken die Polizisten auf Sarah seltsam liebenswürdig, entschuldigen sich für ihre Störung, sticheln auf einmal nicht mehr.

Dazu ist zu sagen, dass sie seit ihrem letzten Besuch in ihren Ermittlungen gut vorangekommen sind. Wie bei Régine mussten sie nur einer Fährte folgen. Ihre haben sie im Stadtzentrum, in Golden Square Mile im Ritz-Carlton, entdeckt, dessen Management versichert, den vermeintlich Obdachlosen mehrfach beherbergt zu haben. So kamen die Spürhunde an einen Namen. Und was für einen! Den einer steinreichen Familie. Danach häuften sich die Hinweise, führten zu renommierten Institutionen in Paris, London, Oxford, Cambridge, Stanford ... Hinter jeder Tür öffneten sich ihnen weitere, noch beeindruckendere. Die Fliegen kamen sich bald nur noch wie einfache Mücken vor, weshalb sie sich nun von ihrer süßen Seite zeigen, nicht mehr die Inquisitoren markieren, ja sogar ihre Taktik geändert haben. Sie wollen kein Verfahren mehr gegen den Phönix einleiten oder ihn dahin zurückschicken, woher er gekommen ist. Nein. Sie wollen ihm jetzt die Hand reichen und nebenbei auch ein Visum. »Wenn Sie ihm zufällig begegnen«, sagt der Polizist Bousquet, »lassen Sie ihn wissen, dass ihm die Regierung und die Universitäten eine Stelle als Gastforscher anbieten.«

Bei den letzten Worten horcht Timothy auf. Er würde gern mehr erfahren, wenn auch nur den Namen. Doch dann klingelt sein Handy. »Es ist Régine!«, ruft der Psychiater so aufgeregt wie jemand, der den Messias erwartet. Zu Sarahs Missfallen entfernt er sich, um etwas mehr Privatsphäre zu haben. Sie wäre gern sofort eingeweiht. Aber der Ehemann hat Vorrang.

Also ist Régine wieder in der *Zivilisation* zurück, wenn Zivilisation gleichbedeutend ist mit dem Umstand, Empfang zu haben. Sie ist am Kap, *endlich wieder Netz!*, das Flugticket nach Genf ist schon besorgt. Bevor sie auf den Gedanken kam, ihre Familie zu beruhigen, sprach sie mit dem Fachbereich für Bioengineering der Stanford University. Dort riet man ihr, sich an das Institut für kognitive Neurologie des University Colleges in London zu wenden, wo man sie nach Oxford, dann nach Cambridge, Paris und Barcelona weitergeleitet hat. Régine hat all die Studienorte des Phönix zurückverfolgt – bis nach Heidelberg in Deutschland, wo er, kaum aus dem Jugendalter raus, Molekularbiologie studiert hat. Die Gesprächspartner tischten der Montréalerin immer wieder dasselbe vage Gerede auf, wodurch sie ein Muster im Verhalten des unergründlichen Genies erkannte. Er hielt sich nie lange an den berühmten Institutionen auf, gliederte sich nicht in die Forschungsgruppen ein, arbeitete unweigerlich abgekapselt von der Umgebung. Um die Kollegenschaft nicht gegen sich aufzubringen, brachte er sich im Geheimen in ihre Arbeiten ein, eine den befragten Personen nach karge Beteiligung von unschätzbarem Wert. Seltsamerweise wies er jegliche öffentliche Anerkennung zurück, lehnte bei wissenschaftlichen Veröffentlichungen ab, dass sein Namen neben den anderen Forschern erwähnt wurde, wirkte nicht so, als strebe er nach öffentlichem Ruhm. Er teilte auf elegante Art und Weise ein paar Brocken seiner genialen Entdeckungen mit der Wissensgemeinschaft, ohne Gegenleistung, verlangte nur Zugang zu den modernsten Ausstattungen und den am besten eingerichteten Laboren der Welt. Er legte Wert darauf, anonym zu bleiben, ließ sich von Praktikanten, zumeist hochbegabte Studierende, die er unter seine Fittiche nahm, Monsieur K nennen. Mehr konnte Régine über diese *Hilfskräfte*, die aufgrund von Vertraulichkeitsvereinbarungen verborgen geblieben sind, nicht herausfinden. Tatsächlich kam sie nur an einen Namen: Lê Vân Minh. Ein Koch aus Kalifornien mit Wurzeln in Vietnam.

Dank des Namens kam sie an weitere Informationen. Der Koch war 1975 wie so viele seiner Mitbürger aus Saigon geflohen und hatte in San Francisco ein neues Leben angefangen, zusammen mit einer peruanischen Gemüsegärtnerin, in die er sich verliebt hat. In den 1980ern haben sie ein überaus erfolgreiches Restaurant eröffnet. Anschließend haben sie sich auf ein ambitioniertes Unternehmen zur Kreuzung von Saatgut aus Asien und den amerikanischen Tropen eingelassen. Es war eine Kooperation mit dem Fachbereich für Agrarwissenschaft von Berkeley und einem gewissen Monsieur K, dem Geldgeber.

Schenkt man der Fachbereichsleitung Glauben, beherbergte die Pflanzstätte in den 1990ern, auf dem Höhepunkt des Programms, etwa 70 Prozent der weltweiten Lebensmittelbiodiversität. Sie bemühten sich um den Erhalt und die Bereicherung der pflanzlichen Komplexität allein wegen der Geschmacksknospen, die sie in Ekstase versetzen wollten. Es handelt sich um das einzige Projekt, von dem man weiß, dass der Phönix es finanziert hat, wahrscheinlich, weil es seine Wurzeln (wortwörtlich) außerhalb von universitären Laboren geschlagen hat. Über seine anderen, hermetischen Forschungen ist nichts weiter bekannt, nur dass sie sich auf die menschliche Genialität beziehen. Niemand scheint ihm diese dunklen Flecken anzukreiden, da die von ihm selbst finanzierten Durchbrüche dieses Phantomforschers stets beachtlich und rechtefrei sind.

Damit ist die eifrige Fürsorge der Montréaler Polizisten Bousquet und Ross im Namen der erhabenen Institutionen zureichend begründet. Für Régine hingegen bestätigt dieser verworrene Parcours die Aussagen des südafrikanischen Griot hinsichtlich der Obsession des Phönix. Oder vielmehr von» Aydin Kahveci, geboren in Hamburg«.

So triumphierend, wie ein Hase aus dem Hut gezogen wird, enthüllt Régine seinen Namen. Und während sie die Odyssee dieses »komplett durchgedrehten und zugleich überaus faszinierenden Wissenschaftlers« schildert, zittert ihre hektische Stimme, wie Timothy es noch nie bei ihr erlebt hat, nicht mal in der Intimität ihres Schlafzimmers. Zusätzlich zu der fürchterlichen Sorge, die er um sie hatte, hinterlässt es einen bitteren Nachgeschmack.

»Warum hast du mich angelogen?«

Jetzt hat Régine den Salat. In ihrem lebhaften Übersprudeln hat sie die Lüge vergessen, die sie schnell zusammengereimt hatte, um ihre Ermittlungen anzustellen.

»Ich wollte dich nicht beunruhigen ...«

Timothy seufzt wohlwollend, kommt ihr damit entgegen. Sein Zorn artet nie aus. Wozu aggressiv werden? Unter allen Menschen auf der Welt wäre der Psychiater nur seiner Frau gegenüber machtlos. Deshalb wird er vermutlich immer bloß Augen für sie haben. Geschlagen entscheidet er sich für den Ausweg.

»Das hört sich nicht sehr deutsch an, Aydin Kahveci.«

Ha! Dazu weiß Régine etwas.

»Der Name ist türkisch. Er hat aber auch armenisches, arabisches, griechisches, italienisches, englisches und französisches Blut. Scheinbar ist er wirklich Babylonier. In Genf werde ich mehr erfahren. Dort treffe ich morgen Su Kahveci.«

»Eine Verwandte?«

»Seine Zwillingsschwester.«

»Und was wurde aus den Lês in Kalifornien?«

Régine hat natürlich versucht, sie zu kontaktieren. Der Mann verstarb bereits vor einigen Jahren, wonach seine Frau alle Verbindungen nach Berkeley gekappt hat, die Samen an eine Non-Profit-Organisation übergeben hat und zu ihrer Familie in den peruanischen Dschungel zurückgekehrt ist. In den alten feuchten Wäldern hat sich ihre Spur verloren. Das Projekt der Saatgutkreuzung gibt es noch, es ist seit dem Verschwinden des Gründungspaars und des unterstützenden Philanthropen aber nicht mehr das, was es mal war.

Im Treff brennt Sarah vor Ungeduld. Sie richtet ihre Augen auf Timothy, auf sein Handy. Es enthält scheinbar Antworten auf die Rätsel des Universums oder den Schlüssel zu einem geheimen Garten.

Im selben Moment zuckt Régine in 12 000 Kilometer Entfernung zusammen. Sie nimmt am Ende ihres Monologs das ungewöhnliche Stimmengewirr um ihren Mann herum wahr. *Eine Cafeteria?* Das passt nicht zu ihm, also eher nicht.

»Wo bist du, Tim?«

»Ich bin bei Sarah, im Bonneau-Treff.«

Die Doktorin ist bestürzt, so als hätte sie ein unerklärliches Phänomen vor sich – ein Ufo in der Unterstadt.

»Bist du noch dran?

Funkstille.

Timothy erahnt ihre Verlegenheit, sie hätte nie einen Fuß in das Gebäude gesetzt, nicht einmal, um ihre Freundin dort zu treffen.

Sie hält sich von der Suppenküche fern, auf die sie abergläubisch reagiert, so als könnte sie sich dort Pech einhandeln.

»Hör zu«, fängt Timothy an, sich zu rechtfertigen, »ich bin hierhergekommen, weil du dich in Luft aufgelöst hast. Und da ist noch etwas. Ich gebe dir Sarah, sie erklärt dir besser, was los ist.«

Was los ist?

Sarah schnappt sich das Handy, verkündet ohne Umschweife, dass Django verschwunden ist. Wäre ein Kind entführt worden, sie wäre genauso aufgeregt gewesen, sie zittert.

»Niemand weiß irgendwas. Also, bitte, wenn du Hinweise hast …«

Hinweise!

»Erstens, er heißt Aydin Kahveci«, sagt die wieder redselige Régine, »und zweitens, hör auf, ihn zu bemitleiden! Es geht ihm alles andere als schlecht. Er ist der *Sechs-Millionen-Dollar-Mann!* Wenn du nur wüsstest … Wir müssen sein Versteck finden. Organisier eine Suchaktion, informier Robin, Felicia, Ángel und wie deine ganzen Urban Explorer noch heißen!«

Sarah ist verdutzt. *Was hat sie nur in Afrika herausgefunden, dass sie den Mann, an dem sie gestern noch kein gutes Haar ließ, derart aufs Podest hebt?* Sarah geniert sich nicht, diesen Gedanken ihr gegenüber zu äußern: »Von der Verachtung zur Verehrung, einfach so, das erinnert mich an unsere ersten gemeinsamen Tage.« Régine nimmt das hin. Sarah spricht weiter:

»Also brauchst du ihn jetzt für deine Forschung, ja? Django ist eine ideale Testperson für dich!«

»Du irrst dich, was meine Absichten angeht.«

In der Tat. Auch wenn Régine wirklich an dieser allwissenden Kreatur und dem Apparat interessiert ist, den er erfunden hat, kann sie dennoch ihr ursprüngliches Misstrauen nicht ablegen. Dieses Gefühl von einem Betrug. »Sarah, du musst ihn schnell finden. Er darf nicht entkommen!« Die wundert sich über den ernsten Ton, der so klingt, als wäre er ein Mörder, der auf freiem Fuß ist. *Als ob Django jemandem etwas tun könnte!*

TAGEBUCH EINES BABYLONISCHEN GELEHRTEN

Oktober 2015

Ich werde mein Wissen, all mein Wissen, auf den Scheiterhaufen werfen. Es verdient den Scheiterhaufen. Nur noch Asche wird davon übrig bleiben.

Sollten es einzelne Funken überstehen, dann gegen meinen Willen.

Es ist vorbei. Ich möchte verschwinden. Aber wie entkomme ich dem, der ich geworden bin? Für den reumütigen Mörder ist der Tod keine Zuflucht.

Bleibt als Ausweg nur noch der Wahn.

Sie hat die gleichen Augen wie ihr Bruder, dieses
verblüffende Gemisch. Sie hat die gleichen Augen
wie er, doch ihr Blick ist weniger verstört, weniger
verrückt. *In ihrem Kopf ist alles klar.*

»Frau Kahveci, ich nehme an, wir können uns
auf Französisch unterhalten?«

»Sicher doch!«

Sie hätte sie auch fragen können, ob sie Blumen mag, und die Reaktion wäre identisch gewesen. Sie ist hocherfreut.

»Und bitte, nennen Sie mich Su. Bei uns zu
Hause waren wir der Sprache der Aufklärung
eng verbunden. Genauso gut können wir auch
Deutsch, Italienisch oder Englisch sprechen, zu
Hause haben wir immer zwischen den Sprachen
gewechselt. In meiner Familie ist Heimat ein ver-
schwommenes Konzept.«

»Kommen Sie nicht aus Deutschland, Su?«

Eine vermeintlich einfache Frage. Nur hat bei
den Kahveci-Zwillingen nichts nur eine Bedeutung oder auch nur eine Farbe.

»Schon, unter anderem. Genauso habe ich
Wurzeln im Türkischen, Italienischen, Arme-
nischen, Griechischen, Jüdischen, Arabischen,
Französischen, Englischen und Slowenischen.
Mein Stammbaum ist ein echter Turm zu
Babel.«

Die Besucherin zieht eine Augenbraue hoch,
dieser Turm, na klar. Su bemerkt es, stört sich

daran aber nicht weiter. Régine ist nicht die Erste, die sich ungläubig fragt, wie sich all diese Völker, die miteinander gestritten haben und von denen manche auch heute noch verfeindet sind, in einer einzigen Linie vereint haben. »Schlimme Zungen würden behaupten, unser Blut sei ein Molotowcocktail. Und dennoch! Wir sind aus Liebe entstanden. Was sonst? Genauso wie Hass, ein sensibles und wenig rationales Wort, das einer Frau der Wissenschaft nur schwer über die Lippen geht. Trotzdem ist es so. Mein Bruder und ich sind das Resultat vieler verbotener Liebesverbindungen, die darüber hinaus zwei Weltkriege überdauert haben.« Sie sagt es mit einem Hauch Traurigkeit.

Zwei Weltkriege überdauert. Régine schaut instinktiv zum Fenster, so als könnte sie hinter der Rhone, den Alpen und dem Atlantik den entfernten Umriss des Vieux-Port erkennen, über dem der Schatten des Phönix mit all seinen Rätseln schwebt. Rätsel, die sich in Kürze auflösen, das spürt sie. Mit Su Kahvecis Hilfe wird sie die Puzzleteile zusammenfügen. Die Flügelschläge einer Taube, die auf dem Sims vor dem Fenster landet, führen sie wieder nach Genf. Die Taube wiegt ihren Kopf hin und her, begutachtet die beiden Frauen. Sie fliegt wieder davon.

»Ihr Bruder«, sagt Régine, »erzählt häufig vom Ersten Weltkrieg, genauer gesagt von der Schlacht in Gallipoli. Er scheint an einer Art posttraumatischem Stress zu leiden, der zu Anfällen führt. Seine Angst ist enorm und impulsiv. Sie scheint tief in ihm verankert zu sein.«

Eine Äußerung, die die Genferin erschüttert. Eine dunkle Wolke zieht in ihren Augen auf. Régine spricht weiter:

»Aus wissenschaftlicher Sicht lassen alle Symptome auf Obusite schließen, ein Syndrom, das typisch für den Grabenkrieg ist. Ich weiß, dass das unglaublich erscheint, doch wirkt er, als wäre er ein Überlebender.«

Dieses Mal erstarrt Su. Als sie ihre Sprache wiederfindet, ist ihr Ton verändert, verfinstert.

»Ich weiß, was Obusite ist. Ich kenne die Symptome nur zu gut. Mein Opa Kahveci hat ein Jahrhundert lang daran gelitten, bis zu seinem Tod.«

»Der Opa, den Aydin so bewundert hat?«

»Bewundert? Das ist untertrieben. Er hat ihn vergöttert.«

»So sehr, dass er sich für ihn hält und dieselbe Psychose entwickelt hat?«

Die Frage verschlägt Su die Sprache. Régine fährt fort.

»Diese Form von pathologischer Nachahmung ist schwer zu verstehen. Aber da ist noch etwas. Offenbar ist er nicht das einzige Modell, das Aydin versucht hat, zu reproduzieren.«

Der prüfende Blick der Forscherin aus Québec bohrt sich in die Augen der Forscherin aus der Schweiz, *ich vermute Dinge, die ich Ihnen gern erzählen möchte.* Su schaut nach unten, kann den Blick nicht länger ertragen.

»Einiges kann ich Ihnen bestimmt erklären, Madame Lagacé, nur lassen Sie uns nichts überstürzen. Um meinen Bruder zu verstehen, müssen Sie zuerst meinen Opa verstehen. Und dafür müssen wir weit, sehr weit, in der Zeit zurück.«

Sie hält kurz inne, hebt den Kopf.

»Nehmen Sie einen Kaffee? Dafür haben wir Zeit, uns erwarten Jahrhunderte.«

Schon beim Betreten des Büros ist Régine der Duft von guten Bohnen aufgefallen, sodass ihr dieser Vorschlag entgegenkommt.

»Sehr gerne! Und nennen Sie mich Régine«, sagt sie, während sie nicht anders kann, als vor Wonne zu zucken.

Su bietet ihr einen Platz in ihrer sogenannten Kaffeeecke an und verschwindet dann für die Dauer des Mahlens frisch gerösteter Arabicabohnen in ihrer Kaffeeküche. Als sie wiederkommt, hat sie ein Tablett von wer weiß welchem orientalischen Basar in den Händen, darauf lauter fein gearbeitete, kunstvolle Gegenstände: ein Gaskocher samt türkischer Kaffeekanne aus Kupfer, prachtvoll ziseliert, dazu Porzellan mit feinem kobaltblauem Blütendekor und in der Mitte eine Schale mit erlesenem Pulver – dem braunen Gold –, das so berauschend duftet. Su stellt das Tablett auf einen kleinen, mit Intarsien verzierten Tisch und setzt sich Régine gegenüber auf einen Ohrensessel. An den vibrierenden Nasenflügeln der Montréalerin beim Betreten ihres Büros hat sie erkannt, dass diese sich mit der braunen Plörre aus der Kantine nicht zufrieden geben würde. Und wenn sie schon in die Vergangenheit eintauchen, dann auch gleich mit den Geschmacksknospen. »Meine Geschichte führt Sie an den Ursprung Ihres Lieblingsgetränks.« Régine kann ihr nichts verbergen.

»Wie sich zeigt, ist die Wiege dieser jahrhundertealten Köstlichkeit zugleich die Wiege meiner Ahnen«, erklärt Su. »Ich führe Sie nach Istanbul, das die Europäer 1916, im Geburtsjahr meines Vaters, noch Konstantinopel nannten.« Régine macht es sich auf dem Sessel bequem, schaut mal zu dem Tisch mit den Schätzen vom Trödelmarkt, mal zu ihrem erzählenden Gegenüber.

»Der Kaffee ... genauso gut könnte ich ›unsere Kohle‹ sagen, ist die Quelle für den immensen Reichtum der Kahveci.«

»Tatsächlich?«

Die Geschichte verspricht köstlich zu werden. Su Kahveci hat nun etwas von einer Zauberin.

Sie erwidert: »Tatsächlich!«

Vor vornherein stellt sie klar, dass die Kaffeepflanze nicht aus dem Mittleren Osten stammt, sondern aus dem Äthiopischen Hochland. »Stellen Sie sich die abessinischen Hirten vor, die aus Neugier das erste Mal die Bohnen des Strauchs probierten. Sie müssen die Gesichter verzogen und trotzdem hinter dem bitteren Geschmack die wohltuende Wirkung bemerkt haben. Etwa die gegen Müdigkeit. Was für einen Hirten jede Grimasse wert ist.«

Im Büro in Genf gleitet der Kaffeelöffel in die Schale mit dem feinen Pulver und taucht gut gefüllt wieder auf.

»Ich serviere den Kaffee pur, ohne Milch und Zucker und auch ohne Kardamom. Das alles überdeckt nur die Aromen der hier in meiner Kochecke auf den Punkt gerösteten Bohne.«

Das kristallklare Klirren kündet vom Eintauchen des Löffels in die mit Wasser gefüllte Cezve. Die Erzählung geht weiter, lässt Régine auf dieselbe Weise eintauchen.

Im 13. Jahrhundert, als die arabischen Händlerkarawanen durch Abessinien zogen, entdeckten sie ihrerseits die aufputschenden Eigenschaften der Kaffeebohne. Sie importierten sie auf die arabische Halbinsel, dort wurde sie geadelt. Dort kamen sie auch darauf, die Bohnen im kochenden Wasser ziehen zu lassen, um daraus einen Aufguss namens *arabischer Wein* zu machen. Wegen seiner den Schlaf vertreibenden Wirkung war er unter muslimischen Gelehrten beliebt, insbesondere in den Sufi-Bruderschaften.

Die Erzählerin hält inne, so als hätte sie soeben ein Schlüsselelement in ihrer Geschichte erwähnt. *Sufi?* Bis auf den Katechismus, der ihr in der Schule vorgesetzt wurde, kennt sich Régine in Sachen Religion nicht gut aus. Su erklärt: »Es ist der mystische Zweig des Islams. Dank des arabischen Weins war es in den Sufi-Klöstern möglich, sich bis zum Morgengrauen der Poesie, der Kalligrafie, dem Tanz oder dem Gesang zu widmen. Die Sufis suchen stets nach Ekstase und Kontemplation. Kunst ist für sie lebensnotwendig, verstehen Sie?«

Régine versteht das sehr gut.

»Gibt es Sufis unter Ihren Vorfahren?«

»Ja, aber ich habe Ihnen ja schon gesagt, mein Stammbaum ist überwuchert.«

Su rührt mit dem Löffel behutsam in der Flüssigkeit, damit sich die Moleküle, die für die Aromen verantwortlich sind, zersetzen, ein kleines chemisches Wunder, das die Komplizenschaft des Feuers braucht. Gekonnt entzündet sie den Gaskocher, die bläuliche Flamme züngelt. Su stellt die Cezve samt Inhalt darauf, während sie die Erzählung von dessen Ursprung fortsetzt.

Um das 15. Jahrhundert herum kamen die Araber auf die Idee, die Bohne zu rösten, um das Aroma herauszuholen. Zusätzlich fingen sie auch an, sie zu mahlen und aufzubrühen. Es war eine Revolution! Der Kaffee war fortan nicht mehr nur zum Aufputschen da, sondern auch zum Genießen. Das Rösten hat einen so wirkungsvollen Charme, dass der Kaffee ab dem 16. Jahrhundert weltweit auf Begeisterung stieß. Das Fieber für ihn, das sich bald ausbreitete, hat seinen Ursprung in Konstantinopel. Im strahlenden Konstantinopel. Dem pulsierenden Herzen in Süleymans Reich, das sich damals von Algier bis Bagdad und bis vor die Tore Wiens erstreckte. Als das Fieber den Sultan und seinen Hof erreichte, eroberte es drei Kontinente auf einmal. Zahlreiche Stätten spezialisierten sich auf die Zubereitung und den Verzehr, die *Cafés,* die auch Schulen der Weisen genannt wurden, da viele Gelehrte mit ihren Gedanken dort zusammenkamen. Es waren Orte des Lehrens und sich Weiterbildens, genauso wie Orte des Philosophierens und Musizierens, des Schäkerns mit der Muse. Das alles im Beisein des Cafébesitzers und mit der Köstlichkeit, die er kredenzte. Die Kunst der Zubereitung der Arabica wurde in Konstantinopel von Generation zu Generation weitergegeben. An dieser Stelle treten die Kahvecis ins Bild – »Cafébesitzer« auf Türkisch. Der Kaffee, der gleich serviert wird, ist 500 Jahre alt.

In ihrem Büro regelt Su mit einer Hand penibel die Intensität der Flamme des Gaskochers. Mit der anderen Hand umfasst sie den langen Griff der Cezve, hält sie direkt in die Flamme oder nicht, je nachdem, wie der Schaum und das Aroma aufsteigen. Die Barista erklärt: »Wenn der Kaffee kocht, ist er ruiniert. Er darf nur bei gemäßigter Hitze aufschäumen, was eine kunstvolle und wissenschaftliche Handhabung der Cezve und des Brenners verlangt.«

Den gewünschten goldgelben Schaum schöpft sie mit dem Löffel ab, verteilt ihn auf die beiden zierlichen Porzellantassen: »Ich mag ihn luftig.« Anschließend führt sie die Cevze wieder über die Flamme, lässt es noch einmal aufschäumen. Schließlich ergießt sich der schaumige Kaffee langsam und mit Feingefühl in die Tassen. Das Ritual wird so selbstverständlich ausgeführt, dass es ihr in den Genen zu liegen scheint, genauso wie die einzigartigen Nuancen in ihrer Augen.

»Aber Sie sind in Deutschland geboren?«

»Haben Sie Geduld, Régine. Alles zu seiner Zeit. Auf dem Schachbrett meines Bruders ist Opa Kahveci tatsächlich der König.«

Auf Régines Untertasse landet ein Lokum mit Rosenwasser aus einer der besten orientalischen Konditoreien Genfs. Laut Tradition isst man sie nach dem Kaffee; man beginnt mit Wasser, das die Geschmacksknospen reinigt, und endet mit dem Lokum, dessen Süße den Gaumen beruhigt. Um ihn aufzumuntern, gegen sein Erwarten. Régine kann nicht mehr länger widerstehen, trinkt eilig einen Schluck Wasser, um zum Wesentlichen zu kommen. Ihre Finger legen sich um die Tasse, die sie an ihre Lippen führt. Die Flüssigkeit übermannt zuerst ihre Zunge, läuft dann prickelnd die Kehle hinunter. Es folgt die reine Ekstase, ihr Gehirn wird geweckt. Su Kahveci hat den Arabicabohnen ihre Quintessenz entlockt. Régine erschaudert, stellt selig ihre Tasse wieder ab.

»Sie sind eine Virtuosin!«

»Ich? Nein, vielleicht ein wenig. Ich habe es Ihnen ja gesagt, Kaffee ist eine Familienkunst.«

»Sie haben mir die Geschichte des Kaffees erzählt, aber nicht die Ihrer Familie.«

Darauf geht die Gastgeberin nicht gleich ein, trinkt erst langsam und genüsslich ihren Kaffee. Ohne die Tasse abzustellen, macht sie es sich in dem Ohrensessel bequem, schaut auf die Wand zu ihrer Rechten. Régine folgt ihrem Blick und bleibt an einem orientalischen Bild hängen, ein Stil, der im 19. Jahrhundert unter den Westeuropäern verbreitet war. »Es ist ein Juwel aus dem Familiennachlass, ein Decamps. Der Titel lautet *Türkisches Caféhaus.*«

Die Québecerin mustert das Gemälde mit den Turban tragenden Männern in gemütlicher Atmosphäre bei gedämpftem Licht. In der schlichten Umgebung des Genfer Labors stechen die warmen Farben hervor. An der gegenüberliegenden Wand hängen kühle Abzüge eines zerlegten Gehirns. Das brutale Aufeinandertreffen von zwei Welten. Su schaut noch immer auf das Jahrhundert der Romantik wie auf die Flamme einer Laterne, nimmt etwas von der Wärme auf, um tiefer in die Vergangenheit einzutauchen und in ihrer Linie weiter zurückzugehen.

Im 19. Jahrhundert war Konstantinopel die Weltstadt schlechthin. Dort, wo zwei Kontinente aufeinandertreffen, war sie die Konstante, nacheinander Hauptstadt von drei Reichen: dem Römischen, dem Byzantinischen und dem Osmanischen. Sie berauscht sich noch immer am alten Ruhm und berühmten namhaften Herrschern: Konstantin der Große, Justinian, Süleyman der Prächtige. Das Erbe dieser aufeinanderfolgenden Erleuchteten ist so reich wie bunt, auch wenn die Stadt nur noch ein Schatten ihrer selbst ist. Auf der Galata-Brücke begegneten sich alle denkbaren Religionen, Dialekte, Völker: Türken, aber auch viele Griechen und Armenier, sephardische Juden, Araber, Perser, Kurden, Roma, Albanier, Russen und Serben. Die Liste ist lang. In diesem Mosaik nicht zu vergessen sind die Levantiner, Nachfahren von Westeuropäern, die sich aus kommerziellen, diplomatischen oder romantischen Gründen im Orient niedergelassen haben. Sie sind Venezianer, Genueser, Franzosen, Engländer oder Germanen, die alle vom Großmut des trägen Sultans profitierten.

Su Kahveci hält inne, genießt einen weiteren Schluck Kaffee. Ihr Blick ruht noch immer auf dem Bild, als wäre es eine Quelle der Inspiration. Würden sie die Ohren spitzen, könnten sie beinah die Muezzine in der Ferne rufen und die Menschen in den Cafés reden hören, wo die Sprachen des Morgenlands und Geständnisse eines längst vergangenen Konstantinopels durcheinanderwirbeln. Und auch den Duft des Kaffees auf dem Feuer in den ausgestoßenen Wirbeln der Raucher von parfümierten Wasserpfeifen vernehmen. Je länger die Erzählung geht, umso stärker lässt sich Régine von dem dunstigen Charme des Gemäldes verzaubern.

Im 19. Jahrhundert hat das Osmanische Reich zahlreiche Gebiete verloren. Es war hoch verschuldet und seinen überwiegend europäischen Gläubigern ausgeliefert. Unter diesen Umständen konnte sich der Sultan nur noch höflich geben. Ausländer strömten nach Konstantinopel mit seiner bereits bunt gemischten Bevölkerung. Die Stadt wurde zur Hochburg des Gemischs aus Kulturen. Als Opa Kahveci 1895 geboren wurde, war er ein Spiegelbild seiner Stadt, hatte türkisches, arabisches, griechisches, jüdisches, französisches und englisches Blut. Die Frucht einer über drei Generationen verteilten levantinischen Verschmelzung.

Régine hakt ein.

»Doch waren Verschmelzungen zu dieser Zeit selten, sogar in einer so kosmopolitischen Stadt.«

Su lächelt, findet ihren Gast scharfsinnig.

»Sie haben recht, Segregation aufgrund von Rasse und Religion war die Regel. Die Völker begegneten einander, ohne sich großartig zu vermischen, jeder lebte in seinem eigenen Viertel.«

»In welchem Viertel lebte wohl eine gemischte Familie?«

»Das hing von der Generation und von den Hochzeiten ab.«

Draußen scheucht Hundegebell einen Schwarm Tauben auf. Für einen kurzen Moment stört ihr verängstigtes Gurren die Erzählung. Schwer zu sagen, ob es aus Genf oder Konstantinopel kommt, so sehr gehen die Echos in diesem Raum ineinander über.

Die Ahnen der Kahvecis wuchsen zumeist in den verwinkelten Gassen des alten, muslimischen Stamboul auf. Das Familiencafé grenzte an den Bücherbasar und diente als Lesestube. Die Kahvecis sind Erben der Sufi-Tradition, ihr Herz schlägt

355

für Kalligrafie und Dichtung, weshalb sie Persisch, Arabisch und Türkisch sprechen. Der Ururgroßvater, ein gewisser Aydin, war der Erste, der die Ahnenfolge befleckte. Nicht, weil er die Dichtung aufgab, nie im Leben! Doch als der Okzident dem betörenden Charme des Orients verfiel, entdeckte er den Glanz der europäischen Aufklärung.

»Eine andere Kultur zu bewundern, heißt nicht, die eigene zu beflecken«, merkt Régine an.

»Sie zu bewundern nicht, doch sie zu heiraten …«

In den 1870ern heiratete der Ururgroßvater eine Christin, die dazu noch griechisch war. Es war Häresie, die Imame und Popen erzürnte, also etwas, das man nicht tat. Um zu heiraten, musste das Paar entweder fliehen oder eine List anwenden. Und was konnte das für eine List sein, die verhinderte, dass sie ans andere Ende der Welt mussten?

Régine weiß es nicht, wartet neugierig auf die Antwort, die wie ein Ziegelstein geflogen kommt.

»Maurerei.«

»Maurerei?«

»Freimaurerei.«

Darüber weiß Régine nur das, was sie aus Filmen hat. Es ist eine Organisation, die der Esoterik verschrieben ist. Nur benutzt die Frau der Wissenschaft ihr gegenüber das Wort mit einer gewissen Ehrfurcht.

»Es ist ein Art Sekte?«, wagt sich die Montréalerin vor.

Genauso frei wie die besagte Maurerei prustet Su los.

»Wir haben nicht das gleiche Bild vor Augen.«

Die Freimaurerlogen des 19. Jahrhunderts sind keine Orte des religiösen Kults. Sie entstammen im Gegenteil der europäischen Aufklärung und ähneln daher avantgardistischen Inseln für soziale und politische Reformen in einem Reich, das noch an seine Traditionen gefesselt ist. Trotz seiner subversiven Art, vielleicht aber auch gerade deshalb, zog die Freimaurerei in Konstantinopel die Eliten an, Diplomaten und Intellektuelle, Professoren, Schriftsteller, Dichter und Journalisten unterschiedlichster Herkunft.

»Dem entnehme ich, dass Ihr Vorfahr einer dieser Freimaurer war.«

Su Kahveci wendet sich einmal mehr dem Gemälde zu, nährt darin ihre unwahrscheinliche Nostalgie auf der Suche nach einem Jahrhundert und einem Landstrich, den sie selbst nie gekannt hat. »Beim Opa meines Opas«, haucht sie aus, »denkt man einen altersschwachen Greis. Doch er war jung und strotzte vor Idealen, als die Freimaurerlogen im ganzen Reich überhandnahmen. In der Schule, wo die Heimat von Voltaire hoch im Kurs stand, war Aydin Feuer und Flamme für die französische Literatur. Er entdeckte Rousseau, Montesquieu, Diderot, die monumentale *Encyclopédie*. Seine Lehrer waren stets Franzosen oder frankophil und vom Humanismus geprägt, weshalb er relativ früh in eine Loge eingeführt wurde.

In die *Union d'Orient*. Sie vereinte europäische Botschafter, alteingesessene Städter und orientalische Intellektuelle. Sie brachten dort große Ideale in Umlauf, von der Freiheit, von sozialer Gerechtigkeit, der Demokratie und logischem Denken. Sie pflegten die Wissenschaft und ein harmonisches Zusammenleben der Völker, die sie in gleicher Weise von der Tyrannei der Bibel, des Korans oder der Thora lösen wollten. Natürlich waren diese Logen für die zahlreichen religiösen Anführer Konstantinopels Orte der Ausschweifung und anarchistische Nester, die sie mit den Schenken und Freudenhäusern in Galata-Pera gleichsetzten. Doch hatte kein Prediger eine Chance, denn es war die Zeit des Tanzimats, die Logen wurden nicht nur von den Botschaftern geschützt, sondern auch von den Vertrauten des Sultans. Die Zeit zwischen 1860 und 1870 war wahrscheinlich die liberalste in der Geschichte des Osmanischen Reichs, genau zur richtigen Zeit für meinen Ururgroßvater, der dank der *Union d'Orient* eine Christin heiratete.«

Vereinnahmt von dieser Familiensaga greift Régine mechanisch zu ihrer Tasse und schickt sich an, den letzten Schluck Kaffee zu trinken. Ihr Gegenüber hindert sie daran. »Trinken Sie nicht den Grund! Der hinterlässt einen unangenehmen Nachgeschmack. Dieser Kaffee lehrt Sie die Kunst, nicht zu viel zu wollen.« Schweren Herzens begnügt sich Régine mit dem Lokum. Während Su weiter in die Vergangenheit eintaucht.

»Aydin erschütterte die Familie noch mehr, als er nach der verschrienen Heirat auch noch ein Literaturcafé in einer Gasse in Pera, dem Viertel der Untreuen, eröffnete. Es verlangte ihn danach, die schönsten Verse, woher sie auch kamen, in Schönschrift niederzuschreiben, die orientalische Dichtung mit dem westlichen Glanz zu vereinen. Neben persischen, arabischen und osmanischen Gedichtsammlungen stellte er europäische Enzyklopädien, Romane und Bücher in die Caférgale. Über die Jahre wurden es immer mehr, denn viele der durchreisenden Touristen bezahlten mit einem Buch oder einem Gemälde.«

Régine beschäftigt etwas, das sie offen anspricht: »Wie war es dem Muslim und der Christin gelungen zu heiraten, wenn alle Soutanenträger, die ihre Verbindung legitimieren konnten, sie verurteilten?«

Su lächelt beim Wort Soutane. Sie mag die Offenheit der Kanadierin. »Tatsächlich«, gesteht sie, »war das gar nicht so einfach. Auch wenn die Sultane die verschiedenen Religionen tolerierten, existierte die Zivilehe nicht. Damals war selbst die Liebe nur ein abstraktes Konstrukt. Die wenigen gemischten Paare hatten keine andere Wahl, als sich auf eine Konfession zu einigen, und sei es nur der Papiere wegen. Niemand wollte, dass seine Kinder unter einer unehelichen Herkunft litten. In einer verfluchten Verbindung musste einer von beiden konvertieren und offiziell alle Verbindungen zu seinem eigenen Clan kappen, musste wie ein Eindringling in der angeheirateten Familie leben, all die verurteilenden Blicke und unterkühlten Höflichkeiten ertragen. In einer patriarchalisch geprägten Gesellschaft obliegt dieses Opfer im Allgemeinen der Frau, auch wenn es Ausnahmen gibt. Die Maurer haben auf ihren Versammlungen nur wenig für Religion übrig, regeln eine Konvertierung durch Würfeln oder Tavli. Für Aydin stellte sich die Frage nicht, da er sich bereits in Pera niedergelassen hatte. Wie um diese Tradition der Transgression fortzuführen, heiratete zwanzig Jahre später sein Sohn eine halbjüdische franko-englische Levantin. Und der Sohn des Sohns, mein Opa, verschenkte sein Herz an den Feind der türkischen Heimat, als der Erste Weltkrieg ausbrach.«

»Eine Armenierin?«

»Eine Armenierin, ja.«

Régine rührt diese von Generation zu Generation weitergegebene Veranlagung für gewagte Liebe. Zumal es ihr ihre Familie in Erinnerung ruft.

»Mein Opa«, erzählt Su weiter, »hatte jedoch nichts von einem Rebell oder Unruhestifter. Es war sein Sinn für Kunst, der dafür sorgte, dass er sich in meine Oma verliebte, noch bevor er sie gesehen hatte. Ihr Gesang fesselte ihn. Er hätte sie um jeden Preis und unabhängig von ihrem Glauben geehelicht. Und das hat er auch getan, hat sie trotz aller Widrigkeiten geheiratet. Doch war es keine idyllische Zeit. Die Romantik mit ihrem schönen Gerede des 19. Jahrhunderts traf auf das 20. Jahrhundert mit seinen Weltkriegen. Das hat der universellen Brüderlichkeit einen heftigen Schlag versetzt. Stellen Sie sich meinen 20-jährigen Opa vor, der gegen seinen Willen in den Ersten Weltkrieg eingezogen wurde. Wegen seines komplexen Stammbaums hätte er unter jeder Flagge kämpfen können, doch wegen seines türkischen Namens bekam er die Uniform und die Befehle der Türken. So wurde er zusätzlich zu den Schützengräben und den Granaten dazu gezwungen, seine eigenen Leute zu töten ... Männer, die in irgendeiner Weise mit ihm verwandt waren. Und als wäre das noch nicht genug, segnete seine junge Ehefrau bald das Zeitliche, hatte gerade noch die Zeit, einen Erben zu hinterlassen. Meinen Vater.«

Régine brennt eine Frage auf der Zunge, wohl die heikelste von allen: »Ihre Oma ... wurde Sie Opfer des ... (sie zögert) des ...«

»Völkermords?«

Su ängstigen Worte nicht. Wahrscheinlich, weil sie genauso türkisches Blut hat wie armenisches, deutsches genauso wie jüdisches, was die Realität herausfordert.

»Um Ihre Frage zu beantworten, meine Oma entkam den Razzien, indem sie einen Kahveci geheiratet hat. Sie fiel einem anderen Massaker zum Opfer, dem der Spanischen Grippe. Mein Opa kehrte aus dem Schützengraben zurück, erholte sich aber nie von dem Krieg und auch nicht von dem verfrühten Tod seiner Muse. Er wurde wahnsinnig, gab seinen Sohn in die Obhut seiner Eltern. Mein Vater übernahm später das Familiengeschäft, allerdings in einem größeren, gewerblicheren Rahmen.«

»Eröffnete er weitere Cafés?«

»Oh nein! Vater ist ein Unternehmer. Das althergebrachte Wissen war nichts für ihn. Reine Zeitverschwendung. Er emigrierte wie so viele Türken Anfang der 1960er nach Westdeutschland. Das Land befand sich gerade im Wirtschaftswunder. Dort lernte er meine Mutter kennen, die gerade aus Italien ausgewandert war. Sie teilten die Leidenschaft für guten Kaffee. Er steckte sein Geld und seinen Verstand in ein Gerät, das uns in Geld schwimmen ließ.«

»Die Espressomaschine!«, mutmaßt Régine. (Das erscheint ihr selbstverständlich.)

»Äh … nein.«

Su spricht nicht weiter. Weil die Antwort nach all dem Erzählten umhaut und auch beschämt.

»Sondern?«

Schließlich spuckt sie es aus.

»Die Kaffeemaschine.«

Nun ja.

»Sie haben richtig gehört. Was meinen Vater zu einem der Initiatoren der schnell aufgebrühten, schnell getrunkenen Kaffeerevolution macht. Damit ließ sich Geld scheffeln, glauben Sie mir. Genug, um der bunten Verwandtschaft aus Europa und Nahost ein Luxusleben zu ermöglichen. Da wären der Vater von Maman, ein

Deutsch-Italiener aus Südtirol, dessen Mutter, eine Franco-Italienerin aus dem Aostatal. Dazu die Verwandtschaft aus Istanbul. Unser Palast in Hamburg hatte schnell einen babylonischen Ruf. Natürlich wollte niemand im Haus, egal welcher Sprache oder Herkunft, auch nur einen Tropfen dieses aufgebrühten Zeugs herunterschlucken. Aber trotzdem: Die Kaffeemaschine ließ das Geld nur so fließen.«

Su führt ihre kleine Tasse an den Mund, trinkt ganz langsam, so als würde sie in diesem letzten Schluck die Quintessenz des Nektars suchen, vielleicht aber auch ein bisschen Bitterkeit im Grund. Doch zurück zu Opa Kahveci, der im Zentrum dieser Geschichte steht, mehr noch als ihr abwesender Vater.

»Nach dem Tod seiner Frau suchte er ständig und überall ihren Geist, vor allem suchte er aber nach ihrer Stimme oder vielmehr dem Schatten ihrer Stimme. Damit machte er sich selbst verrückt. Den Gnadenstoß erhielt er in den 1920ern in Konstantinopel, inzwischen Istanbul, als Atatürk sein Gesetz durchsetzte und die osmanische Kalligrafie gewaltsam durch ein einfaches, westlich inspiriertes Alphabet ersetzte. Für den bereits geprellten Mann war das die letzte Tragödie in seiner Sammlung. Erst später und weit entfernt von Istanbul fand er wieder zu seiner Kunst. Doch wo er auch war, es gelang ihm nicht, dieses Gefühl, von allem beraubt zu sein, hinter sich zu lassen, nicht mal dann, als die Familie in Saus und Braus lebte. Er erholte sich auch nicht mehr vom Krieg. Kann man sich davon überhaupt erholen? Ständig ängstigten ihn Geräusche, Fliegen und Blut. Doch am meisten fürchtete er sich vor dem Schlaf, Nächten mit schlechten Träumen. Er zog sich in seine Einsamkeit zurück, versorgte seine Wunden, suchte einen Weg, das erlebte Grauen wiedergutzumachen. Nicht mit Geld, sondern mit Licht, wie bei seinen Sufi-Ahnen. In Hamburg bewohnte er den Dachboden, lebte wie ein Eremit inmitten von Kerzen, Malereien, Büchern und Musik. Er schlief und aß wenig, trank nur Kaffee, schließlich ist er ein Kahveci. Er verkroch sich in der Kunst, war von dem Gedanken verfolgt, etwas absolut Erhabenes verpasst zu haben, und jede Minute seines Lebens damit beschäftigt, seine Albträume unter einer Tonne von Schönem zu begraben. Nur hatte er ständig Albträume, wurde acht Jahrzehnte lang Nacht für Nacht vom Geist von Gallipoli heimgesucht, durchlebte immer wieder die Zeit im Schützengraben bis zu seinem letzten Atemzug mit 105. Denkt man genau darüber nach, hat er drei Jahrhunderte erlebt.«

Régine spielt mit dem Kaffeelöffel, ahnt, dass das Wichtigste ganz nah ist. Gleich betritt Aydin die Bühne, genauso wie das Gerät, das keine Kaffeemaschine ist, sondern ein Aufnahmegerät mit unbegrenzten Möglichkeiten. Su spürt, wie aufgeregt die Frau ihr gegenüber ist. Ihr hellseherischer Blick erforscht schon eine Weile deren Seele.

»Wir kamen 1962 auf die Welt«, sagt sie und stillt damit Régines verzehrende Neugier. »Genauer gesagt während des katastrophalen Elbhochwassers, dem ich meinen Namen verdanke. Su ist Türkisch und bedeutet Wasser.«

»Und was bedeutet Aydin?«

»Der Erleuchtete.«

Verträumt spielt Régine wieder mit dem Löffel.

»Ein bedeutungsvoller Name, nicht wahr?«, merkt Su an. »Als Kind war ich eifersüchtig. Warum er und nicht ich?«

»Die alte Besessenheit vom Licht.«

»Oh, Aydin hatte damit mehr zu kämpfen als ich. Zumal er sich in der Abwesenheit von Vater, der mit der Vergrösserung seines Vermögens beschäftigt war, an unseren Opa geklammert hat. Irgendwann teilten sie die gleichen Interessen, dieselben Ticks.«

»Auch dieselben Albträume?«

Régine merkt, dass Su etwas verbirgt. Sie stellt die heikle Frage: »Warum haben Sie sich zerstritten?«

Ein offensichtlich schwieriges Thema. Die Zwillingsschwester erstarrt, klammert sich mit den Händen an die Armlehnen des Sessels. Ihr Schweigen wiegt so schwer, dass Régine bereut, die Wunde geöffnet zu haben, und sich dafür entschuldigt. Su Kahveci schüttelt leicht den Kopf. Dieser Teil der Geschichte belastet sie. Als sie die Sprache wiederfindet, sind ihre Augen verdunkelt, das Grau überdeckt das Grün. Sie sagt:

»Der Grund für unseren Streit ist derselbe, der Sie nach Afrika und hierhergeführt hat.«

Sie seufzt.

»Wir beide begeisterten uns für Medizin, Psychologie und das immense Potenzial des Gehirns. Unser Opa hat großen Anteil daran, denn er war für uns das brillanteste und unglücklichste aller Genies. Wegen ihm wollten wir die Komplexität der grauen Materie erfassen und vor allem etwas finden, um sie zu heilen. Wir studierten Medizin und Neurobiologie in Deutschland und anschließend in London, wollten die neuronalen Mechanismen bis zur molekularen Ebene ergründen. Absurderweise strebten wir beide danach zu verstehen, was zu Genie oder Wahnsinn führt.«

Zum ersten Mal seit ihrer Ankunft fühlt sich Régine auf undefinierbare Art und Weise unwohl, ihr weicht die Farbe aus dem Gesicht. *Ist es wegen dem Kaffee? Oder dem Lokum? Wegen der Geschichte der Kahvecis? Oder wegen des unbehaglichen Gefühls, auf einen Spiegel zuzulaufen und nicht zu mögen, was man sieht?* Dieses vage Unbehagen bewegt sie innerlich. Ihr Herz geht unmerklich schneller, genauso wie ihre Atmung.

Su bemerkt das nicht, schaut verlegen auf den Boden, während sie sich weiter Régine anvertraut.

»Nach und nach haben sich unsere Wege getrennt. Aydin fokussierte sich auf die Virtuosität unseres Opas, ich konzentrierte mich dagegen auf seine Leiden. Ich war und bin auch heute noch davon überzeugt, dass medizinische Fortschritte in erster Linie heilen sollen. Mein Bruder ... Sagen wir, dass er letztlich zu weit gegangen ist.«

»Womit?«, hakt Régine schnell ein, ohne dass sie das Tremolo in ihrer Stimme verbergen kann.

Su bemerkt, wie aufgeregt sie ist und auch wie vehement, schreibt es Régines unbändigem Wissensdurst zu. Sie schaut wieder nach unten, erzählt weiter.

»Weil unser Opa ein Überlebender des verschwundenen Konstantinopels war, hat es sich Aydin auf die Fahne geschrieben, ›seine Erinnerungen‹ durch Aufzeichnung zu konservieren. Er sagte, er sorge dafür, dass die Künste überleben. Ich vermutete andere Absichten dahinter. So wie bei Athleten, die sich dopen, um leistungsfähiger zu sein, nur dass wir hier nicht vom Bizeps reden, sondern vom Gehirn. Was vom Doping übrig bleibt, nicht wahr? Ein gefährliches Hirngespinst, das unserer Wissenschaft und unserer Menschlichkeit schadet. Mein Bruder sah das anders. Er betrachtete sich als Leuchtturmwärter und Entdecker, der in die Tiefen des Gehirns taucht. Er arbeitete im Verborgenen, tat immer so mysteriös, sogar mir gegenüber. Schließlich wusste ich so gut wie nichts über seine Forschung, wusste nur, dass er seinen Teil des Erbes in die Entwicklung eines leichten und mobilen Scanners in Form eines Helms gesteckt hat, um das Gehirn zu studieren, und dass er Technologien der zerebralen Bildgebung mit Quantenoptik kombiniert hat.«

»Quantenoptik?«, wundert sich die kurzatmige Régine.

»Die Energie von Photonen. Aydin hat sich in den Kopf gesetzt, die Kraft des Lichts zu nutzen, um die sensiblen Sensoren zu optimieren und die Auflösung der Gehirnaufzeichnungen zu verbessern. Er wollte die Bildgebungsverfahren auch von ihrer imposanten Montur befreien und so die Magnetfelder des Gehirns außerhalb von gepanzerten Räumen aufzeichnen.«

Bei diesen Worten zuckt Régine zusammen. *Unmöglich!* Das wäre ungeheuerlich.

Ihre Aufregung steigert sich, wirkt sich auch auf ihre Atmung aus, sie wird intensiver. *Dieser Apparat ...* Sie kann nicht anders, geht in Gedanken durch, wie er sich auf ihre eigene Forschung auswirken könnte. *Himmel!* Sie kann ihre Nervosität nicht mehr verbergen, durchwühlt ihre Handtasche nach dem Inhalator.

»Geht es Ihnen nicht gut?«, fragt Su besorgt, den Blick gehoben.

»Doch«, antwortet die Asthmatikerin außer Atmen, »nur ein kleiner Anfall.«

Sie inhaliert schnell das Spray.

Su reicht ihr verwirrt ein Glas Wasser: »Es ist der Kaffee, er war zu stark.« Régine schüttelt den Kopf: »Ist schon gut, das passiert mir öfter.« Sie wird langsam wieder ruhiger.

»Bitte erzählen Sie weiter. Sie sprachen gerade vom Scanner.«

Su, steht auf, um die Sitzung zu beenden.

»Kommen Sie, wir gehen spazieren! Hier drinnen ersticken wir noch. Die frische Luft des Genfer Sees wird uns guttun.«

Nach dem Verschwinden von Django, den jetzt alle bis auf Sarah Aydin nennen, kommt die Sozialarbeiterin kaum wieder zu Atem. Auch wenn sie nur einen Katzensprung vom Fluss entfernt ist, empfindet sie die Luft als besonders stickig, nicht ohne Grund. Sie steht wieder in dem No Man's Land des Rangierbahnhofs, zusammen mit einer in weniger als 24 Stunden zusammengewürfelten Brigade: der Bahnhofswärter, die Polizisten Bousquet und Ross sowie Timothy und, nicht zu vergessen, Ángel, der gegen seinen Willen da ist und sich genauso *umzingelt* fühlt wie Sarah.

Der Junge wurde in der Pupusería der Familie aufgestöbert, wo er nach seiner polizeilichen Befragung zum Arbeiten verdonnert worden war. Seine Eltern haben zugestimmt, dass er den Nachmittag freibekommt, sowohl Sarah zu Ehren als auch wegen der einschüchternden Anwesenheit des Psychiaters und der Polizisten. Vor dem Imbiss nahm Sarah den Jungen beiseite, legte ihm die Hände auf die Schultern und sah ihm direkt in die Augen: »Ángel, wir brauchen dich.« Weil Aydin Kahveci gefunden werden musste und nur eine einzige Person in dieser Stadt wusste, wo sein Versteck war. Sie sprach weiter: »Einen Mann, der Hilfe braucht, lässt man nicht im Stich.« Und Doktor Anderson ergänzte bekräftigend und so gravitätisch, wie man es von ihm gewohnt war: »Er leidet an einer schweren Form von posttraumatischem Stress.« Trotz seines Misstrauens gegenüber den Polizisten und dem Psychiater folgte Ángel ihnen, doch einzig und allein aus Dankbarkeit für die Person, die ihm aus der Patsche geholfen und sich somit sein ewiges Vertrauen gesichert hat.

Auf den Rangierbahnhof hätte ich kommen können, denkt Sarah, als sie zum zweiten Mal dem Band aus Waggons und aufgetürmten Containern folgt. Wie ein unglücklicher Fremdenführer geht Ángel an der Spitze des Trupps. Sie erreichen gleich das verlassene Gelände, das den Eisenbahnen als Friedhof dient und auf dem Ángels Bombs zu sehen sind, doch keine Spur vom Phönix. Der Junge geht selbstsicher voran.

Ein kleiner Wasserturm, um den ein Graben führt, überrascht alle, insbesondere der Wärter ist erstaunt, dass er errichtet werden konnte auf dem Gelände, das er überwacht. »Sie gehen keinen Schritt und bleiben hier!«, befiehlt Sarah den Männern. Damit ist der Polizist Bousquet zwar nicht einverstanden, dennoch wagt er sich nicht weiter vor, hat die Medizin Sarahs bereits gekostet. Zuerst ruft sie verhalten: »Django?«

Keine Antwort.

Sie erreicht den Erdhügel, umrundet ihn, ruft ein zweites Mal, diesmal mit mehr Nachdruck: »Django?«

Immer noch keine Antwort.

Sie läuft über den wackeligen Steg, bleibt vor einer Wand aus Sandsäcken stehen. Der täuschend echte Vorhang ist nicht ganz zugezogen, zeigt das Innere des Bunkers beziehungsweise nichts, denn es ist stockdunkel. *Irgendetwas stimmt hier nicht.* Wegen des Zugangs, der nicht ganz geschlossen ist? Wegen der unerträglichen Stille, die etwas von einem schlechten Omen hat? Während sie sich im Dunkeln vorwärtstastet, befürchtet Sarah das Schlimmste, legt sich eine unsichtbare Schlinge um ihr Herz und ihre Lungen. Ihr Atem geht schneller. »Antworte, Django!«, sagt sie mit zittriger Stimme, die Panik verkündet. Sie sucht in ihrer Tasche nach einer Lichtquelle, holt ihr Handy heraus, lässt es fallen. Ihr Atem wird noch schneller, fängt an zu pfeifen. Mit zitternder Hand greift sie wieder in die Tasche, sucht jetzt den Inhalator, holt ihn heraus, lässt ihn ebenfalls fallen. »Antworte ...«, fleht sie zwischen zwei fast erstickten Seufzern. Die zarte Sarah ist kurz davor zusammenzubrechen, wegen eines Verrückten, den sie kaum kennt, der allerdings ihre Träume erhellt, eine uneingestandene Liebe zu dem Genie, von dem sie jede Nacht träumt und der sie jedes Mal mehr beeindruckt. Ein nicht zu beherrschendes Feuer.

Plötzlich stößt ihr Fuß gegen eine weiche Masse. Sie stolpert, fällt der Länge nach auf diesen in der Dunkelheit kaum auszumachenden Körper. Genau in dem Moment geht das Licht an, Ángel hat die einzige Lampe im Bunker wiedergefunden. Die fünf Männer entdecken in dem grellen Licht Sarah, die am Boden auf einem leblosen, nackten Körper liegt, neben einer alte Bajonett-pistole.

Getreu seinem Beruf reagiert Timothy sofort, hebt den Inhalator auf und steckt ihn Sarah in den Mund, die genauso blass ist wie der Tote. Er versucht, sie mit der geballten Kraft seiner Diplome zu beruhigen. Nur kippen die besonnenen Worte noch mehr Öl ins Feuer, die Verliebte ist gelähmt.

»Sarah, ich muss ihn untersuchen«, insistiert der Doktor in einem Tonfall, der nichts Gutes verheißt. Wie dem auch sei, die anwesenden Zeugen sehen bereits am Teint des Mannes, der daliegt wie ein ausgerollter Mürbeteig, das nichts mehr zu machen ist. Allein der Plattenspieler ist vom stundenlangen, tagelangen Kreisen noch warm. Auf seinem Teller liegt die einzige Platte, die je in diesem Bunker gespielt wurde.

Der Wärter erträgt den Anblick des Körpers nicht länger, geht hinaus und wählt den Notruf. Währenddessen tastet Timothy den am Boden Liegenden am Handgelenk und Hals ab, auf der Suche nach einem noch so schwachen Puls, er öffnet auch den mit Schaum benetzten Mund. Die Zunge ist geschwollen, die Kehle voller Blut.

»Er ist erstickt«, schlussfolgert er. Das andere, weitaus düstere Wort bringt er neben der aufgelösten Sarah nicht über die Lippen. Sie schluchzt, hockt noch immer auf dem Boden.

Da greift ein Engel ein, nimmt ihre Hand, hilft ihr beim Aufstehen. Es ist der junge Delinquent, der denkt, es sei an der Zeit, die Rollen zu tauschen.

»Komm, Sarah, bleib nicht hier!«

Er stützt sie, führt sie aus dem Bunker heraus und über den Steg. Im Beerdigungsschritt laufen sie über den Eisenbahnfriedhof. Sarah ist noch nicht wieder bei sich, sucht mit fiebrig glühenden Augen die ausrangierten Waggons nach einer noch so kleinen Spur ab, einer Miniatur, an die sie sich klammern kann. Auch Ángel scannt den Schrott. Er muss etwas hinterlassen haben, *un testamento*. In der Ferne ertönt ein Sirenenkonzert. Es kommt näher, verleiht diesem trostlosen Ort etwas Apokalyptisches.

»Da!«, ruft Ángel.

Er zeigt mit dem Finger auf eine hoch aufgeschossene Figur, eine hauchzarte Illusion in der Sommersonne.

»Da!«, ruft er noch einmal, als hätte der Engel einen Totgeglaubten gesehen. Es rüttelt Sarah auf. Beinah ein Totgeglaubter. Der Kran, der gestern noch ein Wachturm war, hat sich verwandelt. Wurde zu etwas, das vage einem Geysir ähnelt, dessen Fontäne erstarrt ist und der nur noch schillernde Reflexionen versprüht.

»Hör mal!«, sagt Ángel.

Im Geheul der Sirenen ist das Läuten der Skulptur kaum zu hören. Je mehr sich das Duo dem Werk nähert, umso klarer werden die Noten, sie schillern genauso wie die Farben dieses Miniaturgerüsts. Denn es handelt sich um einen Insektenschwarm.

Schmetterlinge.

Zu Hunderten. Sie erheben sich wie Monarchen in einem vertikalen Flugmanöver, hängen am Stamm eines unsichtbaren Baums. Ihre Flügel vibrieren im Wind und spielen eine Sinfonie. Sarah berührt vorsichtig eine dieser Miniaturen, so als würde sie ein zerbrechliches Wesen streicheln, einen echten Monarchen, der schläft. *Wie viele?* Wie viele Schrottteile wurden gewissenhaft ausgesucht, ineinander verschachtelt und angemalt, um all diese zarten Schmuckstücke herzustellen? Wie viel Zeit hat sein Lebenswerk den Phönix gekostet? Gewiss eine Ewigkeit, in der er sein Genie und seinen Wahn pausenlos jedem Detail gewidmet hat.

»Komm!«

Ángel hat eine Öffnung entdeckt. Mit einer Hand schiebt er den Schleier aus Faltern beiseite, mit der anderen führt er Sarah ins Innere der Illusion.

Währenddessen hat der Krankenwagen den Bunker erreicht. Die Sirenen sind verstummt. Der Psychiater spricht mit dem Polizisten Bousquet und seinen Kollegen, während die Sanitäter ein weißes Tuch über den Leichnam legen. Timothy erschaudert, *damit wirkt er wie ein Geist.* Der Phönix ist erloschen, verzehrt von seinem eigenen Feuer.

Derweil stehen Sarah und Ángel im Inneren seines Nachlasses wie in einem Kokon aus Noten und Geflimmer. Doch da ist noch mehr. Auf dem von Rost zerfressenen Geripppe des Krans sind überall Verse. Eine in Schönschrift geschriebene Blütenlese in einem Mosaik aus Sprachen und Alphabeten, manche davon sind besser zu erkennen als andere, manche älter als andere. Wortlianen in lyrischer Fülle steigen zum Himmel hinauf, Ángel entdeckt ein spanisches Fragment, »Yo sé quién soy«, *ich weiß, wer ich bin.* Ganz in der Nähe von Cervantes findet sich Shakespeare: »I have supped full with horrors.« Daneben deutsche Verse, italienische und lateinische, Verse in unergründlichen kyrillischen Zeichen, auch arabische, chinesische und französische: Apollinaire, Baudelaire, Nerval.

Je suis ivre d'avoir bu tout l'univers
Pouvons-nous étouffer le vieux,
　　le long Remords
Il est un air pour qui je donnerais
Tout Rossini, tout Mozart et tout Weber

Seit sie den Unicampus verlassen haben, hat Su kein Wort mehr gesagt.

Régines Atmung hat sich normalisiert (*Atme!*), doch etwas brennt ihr auf der Zunge. Sie würde gern anknüpfen, womit das Gespräch zu Ende ging, ist von der wenn auch vagen Vorstellung von Gehirnsensoren mit phänomenaler Aufzeichnungskapazität ganz elektrisiert. Mit dem Apparat des Phönix, denkt sie, könnte sie, wenn sie ihn findet, die Wissenschaft voranbringen. Trotz seiner Mängel. So läuft das Hirn Régines, die bereits einen Vorsprung für ihr Labor sieht, heiß. Doch sie traut sich nicht, die Genferin, die auf den See blickt, in ihrer Ruhe zu stören. Régine versucht, sich auf sie einzustellen, lässt sich auf ihr Tempo ein, beobachtet ihr Schweigen aus der Nähe.

Die Augen immer noch auf den See gerichtet, bricht Su Kahveci endlich die Stille.

»Das Wasser«, bringt sie mit gedämpfter Stimme hervor. »Im Endeffekt mag ich meinen Vornamen. Ich trage ihn heute mit Stolz. Nichts beruhigt und ermutigt mehr als das Wasser. Genauso gibt es nichts Gefährlicheres und Mächtigeres; es ist sogar mächtiger als der Mensch und alle Maschinen, die er erfinden mag. Es macht uns demütig. Ohne das Wasser, oder auch wegen ihm, verschwinden wir im Nichts. Wasser ist alles Geld und Wissen der Welt wert, das wissen wir schon lange. Genf ist verwöhnt, wird von der Rhone und dem See mit Wasser versorgt. Montréal umspült ein großer Fluss. Und Hamburg ...«

Su hält einen Moment inne, um undeutliche Erinnerungen wiederzubeleben. Dann dreht sie sich zu ihrer Begleiterin.

»Régine, denken Sie an eine Erinnerung aus Ihrer Kindheit, als Sie noch ganz klein waren. Es kommt bestimmt Wasser darin vor, mit seinem Geplätscher und seiner Fauna im Hintergrund.«

Sie schaut zurück auf den See, wo ein Paar Schwäne schwimmt. »Das Wasser«, sagt sie halblaut, »wiegt unsere Kindheit genauso wie die Musik oder die Arme unserer Mutter. Aufgrund seines flüssigen Charakters beschwört es Erinnerungen herauf. Und nimmt sie in sich auf. Ich komme gerne her, wegen dem, was es evoziert, all die Erinnerungen meiner Kindheit am Ufer der Alster. Unserem See. Meine frühste Erinnerung führt dorthin zurück, an die grünen Ufer, wo Aydin und mich alles erstaunt hat, die Segelschiffe genauso wie die Schwäne und Insekten. Ich habe dieses Bild vor Augen ... wir sind vier Jahre alt. Wir versuchen, die schönsten Schmetterlinge einzufangen, scheitern aber daran. Ich meine, wir fangen schon den einen oder anderen, schließen ihn zwischen unseren Händen ein, um ihn besser bewundern zu können, doch er ist nicht mehr der Schmetterling, den wir in der Luft gesehen haben. Zwischen unseren Händen ist er ohne Glanz. Ich denke, das ist die erste Lektion, die uns das Leben lehrt.«

»Dass Schönheit sich nicht einfangen lässt?«

»Dass sie flüchtig ist. Ist es nicht die Vergänglichkeit, die sie glänzen lässt? Schönheit soll die Menschen verblüffen.«

Nun schaut auch Régine auf den See, versinkt darin. Sie sieht sich und Victor Baker in ihrem Montréaler Labor, eine alte Swingplatte läuft, für einen kurzen Augenblick ist ihr Patient von Armstrongs Trompetenspiel elektrisiert. Ihre eigene Spiegelung auf dem See führt sie weiter in die Vergangenheit bis in ihre Kindheit. Wie weit reicht ihr Gedächtnis zurück? Gibt es in ihrer frühsten Erinnerung Wasser? Musik?

Plötzlich sieht sie sich als kleines Kind. Die Bilder kommen ihr wie Dias vor: Ihr Papa am Steuer des großen Chevrolets, er singt: »*oh la la la, di da da ...*« Daneben zwitschert genauso laut ihre Mutter: »*di da da da dum ...*« Es sind Ferien, sie fahren ans Meer. *Ans Meer?* Für die kleine, kaum fünfjährige Régine, die nur die Stadt mit ihren Fabriken und dem dreckigen Kanalwasser kennt, ist das Meer etwas Vages. Sie weiß nur, dass ihre Eltern feinfühlig davon reden und es sie glücklich macht. Allerdings ist es zwei Autostunden entfernt und drüben in den Staaten. Weitere Dias reihen sich aneinander, in denen sie dem Wasser näher kommen, es riechen, auch wenn sie es noch nicht sehen. Im Chevrolet sind Papa, Mama und auf dem Rücksitz das Kind und auch der *Piano Man*. Maman liebt ihn, dreht ihn auf und singt bei offenem Fenster: »*sing us a song you're the piano man ...*«

Papa parkt das Auto am Fuß einer großen Düne, gleich sind sie da. Das Meer ist dahinter. Nächstes Dia: Régine steigt aus dem Auto, läuft los, möchte als Erste die Anhöhe hinauf, *well we're all in the mood for a melody* ... Oben angekommen bleibt sie wie vom Blitz getroffen stehen. Letztes Dia: *Dieses Etwas!* Sie kann nicht weiterlaufen, ihre dünnen Beine sind wie gelähmt. *Wie kann es so riesig sein? Es gibt kein Ende, ist der Himmel, nur spiegelverkehrt!* Ein stürmischer, wütender Himmel, auf den ein kaum zu erkennendes kleines Mädchen zustürzt. Es übersteigt alles, was sich ein Kind, das bisher nur Gebäude und Schornsteine kannte, in seiner blühendsten Fantasie vorzustellen vermag. Von dem unendlichen Blau wird ihr schwindelig, sie fühlt sich vom salzigen Wind und den rauschenden Wellen verschlungen, auch von den Möwen, aber hauptsächlich von dem riesigen, beängstigenden wie hinreißenden Wesen. Was kommt danach? Nichts. Die Erinnerungen verblassen. Es bleibt nur der Schock, das nackte Gefühl. Und die Töne, die Musik: *And you got us feeling alright.*

In aller Ruhe kehrt Régine zurück ans Ufer des Genfer Sees. Wahrscheinlich ist sie noch immer mit einem Fuß an der Küste von Maine, als sie mit entfernter Stimme fragt: »Glauben Sie, Ihr Bruder versucht noch immer, Schmetterlinge einzufangen?«

Die Zwillingsschwester durchzieht ein kalter Schauer. Eine Art Vorahnung, die jenen vorbehalten ist, die zu zweit geboren werden, und die einem augenblicklich einen Teil seiner selbst raubt. Sie braucht Zeit, um zu antworten, ist von dieser Eingebung ganz erschüttert.

Sie flüstert: »Ich denke, er fängt nichts mehr ein. Seine Forschung, seine Reisen, seine Erfahrungen ... Aydin muss allem ein Ende gesetzt haben. Ja, allem.«

Régine versteht es nicht gleich. *Allem ein Ende gesetzt? Selbstmord?*

»Jemand ist tot, oder?«

Schwer zu sagen, ob sich die Frage auf die Vergangenheit oder die Gegenwart bezieht. Su erschaudert noch mehr, dreht sich zu ihrer Begleiterin, ihre Augen sind zwei Fenster zu einem düsteren Himmel. Ihr Blick spricht Bände. So kommen sie jäh wieder auf die geheime Forschung und den mysteriösen Scanner zu sprechen, zu dem Bruch und dem Grund, der die Schwester dazu gebracht hat, die Verbindung zu ihrem Bruder zu kappen. Su Kahveci beschließt, das Ventil am See zu öffnen, ihr seit Langem gequältes Bewusstsein zu entladen. Ihre Lippen zittern.

»Wenn Sie wüssten, wie sehr ich diesen Helm gehasst habe. Allein der Gedanke, ihn hinter verschlossenen Türen zu benutzen. Ich habe meine Bedenken Aydin gegenüber geäußert. Er versuchte, mich zu beschwichtigen, versicherte mir, es sei ungefährlich, was er bestimmt wisse, weil er das einzige Versuchskaninchen sei.«

Versuchskaninchen. Régine atmet langsam

und tief ein (frische Luft hilft), sie möchte ihre Lungen schonen, ihre Aufregung drosseln. Sie gelangt ans Ziel ihrer Expedition. Zu Beginn hätte sie diese unerwartete Enthüllung auf ihrem Lieblingsgebiet nie erwartet. Sie fühlt sich fiebrig und nervös zugleich. Wie auf Glatteis.

»Anfangs«, spricht Su weiter, »verwendete er den Scanner bei sich und unserem Opa, der nichts dagegen hatte, sich von Zeit zu Zeit Sensoren an den Kopf kleben zu lassen. Er hätte alles für seinen Enkel getan, den er innig liebte. Aber Aydin wurde es bald leid, immer nur dieselbe graue Masse abzutasten. Der Durst verzehrte ihn. Also warf er ein Auge auf unsere Patentante Florence.«

Den Namen hat Régine schon einmal gehört.

»Auch Tante Florence hat den Krieg miterlebt, wie mein Opa. 1940, während der wiederholten Bombardierungen im Blitz in London, war sie als Sanitäterin unterwegs. Ihr erster Mann war ein Kommandant in der Royal Navy und wurde im Nordatlantik getötet. Sie war hochschwanger, als ein deutsches Schlachtschiff den Panzerkreuzer versenkte. Die Detonation war so heftig, dass sie innerhalb von drei Sekunden tausend Witwen geschaffen hat.«

»Aber was wollte Aydin von dieser Tante, wenn er sich doch für das Genie interessierte?«

»Sie war ein großes Talent in Mathe. Eine Begabung, die mitten im Krieg Türen öffnete. Der britische Geheimdienst stieß auf ihr Talent für Zahlen, rein zufällig versteht sich. Es waren Zahlen, die

Hitlers Los besiegelt haben. Vor allem hat sie das Schicksal der Welt nach ihm geformt. Florence war Teil der Eliteeinheit von Bletchley Park, die die Geheimnisse der Verschlüsselungsmaschine der Deutschen geknackt hat, der indirekte Grundstein für die Informatik.«

»Und wie kam sie zur Familie Kahveci?«

»Florence hat nach dem Krieg einen Literaten in Deutschland geheiratet. Zufällig mein Onkel. Sie wurde in Hamburg eine angesehene Professorin zu einer Zeit, in der die Mehrheit der Frauen zu Hause am Herd blieb. Tante Florence war ein richtiges Phänomen in der Familie. Deshalb haben meine Eltern sie zu unserer Patentante gemacht. Sie wurde natürlich mein Vorbild. Ich habe sie als junges Mädchen wie einen Rockstar bewundert. Auch Aydin hat sie sich zum Vorbild genommen.«

»Ich verstehe, dass Zahlen und Informatik für den Krieg entscheidend waren, was Ihren Bruder angeht, dachte ich, geht es ihm um Kunst und Dichtung.«

Der Opa ist nicht mit dem Enkel zu verwechseln. »Aydin war in erster Linie ein Mathematiker. Harmonische Noten und Farben, Rhythmus, Perspektive, Illusionen – Kunst ist für ihn nichts anderes als eine endlose Berechnung von Proportionen, Winkeln und Kurven. Sogar die Musik ist nur eine Frage der richtigen Verteilung von Tönen. Er ist mehr Wissenschaftler als Künstler. Ein eigensinniger Forscher – wie Sie und ich. Als unser Opa und unsere Patentante sein Verlangen nach Gehirnen nicht mehr stillen konnten, fing er an umherzureisen, suchte nach jungen Virtuosen, denen es an Geld fehlte. Er zahlte ihr Studium, die Instrumente und was nötig war, damit sie von ihrer Kunst leben konnten. Im Gegenzug akzeptierten sie, seiner Wissenschaft im Geheimen zu dienen.«

Die Genferin schaut wieder auf den See. »Ab da hat sich unser Verhältnis verschlechtert. Ihm dabei zuzusehen, wie er um jeden Preis nach dem Genie suchte, quasi immer mehr zu einer Art Doktor Faust wurde, war unerträglich. Ich stellte mir vor, wie er sein Gehirn mit zusammengewürfelten Aufzeichnungen bespielte und überspielte, wie einen CD-Rohling.«

Stille.

Régine wartet auf die Fortsetzung. Su zögert, traut sich nicht weiterzuerzählen.

»Jemand ist tot«, wiederholt die Montréalerin.

»Ich weiß es nicht. Kann es nicht sicher sagen.«

Sie senkt den Blick, schüttelt den Kopf, würde lieber im Boden versinken, als auszusprechen, was nach einer Sentenz klingt. Régine bleibt hartnäckig.

»Wer ist tot, Su?«

»...«

»Florence?«

»Ja, Florence ist tot. Sie starb mit 85. Ein Alter, in dem man einen natürlichen Tod erwartet, oder?

Nur starb sie infolge eines plötzlich auftretenden epileptischen Anfalls, ohne an Epilepsie erkrankt gewesen zu sein. Sie kann jeder Zeit auftreten, das stimmt. Nur fällt es mir schwer, ihm keine Vorwürfe zu machen. So stur, wie mein verrückter Bruder war, weigerte er sich, eine Verbindung zu seinen Experimenten zu sehen. Er sagte, dass ein Hirnschlag den Anfall ausgelöst habe, dass das bei älteren Menschen nicht selten sei. Vermutlich verschloss er lieber die Augen, als sich vorzustellen ...«

Su beendet den Satz nicht.

»Unser Verhältnis war bereits angespannt. Danach brach ich den Kontakt ab.«

Régine ist zerstreut. *Induzierte Epilepsie?* Und wegen »induziert« kommt sie ins Grübeln, erinnert sich daran, wie der alte San gestorben ist. *Der Blitz hat meinen Papa getroffen.* Gibt es einen Zusammenhang?

»Wie ist Ihr Opa gestorben? Hatte er auch so einen Anfall?«

Ohne den Blick zu heben, antwortet Su mit dünner Stimme: »Er starb ein paar Jahre vor Florence, im Schlaf. Welch Ironie in seinem Fall, da er so wenig schlief. Die Todesursache scherte niemanden. Wird ein Hundertjähriger eines frühen Morgens leblos aufgefunden, besteht kein Anlass für eine Autopsie. Mein Opa war so alt, hatte den Tod seit Langem erwartet. Die Leute sagten: ›Der Glückliche ist im Schlaf gestorben.‹ Oder auch: ›Es ist die friedlichste Art zu sterben.‹ Friedlich? Er hasste es zu schlafen, sein Schlaf war nie friedlich. Jedes Mal, wenn er einschlief, erwartete ihn ein neuer Albtraum. Im Grunde starb er im Krieg, weil er ständig vom Schützengraben träumte. Aber ich komme vom Thema ab, nicht wahr? Dieser Apparat ... Mein Misstrauen hat mit dem Tod unserer Patentante zugenommen. Was folgte, wissen Sie, ich habe Aydin aus den Augen verloren.«

Su bewegt leicht den Kopf, bleibt dann einen Moment lang still. Als sie wieder das Wort ergreift, wirkt ihre Stimme brüchig vor Müdigkeit.

»Sein Leben lang suchte er nach dem Genie. Es kam ihm nie in den Sinn, dass er es bereits hatte. Was ihm fehlte, war die Kunst. Ja, vor lauter Besessenheit hat er die Kunst und die Ethik vergessen. Schlussendlich hat er dafür wohl bezahlt. Ich habe alles dafür getan, dass das, was aus meinem Bruder oder seinen Testpersonen werden könnte, nicht mein Leben vergiftet. Ich habe den Kopf in den Sand gesteckt. Und jetzt stehen wir hier und beschwören wieder meine schlimmsten Befürchtungen herauf, bringen meine grenzenlose Naivität ans Licht.«

Régine grübelt. In diesem gigantischen Puzzle fehlt immer noch ein Teil. Was hat Aydin nach Montréal verschlagen? *Sein Leben lang suchte er nach dem Genie.* Welches Genie sucht er am Ufer des Flusses? Sicher ist, dass er keiner der Universitäten angehört hat, das hätte sie erfahren. In ihren Kreisen wäre ein neuer Forscher nicht unbemerkt geblieben. Nein, er ist ein ungebundenes Elektron. Warum? Wegen wem? Und was ist passiert, dass er den Verstand verlor? *Jemand ist tot ... in Montréal.*

Auch Su zermartert sich das Hirn, stellt sich letztlich dieselben Fragen. War er bei seiner Ankunft in Québec noch bei Verstand? Etwas, oder jemand, hat ihn dort verrückt gemacht. Was? Wer? Und wenn er den Verstand an dem Tag verlor, an dem er sich als Mörder enttarnt hat? Er, der so sanft und arglos ist und keiner Fliege etwas zuleide tut, versehentlich ein Mörder? Andere würden bei weniger den Verstand verlieren. Und wenn es dann auch noch die Menschen sind, die man liebt, die man unbewusst getötet hat, rammt es einem unweigerlich ein Schwert ins Herz.

Das Herz.

Su erinnert sich jetzt wieder, sie erblasst. An eine Unterhaltung mit einem Cousin vor knapp zwei Jahren, als sie in Mailand war. Was hatte er ihr über Aydin gesagt? Etwas, das heute Sinn ergibt.

»Ein italienischer Cousin hat mir erzählt, dass Aydin einen armenischen Zweig unserer Familie in Kanada gefunden hat. Über eine entfernte Verwandte, eine Expertin für antiken Gesang. Perouze.«

Pérouse? Auch das hat Régine schon einmal gehört.

»Waren Sie im italienischen Pérouse?«

»Perouze ist eine Frau.«

»Es ist ein Name?«

»Ein armenischer. Ich habe ihn behalten, weil auch meine Oma väterlicherseits so hieß. Es ist der Name eines Edelsteins – der Türkis, in der Sprache der Kaukasier.«

Der Cousin hatte das Thema nicht weiter vertieft, hatte wohl die sibirische Eiszeit zwischen den Zwillingen bemerkt.

»Es war das Letzte, was ich vor Ihrem Anruf von meinem Bruder gehört habe.« Ihre zarte Stimme ist komplett aufgelöst. Währenddessen denkt Régine weiterhin angestrengt nach. Hat sich Aydins Verstand vielleicht in den Windungen der angehäuften Intelligenzen verirrt? Hat das Treffen mit dieser entfernten Verwandten vielleicht zu einem Crash geführt? Wurde er plötzlich zu seinem Opa, und sie ... Diesen Gedanken führt Su zu Ende: »Er hat sie nach einem Jahrhundert der Suche gefunden und zu seiner Muse gemacht.«

»Er hat sie zu seinem Versuchskaninchen gemacht.«

»Nein, daran hätte mein Bruder nicht gedacht, nicht bei ihr.«

Wie dem auch sei. Sie muss sich für seine Forschung interessiert haben, wollte wahrscheinlich mitmachen. Aydin muss sich mit ihr verbunden gefühlt haben wie noch mit keiner Freiwilligen zuvor. So sehr, dass sie sich regelmäßig sahen und er mitansah, wie ... *Was mit Perouze geschehen ist.* Das Unaussprechliche. Er hat sich selbst als Monster gesehen.

Stille.

In Régines Tasche klingelt das Handy. *Sarah? Oder Timothy?* »Ihr Bruder wird in Montréal gesucht.« Sie geht schnell ran.

Es ist Timothy.

»Er ist tot«, sagt er ohne Umschweife.

Régine entgleitet das Gesicht. Sie dreht sich weg von Su, entfernt sich ein paar Schritte. Der Psychiater sieht nicht das aufgelöste Gesicht seiner Frau und spricht mit der Stimme eines Bestatters weiter, wagt sich zur Todesursache vor.

»Es ist noch nicht sicher, aber er hatte entweder einen plötzlichen epileptischen oder psychotischen Anfall, der schlimmer war als je zuvor. Er ist an seiner Zunge erstickt.«

Régine ist bleich. Dieser Tod kommt zu schnell und zu früh, lässt ihre Hoffnung auf einen phänomenalen therapeutischen Vorstoß zusammenstürzen. Nur eine Frage bringt sie kaum hörbar hervor:

»Wo habt ihr ihn gefunden?«

»In einer Art Bunker im hinteren Teil des Rangierbahnhofs. Scheinbar lebte er seit Monaten dort.«

Régine geht noch ein paar Schritte weiter, fragt mit gedämpfter Stimme: »Habt ihr in diesem Unterschlupf einen Apparat gefunden? Einen Hirnscanner?«

»Was?« Timothy versteht die Frage nicht, die er unter den gegebenen Umständen als unangebracht empfindet.

»Der Phönix ist tot«, wiederholt er.

Er spricht gegen eine Wand.

»Such ihn, Tim, du musst dieses Gerät finden!«

Ihr fassungsloser Ehemann versucht, sie zur Vernunft zu bringen.

»Schatz! Die Polizei hat sein Schlupfloch bereits von oben bis unten durchsucht. Das einzige Gerät, das sie gefunden haben, ist ein alter Plattenspieler.«

Sein Schatz ist am Boden zerstört. Wäre am liebsten in Montréal, jetzt, sofort, würde den Bunker auseinandernehmen und, wenn nötig, den Boden umgraben. Und hätte sie gewusst, dass der Scanner in einem Müllwagen gelandet ist, wäre sie schnell zu allen Deponien der Stadt gefahren, um ihn zu suchen. Richtig, die puristische Ästhetin und Doktorin aus Westmount, die alle Stufen der sozialen Leiter hochgestiegen ist, hätte auch die Müllberge erklommen, um das Objekt ihrer Begierde in die Finger zu kriegen. Aus der Ferne vernimmt sie die Stimme ihres Mannes.

»Régine, zum Teufel noch mal, der Phönix ist tot! Dieses Mal ist es Sarah, die dich braucht.«

Der Satz ist eine Ohrfeige.

Erst da realisiert Régine das scheußliche Ausmaß ihres Eigensinns. Sie dreht sich zu der Genferin, deren Gesicht eine Wolke aus schwarzen Schmetterlingen überzieht. Natürlich hat die Zwillingsschwester verstanden, was sie bereits vorausgeahnt hat. Durch Régines wenig subtiles

Manöver, durch das kaum hörbare Geflüster, das die kreischenden Möwen und das Flap-Flap des Taubenschwarms überdecken. *Wie spät ist es?* Die Zeit gibt es nicht mehr.

Die Zeit steht plötzlich still.

TAGEBUCH EINES BABYLONISCHEN GELEHRTEN

Oktober 2015

So ist es.

Fliegt man zu nah an die Sonne, führt das zu nichts.

Außer zu Asche.

Sie haben sich in einem Café auf der Main verabredet, weit weg von ihren üblichen Treffpunkten.

Sarah sitzt bereits am Tisch und wartet seelenruhig auf Régine, summt die Melodie mit, die gerade läuft. Sie begleitet sie mit den Fingern, trommelt im Takt auf der gelb-grünen Tasse. Wie so oft lässt Régine sie warten. Nur stößt sie sich nicht daran, hat sie doch einen wunderbar cremigen Latte vor sich stehen.

Dann klappert die Tür, klackern Absätze. Régine ist außer sich.

»Scheiß Verkehr! Stau an einem Sonntag, ist das denn zu fassen!«

Sie verstummt, ist von der Musik im Café wie gelähmt. *La la la, di da da …* So betörend wie der Duft frisch gerösteter Bohnen. Ihr wird ganz heiß, erst im Bauch, dann steigt ihr die Hitze in den Kopf, erröten ihre Ohren, schwellen ihre Augen an. *Well we're all in the mood for a melody …*

Das amüsiert ihre Freundin.

»Das Lied hat immer noch dieselbe Wirkung, was?«

Sie ist ein versierter Musikfan, Klassiker begeistern sie, und eine Popikone der 1970er lässt sie dahinschmelzen? Pikiert reißt Régine sich am Riemen.

»Was soll ich sagen, es ist die gigantische Macht der Nostalgie! Ich war noch ein Kind und hatte keinen Einfluss darauf, was mir vorgespielt wurde. Einige Lieder sind so ansteckend wie

Windpocken. Du hast genauso deine Schwächen, Sarah Dutoit.«

Sarah, die weder Régines Stolz noch deren Überheblichkeit hat, stimmt dem vorbehaltlos zu. Auch sie schmilzt dahin, sobald sie einen Titel aus ihrer Jugend hört. *A Love Supreme* lief bei ihr zu Hause in Dauerschleife, ihre Mutter hatte eine Religion daraus gemacht. Die junge Sarah glaubte schon fast, Coltrane sei ihr Vater. Wer sonst? Diese alte Gewohnheit macht sie umso emotionaler, wenn sie vier Jahrzehnte später ein Riff von ihm hört.

»Nur ist der gute Coltrane mindestens zwei Jahre, bevor du gezeugt wurdest, gestorben«, sagt Régine und lacht los.

Sarah zuckt mit den Schultern.

»Ein unbedeutendes Detail für ein vier- oder fünfjähriges Mädchen.«

Da hat sie nicht unrecht, die Fantasie ist stärker als alles. Im Grunde ist Régine eifersüchtig.

»Dein Schwachpunkt hat mehr Klasse als meiner.«

»Pass ja auf! Lass den Pianisten aus ...«

Beide wissen genau, dass nichts und niemand den Pianisten in ihren jeweiligen Herzen verdrängen kann. Sarah nutzt diese Gelegenheit, um das heikle Thema anzusprechen.

»Apropos *Piano Man*, wie geht's meinem Patensohn?«

Lucas.

Gewiss ein schwieriges Thema für die Mutter, aber auch für die Patentante. Ihr Patensohn hat sich von ihr entfernt, besucht inzwischen ein Konservatorium in der Schweiz. Tatsächlich hat der junge Musikfreund alle Hebel in Bewegung gesetzt, um seinen Eltern zu entkommen, deren zu gewaltiger Schatten ihm das Leben vergiftete. Dass er sich für Genf entschieden hat, ist kein Zufall.

»Er versteht sich bestens mit seiner anderen Patentante«, sagt Régine, »nimm es nicht persönlich.«

Es ist viel Wasser den Fluss hinuntergeflossen.

Nachdem Régine vor zwei Jahren Kontakt zu Su Kahveci aufgenommen hat, lernte diese bald darauf Sarah und den Rest der Familie kennen. Auf Aydins Beerdigung hat sie auf Anhieb die extreme Spannung zwischen dem Jungen und seinen Eltern gespürt, erkannte aber vor allem in dem Heranwachsenden ihren verstorbenen Bruder wieder; in seiner zugleich düsteren und leuchtenden, genialen und gequälten Art. Gleichzeitig sah Lucas in Sus verschleiertem Blick den des Mannes, der ihn an diesem musikalischen Nachmittag in Sarahs Küche in Saint-Henri nachhaltig geprägt hat. Vor der Urne hat es zwischen ihnen geklickt. Es war Freundschaft auf den ersten Blick. In den darauffolgenden Monaten wurde ihre Verbindung stärker, erst über die Distanz, dann bot die Genferin an, den jungen Virtuosen bei sich aufzunehmen, damit er seine minimalistische Technik an einem der renommiertesten Konservatorien Europas vervollkommnen kann. Durch Projektion versöhnte sie sich auf diese Weise posthum mit ihrem Bruder und entschärfte darüber hinaus die unerträglich gewordenen Spannungen auf der Mount Pleasant Avenue in Montréal.

Letzten Endes sind alle erleichtert, bis auf Sarah vielleicht, die ein Ozean von ihrem geliebten Patensohn trennt. Doch auch sie versteht, dass das Negative einem guten Zweck dient. Sie kann jederzeit mit Régine ins Flugzeug steigen und ihn in der Schweiz besuchen. Bleibt noch zu erwähnen, dass das Paar Lagacé-Anderson zusammen mit Su Kahveci ein Team zusammengestellt hat, das die Versuchspersonen des verstorbenen Phönix aufspürt. Es fand eine Handvoll Sterbeurkunden, darunter die der Montréalerin Perouze Dorian, die 2015 an einem Hirnschlag starb. Damit erfuhren sie auch, was das Schicksal des Phönix besiegelt hat. Andere Komplizen leben zum Glück noch. Régine und Timothy sind gerade aus Genf zurück, haben einen Schlenker über Spanien gemacht, wo sie den Patissier Hugo Sola besucht haben. Dieser stimmte einer medizinischen Untersuchung zu, genauso wie der Einnahme eines Antiepileptikums. Das ist wohl das einzige Mittel, um ein Unglück abzuwenden.

In dem Café auf dem Boulevard Saint-Laurent bestellt Régine einen starken Kaffee.

»Und wie sieht's bei dir und deinen Lieben aus?«

Sie verwendet stets den Plural, spielt damit auf die unbeständigste Komponente in Sarahs Leben an. Dabei hat die fast ein Jahr der Abstinenz gebraucht, um sich von ihrer letzten *Flamme* zu erholen. Doch sie hat es überlebt, ist die Königin der Resilienz. Auf den Sarkasmus ihrer Freundin antwortet sie mit einem Lächeln.

»Ich bin mit Kim zusammen, im Singular. Frag mich jetzt bloß nicht, in welcher Gasse wir uns über den Weg gelaufen sind. Weil Kim nicht aus der Gasse kommt, sondern vom Konservatorium. Kim spielt Cello.«

»Vom Konservatorium?«, staunt Régine.

Zum zweiten Mal in ihrer knapp vierzigjährigen Freundschaft ist sie von einem der Vögel, die Sarah aufgegabelt hat, beeindruckt.

»Und hat Kim im Singular auch ein Geschlecht?«

Sarah hebt ihr Kinn, setzt ihr geheimnisvolles Lächeln auf.

»Ach!«, (sie liebt es, ihre Freundin auf die Folter zu spannen)

»Ach?«, wiederholt Régine, während eine Tasse vor ihr abgestellt wird.

»Bedeutet, dass es nicht wichtig ist, Schnüffelnase.«

Auch die Schnüffelnase lächelt jetzt.

»Du hast recht, was zählt, ist die Liebe.«

»Und die Kunst.«

»Und das, was dich dazu gebracht hat, dich mit mir auf dem Boulevard Saint-Laurent zu verabreden, was für die Autofahrerin, die ich bin, die reinste Hölle ist. Also warum?«

Sarah beugt sich über den Tisch, dämpft ihre Stimme: »Weil ich dir von einem *Fall* erzählen muss. Aber ich warne dich, es wird dir die Sprache verschlagen.«

Der Satz weckt schmerzhafte Erinnerungen. Régine wird vor Unbehagen ganz blass, der Schluck Kaffee bleibt ihr im Hals stecken. Auch sie hat lange gebraucht, um sich zu erholen, weniger vom Tod des Phönix als vielmehr vom Verschwinden seiner Erfindung. Der Apparat wurde nie gefunden, muss von seinem Schöpfer in einem Autodafé zerstört worden sein, so schlussfolgerten alle. Régine wird noch immer schrecklich schwindelig deswegen, allein bei der Erwähnung des Wortes »Fall«.

Sarah beschwichtigt sie: »Nichts, was dich nicht schlafen lässt.« Vielmehr etwas Erfreuliches. Sie zeigt zum Fenster des Cafés und auf die Massen an Menschen auf der Main.

»Hast du gemerkt, dass der Boulevard für Autos gesperrt ist?«

»Ich habe vor allem den Stau drumherum gemerkt.«

»Es ist wegen dem MURAL-Festival. Trink deinen Kaffee aus, ich will dir was zeigen.«

Nachdem sie das Café verlassen haben, führt Sarah die Akademikerin durch das Gedränge.

Hier steht Street-Art ganz hoch im Kurs. Kunstschaffende aus allen Bereichen haben auch die kleinsten Flächen Beton erobert. Die größten sind natürlich den Headlinern vorbehalten, die, die sich bereits in London, New York und Paris verewigt haben. Die Frauen laufen bis zur Ecke Rue Prince-Arthur, biegen dann auf einen Parkplatz, der bis vor Kurzem noch trist und grau war, inzwischen aber ein farbenfrohes Museum unter freiem Himmel geworden ist. Inmitten des vergnügten Publikums schaut Sarah nach oben und zeigt auf den Wandkünstler, den Ehrengast des Festivals. Er sitzt ganz oben auf der Hebebühne.

»Ist das Kim?«, erkundigt sich Régine.

»Nicht doch! Kim zieht den Orchestergraben dem Gerüst vor. Das da oben ist Ángel«, sagt sie in einem mütterlich zärtlichem Ton.

»Dann hat er das Silo hinter sich gelassen?«

»Aber so was von!«

Pointe-du-Moulin zieht inzwischen Touristen an, mit Luxuscamping am Fuße des Silos für 120 Dollar die Nacht. Das Areal wurde wiederbelebt, das war es mit der Ruhe.

Ángel entdeckt Sarah von seinem Podest aus und winkt ihr zu. Nur sie kann ihn dazu bringen, sich von seinem Bild zu lösen, wenn auch bloß kurz. In zwei Jahren hat der junge Künstler es weit gebracht. Ein Philanthrop aus Los Angeles war bei einer Fahrt mit seiner Yacht durch den Vieux-Port von den Bombs des Sprayers fasziniert. Der steinreiche Mann hat den Jungen aus dem Schatten geholt, hat das Talent in die Megalopole des Golden State geholt, wo er zum Star wurde.

Er ist in Amerika unterwegs und darüber hinaus, arbeitet jetzt in aller Öffentlichkeit, er kann von seiner Kunst leben. Seine Signatur ist reifer geworden, er hat die Ambivalenz seiner Werke weiter verfeinert. Der Engel hat immer noch seine Flügel und den Heiligenschein, doch der Rest des Körpers wird zu Asche. Es ist nicht ganz klar, ob er gleich erlischt oder sich entzündet, ob er aus dem Himmel oder aus der Hölle kommt. Alle Welt liebt es.

Sodass diese ambivalenten Engel auf den fünf Kontinenten zu finden sind. Nicht immer zeigen sie sich offen, manchmal sind sie versteckte Miniaturen. Um sie zu entdecken, muss man sie suchen, in Kairo, Delhi oder Mexiko, in Gassen in den Slums, auf unbebautem Gelände oder an stillgelegten Orten. Meistens gilt es, sie aufzustöbern.

EPILOG

Bleibt noch eine Frage offen. Was wurde aus dem Pullmann-Koffer, der von Universität zu Universität und von der Stadt in die Provinz geschleppt wurde? Was wurde aus diesem Koffer, den Angestellte der Stadtreinigung an einem grauen Montag im November ins klaffende Maul eines Müllwagens geworfen haben?

Eingedrückt und eingerissen landete er auf der Halde, versank in Bergen von Unrat. Ein Stück Abfall unter vielen, sicher, aber eben auch nicht ganz.

Ein Mexikaner namens Luis Fernando Rivera entdeckte das Gepäckstück während seiner Schicht. In seinem Land war er Professor für Anthropologie, hier ist er als Tagelöhner, der in seiner Freizeit mit Trödel handelt, auf der Deponie von Lachenaie angestellt. Als er in dem neuesten Müll den Koffer gesehen hat, hoffte er auf ein Juwel. Er fischte ihn heraus und bekam so den wohl wertvollsten Stein seiner Sammlung in die Hände. Nicht diesen verbeulten krakenartigen Helm, der ihn mehr verschreckte als faszinierte und gleich wieder in dem Meer aus Müll versank.

Das war es für den Apparat.

Der wahre Schatz, das Sammelobjekt, ist das alte Heft mit den angesengten Seiten und dem nur teils erhaltenen Text. Das Tagebuch eines babylonischen Gelehrten. Luis Fernando Rivera wickelte es in eine Decke, umsorgte es wie einen verletzten Vogel. Er schenkte es seiner gerade mal achtjährigen Tochter Alejandra, deren Diagnose Asperger lautet.

Für dieses kleine Mädchen, das aus der Norm herausfällt, ist es eine Fabel, ihre Bettlektüre. Oder auch ein Maya-Codex, der auf wundersame Weise aus dem Schlamm gezogen wurde und ihr besser als irgendein Medikament ihre Ängste nimmt. Eine Kurzfassung von Schatten und Licht, das im Herzen und in der Seele eines hochbegabten Mädchens mehr funkelt als alles Gold der Welt.

DANKSAGUNG

Ich danke meiner lieben Cousine Cynthia Roy, die ihren neuropsychologischen Blick auf den Roman gerichtet hat. Ich danke Jacques Fortin und Caroline Fortin für ihr Vertrauen und die Begeisterung, mit der sie meinen Text gelesen haben. Ich danke meiner wunderbaren Lektorin Marie-Noëlle Gagnon für ihre wertvollen Ratschläge. Ich danke auch Sabrina Raymond, Nathalie Caron, Audrey Chapdelaine, Myriam Groulx, Nicolas Ménard, Nathalie Ranger und dem gesamten Team von Québec Amérique, die das Buch mitten im Chaos der Pandemie fertiggestellt haben. Zu guter Letzt danke ich Mélanie, meiner Erstleserin (immer), für ihre unerschütterliche Unterstützung und ihre Engelsgeduld.

Die Übersetzerin dankt der Verlegerin für ihr Vertrauen, der Autorin und Camille Logoz, ihrer Tandempartnerin aus dem Georges-Arthur-Goldschmidt-Programm 2019, für ihre Unterstützung, dem Lektor Matthias Jügler für den angenehmen Austausch und ihrer Familie.
Sie dankt auch Kultur Räume Berlin für die angenehme Arbeitsumgebung, in der ihre Übersetzung entstanden ist.

Hat Ihnen das Buch gefallen?

**Dann empfehlen Sie es
Ihren Freunden und Bekannten.**

Jetzt QR-Code scannen!

Erzählen Sie uns,
was Sie von diesem Buch halten.

solution powered by hypt | join-hypt.com

VERWENDETE LITERATUR

Emily Dickinson: aus »The Brain« in *Poems: Third Series*,
   deutsche Übersetzung von Jennifer Dummer

Johann Wolfgang von Goethe: aus *Die Wahlverwandschaften*,
   Band 2

Denis Diderot: aus »Théosophes« in der *Encyclopédie*,
   deutsche Übersetzung von Jennifer Dummer

Percey Shelley: aus *A Defence of Poetry*, deutsche Übersetzung
   von Jennifer Dummer

Friedrich Nietzsche: aus *Nachgelassene Fragmente 1887–1889*

Gérard de Nerval: aus »Fantaisie«, deutsche Übersetzung von
   Jennifer Dummer

Oscar Wilde: aus *Lady Windermere's fan*, deutsche
   Übersetzung von Jennifer Dummer

Gabrielle Roy: aus *Gebrauchtes Glück*. Roman. Aus dem
   Französischen von Sonja Finck und Anabelle Assaf.
   Aufbau 2021 © Aufbau Verlag GmbH & Co. KG, Berlin 2021

Charles Baudelaire: aus »Epilog«, »LX Spleen«, »Le voyage«
   in *Les fleurs du mal*, deutsche Übersetzung von Jennifer
   Dummer

Charles Baudelaire: aus »L'étranger« in *Petits poèmes en prose*,
   deutsche Übersetzung von Jennifer Dummer

Charles Baudelaire: aus »L'irréparable« in *Spleen de Paris*,
   deutsche Übersetzung von Jennifer Dummer

Rumi, deutsche Übersetzung von Jennifer Dummer

Emre, deutsche Übersetzung von Jennifer Dummer

Henry David Thoreau: *Walden, and On The Duty Of Civil
   Disobedience*, deutsche Übersetzung von Jennifer
   Dummer

Paul Verlaine: aus »Art poétique« in *Romances sans paroles*,
   deutsche Übersetzung von Jennifer Dummer

Naci, deutsche Übersetzung von Jennifer Dummer

Emily Dickinson: aus »I died for Beauty – but was scarce«,
   deutsche Übersetzung von Jennifer Dummer

Jean Anthelme Brillat-Savarin: aus *Physiologie du goût*,
   deutsche Übersetzung von Jennifer Dummer

Walt Whitman: aus »Song of myself«, deutsche Übersetzung
   von Jennifer Dummer

Miguel de Cervantes: aus *Don Quijote*

William Shakespeare: aus *Macbeth*

Marie-Anne Legault stammt aus Abitibi und zog nach Montréal, um dort Kommunikationswissenschaften zu studieren. Ihre Leidenschaft für das Vermitteln von Wissen brachte sie im Laufe der Jahre dazu, verschiedene Nachschlagewerke für den Verlag *Québec Amérique* zu schreiben und herauszugeben. 2013 erschien ihr Debüt *Le Museum*. *La traque du Phénix* folgte 2020 und ist ihr Debüt auf dem deutschsprachigen Literaturmarkt.